山在远方

山在心上

山在脚下

依山而上

韦云海　主编

漓江出版社
·桂林·

图书在版编目（CIP）数据

依山而上 / 韦云海主编 . -- 桂林：漓江出版社，2024.3（2025.3 重印）

ISBN 978-7-5407-9783-6

Ⅰ . ①依… Ⅱ . ①韦… Ⅲ . ①中篇小说—小说集—中国—当代②短篇小说—小说集—中国—当代 Ⅳ . ① I247.7

中国国家版本馆 CIP 数据核字（2024）第 067837 号

依山而上　YI SHAN ER SHANG

主　　编　韦云海

出 版 人　梁　志
策划编辑　何　伟　黄　圆
责任编辑　黄　圆　吴　桦
助理编辑　王钧易
装帧设计　唐秋萍
责任监印　杨　东

出版发行　漓江出版社有限公司
社　　址　广西桂林市南环路 22 号
邮　　编　541002
发行电话　010-85891290　0773-2582200
邮购热线　0773-2582200
网　　址　www.lijiangbooks.com
微信公众号　lijiangpress

印　　制　河北赛文印刷有限公司
开　　本　889 mm × 1240 mm　1/32
印　　张　15
字　　数　337 千字
版　　次　2024 年 3 月第 1 版
印　　次　2025 年 3 月第 2 次印刷
书　　号　ISBN 978-7-5407-9783-6
定　　价　66.00 元

序

一方水土一方人

石一宁

《依山而上》这本小说集，既寻常又不同寻常。作为一本书，它或许是普通的；但作为一本汇聚了创作成绩斐然的同县籍作家作品的集子，它又是不一般的。这是继2005年推出《山里山外——都安作家群作品选集》之后，都安作家群的第二本作品合集，收录了十二位都安作家各一篇短篇或中篇小说。

都安作家群，这是广西文坛一个响亮的称号和品牌，是广西文坛的一支生力军。都安作家群的多位作家，在全国文坛亦有一定的知名度和影响力。执笔写此序文之当下，我脑海中闪现着与已逝去的蓝怀昌、蓝汉东两位都安作家前辈曾经的交往。蓝怀昌曾任广西文联主席，其长篇小说《波努河》是瑶族文学史上第一部长篇小说，于瑶族文学史享誉尊隆。蓝汉东曾任河池市文联主席，其短篇小说《卖猪广告》获全国少数民族文学优秀作品奖（全国少数民族文学创作骏马奖前身）。印象中的蓝怀昌风趣幽默，蓝汉东和善寡言。这本《依山而上》的作者们，则是二十世纪九十年代成长起来的活跃在广西乃至全国文坛的作家，如凡一平、红日、李约热曾任或现任广西作协副主席，凡一平还是现任广西文联副主席。现为河池市文联主席的红日和《广西文学》主编的李约热曾分别以长篇小说《驻村笔记》、中短篇小说集《人间消息》同台领受第十二届全国少数民族文学创作骏马奖，创造了一段文坛佳话。作为《民族文学》杂志的办刊人，我还想一提的是，凡一平、红日曾分别以小说《韦旗的敬老院》《码头》获得《民族文学》年度奖，李约热则以小说《你要长寿，你要还钱》和散文《朗月在天》成为为数不多的两度获《民族文学》年度奖的作家。

都安作家群阵容有多强大？截至当下，都安籍作家有中国作协会员十四人、省级作协会员八十九人，市县两级作协会员超过三百人。其中，除了如上所举之鼎鼎大名者，也有门卫诗人、农民作家、商人作家等，甚而还有作文被名刊发表的小学生作者。广西文坛流行“广西作家半河池，河池作家半都安”之说，后半句意思是在河池文学圈，都安的作家最多。而从广西各县的作家数量来看，都安也是名列前茅。当然，都安作家群不仅胜于人数，而且从其多年来发表的作品数量和质量来看，都安作家的实力已经得到文学界同行和读者的认可。都安瑶族自治县总人口七十余万人，在广西来说不少也不多，而作家所占的人口比例却是令人称道的，亦可谓八桂有才，于斯为盛。

家乡是文学永恒的题材。家乡是作家的摇篮。无论是已客居异地还是终生未离开家乡的作家，家乡的意义都是如此。《依山而上》这本小说集的作品，或直接以都安的生活为题材，或与都安有着丝丝缕缕的关联。无疑地，都安作家群的萌芽，离不开家乡都安的哺育与滋养；都安作家群的成长，离不开家乡都安的雨露与阳光。十九世纪法国文艺理论家丹纳在其论著《艺术哲学》中揭示了文学艺术与种族、环境、时代这三个要素的紧密关系。我想，都安作家群的崛起，其独特的“环境”亦功莫大焉。都安是怎样的一个“环境”呢？2018年8月，《民族文学》都安创作基地成立，在成立仪式的致辞中，我谈到了对都安的一些了解，之后认识更有所深化：都安瑶族自治县，地处云贵高原向广西盆地过渡地带，是全国岩溶地貌发育最为典型的地区之一，县内奇峰异洞和岩溶景观闻名全国。都安矿产资源、动植物资源、水能资源等十分丰富，是中国都安山羊之乡、中国竹藤草芒编织工艺品之乡和中国野生山葡萄红酒基地。都安是邓小平、韦拔群等领导的右江革命根据地的重要组成部分，是革命老区。都安是中国布努瑶主要聚居地，是布努瑶密洛陀文化传承地。都安又是多民族聚居地，全县七十多万人口中，少数民族人口约占百分之九十七。自然景观和人文风貌，使都安这片土地散发着迷人的魅力和吸引力。如同一首歌所唱："一方水土一方人，情也真啊爱也深。"奇特的自然风光、厚重的红色文化、多彩的民族文化、火热的现实生活，是都安作家群的情和爱所系，也是他们的底蕴所在。

都安作家群创作成绩近年来尤为亮丽，以《依山而上》这本小说集选入的十二位作者为代表的都安作家们纷纷在全国性名刊大刊发表作品，不少作品入选各种重要文学选刊、选本、排行榜，获得各种文学奖项，发展惊人，势头可喜。都安作家群当然又是一个由不同代际构成，在不断成长和壮大的文学群落。都安县文联主席，也是本书主编、作者之一的韦云海先生告知，县文联将继续收集都安作家的作品，出版更多的文集。故而，在此甲辰龙年新春来临之际，对本书的出版谨致祝贺，对都安作家群的未来深深祝福。

是为序。

2024年2月18日于北京

家乡，文学永恒的意象

石一宁
2024.3.22

目录

SHANGLING CHANPO

上岭产婆

凡一平

一个作家的情
感思想在創作中最
大程度渲泄发揮，是
快樂的享受

【作者简介】

凡一平，本名樊一平，男，壮族，广西都安县人，现任广西民族大学教授、广西文联副主席。出版有《跪下》《顺口溜》《上岭村的谋杀》《天等山》《蝉声唱》《顶牛爷百岁史》等10部长篇小说，以及《撒谎的村庄》等12部小说集。长篇小说《上岭村的谋杀》《天等山》《蝉声唱》《顶牛爷百岁史》等被翻译成瑞典文、俄文、越文、马来文等在瑞典、俄罗斯、越南、马来西亚出版。根据小说改编的影视作品有《跪下》《寻枪》《理发师》《最后的子弹》《宝贵的秘密》《姐姐快跑》等。作品曾获广西文艺创作铜鼓奖、百花文学奖、《小说选刊》双年奖等奖项。

她看见许多小鬼和大鬼集中在她面前，哭诉和声讨。他们面目煞白、扭曲、丑陋，甚至狰狞。她数了数，小鬼是九个，大鬼是六个。再细算，都到齐了。在她当产婆的生涯中，不能保命和存活的人，就是十五个。这十五人都是因为她的无能为力而丧命的，变成了鬼。他们变鬼的过程和情景，历历在目，惨不忍睹。一连数天，跟她有关系的鬼，全部出现在她面前，手舞足蹈，声色俱厉。即使她从梦中醒来，这些鬼依然在她脑中纠缠，挥之不去。

于是，她预感她大限将至。

她从床上起来，下床。整整一百岁的身体瘦骨嶙峋、背弓膝屈，像一棵枝残叶败的老竹子。她走出比她更老的房屋，活动在村庄的小路上。她在小路上踽踽独行，像一只被抛弃或落单的老羊。

经过长时的徒步，她走完不足一里的路，来到村东的山脚。她在山脚的崖壁前驻足，凝望。崖壁上有用石子划出的一道道杠，密密麻麻，有一人高，一丈宽，杠痕斑驳、错落有致，像幅有些年头的巨画。她是这幅巨画的作者，从她三十岁当产婆开始，到七十岁洗手不干，四十年间，每当一个生命被她亲手接出，或被眼睁睁看着了结，她就会来这里，划一道杠。活下来的划竖杠，死去的划横杠。目前横杠是数得清的，一共十五道。而竖杠却是怎么数都数不完，超过了她识数的范围。她只知道竖杠比横杠多了很多，就是说活下来的比死去的多了很多，这就够了。多少年来，她正是用这数量多少的对比来安慰自己，求得心安。但此刻，她的心不平静了，动乱不已。那十五道横杠，像十五把刀，插向她的心脏，让她惊恐和内疚。十五把刀很快化作十五条命，在血泊中挣扎、喘息或根本没有喘息，然后丧失，变成了鬼。现在，十五个鬼全部上门，找她来了。她觉得她偿命的时候到了。

她捡起一块熟悉的石子，用扁平锐利的一面，在所有的横杠下面，划了一道横杠。这道横杠比所有的横杠都大，都深，像一根横梁托举或承受全部负担和压力。她仿佛借此通知有名有姓和知姓无名的鬼们，她韦美琴，即将向他们报到和谢罪来了。

划出这道大大的横杠，她感觉轻松了许多，舒服了许多。回来的路，她用时不到去时的一半就到家了。

她关闭窗门，然后给自己洗身子。

宽大的木盆里，浸泡着一个孤苦伶仃的妇人。她是上岭村和上岭村周边独一无二的产婆，是与生命打交道和见血最多的人。她经手的血，可以汇成河，但都融入她的记忆里。此刻，她的脑海里全是血，鲜血、黑血，喷涌、凝结，滚热、寒冷。还有胎脂、胎粪，油腻、肮脏。木盆里的水仿佛也是血污，从她的脑海里，汩汩地洗出。她试图把所有淤积的血、胎脂和胎粪洗掉，然后做一个干净的人，干干净净地走，去往来生。她来生是不想做产婆了，如果能选择的话，她只想做一个育儿养子的母亲。她今生最大的遗憾，是没能做母亲。

她二十二岁那年，十月怀胎，一切看似正常，只等水到渠成，瓜熟蒂落。分娩的那天，羊水破的时候，也没看出不正常，无色、无味，且清亮。生育经验丰富的婆婆撸起袖子，自信满满，要亲自为儿媳妇接生，坚持不去请远在三十里外的产婆。她守望着待产的儿媳妇，不时抽几口水烟。水烟换了七八次烟丝，却还不见儿媳妇顺利生产，定睛细看，胎儿在阴道口卡住了，原因是胎位不正，脚先于头部露了出来。这是难产的征象。等远道而来的产婆到达，产妇已经脉若悬丝，血流遍地，而卡在阴道口的胎儿僵硬发紫，一息尚存。时间和情状已经不容母婴全保。产婆见状，与产妇的婆婆和丈夫商量：是保大人还是保孩子？婆婆和丈夫异口同声决定保大人。于是产婆当机立断，把胎儿的脚往里硬塞，再旋转胎位纠正，然后抓着胎儿的头部，使劲拽了出来。婴儿出来就死了，怎么拍打也听不到降临人世的啼哭。经判断，是胎儿在胎中脐带纠结，造成缺氧窒息。产妇不幸失去孩子，却幸运地活了下来。她以为她可以再生育，殷勤迎合疼爱她的丈夫。但在接下来的六七年里，她始终没有怀上。看着求子心切的丈夫和已经不给好脸色看的婆婆，想着他们在她难产时的保命之恩，她做出了一个知恩图报的决定：离开丈夫，让丈夫娶一个能给他生儿育女的妻子。她回了娘家上岭，没有再嫁，而决意做一名产婆。她去拜那位保了她命的产婆为师，出师后，她正式并且独立行走在上岭村和上岭村的周边，当起产婆，以此为生。从三十岁到七十岁，她在村东山脚的崖壁留下十五道横杠和数不胜数的竖杠，那是死和生的记载，是她产婆生涯的耻辱和荣光。但这对她已经不重要了，此生将了，她只想来生做个母亲。

她洗净身子，开始穿衣服、鞋袜。早就准备好的全套寿衣摆在床头，五领三腰，整整齐齐，鲜亮明艳。她喜欢鲜艳的颜色，一生都喜欢。无论年轻的时候还是年老的时候，她都尽其所能把自己打扮得漂漂亮亮、清清爽爽的。年轻的时候，她本人就漂亮清爽，再注意打扮，就更漂亮清爽了。之后的许多年里，追求她的或通过媒婆来问婚的男人，有一大堆，都被她用“我不能生孩子”的理由推托了。过了中年以后，有丧偶离异不再有生育需求的男人求婚，她给出的理由竟然是“我想有自己的孩子”，让只图陪伴、欢愉的男人断了念想。她过着独立独行的生活，清心寡欲，像荒滩上一株不授粉的葵花。如今她这株葵花终究是凋零了，将化为灰烬，归于尘土；或化为蝴蝶，去往天堂。无论上天入地，她都想做一个母亲。无论是贫穷还是富有，只要能做母亲，她就是幸福的、完美的女人。

衣服、鞋袜穿好了，她在床上平静地躺下。秋风萧瑟，暗夜无光，但她不觉得冷，也不觉得黑。她厚衣如被，心里亮堂，觉出人生中从未有过的温暖，像是天神的灵光，已将她照拂和开示。

一连三天，屠户韦克椿都没发现产婆韦美琴家屋顶已不起炊烟。他三天不杀猪了。生猪的价格已经贱到养猪户宁可自留，也不肯卖猪了。收不到猪，就没有猪杀，也就没有肉卖。屠户韦克椿难得清闲地居家三天，没有走村串寨，吆喝卖肉。他平日到上岭村卖肉，总是先选上好的肉和下水，留给产婆韦美琴，或上门送给她，这个把他接生到人世的人。而且，他还是她接生的最后一个人。

那是三十年前，产婆韦美琴七十岁的时候。韦克椿的母亲怀他早产，好不容易才请来了已被禁止非法接生的产婆韦美琴。当时，若将产妇送去医院，山高路远，又是半夜，实在危险，请邻村久负盛名的产婆韦美琴出马，是便捷而又可靠的选择。而这对被明令禁止不得再做产婆的韦美琴来说，却是迫不得已，铤而走险。她先是拒绝半夜敲门的产妇的丈夫，任对方加价和跪求都不答应。后来产妇的丈夫从厨房操刀，要抹自己的脖子，以死相逼，她才答应。她披星戴月来到产妇家，只见胎儿的半个头已经露出产道，她顺势麻利地将胎儿接了出来，并利索、卫生地剪掉了脐带。才七个月便出生的男婴有了啼哭，意味着成活。但婴儿轻飘短小，不足四斤重，像个大红薯。处理完产后事，婴儿的父亲请求产婆韦美琴将婴儿带走，找个地方扔了。他不忍亲手弃子。韦美琴看了看这位冷酷决绝的父亲，将可怜的婴儿带走了。但她没有将婴儿抛弃，而是带回了家，悉心地喂养。羊奶、牛奶，鱼肉、鸡肉，所有好吃的食物，她尽数给了这个存活的男孩。孩子快两岁大的时候，他的生父生母发现被他们遗弃的孩子健康活泼，与正常的孩子无异。他们后悔了，跪求产婆，想把孩子要回来。产婆答应了。就这样，孩子还来不及叫产婆一声妈妈，便回到了亲生父母身边。二十来年过去，这个叫韦克椿的男孩野路荒蛮、旁门左道，像獠牙一样成长。他曾经走南闯北，纵横江湖，最终返乡，成为一名屠户。关于幼年被产婆收养，他也许还有记忆，也许已经忘却。然而他对上岭村这名孤苦伶仃的产婆的同情和关爱，却是无微不至，人所共见。只要他杀猪，当天新鲜上好的肉及下水，必留给产婆韦美琴，分文不取。

准确来说是第四天，韦克椿没有望见产婆韦美琴家冒起炊烟。通常他到上岭村卖肉的时辰，只要抬头一望，便见炊烟从她家的烟囱袅袅而起，然后不一会儿，她便从家里出来，来到他卖肉的摊边，跟他拿肉。今天他习惯性地抬头望，发现她家阴气沉沉，了无人烟。本来三天不见产婆，他已觉得内疚，现在不见炊烟和产婆出现，他更觉得不安和不妙，于是他慌忙撂下摊子，快步走到产婆的家。门是闭着的，但一推便开了。他一边进屋一边呼唤“阿婆”，没听到响应，一丝动静都没有。他接着进入里屋，只见床上下着蚊帐，床下是一双旧鞋。他进一步靠近，掀开蚊帐，看到产婆一身寿衣躺在床上，手一探，发现产婆已没了气息。

他大惊失色，瘫软在了床边。

惊魂甫定，他跪着，重新看着产婆。只见她面部安详，露着笑容，双眼闭合，像是在美梦中悄然而逝。床头的枕边放着一只盒子，盒子上放着一根树枝，是椿树的树枝。椿树，壮话是“克椿”。盒子上放着克椿，而他的名字是克椿，说明盒子是留给他的。他拿过盒子，取走盒子上的树枝，打开盒子，发现盒子里装的是钱。大大小小的钞票，有条不紊，叠得整整齐齐，有一千多元。她为什么留钱给他？他猛一想，也许是因为他做屠户这几年来，给产婆的肉，都拒不要钱，这些钱是产婆补偿他的。她走得清清白白，谁也不欠。

他顿时泪奔，埋在心中的记忆、敬爱、孝顺和感恩，一下子全部爆发，如惊涛骇浪，化作一声声哭喊：“妈妈！”

同样的哭喊出现在三天后的葬礼上。男女老少披麻戴孝，集聚在产婆韦美琴的坟前，上香叩拜，轮番哭喊。一些人对坟墓里的产婆哭喊着“妈妈”，但任何一个人都跟她没有血缘关系。他们都是她接生到这个人世来的，她是为他们剪掉脐带、擦净身子，然后把他们交给父母的人，是第一个打开他们命门并帮助他们发出第一声人生呼叫的人。可这样一个功德无量的人，生前却没有人喊过她一声“妈妈”。在她死后，“妈妈”的哭喊铺天盖地，感天动地。众人中还有喊“婆婆”的，能听出和判断出，他们是产婆接生的人的后代，是代表、顶替他们的父亲、母亲来的，他们的父亲、母亲不能来，有的是忙，有的是死在了产婆的前面。整整一百岁的产婆韦美琴，是上岭村寿命最长的女人之一。她其实也不想活得这么长久，她早就想脱离人世，去陪伴那些她以为是她把他们变成鬼的人，向他们赔罪。当然，她向往来生，更是因为想做母亲。

天空下起了雨，淅淅沥沥。“妈妈”的呼喊在雨中震荡和昂扬，随雨水渗入地下，告慰着那因苍天开眼、先祖显灵而来到他们身边的母亲。

AN XIANG

暗香

我一直行走在故乡的小路上。

【作者简介】

红日，本名潘红日，男，瑶族，广西都安县人，中国作家协会会员。作品发表于《民族文学》《小说选刊》《小说月报》《小说月报·原创版》《北京文学·中篇小说月报》《作家》《花城》《江南》《芳草》《长江文艺》《广西文学》《红豆》等杂志。作品曾获第十二届全国少数民族文学创作骏马奖、第十八届百花文学奖长篇小说奖、2019《民族文学》年度奖、第七届广西文艺创作铜鼓奖、《北京文学·中篇小说月报》优秀中篇小说奖、第一届广西文艺花山奖·创新奖等奖项。

明天该给芭蕉剃头了。当然不是给芭蕉本人剃的，是给他的家属剃的。这是一种仪式，仪式通常在下葬后第四十九天举行。剃头也叫作“脱孝”，就是说，剃了头以后，家属成员可以洗脸洗澡刮胡须剪头发了，可以恢复包括夫妻生活在内的各种娱乐活动了，含有解脱的性质。当然不是说解脱就解脱了，就可以忘却了，思念依然会疯长，就像那坟顶上的野草，那可不是野草，那是一株株无穷无尽的思念啊。

达香一天天掰着指头数到今天。这四十八天来，达香的血管里始终爬着一群蚂蚁，她心痒难挠，心力交瘁。她的老公山薯直到今天，一点也没有返回广东的迹象。山薯在广东那边的一个建筑工地当泥水工，芭蕉入殓那天他就回来了，和村里的壮年人一起操办芭蕉的后事。

芭蕉生前是村主任，活着的时候脸面跟芭蕉叶子一般大。芭蕉轰然倒下，两腿伸直了，脸面还是芭蕉叶子那般大，一点也没有萎缩。芭蕉生前是积了功德的，比如他为村里争到“危改”(危房改造) 指标，把危房、木瓦房都改变成钢混结构的砖房。虽不能说村里的砖房都是芭蕉建起来的，但每个房子两万多三万块钱的补贴，确实是芭蕉努力争取来的。像元宵的汤圆，吃了的人心知肚明。“危改”的那些日子里，芭蕉务实的身影，全村人都看到了。下雨天，芭蕉手擎一张芭蕉叶当雨伞，从这家赶到那家，村里人都觉得他像一棵芭蕉树一样高大。又比如芭蕉到广播电视局弄来几十面“锅盖”，接收卫星电视信号，把山外人的哭声和笑声引进村里，尤其是引进少了壮年男人的家里，让这些人家从精神层面上焕发出生机。这些年村里壮年男子都出去打工了，就剩下老人、妇女和小孩，有肥猪陷入粪井里，全村人只能干瞪眼。一个种地的农家，可以没有耕牛，不可以没有男人。没有耕牛，人可以顶替；没有男人，连山上的猴子都要欺负你。这些年要是没有电视里的咳嗽和哭笑声，恐怕山上的猴子早就搬迁下来，占了人类的地盘。还比如……这些比如都是看得到听得见摸得着的干货，这些都得感谢芭蕉。

开始，达香以为办完芭蕉后事，山薯就回广东建筑工地去，最迟也是做完“三早”就必须回去了。眼下已迫近年关，难道山薯不想多挣几个钱回来过年？山薯去广东打工，到现在只寄回三千块钱，而家里“危改”的房子还欠债四万多。照这样积累，不知要到猴年马月才能还清贷款。做完“三早”后，村里和山薯一起到广东打工的人纷纷结伴回去，山薯却一点动静也没有。达香暗示性地为他浆洗了衣物，把那只脏得像个粪篓的帆布包洗得干干净净。山薯视而不见，仿佛老婆打点的是别人的行囊。

明天就是芭蕉的“剃头日”了，看样子山薯是要吃了剃头仪式的饭才返回广东。这个判断像螺帽一样固定下来，达香心绪越发变得焦躁不安：山薯你这个野仔，吃了剃头仪式的饭，你就夹卵不要回广东了，反正你也赚不到什么钱回来。

牛栏的门吱嘎一声，开启朦胧的天色。山薯赶着小母牛到后山去放牧。小母牛夹着尾巴走在前面，山薯吹着口哨跟在后面。一根细细的绳子穿过小母牛的鼻孔，越过它的脊梁牵在山薯的手上。屋檐下，达香的眼睛像一只马蜂，嗡嗡嗡地飞在山薯的屁股上。那把镰刀插在刀鞘里，绑在山薯的腰上。刀鞘的绑绳有些松垮，垂下的镰刀一抖一抖地擂着山薯的屁股，看那模样擂它半天也擂不出一个响屁。达香气不打一处来：山薯你这个野仔，你放牛就放牛，你带镰刀去干什么？小母牛喂饱了，就不需要再给它割草了。它一头小母牛能吃得几多草，它又不是一匹马。人无横财不富，马无夜草不肥。但小母牛夜里是不需要添草料的。小母牛正值青春花季，深闺待嫁要保持窈窕身材，等待屠户或者畜师的挑选，你晓得不晓得？山薯你这个野仔，你这不是故意跟我过不去吗？你晓得你去放了牛，你去割了草，我就不能再去放牛，我就不能再去割草。我不出去割草，就没有理由出门上山去，我就……山薯你这个野仔！

出了门，达香直奔达旬家去。达旬的家在村东头的坡岭上，要绕过几块甘蔗地才能到达。坡岭上就达旬一家，两间三层钢混结构砖房。村里经过“危改”后的砖房，也就达旬一家是三层的，大部分农户只建了一层，达香和另外三户勉强建了两层。有人说达旬的男人在广东那边挣了好多钱，这个判断很快就被有男人在广东打工的人家否定了。达旬的男人在工地上主要是做保卫，兼顾些抄抄写写，挣的钱比他们还少，除非他既做保卫又当内贼，把仓库的建筑材料偷去卖了钱。达香知道这三层钢混结构砖房的融资机密——除了一户一个“危改”指标，芭蕉额外给了达旬家三个。这事过去就过去了，要是搁到今天，不是能睁一只眼闭一只眼那么简单了事的。芭蕉有时在村上检查工作到夜晚，忘了带手电筒就住达訇家二楼。村西头刘老锁以一把铜锁做交易，问达訇的儿子罐罐：罐罐，德昌主任来你家住哪块？德昌是芭蕉的大名。芭蕉是女人们封给他的绰号，就像达香叫她男人山薯一样。罐罐拿了刘老锁的铜锁告诉他：德昌主任住我家“外事办”。这个毫不搭界的答案，让刘老锁丈二和尚摸不着头脑。刘老锁没去过达訇“危改”后的家，不晓得“外事办”是哪间房哪张床，更不晓得“外事办”是什么单位。达訇家“危改”后，芭蕉带来几块塑料牌牌，在一楼摆着电视机的客厅墙上，钉了一块牌：“广播电视厅”。堆放五谷杂粮的房间，牌牌上是“粮食局”；厨房门楣上的牌牌是“后勤服务管理局”；隔壁卫生间的牌牌是“污水处理中心”；二楼用来接待客人的房间，牌牌上是“外事办”……达訇的男人从广东回来，见到这些牌牌，立马有一种当了领导的感觉。男人什么意见也没有，背着手在牌牌下面踱了几个来回，仿若莅临重要部门视察调研。为了感念芭蕉的功德，男人和村小学老师合作，在芭蕉灵前创作了一副挽联：主任辞尘从此音容难再睹，村民垂泪而今头雁何处寻。村人读罢，无不动容。

达訇端坐在“广播电视厅”看新闻。她家不仅第一个分到“锅盖”，还比别家多得了一台电视机。芭蕉不叫它电视机，叫它监视机，是安装“锅盖”的技术人员留下的。那个戴眼镜的工程师说，这台监视机，讲它便宜嘛，你们买不起；讲它贵嘛，也就抵过五碗米酒。眼镜判断芭蕉绝对喝不了五碗米酒，没想到芭蕉一口气喝了八碗，眼镜只得乖乖地将监视机留下来。眼镜他们一走，芭蕉就倒在“外事办”，直到黎明鸡叫才醒来。达訇心疼地责怪芭蕉：看你搏命的样子，我宁可不要这台“太监机”。芭蕉说八碗算什么，比起那几十面“锅盖”轻松多了，那些“锅盖”都是一面一碗的。达旬一早起来，第一件事是打开电视看新闻，用她的话说是看看驻伊拉克的美军又有几个挨卵了。男人到广东打工后，达旬把责任地租给承包户种甘蔗，不但免去了繁重的农活，还得到芭蕉的褒扬和奖励。那年，县里新建一家糖厂，政府发动全县大面积种植甘蔗，将任务层层分解到村里。芭蕉下队来发动，手上那只电喇叭用完一箱电池，还是没有一户行动起来，处在一种“村看村，户看户，党员看干部”的胶着状态。达旬不是村干部，连党员也不是，却第一个带头行动，把四亩责任地全部租出去种了甘蔗。年底，她不但如数收回承包金，还得到芭蕉送来的一万块钱的“以奖代补”。

达旬抓给达香一把南瓜子。达旬看电视时要嗑瓜子，嘴里一直嗑个不停。她挪过一只凳子，让达香坐了，眼睛始终没有离开电视画面。画面上一辆美军巡逻车正在燃烧。达旬叹息一声：我的哥哎，又挨卵了。达香挨着她坐着，心思和视线却不在电视画面上。她的眼神在屋子里逡巡，定格在不远的墙角处。墙角那里堆放着一捆红薯藤，若不细心观察，很难发现搁在红薯藤上的那把镰刀。那是一把长柄镰刀，因为长年割草割藤蔓，沾着草汁藤液，寒来暑往，天长日久，刀面和刀柄已和枯萎了的草叶藤蔓颜色融为一体。达旬觑了达香一眼，嘴里吐出瓜子皮，她知道达香所要刺探的秘密。这是她们的秘密，也是全村女人的秘密。这个秘密事关村里的一个风俗或者规矩，即村里的女人如果跟死去的男人生前有过瓜葛，七七四十九天之内要自觉将家里的一把镰刀扔到他的坟上。

达香盯着达訇看，良久才冒出一句：你还没扔啊？

达訇麻利地将一颗瓜子抛进嘴里，舌头搅动一下，瓜子皮就吐出来了。她的嘴简直是个嗑瓜子的机器。达訇说：我为什么要扔？就是全村女人都扔完了，也轮不到我！我和死鬼可是白开水一般清白。这话看似说得理直气壮，其实是霸道了，不负责任了，不实事求是了，不尊重历史了。说得严重一点，就是不守风俗不讲规矩了。你达訇和芭蕉的关系，村里人哪个不晓得呢？“芭蕉”这一绰号是你发起封的，然后经过比对检视，你把自家男人的名字改成了“芋头”。你还当着几个闺蜜的面，用手指当尺子比画了一番，弄得闺蜜们面红耳赤，娇羞难耐。怎么到了关键时刻你就变卦了，就翻供了？人家芭蕉尸骨未寒，你就推翻一切不认账了。原以为村里第一个种植甘蔗的是你，那么第一个到坟头扔镰刀的也应该是你。原以为你会提供一些信息——坟头上有几把镰刀了，甚至还会敦促大伙早些把镰刀扔了，让他不留遗憾安心去往天堂，以后大伙都到了那边，遇见了也不感到为难。

达香很失望，真的很失望。当然，最大的失望是达訇过河拆桥翻脸不认人的态度。怎么能这样呢？啊？怎么能这样呢？达香在心里一遍又一遍地讯问，是反问，也是扪心自问。她站起身来，走出门去。达訇在身后说，你应该去达美家走走，第二个扔镰刀的应该是她。这话把达香彻底地推出了门，也让她转移了目标和方向。达香本来没这个念头，经达訇这么一说，她突然觉得有必要走访达美家一趟。达美是个寡妇，三年前她老公在悬崖上捉蛤蚧时摔死了。一年后媒婆给她介绍了一个老光棍，各方面的条件很匹配，可是达美拒绝了，理由是有人照顾她了。村里人都清楚，经常照顾她的人是芭蕉。不止达美一个，还有达萍、达琼、达燕、达英、达东、达柳、达娟、达慧、达丽，达香觉得也都很有必要走访。她们和达訇一样，都是“芭蕉俱乐部”的成员，一起在芭蕉叶下躲过雨，倾听过雨打芭蕉叶的声音。

达香于是就要走访达美家。达美的家和刘老锁的家在村西头。刚到半路，达香却被山薯一声吆喝喊得掉头了。走访达美不行了，走访达萍、达琼、达燕、达英、达东、达柳、达娟、达慧、达丽也不行了，计划被迫取消。山薯赶着小母牛从山坳口下来，身后跟着一个人，达香一眼就认出是八叔。八叔是主持芭蕉法事的道公，明天的剃头仪式自然还得由他来主持。总体部署的是他，回头看也是他。八叔这辈子做了多少场法事，他已记不清楚了，没有一场他做得不圆满的。那些在悬崖上捉蛤蚧摔下来缺脑袋断腿脚的，那些在几百米深井下挖煤遇瓦斯爆炸烧成一团肉炭的，那些身家上亿却豪门无后的……没有一个不让八叔打理得服服帖帖。芭蕉开始也睁眼，摆着架子。但这架子在八叔面前不堪一击，八叔对芭蕉斤两的了解，就像了解他的酒量一样。八叔晓得当了一辈子村干部的芭蕉最得意的是什么，他一生的亮点是什么，他的短板是什么，他的叹息和遗憾是什么，他心里牵挂的又是什么。八叔吩咐助手为芭蕉做了一百多只小纸房，又做了一百多面纸“锅盖”——这些都是芭蕉政绩的缩影。但这些杰作都做好摆在芭蕉灵前，芭蕉还是睁着眼，还是端着架子。八叔说算你有种，你比那些官员还倔。多少大官都给我面子，就你不给。最后，八叔对屋里的女人说，别理他，让他保留意见，我们该干吗干吗。他决然地转入下一个环节。这个环节让人有些难堪，主要是让女人们难堪。八叔说这番话时，男人们分头忙着杀猪宰羊挖坟墓，都不在现场，八叔见缝插针抢抓机遇把话说了。八叔说有些事讲了不能做，有些事做了不能讲，门前的芭蕉没人数过，吃没吃过各人心里明白，德昌他自己也有纪要。坟顶上的镰刀，我不去考究是哪一家的，也没人去辨认是哪一家的。镰刀扔了就扔了，不追究既往，不记入档案，不告知家人。达香当时和达訇挨坐在一起，八叔说这番话时，达訇鸡爪似的手在她大腿上狠狠地掐了一下，疼得她险些喊出声来。痛感似乎传到八叔那里，达香抬起头就撞上他那双鹰眼。做法事时，八叔拎一只小布包在熊熊烈火上"过"了一遍，然后把它放进棺材里去。芭蕉生前不做笔记，他像古人计数一样，随身携带一只小布包，每离开一个农户家就往小布包里放进一颗小石子。那只小布包看上去沉甸甸的。盖上棺材板的时候，芭蕉已一脸安详，像生前的每一次香眠。

达香！山薯的声音从山腰传下来，你赶快烧水杀鸡，八叔要来我们家。

杀哪只？

杀那只半夜打鸣的花公鸡。

达香心里咯噔一下，八叔不是到芭蕉家筹备剃头仪式吗，干吗要到我们家来？达香转身进屋时，一股怒气又生了出来，山薯你这个野仔，八叔要来就来嘛，你大声喊叫什么？你要让全村人都知道八叔来我们家？我们家死人了是不是？你这个野仔如果今天死了，"三早"后我就带阿妹嫁人，我才不等到七七四十九天，我才不熬它三年五载，我才不管你瞪眼豁嘴耍大牌。

达香递给八叔一杯水，眼神落在他手上，却感到那双鹰眼在凌空俯视她。达香头都没抬，转身去烧她的火。她把一根又一根干竹子塞进火塘，火塘时不时嘭地发出一声巨响。在案台那里切菜的山薯责怪她：你就不会用刀子把竹子先劈了吗？劈了它就不会爆了。达香没好气应道：刀都在你那里了，一把在你手里，一把在你屁股上，你让我用手来劈吗？说罢就朝山薯的屁股飞去一眼，恨不得狠狠地蜇它一针。山薯早就把小母牛关进牛栏进了家门，可直到现在那把镰刀竟然还没解下来，竟然还吊在他的屁股上。山薯不再吭声，任凭火塘里发出嘭嘭嘭的响声，仿佛在倾听过年的爆竹。

八叔和山薯喝了几杯酒，就提出要到芭蕉家去。剃头仪式有许多前期工作需要他部署，夜里还要召集家属开个预备会。某些重要的议程，事前还要提交家属审议讨论，以便达成共识，确保实现剃头仪式筹备组的意图。虽说一切都有惯例，但基本程序必须走完。芭蕉生前接受过各种各样的检查核查，挨扣过分，也被抽调参加过各种各样的评议组检查组，给人家扣过分，提出过整改意见。仪式到他这里就要认真了。这种事情，活着的人谁也没体验过，谁也讲不清楚，但从来没人胆敢马虎应付、敷衍了事。

达香以为山薯邀请八叔进家来，是要谈他受戒的事，甚至可能在剃头结束之后顺便举行受戒仪式，了结心事才返回广东。达香知道山薯已拜八叔为师，只是尚未正式受戒。山薯对她说过，受戒后他不一定就当道公，他还是继续回广东打工，以后老了才转换角色。然而饭桌上山薯只字不提受戒一事，而是谈了缠在达香心头上的那件事。山薯告诉八叔，他每天放牛途经山腰上芭蕉的墓地都留意观察，四十八天了，坟顶上只有一把镰刀。

八叔在啃鸡头。因为过于匆忙，所以鸡头的毛拔得不是很干净，他从牙缝里勾出的肉末夹着绒毛。

山薯端起酒来敬八叔：你敢肯定只有达花（芭蕉的女人）一把镰刀吗？他眼睛盯着八叔，在等他确认。八叔喝了酒，给了一句不是山薯想要的答案：还没扔的今夜第一遍鸡鸣之前要扔了，过了第二遍再扔就没有意义了。达香盯着碗里的鸡肉。她杀的是一只母鸡，而不是那只花公鸡。她埋头撩拨碗里的饭粒，一粒也没吃到肚子里去，仿佛在为逝者喂食。

搁下筷子，八叔起身向达香道谢告辞。山薯跟着站起身来：我也过去帮忙，猪和羊下午都要宰杀了，杀猪那帮屠夫可以操刀，宰羊要不是我操刀，那活血就吃不成了，吃羊不吃羊活血，等于不吃羊。两人一前一后出门去，山薯腰上绑着那把镰刀，那把垂下的镰刀，一抖一抖地擂着他的屁股。达香心里呸了一声：我根本就没听芭蕉的女人讲过要杀猪，更没听她讲过要宰羊。猪肉是跟屠夫德照要的，羊肉也没列在菜单上。芭蕉的女人还讲，剃头仪式限在小范围内进行，一家一户只来一个代表。听山薯你这么一讲，好像剃头仪式是你来具体操办的，好像不是要给芭蕉剃头，而是给你这个野仔剃头。

山薯回到家是后半夜。昏暗的灯影下，山薯摇摇晃晃地站在床前。喝得醉醺醺的他，问了一句：睡着了吗？达香没吭声。山薯一把掀开被子，摸着达香的脸：你睡着了吗？达香侧过身来“嗯”了一声。山薯稀里哗啦地脱去衣服。叮当一声，那把镰刀被山薯扔到墙角那里。达香暗暗呼出一口气来，这口气她憋了整整四十八天了。四十八天来，达香第一次掌握镰刀的去向或者藏身地。之前有几次山薯放牛归来，进门时明明镰刀还在他屁股上，眨眼间就不见了，然后就下落不明，第二天早晨又绑在山薯的腰上。达香为此怀疑山薯在广东偷偷学了魔术。最让达香上火的是，家里就只有一把镰刀。这把镰刀是山薯的父母留下来的，说不定还是他的爷爷的爷爷留下来的。

达香坐起身子，主动脱去内衣。山薯光溜着身子爬上床，搂着达香的脖子，嘴里喷着酒气，说一句“明天我回广东了”就趴到她身上，连同他的酒味汗味身上所有的气味一股脑塞进达香的身体。达香闭着眼睛，任由山薯捣鼓。达香想起达旬说过的一句话：男人和女人的事就像开锁，很多男人一辈子只晓得开那种钥匙一塞一拱的老锁头，只有芭蕉会开防盗锁，还能开密码锁。山薯吭哧着，一面拱一面反复强调：明天我回广东了，明天我回广东了。达香很想回他一句：你早就应该回广东了。山薯强调到第七遍时就从达香身上滚了下来，翻过一边去。心有不甘地又嘟囔了一遍：明天我回广东了。达香恼怒地擦着身子，心里狠狠地数落他：回广东，回广东！明天你这个野仔才回广东，对我还有什么意义？心里虽是这样说，身子却主动侧过去，说明天是星期六了，阿妹周假回家，你见了她一面再回吧。山薯“嗯”了一声，又含糊不清地说了一句什么就打起了呼噜。山薯一阵接一阵的呼噜声，很像猪圈里吃了带有酒糟的泔水的年猪发出的鼾声。达香心里想，原来人和猪喝醉后发出的声音是一样的。不同的是，年猪的鼾声寄托着达香的一种期望、一种喜悦，而山薯的呼噜声只让她心烦，彻夜难眠。要是在别的夜晚，达香绝对翻身下床，睡到阿妹的床上。但是今夜，达香期待山薯的呼噜声，她需要这种呼噜声，像黑夜迷途的人渴望一阵雷鸣、一道亮光。达香小心翼翼地摇着山薯，山薯没有反应。达香又摇了两下，山薯的呼噜声不但没有歇下来，反而一浪高过一浪。

达香悄悄地穿上衣服，蹑手蹑脚下床去。屋里的灯泡亮着昏黄的光，这只灯四十八天来一直这么亮着，像守夜人困顿而警惕的眼。达香趿着鞋疾步来到墙角，一把抓起镰刀。姑奶奶！你终于让姑奶奶逮住了，这些日子你躲到哪里去了呢？啊？你躲到哪里去了！这些天来一直想拿到手的镰刀，此时此刻终于到了她手上。达香的手心湿漉漉的，她把镰刀换到另一只手上，用湿漉漉的手心来擦她脖子上的汗水，脖子也湿漉漉的，达香浑身湿透了。

达香蹲在墙角那里，翻来覆去地掂着那把镰刀，她必须在很短的时间内做出抉择。现在距离第一遍鸡鸣越来越近了，她甚至听到公鸡已开始扇动翅膀，冷不防就要发出一声啼鸣。一旦这啼声划破时空，即宣布期限的终结。达香急忙站起身子，来到堂屋的神龛前，从八仙桌下摸出一把铁锤。

达香返回到墙角那里，拿起镰刀，来到床前停留了一下，观察床上的动静。山薯的呼噜声依然此伏彼起。达香回到堂屋，拿起铁锤猛地敲击镰刀，尖锐的声响迅即冲向四壁，把达香吓了一跳。她竖着耳朵再听动静，床上没有反应。她来到大门前，小心翼翼地拉开门闩。门，通情达理知疼着热地开启了。一股冷风趁机而入，达香打了个寒战。达香往屋外瞄了一眼，夜，黑咕隆咚的，天际没有一颗星星。达香拿起镰刀和铁锤，刚转过身来，一个人影赫然立在她的面前，她“啊”地尖叫一声。

山薯像一根柱子立在那里，纹丝不动。冷风嗖嗖地灌进屋里来，达香浑身筛糠似的发抖。山薯弯腰捡起地上的镰刀，牢牢地掌握在手里。那把铁锤他没有捡起来，估计是铁锤与当下无关，或者说他想把铁锤让给女人，他不能让女人手无寸铁。

山薯冷笑一声：我早就估摸到死鬼的坟顶上，应该有你这把镰刀。你早就想把它扔给死鬼了吧？从死鬼入土的那天晚上起，你的眼睛就一直盯着这把镰刀，你以为我看不出来？你晓得我为什么迟迟不回广东？你以为我贪死鬼家那几块肥肉？我就是要等到这一天，我就是要看你怎样把镰刀扔到死鬼的坟顶上！死鬼都走了，死鬼的肉身都开始腐烂了，你还念念不忘，你还放不下他。死鬼比我好是不是？死鬼太好了是不是？死鬼待你太好了是不是？随着一道弧线划过，一记响亮的巴掌啪地落在达香的脸上。一阵撕裂般的剧痛从脸上蔓延开去，迅即覆盖全身。剧痛没有催生泪水，而是引发了一股强大的力量。

他就是待我好！

他待你好那你就去陪他啊，你现在就去啊！他的墓就在山腰那几棵芭蕉树下。你何必去扔镰刀，你干脆日夜守在那里陪他好了！那几棵芭蕉树上正好吊着几串芭蕉，那芭蕉又粗又长又嫩又甜，你不用担心饿了肚子！

达香嘤嘤地哭出声来。

咦，你还真想他呢！

我就是想他！

达香伸出一只手指，指着屋子天面：改造这个房子的时候你在哪里？你晓得是哪个帮我请来民工又帮我算好价钱然后组织施工？你晓得是哪个帮我联系小四轮运来水泥钢筋砂子碎石？

你晓得是哪个帮我联系顶杆拉电架线捞砂拌浆？你晓得是哪个到信用社帮我担保签字画押要得贷款？我告诉你，这些事情如果没有他帮忙，一件都落实不了你晓得不？还有，还有我牙痛得几天都吃不了饭，那时候你在哪里？我生病发羊毛痧只剩下一口气的时候，你又在哪里？

达香的手垂下来，山薯的眼神也从屋子天面落下来。接着达香嗓门的音量也随之降了下来：事实上，我跟他没有任何见不得人的瓜葛，我和他根本就没有那种事。那天，房子封顶我发羊毛痧，他买来一只公鸡杀了给我刮痧，我们家的公鸡他都舍不得杀。他说杀了我们家的公鸡，你回来就会骂我，你是一个心疼公鸡的男人。他拿着公鸡毛在我的后背挑出一根根羊毛来。他这样一刮，第二天我就好了。当时，我……我看他那个难受的样子，我……我就握了他一下，只是握了他一下，他根本就没睡到我们家的床上。你用你的狗鼻子去闻闻看，床上除了你一身臭味，还有哪个男人的气味？

山薯重重地喘了一口气，忽然觉得裆部有些瘙痒，就用手去挠了一下。他自己觉得有些不好意思，小声地问道：那……那你干吗还要去扔镰刀？

达香说：我扔的又不是刀身，我扔的是刀柄。

刀柄？

山薯一愣，这是一个出乎意料的答案，一个值得思考或者探讨的回答。山薯顿然觉得腰有些酸了，腿有些麻了。他蹲到地上，翻来覆去地端详手里的镰刀，和刚才达香蹲在墙角的姿势一模一样，他现在复制了一遍。直到这时，他才领悟一个基本常识：原来镰刀是由刀身和刀柄两个部分共同组成的。

山薯一只手握着刀柄，一只手捏着镰刀的弯角，在观察，在思考。握刀柄的手忽地松开，一把年代久远的镰刀吊在他的手上，开始有些晃荡，后来就稳住了，看上去整把镰刀就像一个问号。再细细观察，镰刀的上半部分像一钩弯月，有缺陷的弯月，开始思念的弯月。弯月是铁制的，是所谓镰刀的实质性的部分，没有这一部分就不能叫作真正的镰刀。镰刀的下半部分是一截约二十公分长的木柄，也就是所谓的刀柄或者刀把。这一部分不能说它无关紧要，如果没有它，镰刀还是镰刀，却不是完整的镰刀。它的随意性很大，适用性广泛，它可以和菜刀、柴刀、砍刀甚至斧头搭配，组合成为另外一种刀具，成为另一种柄。总之，它虽然只能而且永远只能是柄，但它是镰刀菜刀柴刀砍刀甚至斧头的重要组成部分，这一点是不能忽略的。

风俗上要扔的镰刀，照山薯的理解，应该是一把完整的镰刀，至少也是达香所说的刀身。那么单单扔了刀柄，有没有这个必要？有没有那个意义？山薯的眼神定格在刀柄上，刀柄饱经风霜，布满一道道纹路不规则的裂痕。如果生手抓握，可能会夹伤手掌。山薯突然想起，这截刀柄其实早该换了，只是他没有时间或者说没上心换掉而已，他一直都不在家，他大部分时间都在广东。这个记忆一旦复活，山薯当即毫不犹豫操起铁锤，猛地敲击刀身。只一下，刀柄就剥离出来，掉到了地上。当刀柄离开刀身，山薯也就如释重负了。

山薯盯着地上的刀柄，意犹未尽，又问一句：这样的刀柄有必要扔吗？

达香理直气壮地回道：当然要扔。

扔到门外算了吧？

得扔到他的坟顶上去。

那又何必呢？

达香的态度很坚决，她说：刀身有刀身的内容，刀柄有刀柄的性质，同样不能含糊。

山薯拿一只手电筒出来，捡起那截刀柄递给达香：我陪你去吧。达香摇了摇头：我自己的事情，我自己处理。山薯把手电筒递给她，达香只接过刀柄就出门去了。

达香一口气爬到芭蕉的墓地，黑暗里她感觉眼前凸起一座土丘。那土是新鲜的，像初春刚刚翻犁过的田泥。周围还弥漫着香火味、鞭炮味以及浓郁的酒香味。达香向前迈出一步，一条腿先弯下来，接着另一条腿弯下来——她跪到了地上。

大哥！

达香颤着音说：我来迟了，你走的第一天我就应该来了。第一天来不了，那么“三早”后我也应该来了，可是直到今天——直到天亮就要剃头了我才来。我确实遇到了一些困难，就像以前我遇到的种种困难一样。有些困难需要你帮助才能克服，比如“危改”时我要贷款就需要你帮助；比如我牙痛需要你帮按着牙龈，再在门上钉一颗铁钉；比如我发羊毛痧了，就需要你帮我刮痧。但是有些困难只有我自己才能克服，比如扔镰刀这件事，只有我自己才能抉择。我该不该扔镰刀呢？只有我心里明白，当然你心里也明白。你更应该明白的是，克服困难是需要时间的，是需要过程的。当年你在村里发动种植甘蔗也是动员了几个月才完成，我现在克服这个困难也要了整整四十八天。其他的困难同样需要我今后逐个去克服，同样需要时间，同样需要过程，所以请你谅解，也请你放心。大哥！你的大恩大德，我和达訇、达美、达萍、达琼、达燕、达英、达东、达柳、达娟、达慧、达丽等姐妹们都会永远铭记，就像我每天都会留意你给我治牙时钉在门板上的那颗钉。看了那颗钉，我的牙就不痛了。你在那边多珍重，能够少应酬就尽量少应酬，别再喝那么多的酒了。酒色一生下来，就是孪生兄弟，就是一把锋利的镰刀……达香说罢将手里的刀柄扔了出去，黑暗里一丝声息也没有。

身后闪过一束亮光，像天际划过的一道闪电。来到近前，山薯的手电筒突然熄灭，达香一个趔趄，整个人扑进了他的怀里。山薯搀扶着她，一步一步摸索着往回走。刚才上来的时候，达香压根儿就没觉得黑暗，甚至还看得见路上一只只清晰的脚印。她的每一个脚步都踩在那些脚印上，一路上来很顺畅就找到了芭蕉的墓地。现在她突然觉得四周黑压压的，她必须依靠山薯的搀扶，才能迈开步伐。还好，不远处就是他们的家，家门敞开着，透出昏黄的光，可辨识他们越来越短的归途。

剃头的时候下着雪，雪在天亮前就开始下了。这雪就像哀伤的人的泪水，一落就没个收场。村里已几十年没下过雪了，此时，山林、田野、屋舍覆盖着白雪，四周一片白茫茫的，仿佛整个村庄都裹上了孝布。南方的雪和北方的雪是不同的。北方的雪像棉絮，裹着暖意；南方的雪像盐巴，夹着咸味。北方的雪像经常走动的朋友，一年见几次面都很正常；南方的雪像远在天边的亲人，要十几年甚至几十年才见一面，这次见过，若要想再见，恐怕要等到下辈子了。

达香早早就来到芭蕉家，和达訇、达美、达萍、达琼、达燕、达英、达东、达柳、达娟、达慧、达丽一起会入芭蕉家的孝男孝女行列，头上缠着孝布，跪在芭蕉灵前。芭蕉的女人抽噎着：这些天他睡在里面本来就够冷了，再下这场雪还不把他冻坏？姐妹们就陪她哭了一阵子。既然是剃头，那么就要象征性地剪一点点头发。八叔捏着剪刀，机械地在每个人的头上做一次剪的动作。当然，也会有一点点头发飘落下来，但无伤大雅，丝毫不影响发型。形式毕竟是形式，剃头仪式的主要内容，自然是吃肉喝酒，是要化悲痛为力量的。

八叔滔滔不绝地念着经文，依次摘下每个人头上的孝布，每个人都能清晰地听到头顶上那清脆的咔嚓声。那声音干脆利索。八叔手上那把剪刀，应该不是一把生锈的剪刀，生锈了的剪刀是不可能发出这种钢声来的。

作为村里唯一临时留守的男人，山薯具体负责剃头仪式的后勤工作。他在屋子里进进出出，忙前忙后。他的临时留守居然是正确的，有前瞻性，简直就是预案——不然就得去请别村的男人来帮忙了。他的腰上多余地绑着一把镰刀，镰刀吊在他那扁平的屁股上，似乎是在做某一种展示或者暗示。当然，也可能是作为一种劳动工具。那把镰刀吸引了灵前所有女人本能的目光，她们顾不得八叔是否真的剪了头发，条件反射地伸着脖子凝视山薯的屁股，连八叔也走神张望了一眼。那把镰刀的刀柄是新的，散发着树木清新的味道。

JUEMEI ZHI CHENG

绝美之城

李约热

既要抱团取暖
更知山外有山
——与都安文友共勉

【作者简介】

李约热，本名吴小刚，男，壮族，广西都安县人，《广西文学》主编，广西作家协会副主席。著有长篇小说《我是恶人》《侬城逸事》，小说集《涂满油漆的村庄》《人间消息》《李作家和他的乡村朋友》等。小说集《人间消息》获第十二届全国少数民族文学创作骏马奖，短篇小说《青牛》获《小说选刊》“贞丰杯”2003—2006年度全国优秀小说奖，短篇小说《你要长寿，你要还钱》获《民族文学》2015年度小说奖，中篇小说《戈达尔活在我们中间》获第五届广西文艺创作铜鼓奖，小说集《涂满油漆的村庄》获第六届广西文艺创作铜鼓奖，中篇小说《八度屯》获第十届广西文艺创作铜鼓奖及第八届鲁迅文学奖提名，散文《朗月在天》获《民族文学》2022年度散文奖。中篇小说《一团金子》入选中国小说学会2008年度中国小说排行榜，短篇小说《喜悦》入选中国小说学会2020年度中国小说排行榜。

夜晚。电话。小栗。

小栗？谁是小栗？铃声太响，先调为静音，再想想要不要接。经常是这样：陌生人的电话，或者在某个场合匆匆留下，过后就再也没有联系的人的电话，你一般是不接的。能有什么事儿呀。就是有什么事儿，你也顾不上。这些年，除了父母兄弟，经常联系的人也就三五个，你们在各自的领域沉浮，七荤八素、疲惫不堪，平时联系，也多是用微信。电话通讯录上那些个曾经非常熟悉的名字，一年中也没在你的手机屏幕上闪亮一回。

谁是小栗？你脑子里并没有这个人。

不接。

很快，短信就来了：叔叔，我是给李曼补习英语的家教小栗，我有急事想请您帮忙！您能接我电话吗？

看到帮忙两个字，你心头一紧，触电般地把手机放在一边。

小栗，你想起来了，十年前来家里给你女儿李曼补习英语的大学生，她在省师范大学读大三，是英语系的尖子，非常抢手的英语家教。你是托朋友找的她。小栗长什么样你记不得了，你只记得她可没帮李曼提高英语成绩。李曼英语成绩上不去也不能怪小栗，李曼严重偏科，她的叛逆，不是体现在怎么跟你全面对抗上，她的叛逆，全部体现在不遗余力地对数学和英语的厌恶和“口诛笔伐”上（“口诛”是经常在你面前吐槽，“笔伐”是在自己的房间贴上很多自己想出来的不学英语和数学的“语录”，她每天一睁眼就看到这些字词）。小栗是她的第三个英语家教，前两个英语家教每人只来几次就不来了。前两个英语家教，她们来给李曼上课，李曼对她们说，我不是学不好英语，我只是不愿意学英语，想让我学好英语，得先说服我为什么要学。她们说要考好的学校，就要学好英语。李曼说对不起，考上好学校不是我的人生选项。人生而自由，学什么样的语言，我自己说了算。她们说你爸爸请家教就是要让你提高成绩的呀。李曼说，请家教只不过是爸爸尽自己的义务而已，他是出于对女儿的责任。请不请是他的态度问题，学不学是我的个人自由。两个家教相隔一个月先后来到你家，相同的“台词”李曼隔一个月说一次。李曼说要不我们聊天，钱照给，我们一起把上课的时间打发掉就好了。两个女孩都不愿意这样做，来了几次，说服不了倔强的李曼，就再也不来了。这才轮到小栗。小栗跟她们不一样，每次来都不教李曼学英语，每次来都是跟李曼聊天，把上课的时间都打发掉了。当然这一切你当时并不知道。你只是纳闷，不是很抢手的英语家教吗，为什么李曼的英语成绩一分都没有提高？

你捡过手机，划开，在小栗的短信下面回复：小栗你好，我现在正忙其他事情，稍晚再跟你联系。斩钉截铁，非常礼貌地拒绝了。

这个时候，你又稍稍有一些不安，小栗相当于陌生人，陌生人这个时候找你帮忙，肯定不是扶老太太过马路、在地铁上让座那么简单，是救急还是救命？要不要打个电话问问？你伸出手要拿手机，又停下来。不行，再等等，再等等……

橘黄色的光铺满客厅。不知从什么时候起，你对光线敏感起来，以前只要足够亮，家中灯光的颜色，不管是冷色还是暖色，你都毫不在乎，后来，你只能接受暖色。可能是跟那一次历险有关。那一次，你们一群人在大明山游玩，一道飞瀑从天而降，巨大的声响撞击耳膜，这大自然的声音，摧枯拉朽。你神清气爽，似乎变得轻盈起来。在飞瀑的边上，一道白线，被飞瀑混淆，几乎没有人能看出来那是一条小路。

看到了吗？飞瀑边上有一条小路，我们去走走。你说。

没有人响应，他们忙着拍照，扎营，准备野炊。你被那条小路所吸引，想到上面走一走，看这条小路是不是通往飞瀑的背面，如果是这样，那就太好了。你离开人群，开始攀爬。借助藤蔓、野草，七绕八绕，二十多分钟，竟跃在白线之上。身边的瀑布是未经剪裁的白绸，裹挟着风，往低处飘落，你变高了，瀑布的声音变小了，飞瀑溢出的水滴洒在你身上，你正在经历一场豪雨。还好，你新买的冲锋衣应付得了这场豪雨。你早就有备而来。确实，你一身登山的装备：铁拐杖、手电筒、刀。这是全新的体验，你兴奋得像雨人一样挥舞着双手。

欢迎来到珠穆朗玛！欢迎来到世界之巅！你朝山下喊。

他们看得见、听不见，也朝你挥手，给你拍照。你踩着白线往深处走。白线的尽头，风势强劲，感觉再往前几步，就会被风刮下悬崖。你抬头，一个巨大的洞口悬在瀑布的背面。如果进得洞去，就能感受到什么叫“水帘洞天”。你不知道哪来的勇气，像头寻找水源的巨蜥，爬上乱石，爬过苔藓植物的领地，爬进洞里。真是别有洞天。站在洞口，那匹白绸从天而降，在你眼前滑落。外面山野碧绿，天空蔚蓝，白的瀑布绿的山野蓝的天空，这白、这绿和这蓝竟是这么让人垂涎三尺。如果这个时候大自然摁下静音键，所有的声音消失，这白这绿这蓝静悄悄的，会让人有一种身处世界尽头的感觉。

世界如此宁静，而你是洞主。

这时候手机响了，他们催你回去野炊。刚刚收获了巨大的安宁，你怎么舍得放弃？你跟他们说，你现在在水帘洞里享受美景，稍晚再下去享受美食。兴奋的心情渐渐平复，那白那绿那蓝已刻骨铭心，现在，你想体验黑。你转过头，几只雨燕从黑暗中飞出来，穿过瀑布，直上云霄。这劫后余生的雨燕，从黑暗奔向光明的精灵，这里是它们的家。正是这些勇敢的雨燕，让这巨大的溶洞充满生机。你的脚边，是汩汩流动的清水，在微光的照耀下，闪闪发亮。这个下午，因为这瀑布，因为这瀑布带出的白、绿、蓝，还有黑，以及脚边的清流，你异常勇敢——它们糅合在一起生发出的能量让你不能自持。不知不觉间，你朝洞中走去，忘了自己是一个容易迷路的人。很快，你就迷路了。本来通往黑暗深处的路只有一条，后来变成两条，后来是四条、八条、无数条……脚下的路时宽时窄，脚下的路又太过相似，这两条四条八条无数条，都像同一条。走啊走啊，你已不知道走的是哪一条。短短二十分钟时间，你就找不到回去的路了。恐惧随之产生，你心跳加快，无法冷静下来，凭着感觉左冲右突，围裹在手电筒光柱周围的黑好像越来越浓，你越走越远。这里不会是我的墓穴吧？人类为什么把黑色当成死亡的颜色，这一下你体会到了。不会的，不会的，心里虽然这样想，但你还是掏出手机，想在手机记录本上写一些文字，如果真的走不出去，这些文字就当是遗言。划开手机，你看到黑色的屏幕上有微弱的信号，这让你喜出望外。神秘古老的洞穴，竟然挡不住中国移动基站发出的信号，你稍感到心安，赶紧点开通讯录，要给山下的人打求救电话。可是……可是号码都已经摁下，信号还没发出，你又挂断了。求救？求救太他妈丢人了。现在山下的那帮家伙正在吃着烧烤喝着啤酒，接到我的求救电话，他们会忙乱成什么样子？他们除了像野蜂一样往山上奔，肯定还会给园区管理员打电话，然后就是搜救队出动。那会乱成什么样子！不能这样，这里不是罗布泊，说什么我也要自己走出去。就是走不出去……就是走不出去，我也要自己走！

你有一个基本的判断：既然手机有微弱的信号，那说明这里离洞口不太远。你不再急急火火，你把这里当成信号源，以此为半径，用铁拐杖在石头上做标记，记下已经走过的路。可是愚笨如你，在城里，哪怕很熟悉的路线，每次开车出门都要开导航。就是开导航，也会时常出错。现在在洞里，没有导航可开，那更加麻烦，你再也回不到有信号的地方，那些标记，留给雨燕、蝙蝠、蛇。你又恢复到之前的急躁，左冲右撞。你面对的仍然是无数条路，可是这无数条路，仍然没有一条把你带出洞口。你看看手机，信号彻底没了。一股悲壮涌上心头，这次，恐怕真的要写遗言了。你坐在地上，熄灭手电筒。胸膛滚烫滚烫，脖子上、头上仿佛敷了一层盐，细细地蜇着皮肤——刚才出了太多的汗——在清凉的洞里，出这么多的汗，可见有多狼狈。先歇一歇。三分钟，五分钟，十分钟，你似乎产生幻觉，你的脸庞有清风轻拂，你好像坐在朋友们中间，山野的风朝你吹……你猛摇头，这里没有朋友们，可清风真真切切！你不相信，掏出口袋里的纸巾，撕碎，抛起来，风把白色的纸巾吹成蝴蝶，飘走了。风从哪里来？你觉得自己有救了，赶紧爬起来，循着风来的方向，走啊走啊，走了很久，你看到橘黄色的光……

这个夜晚，橘黄色的光铺满客厅，你陷在沙发里，巨大的电视屏幕正在播放《完美星球》：非洲，坦桑尼亚，伦盖伊火山附近，成千上万的小红鹳雏鸟徒步穿过剃刀般的盐碱地，从纳特龙湖的湖泊中央向着五公里之外的湖边淡水泉奔去，在那里等待它们的除了成鸟，还有生长茂盛的藻类。这是一场史诗般的迁徙，从高处看，这些弱小的生灵掀起漫天的黄沙，从不同的地方汇成寻亲的洪流，像战马一样奔腾不止。它们的天敌，非洲秃鹳，有着古罗马宝剑般锋利的嘴巴，游弋在周围，正在等待时机，朝落单者下手，在它们的眼前，小红鹳雏鸟的狂奔，变成了逃难……

看着电视里那些逃难的小红颧，你突然起了怜悯之心，你心里想着要不要打个电话给小栗。算了吧，很多事情，咬咬牙就过去了，你想起山洞中的自己——吉人自有天相，你相信小栗不会有你曾经经历的那种危险，除了生死，什么都不在话下。年轻的小栗，肯定能逢凶化吉。

因为小栗的短信，你突然想起李曼，你的女儿，她现在在罗马。你的这个宝贝女儿，后来真的像她说的，喜欢什么语言，就学什么语言。她最终学了意大利语，她喜欢意大利的艺术。

是从什么时候开始的呢？好像是在高一的时候，有一天你进到她的房间，大吃一惊，那些诅咒英语的“语录”，被电影剧照、绘画雕塑古建筑的照片以及艺术家的头像所代替。你的女儿站在那里，诗朗诵一样：他的世界是建立在废墟之上的，用的是废墟的材料，他满足于历史为他所设的丰富而又有限的界限，尽量安全地在此范围内站稳脚跟。因此，后代的梦想者越过了那没有诗意的罗马英雄，而将诗的金光与传说的彩虹佩在亚历山大身上……

谁的台词？莎士比亚？你问。

不是台词，李曼说，你肯定不知道。德国人蒙森写的恺撒大帝的句子。

蒙森是谁，没听说过。

亏你还吃文学饭。蒙森是第二位获得诺贝尔文学奖的人，是一位历史学家。历史学家获得诺贝尔文学奖的情况很少吧。李曼说。

从李曼房间出来后，你赶紧去查，果然，蒙森是位历史学家。李曼喜欢意大利文化，恺撒大帝自然是一个绕不过去的人物。写恺撒的著作获得诺贝尔文学奖，女儿似乎找到了跟你联系起来的话题，没想到你不了解，天没法聊。诺奖颁了超过一百年，能说出三四十位诺奖作家名字的，估计没有几个。你对女儿一直都是放任自流的态度，她能对某种文化产生兴趣，你自然很高兴。她能有更加丰富的人生，那是你最想看到的。李曼房间有几张不同影视作品中的恺撒的剧照，英武雄壮。其他电影的剧照，老的影片是《偷自行车的人》，新的是《绝美之城》。《偷自行车的人》你很熟悉，所以没有什么感觉，《绝美之城》你很陌生。女儿房间里《绝美之城》的剧照，是一群人在狂舞，面孔闪亮：发泄、攫取、逃避、袒露、做作……不知为什么，这群狂舞的人，让你心生悲凉，这是末日的狂欢吗？秃顶和皱纹，华服和红酒，高楼宛若孤岛……不知道李曼怎么看画面里的人。她能怎么看？房间里的图片也许都是用来装饰的，不论是《偷自行车的人》还是《绝美之城》，抑或是威风凛凛的恺撒，都是装饰。

绝美之城，你记下了这个名字，又去网上找到了这部电影：

一个导游带一群日本人来到罗马角斗场，这绝世的遗迹。一个男人因心肌梗死突然倒下。

衣着考究的男人和衣着考究的女人对话，关于采访，关于去见一个人。

人影稀疏的行为艺术现场，一个全裸的女人，头上缠着白纱巾，冲向古老的石头城，头破血流。

舞蹈，独舞、双人舞、群舞。男人女人纵情欢聚。他们的面孔被白天和黑夜切割，好像已经进入人生故事的尾声。

一个少女，站在巨大的画布面前，往上面泼洒不同颜色的油彩，然后一边拍打画布，一边发出痛苦的叫喊。这也是一场行为艺术表演，女孩身上沾满油彩，花红柳绿。要去掉身上的油彩，估计需要半个月，到那时，等待她的，又是另一场演出。

104岁的修女玛利亚，坐在椅子上晃动双腿，她的脸庞像树皮一样，而眼眸闪亮，因微笑而张开的嘴只剩下一颗牙齿，树皮一样的脸上有她经历过的世纪。她的面前，全是身份显赫的人，包括红衣主教。他们排着队，一位接着一位，伸出手，等待她轻轻的一握。

绝美之城，神医也没闲着，一管神针包治百病且收费昂贵。同样是排着队，满怀期待的人露出皮肤，神针轻轻一扎，护士的声音准时响起：七百欧。

……

很精美的一部电影。你已经很久没这样认真地看一部电影了，女儿房间的一张海报，让你游览了一趟绝美之城。

绝美之城，不只是罗马。

一个求助的短信，你不想牵扯其中，反倒让你强烈地想念远在罗马的李曼。她已经很久没跟你联系了。你给李曼打电话。现在是晚上十点，罗马是下午四点，她肯定还在忙。李曼没有在国内读大学，而是申请了意大利国家电影学院，在那里学习电影，毕业后先是在电视台的美食节目做编导，很快厌倦，走遍欧洲，花光所有积蓄，然后就在罗马当导游。用她的话说，拍不了电影，当导游也是很好的。她倒是想得很开。这个时候给她打电话，估计她不会接，她大概正带着旅行团在某个观光点转圈吧。

果然，李曼不接你的电话，“嘟——嘟——嘟——”的声音响了最多五秒，就被她摁掉了。

然后就到了早上。

你来到单位，刚进大门，门卫老孔就朝你喊：李老师，有美女找你。你看过去，一个女人站在老孔身边。你的直觉，她有可能就是小栗。

她已经不是大学生的模样，高个子，干练的短发，脸庞白皙姣好，有富贵气，一身运动装打扮，好像晨练刚刚归来。

她朝你走过来：叔叔。

你是?

我是小栗，当年做过李曼的家教。我昨晚给您打过电话。

哎呀，是小栗呀，对不起，我昨晚忙到深夜，想着今早到单位后再跟你联系。你遇到什么急事了？后来解决了没有？你敷衍道。

你知道小栗肯定不相信你忙到深夜没空联系她的鬼话，所以她才站在这里。

叔叔，不好意思，非常冒昧，我也知道您很忙，但是……但是……小栗看了一眼身边的老孔，似乎有难言之隐。这个时候，单位的人陆续到来。你只好把她带到你的办公室。

办公室一排书柜，一张办公桌配套办公椅，旁边是一张沙发。你让她坐在沙发上，自己坐在办公桌后，扭过身对着她，你高她低。这种格局很粗糙，而你又不好跟她并排坐在沙发上面。你干脆站起来走出去，到隔壁办公室拿来一把椅子，放在办公桌面前，然后请她坐过来，你说这样子谈话会自然一些，要不然一高一低说话很别扭。她笑，坐过来。办公桌像一堵矮墙，隔在你们中间。

叔叔，我看过您的小说。

她没跟你说想找你办什么事，而是跟你说，她看过你的小说。你把这样的话当成客套话，很多人都曾这样说过，但是你写了什么他们都不知道。

是吗，你平时喜欢读书?

也不是，我哪有那么多时间，是因为朋友说您有一篇小说很特别，就找来读了。

哪一篇？

《影子》。

小说《影子》是个短篇，那是很多年前创作的小说了，写一个极度自卑的女大学生因为内心的秘密被室友窥见，动了杀心，杀了三位室友，最后亡命天涯的故事。这篇小说以当时轰动一时的案件为原型，如果不是她提起，你都不会想起自己曾经写过这样的小说。

那是很久以前的小说了。你说。

是我刚刚给李曼当家教不久后写的吧？她说。

你想了想，确实是这样。当时，一起大学生杀害室友的事件在国内闹得沸沸扬扬，行凶的是个男生，家在这个城市的老街。小说家嘛，心慈手软，想写一篇小说为所有的人开脱，就虚构了一个杀人犯的心路。小说还写了杀人犯有一个弟弟，他想念已经伏法的姐姐，不停地给她烧纸钱，在火光中跟姐姐相见。原型有没有这样的弟弟，你不知道。你只知道，原型的父母过得不好。你曾经到他们在城中村的家去看，大门紧锁，门口堆着垃圾，是很多人故意扔的。扔垃圾的人，有些是街坊，有些是专门来表达愤怒的人，有这个城市、这个省其他城市的人，也有外省的人，他们边扔边骂——有人统计，在这户人家门口出现过的方言，有几十种之多。清洁工老韦一面清理垃圾一面抱怨：分到这个路段真是倒了八辈子霉，工作量是别人的几倍。可以想象得到，案发的学生公寓前有多少悼念死者的鲜花，这户人家门口就有比鲜花要多得多的垃圾，甚至学生公寓前的鲜花已经不再出现，这户人家门口的垃圾仍然源源不断。你不仅看到垃圾，还看到墙上写着各种恶毒的话语。当时你想，这个家庭，算是毁了。

你对小栗说，那是十年前，当时发生了一个……悲剧。你不愿再谈论这些事情，就转移话题：哦，那时你在给李曼当英语家教。

是的叔叔，很感谢您，那个时候我真的很需要这样一份工作。李曼和您，都对我不错。小栗说。

你根本想不起来当时你怎么对待小栗的，反正就是按说好的每一节课给多少钱，都付给她了。

小栗说，我当时不知道您是写小说的。您知道吗，我在教李曼英语，而您在写我家的故事。

你一愣怔：你家的故事？你是说《影子》这篇小说吗？

小栗点点头。

你姐姐，不，你哥哥……

是的，您小说的原型就是他，我是他的妹妹。他随爸爸姓，我随妈妈姓。

你一下就惊呆了。是这样啊？是这样啊……你连说两声。这样的事情也太……太不可思议了。

眼前的小栗突然变得非同寻常，自己小说中的人物出现在眼前，这也太不可思议了。当你在写这个小说的时候，当你去小说原型的住所采访，看到大堆大堆的垃圾的时候，笔下的人物就在你家里，在隔壁房间，在帮你的女儿补习英语……

我不知道当时的情况，真的是……

你竟然不知道说什么好，竟觉得有点狼狈。

对不起，我昨晚确实是……

没事的没事的，昨晚很冒昧，打搅您休息，不好意思，都那么晚了还打扰您。

你有什么急事?

事情嘛，有点……特别。这么多年，我一直盼着有一天能来找您。您也知道，我哥哥的事情……几个家庭都毁了。

你爸妈现在怎么样?

他们都老了，都得了阿尔茨海默病，有时清醒，有时糊涂。每天我都得看着他们，防止他们外出、走失。

在写《影子》的时候，主要笔墨都花在施暴者及其家人身上，而受害者几家，你根本就没有顾及。现在看来，那篇叫《影子》的小说，跟当时那个轰动全国的案件关系不大。而且，确实有些匆忙和不走心。你回忆当时的情景，那个时候，你几次去过小栗家所在的小巷，在那里，见到很多垃圾。当时你想，这家人接下来该怎么办，所以才有了《影子》。小栗说的毁了几家人的生活，说的是自己家，还有另外三家。

当时，小说完成之后，投出去发表，这个事就算是结束了。随着小栗的出现，当年那个轰动全国的事件又一次被你想起来了。

那几家人，他们现在怎么样？你问。

三家人，两家离开了这座城市，还有一家，只剩一位老父亲。小栗说。

小说家的兴奋点，说到底就是很奇怪很有局限的东西。当时，面对杀人犯家门口那满坑满谷的垃圾，你有了写《影子》的冲动。这个早上，你突然对那三户人家的事情有了深深的好奇。当年，他们的故事在你的小说里缺失，确实有点不大应该。现在，这个早晨，你很想知道他们后来怎样了。你一时间倒是忘了问小栗来找你到底是为了什么。你想从她的口中知道那三户人家的消息。

你对他们有了解吗？你说。

通过小栗的言说，你才知道，当案件尘埃落定，属于几家人的噩梦才刚刚开始。

好几次，小栗从你家回到小巷，清洁工老韦都凑上来劝她：你们赶紧搬家吧，找个地方躲一躲，不是我嫌你家门口垃圾满地，我是担心愤怒的人太多，有的太冲动会做出什么比扔垃圾更严重的事情来。小栗说，那样才好呢。

余家，那对夫妇，有一个儿子和一个嫁到外省的女儿。儿子死了，夫妇俩的灯就灭了。在你的小说《影子》里，杀人犯的爸爸整整一年没有出门，靠邻居的接济度日。而现实是，被害者的父母整整一年没有出门，靠一个远房亲戚定时送来的物品艰难生活，后来，干脆离开这个城市，投奔女儿去了。

辜家，那时除了小儿子在国内读大学，老少五口已经移民加拿大。小儿子一个人在国内，也已经接到国外大学的录取通知书，不久就要出国读研和家人团聚。噩耗传到国外，一家人又全都回来了，要看凶手怎么伏法。

楼家，单亲家庭，一个男人把儿子拉扯大，刚刚喘口气，就飞来横祸……

已经是很久以前的事了。

这么多年，他们是怎么过来的？

这是一个长长的人间故事，就是小栗也只略知一二。

余家夫妇去了外省。

辜家的人归国，等凶手伏法之后，最终带着小儿子的骨灰去国外，彻底跟这里断了联系。

楼家还在。老楼一个人在这个城市苟延残喘。还好，他有亲戚陪伴。

你从小栗的口中得知三家人的下落。事件已经过去十年，失去亲人的伤痛已经在几家人心中凝固成化石，这化石坚硬而又冰冷。就像经历一场战争，每个人身上的要害部位，都藏着一块永远都取不出来的弹片。

小栗说，每次这个城市有凶案发生，我都心头一跳，好像我们家的人又杀人了。

小栗说，我爸爸妈妈得病之前，很少露出笑容，后来老年痴呆，又活泼起来了，他们好像又活在了我哥哥杀人之前。

小栗的话让你很受震动，这一家人内心的煎熬，外人是很难体会到的。你问，小栗，从头到尾，你们一家跟他们几家有联系吗？

小栗说，没有。

你想看到施暴者的家人和受害者的家人和解，然后抱头痛哭的场面，但是往往这样的场面，只在小说里出现，善良的作家们的所谓和解、救赎在现实面前显得多么单薄和一厢情愿。和解、救赎这样的词，在这件十年前的杀人案面前，根本不堪一击。

小栗说，不是不想，是不敢。这要命的事情，把我们都打麻木了。我们都是戴罪之身，哪敢有什么样的期盼。小栗说。

戴罪之身？小栗言重了。如果这是一个油腔滑调的人说出的话，你会觉得很虚伪，但是从小栗嘴巴里说出来，你是相信的。虽然杀人者是她的哥哥，他也已经伏法，按说小栗一家完全可以跟这件事情做了断，但是这并不容易，善良的人总是想着代亲人受过。很多年来，施暴者的家人和受害者的家人溃缩在各自的生活里，不敢有任何的交集。你是信的。

小栗到底为什么来找你，到了揭开谜底的时候。

老楼得了重症，治疗需要一大笔费用，他的亲戚发起了众筹，但是杯水车薪。小栗这些年开办英语补习班，小有资产，她想拿出二十万元给老楼治病，但刚跟他家的亲戚接触，就被赶出来了。

你说，他们不接受，是怕勾起伤心的往事。

你感到惋惜，你想看到的结局差点出现。这钱是钱，这钱又不是钱。

小栗说，应该是这个原因。这钱怎么给到老楼，开始我想得很简单，找他家的亲戚，但不行；找慈善机构，想通过他们捐，但手续太麻烦，几乎不可能；找医院，医院说得让病人知道这钱是怎么来的，有他签字，医院才敢收。所有的路都堵死了，所以叔叔，我想通过您，替我去办这件事情。您是名人，门路广，肯定有办法。

小栗说你是“名人”，是因为去年你获得一个重要的文学奖，这个城市的电台、电视台、报纸、网络媒体曾开展一拨报道，小栗是之前看了报道，关键时刻才想起来要找你。

施暴者的家人想通过你，给受害者的家人捐钱治病，这是小栗找你的原因。

小栗有一双美丽的眼睛。她在注视着你，你心底涌出感动：这个姑娘，非常了不起。她说，叔叔，没别的意思，我就想帮个小忙，也不想让太多人知道。

你也希望这事能成。年轻的时候，你曾经帮各种各样的人办各种各样的事，后来就慢慢麻木了，变得怕事了，凡事都要先考虑事情的利与弊，自己有事需要帮忙也不敢开口了。每天唯唯诺诺，见谁都堆着笑脸，貌似热情，实则心如止水。

眼前这件事情，让你内心起了波澜，你又有了能为别人办事的快乐，你觉得自己又干净起来了。

你说，小栗，我会尽力——去办成这件事。

小栗，你是个了不起的人，你不是戴罪之身。你说。

要完成给老楼送钱的这个“任务”，你首先想到你的警察朋友冶江，也许只有他能帮你办成这件事。你给他打电话，电话那头，他也不多说话，只说他先去了解，再给你答复。过了两天，他来办公室见你，就坐在小栗曾经坐的椅子上。

这钱还真不好给。冶江面露难色，好像面对一个非常棘手的案件。

为什么？你问。

冶江说，那个姑娘在找你之前，曾经去找了老楼的亲戚、慈善基金会，还有医院，都被拒绝了。这事老楼知道了，你猜老楼什么反应？

他什么反应？

连众筹他都叫亲戚撤掉了。他把所有的善款都当成小栗捐的，他觉得那是万万不可以接受的事情，他拒绝所有的资助。冶江说。

你非常失望。你说，那怎么办，这钱真的送不出去吗？

冶江说，这钱老楼收不收倒不是很要紧，要紧的是，老楼一直以为十年前的案件，除了小栗的哥哥，还有其他杀人凶手。这些年，他一直在上访申诉，明明已经是铁案，他就是不相信，硬是说还有凶手逍遥法外，叫我们重新侦查。

你心头一紧。真的还有凶手逍遥法外？你问。

怎么连你也怀疑？不是说了吗，这是铁案。虽然当时我还没调到市局，但是因为老楼的申诉，我把案卷调出来看了，我可以负责任地说，案件的侦破无懈可击，是铁案。

你是相信冶江的，既然冶江这么说，那就肯定是铁案。不过你又很想知道，老楼为什么觉得还有凶手逍遥法外？你叫冶江分析老楼的心理。

冶江说，那是因为他的儿子小楼死得太惨了，尸首被肢解，扔在城市的好多个地方，而且用的是不同的凶器。凶手太残忍了。起初警察也认为是多人作案，后来查清，就是一个人干的。

你脊梁发冷，汗毛都竖起来了。这是你第一次听到关于这个案件的细节。当初案情通报轻描淡写，没有披露细节，你也是因为凶手家被扔了垃圾，才动了写《影子》的念头。现在看来，自己还是想得太简单了。

小栗的哥哥为什么杀人？

因为极度的自卑，自卑到扭曲的程度，寝室里一些日常的口角都变成火药，火药越积越多，终于爆发。冶江说，这下你明白老楼为什么不接受凶手妹妹的善款了吧？

他是到死都不会原谅了。你说。

是的。因为小栗要捐钱，他现在又怀疑是那个还没有归案的凶手在花钱买命，怀疑凶手花钱是为了阻止他继续上访。

这事又变得复杂了。

是的。这个世界，也不是金钱万能。所有的财富，都有阶层的烙印和内涵，同样是一百元，在穷人手里和在富人手里，内涵是不一样的。你要帮忙送去的二十万，也是如此，放在小栗那里，是一个意思，到了老楼手上，又是另外一个意思，钱本身就是哲学。治江说。

你的警察朋友治江，是这个城市著名的刑侦高手，是个喜欢读书的警察。他跟你说这番话，是想说明金钱可以照见万物的魂灵，而魂灵拒绝虚构，是非常真实的存在。

这二十万，在小栗那里，是“还债”般的心意，到了老楼那里，就变成脏钱来袭，是一堆不吉利的纸张。钱有太多的可能，有各种各样的解读，像魔方一样，比如血汗钱、辛苦钱、救命钱、造孽钱、快钱等等，总是让人感慨万千、回味无穷。你说。

治江说，芸芸众生，芸芸众生。

那这钱，还真不好送出去。你说。

治江说，钱真的不是万能的。

但是你不死心，你想去试一试。你对治江说，我能不能去见一见老楼?

治江这个时候换了副职业的眼神——就是看犯罪嫌疑人的眼神。他说，如果他能熬过这个关口，我可以带你去见他。

老楼真的熬过了这个关口。他也是奇怪，病起来随时准备要死掉，好起来又生龙活虎，就像刚刚睡了一觉。他身上的那些器官，真的很会衰竭，也真的很能恢复。医生都觉得他这一回熬不过去了，没想到他生个病就像睡了一觉一样，说好就好。

这是治江告诉你的。

治江说，老楼打电话给市公安局，说他有了新的证据，证明杀害小楼的还有其他凶手，市局叫我负责接待，就定在明天。

治江叫你过去“体验生活”。

第二天，你去“体验生活”，见到了老楼。一头枯发，半白半黑，很密，很乱。怒发症，生气的狮子，你脑子里掠过这样的词组。但是那只是他的头发。他的脸皮是灰的，也许是出院不久的缘故，精气神还没来得及在他脸上荡漾，他就匆匆赶来见警察；他的背是弓的，像老年的巴金。

治江很礼貌很温柔地对待他，眼中全无“职业的眼神”，仿佛眼前坐着的是一位值得尊敬的长者。治江说，楼老，你反映的情况上级部门很重视，叫我负责，看看你对我们的工作有什么要求。

老弟，你要为我做主啊！老楼说。这电视剧里面的台词，挂在他嘴上，你感觉一阵穿越，心生悲凉。都什么年代了啊。

老弟，我儿子死得惨啊，他究竟做错了什么，我想了十年都想不明白……

治江曾经跟你描述当时案发的经过，冷酷、血腥，你不忍再重述。

老楼在你和治江面前把法院判决书上的文字一字不漏地背了出来，边背边说明，整整说了二十分钟。最后他说，肯定还有其他凶手，一个人怎么能连杀三人？

治江说，楼老，现在没有新的证据证明还有其他的凶手，你要相信我们。

老楼说，没有新的证据，就赶紧去查啊。

治江说，侦办案件，只要有疑点，我们是不会放过的。

老楼说，连杀三人，一个人做不了这样的事情，这就是最大的疑点。

治江说，法院的判决书上，案发经过都是经侦办人员反复缜密地侦查认定的，经得起检验，楼老，你要相信我们。

我怎么相信？我怎么相信？死得这么惨，尸块被抛得到处都是，一个人能做得出来吗？

老楼认为的疑点，就是如果只有一个凶手，是不可能短时间内把受害者的尸块城东城南城西北都抛个遍的。他不知道那就是凶手的逃亡之路。

治江说，要认定还有其他凶手，除非有新的证据。

我求求你们，我求求你们，重新查，不能让凶手逍遥法外。

面对这个可怜的老人，治江无能为力。

老弟，那我只有继续上访了，老楼嘴巴咧出一丝苦笑，凄惨而又决绝。

看着他远去的背影，治江摇头，这样的事，真的不要再发生了。治江说的这样的事，是指十年前的惨案。

走出公安局，你打电话给小栗，说你刚刚见了老楼。当她听说老楼认定十年前的案件还有其他凶手时，她半天不说话，轻轻地抽泣。

回到家里，你的夫人关雪说，李曼打你电话，你为什么不接？你拿出手机，看到有李曼的未接来电。太阳从西边起来了，想到要关心爹了。你说。刚才在市公安局，你把手机调为静音，错过了跟女儿的通话。

什么关心爹，你不是前段时间给她打电话了吗？

对啊，被掐断了。她每天都在忙些什么？

你知道是谁掐断你的电话吗？

谁？

抢匪！当时李曼在罗马，正遇到抢劫，她手机一响，马上被抢匪掐断了。

你脑袋嗡的一声。开什么玩笑？抢劫？李曼被抢劫？

是啊，吓死人了，这么大的事，她到现在才跟我说。

你马上拨李曼的电话。这回没有被掐掉。李曼的声音传了过来：老李。她叫你老李。

你被抢劫了？怎么这样啊？你没事吧？你说。

没事没事，抢劫的事我刚才都跟我妈说了，她负责跟你细说，我现在没空跟你说这个，好吗，我正在忙呢。

你在忙什么呀？

陪残疾人练马拉松。说完，她用意大利语跟身边的人叽里咕噜，你好像看到了她身边的人和跑道。我这边开始了，先不理你啦，老李。李曼说。

你放下电话，惊魂未定。

关雪问，她在干吗？

在陪残疾人练马拉松。

这个她跟我说了，当志愿者，陪残疾人参加在罗马举行的马拉松比赛。关雪说。

关雪跟你说了李曼被抢劫的经过：李曼带一个马来西亚的旅行团在罗马观光，遇到抢劫，警察很快赶来，抢匪把李曼当人质，跟警察对峙，警察一枪击毙抢匪，血溅了李曼一身，很长一段时间里她需要做心理干预，刚刚恢复过来。

我不放心她，我要让她回来。你跟她说，让她回来。关雪说。

她哪里听我的。这个李曼，这么大的事，都不跟我们说，你说，她会听我的吗？！

那还不是学的你。关雪说。

隔着办公桌，小栗又坐在你的面前。她来找你是想要告诉你，她的钱“送”出去了。

送出去了？

是的。

你怎么做到的？

我找了他们家的亲戚。

这次没被轰出来？

是的。

你感到一丝欣慰，毕竟施暴者家人和受害者家人有了联系。

你都说了些什么？

小栗说，钱送出去了，但是还得瞒住老楼，我费了很大的劲才说服他们家亲戚。说来您也许不相信，老楼不是还要继续上访查找凶手吗？我跟他们家的亲戚说，上访需要很多费用，坐车、吃饭、印资料，没有钱肯定坚持不下去，这钱算是给他们上访查找凶手提供帮助。

你心头一震，就这个理由？你说。

就这个理由。除了这个理由，我再也想不出什么法子了。

施暴者家人给受害者家人提供资助以继续寻找凶手。这是一个好的理由吗？小栗，小栗……你突然不知道说些什么。小栗大概以为这能帮助到老楼，自己的“戴罪之身”会获得片刻的安宁。你脑子里突然出现老楼佝偻的身影。他迟早会累死在路上。

也只能这样了。你说。

叔叔，我能做的也只有这样了，我对得起我哥了。

小栗说到“我哥”的时候，她的眼泪流了下来。

你突然有种把小栗抱在怀里的冲动。你感觉自己的“冰块”化开了一些，你有小栗为你做了一件事情的错觉。岁月已经彻底把你变成一个无足轻重的人，而很多人仍在努力，努力生活，努力向好，就像当初你在绝境中看到橘黄色的光，那是得救的讯息。

十年前看的电影《绝美之城》：

关于受伤，关于爱而不得还在爱；关于获得或失去之后的歇斯底里，以及暗自神伤；关于信仰，那位104岁的修女玛利亚，年轻时在津巴布韦，是个圣洁的修女，年老时在罗马，每天用膝盖登上台阶走近她的神。

电影里的人们，大部分已经活过他们生命中四分之三的时间，似乎每个人都在颓败，颓败之中有烈火的蓬勃。

男主说，你不该高高在上，狗眼看人低，而是应该跟我们有同感。

男主说，斯特凡妮娅，既是母亲也是女人，她53岁了，跟我们大家一样过着残破的生活。

男主说，我们能做的就是照看彼此，陪伴彼此。

你想，这绝美之城，容得下所有的蓬勃和破败、勇敢和懦弱，对的，容得下。

“通常事情的结束都是一样的，但首先会有生命，潜藏在这个那个的玄机当中，说也说不清，其实都早已在喧嚣中落定。寂静便是情感，爱也是恐惧，绝美的光芒，野性而无常，那些艰辛悲惨和痛苦的俗事，都埋在生而为人的困窘之中，说也说不完……这就是一个小说的开始。”

电影最后的台词。

YANJING ZAI FEI

眼睛在飞

韦俊海

小說是灵魂的
心灵通道。

【作者简介】

韦俊海，男，壮族，广西都安县人。国家一级作家，中国作家协会会员，柳州市文联秘书长，《柳州文艺》执行主编，柳州市作家协会常务副主席，柳州市专业技术拔尖人才，政协柳州市第十届、第十一届委员。主要作品有长篇小说《大流放》《血女浮生》《春柳院》，与徐仲杰、黄粲兮合著长篇小说《上海小开》，小说集《裸河》《苦命的女人》《引狼入室》《广西当代作家丛书·韦俊海卷》《红酒半杯》，散文集《把窗帘拉上》，诗集《异性的土地》等11部著作。另外创作有大量的中短篇小说。小说作品曾在《人民文学》《小说选刊》《小说月报》《中国作家》《作品与争鸣》等多家大型文学刊物发表。小说《等你回家结婚》获国家“人民文学·德国贝塔斯曼文学奖”，《很想看见你》获《中国作家》小说奖，《族谱里多了个女孩》获《小说选刊》中篇小说奖，多篇小说获省部级文学奖；散文《车过望城》获全国散文大赛金奖并被十多个国家翻译发表；小说集《广西当代作家丛书·韦俊海卷》获第三届广西少数民族文学创作“花山奖”，小说集《红酒半杯》获第七届广西文艺创作铜鼓奖。

打从娘胎里来到这个世界的那一天起，我就一直是个瞎子。

人们说女人漂亮、女人性感，可我感知不到漂亮的标准是什么。我完全是用手去感受一个人的四肢五官的，如果遇到那些肌肤柔软、滑嫩的客户，那简直是一种享受，甚至是一种幸福。对一个眼睛明亮的人来说，那样的幸福也许感受不到。

我妻子韦小芬就是个眼睛明亮的人，在我这个天生瞎子的心中，她既漂亮又贤惠。我们结婚后，我一直在想，要攒够钱把眼治好，争取早日看到可爱的妻子，将来还要看自己的孩子呢。遗憾的是妻子还不知道我的这个计划。她早在三天前就离我而去。去哪里了，我不知道。我向派出所报了案，可至今没有她的消息。我只好胡思乱想。

咚咚，咚咚，咚咚咚——

我躺在床上想着我妻子韦小芬的时候，急促的敲门声打破了我的回忆。我竖起耳朵倾听门外的声音，希望是妻子回来了。

“杨虎炳，在家吗？开门，快开门。”

我觉得那似乎是警察的声音。我想，也许是妻子有消息了。我熟练地手执拐杖，高兴地直奔大门。打开门才知道来的人不是警察，而是一个自称黑子的人。他说这间房子已卖给他了，叫我搬出去，而且现在就得搬出去。

我说：“你说什么？这房子卖出去了？你是不是搞错门牌了？”

黑子说：“没错，我花了二十万买的。白纸黑字，房子已经卖了，房产证也办好了，这房子已经是我黑子的了。”

我说：“是谁卖给你的？”

黑子说：“是你老婆卖的。怎么，这事你真的不知道啊？”

我说：“天啊，我怎么能知道呢！这明明是骗子，是骗子啊！”

我无法相信这件事。这房子是我祖传的老宅，父母去世后这房子一直是我的，她怎么能这样对我？

我对黑子说：“我是瞎子，我不知道我老婆背着我把房子卖了，这事我得找她回来。你给我时间，我一定把这事向派出所报案，这是一桩诈骗案。”

黑子沉默了一会儿，然后说：“好吧，看你是瞎子，我给你三天时间。三天后，如果你不把钱退给我，我就搬进来了。”

我说：“三天？我去哪里找她啊？她都失踪四天了，我去哪里找她？”

黑子说：“我不管你去哪里找她，这房子已经是我的了。现在我就让你多住几天吧。”

黑子说完就走了。

我向派出所报了案。派出所说这是一桩重大的诈骗案，必须立案侦查。派出所还吩咐我，叫我协助他们把韦小芬找到。我说我会想尽办法，把韦小芬找回来。

我对派出所的人说：“韦小芬是个十分恶毒的女人，她不仅背着我把房子卖了，还带走了我在按摩院里赚下的一万五千元私房钱和我家祖传的一块缅甸翡翠。结婚时，我亲手把那宝贝挂在韦小芬的颈脖上。尽管我从未见过那块翡翠，但我可以感觉到那是一件价值连城的古董。”

多天来，我一直在寻找韦小芬，寻找那个曾经与我同床共枕十个月的老婆。可我一直找不到她。

孤独的时候，我常常想起按摩院里的客户马莉莉。我曾听收音机里说，当一个男人想念一个女人到极致的时候，往往会做出一些傻事来。这句话真的在我的身上应验了。我昨天夜里就梦见自己跟马莉莉做爱了。那样的幻觉着实让人醒来之后感觉不一样。

事实上，马莉莉一直是我的客人。在我们按摩院里，每个人都有自己的一两个固定客户，比如马莉莉每天要趴到我的按摩床上让我赚钱。这让我感到高兴。这似乎是一种十分友好的职业。作为瞎子，我是幸运的。

闹钟的声音准时在早晨六点钟响起。我依依不舍地在被子里摩挲着温暖的床单，踢开那只已经发凉的热水袋，两只脚最后一次在被子里磨蹭了几下，然后突然坐起来，离开那遮盖过自己身心的、使自己最大限度松弛的地方。我的思想仍然停留在那个既可爱又有点令人恐惧的梦里，一下子回不过神来。我觉得，一个瞎子的销魂梦的每一个动作也许和那些自称看得见一切东西的人的行动没什么两样。

也许，我和马莉莉那样的行动被仁慈的上帝偷窥了。我想，上帝是不会责怪我的。相反，上帝会以一种慈爱的方式来安慰我。但对我来说，安慰比责怪更让人难受。我想，我有那样销魂的梦，首先得感谢我的客人马莉莉。尽管我们的主客关系已有一年之久，但此前我从未对她有过这样的念头。在我们按摩院里，上上下下数十号按摩师，谁不知道马莉莉是个做服装生意的大老板，我一个天生的瞎子，哪能往人家身上想？我不知道我有什么魅力能把那样一个女人吸引到我的按摩床上。

以前，我似乎听马莉莉说过，她的身体就数我给按摩得最舒服。她说我的双手按在她的皮肤上就像口渴的人吃到冰淇淋一样清爽。她说我的手柔软得就好像一只可爱小狗的舌头，舔在她的肌肤上，让她舒服让她爽神。她称我为“神手”。

在我最喜欢的客人中，当然也有马莉莉了。每当她躺在我的床上——我说的床当然是指工作床——我觉得马莉莉的肉感和其他所有人的都不同。我的“手感”和我的嗅觉告诉我，她肯定是一个与众不同的女人。每当我的手像条蛇一样柔和地在她的肌肤上游动的时候，她显得十分激动，似乎在轻轻地呻吟。我想，也许马莉莉是享受到了一种快感。我从她的快感中得到了一种从未有过的安慰，甚至是一种心理满足。正因如此，我和马莉莉配合得相当默契。所以，每每她到我们按摩院之前，她都先给我打来电话。我们常常预约好时间，有时是她来我们院里让我给她舒服，有时是我到她家里给她舒服。我这里说的舒服，当然是指按摩了。除了这些，我不知道我还有什么地方吸引她。

我另外还有两个固定客户。一个是作家章伟。记得我每次给他按摩时，他都给我讲他小说里的故事，后来我们成了好朋友。我喜欢他。另一个客户是刘江河。尽管刘江河说他在市政府工作，但我不喜欢他，因为他既有口臭又有狐臭。双重臭味并不是我讨厌他的主要原因，主要的问题是刘江河这个人过于吹牛皮，我真的讨厌他。我给他按摩的时候，从他的谈吐中得知他是市政府里一个不小的官员，至少是一个处级干部。他的性格表现在他的嘴巴上。按摩院里的人都知道，刘江河口中除了提拔就是性欲。

我现在说刘江河也许冲淡了我的主题。我不想把他扯进来。

凭着感觉，我要把我和马莉莉的微妙关系找回来。我想，也许马莉莉也有想我的时候，甚至也做过和我相同的梦。

我不知道我从哪儿来的勇气。我立马起床，在床边收拾好我日常随身携带的收音机，把它挂在我的胸前，然后就拿起拐杖，敲打着路面往马莉莉家走去。

我十分熟练地走在喧嚣的马路上，过街转巷，像在封锁线上前进。我想，如果贪婪的目光（我没有目光，我的眼中只有黑暗）像肉欲一样恶劣，如果主动去追寻梦中的情人就是下流的话，那么，我愿承受被鄙视的唾液而不愿享受高尚的生活。在我这个瞎子的眼里，一切黑暗的东西也许都是光明的。

我像一个双眼明亮的人一样十分老到地走到马莉莉家楼下。之所以能十分顺利地走到目的地，是因为我有自己天生的感官世界。在路上行走的时候，我当然不是靠眼睛了，我靠的是耳朵，甚至是鼻子。也许盲人的耳感和那些眼睛明亮的人的耳感不一样。我的耳朵至少可以感应到五十步之内的事物的变化。我的耳朵把尽可能感觉到的东西火速地传送到我的大脑，我的大脑又立即清晰地映现我周围世界的模样。我似乎觉得我附近所有的障碍都无法阻挡我的前进。我简直像那些眼明手快的人一样走在喧嚣的大街上。我不知道看得见和看不见的真正区别，我只觉得我一个人生活在自己的世界里。

黑暗是什么？光明又是什么？我一直在问自己，也问过别人。当然我问得最多的是马莉莉。她被我问得多了，也就不耐烦起来。她常常用一句很无奈的话来搪塞我，她说："你想知道你为什么是残疾人，你就必须把你的眼睛治好；你把眼睛治好了，能看见东西了，你就有可能弄清楚什么是正常人，什么是残疾人了。"

其实，马莉莉说的话使我更加糊涂了。我认为我生活得好好的，怎么就不正常了？我觉得尽管她看得见东西，但对一个天生眼盲的人来说，看得见东西的人才是残疾呢。

我的大脑清晰地表现我现在的方位，神速地指挥我的双腿迈向我该去的路线，甚至指挥我的手去干我想干的事情。就好像现在一样，我知道我已经准确无误地走到马莉莉家楼下了。我的大脑告诉我说，还有十八级阶梯，我就可以到马莉莉家门口了。踏过那十八级阶梯，我像往常一样按马莉莉家的门铃，一长两短。这是马莉莉给我的暗号，她说她只要听到一长两短的铃声，就知道肯定是我来了。

果然，门未开我就听到马莉莉隔着门板对我说："瞎子炳，你怎么搞的，大清早就按门铃，来时也不打一个电话？"话毕门开。

我不知道我当时是什么样的表情，但我想象得到她的表情绝对是喜悦的。尽管我的冒失来自那个销魂的梦，但我对马莉莉的感情也许是真诚的。至少，她在我心中有一定的地位。

马莉莉牵我进了门。我的手触摸到她身上那薄如蝉翼的睡衣。我说："你还在睡觉？"

她说："还在睡觉。"

我说："打扰你了。"

她说："没什么，反正也该起床了。"说着，她又问我，"你老婆有消息吗？"

我说："没有。"

她说："一切交给民警，不要操心。"马莉莉说这句话的时候，扶我坐到了床上。这样的举动和以前完全一样，只要我一进门，她就把我扶到床上坐下。

我坐到床上，将我胸前的收音机从脖子上解下来，放到床头。马莉莉叫我把收音机关了。我说我不关。马莉莉说为什么？我说每天早上八点有作家章伟的小说连播，我喜欢听。马莉莉说既然如此，就听吧，不过得把音量调小一些。说着，马莉莉给我递过一杯热乎乎的开水。她说："你今天是怎么了，也没预约就私自闯来了？"

我说我一夜睡不着。

她说为什么？

我说我想她。

她说她不信。

我说天知地知，有半句假话就遭雷劈遭车祸。我知道我这样的咒语是针对盲人的，因为盲人最怕的是雷雨还有车祸。所以我说我想她，这应该是件能让她高兴的事情。

她坐到我身边，我似乎能感觉到她那急促的呼吸声，甚至似乎听到她的心跳得厉害。她的手在我的肩膀上触摸了一下，我将她的手紧紧地握起来。她问我为什么要这样？我说我也不知道为什么，反正我就是想那个。她说为什么现在忽然想起要那个？我说我昨夜梦到和她做爱了。

“你梦中的那个女人真的是我？”马莉莉狐疑地说。

“当然是你。”我说。

“你看清楚了？”她说。

“当然清楚。”我说。

马莉莉沉默了几秒钟，然后回到床上，躺在我的身边。我觉得我的手被她的手紧紧地握住。她说你真的梦见和我那个？我说是的。马莉莉似乎激动起来，喘着粗气，把我的腰紧紧搂着。她说以前她也做过那样的梦。我的十指像弹钢琴一样在她身上轻轻地弹了几遍，我从她的肌肤中弹出我大脑中原有的乐谱。然后，我的手心像京巴狗的舌头一样在马莉莉的身上轻轻地舔着。我觉得马莉莉的皮肤就好像床上的绸缎面料一样软和、华丽、温柔，甚至性感。

我对马莉莉说：“舒服吗？”马莉莉说：“当然舒服，要不然我怎么喜欢找你这个瞎子？凭着我马莉莉的相貌和钱财，至少可以嫁到北京，嫁到上海，甚至可以嫁给市长的儿子。我之所以喜欢你，是因为你诚实你憨厚，你的手感令人回味，甚至令人想要做爱。”

我似乎被马莉莉的话给打动了，至少走火入魔了两分钟。马莉莉拍打我的屁股，问我怎么了，我这才清醒过来。马莉莉问我，那个刘江河的肉感怎样？我说你怎么忽然想起那个人？马莉莉说随便问问。我说刘江河是个中年男人，皮肤像蛇皮一样粗糙，肌肉像马屎一样一颗一颗的，松弛了。他是我的客户中肉感最差的一个人。

马莉莉“哦”了一声，似乎把我的话记在心上。然后她又问作家章伟的肉感怎样？我说章伟是年轻人，他的肉感好，有弹性，甚至挺有男人味。

马莉莉又问我说，那她的肉感呢？

我不再说什么，只是张开嘴巴，目的并不是说话，而是咬住她的嘴唇，似乎一切行动只为了亲密地接触。

那天早上，我那个销魂的梦终于成真了。那是我和马莉莉在建立了一年的主客关系后第一次进入使人意想不到的性关系。

之后的日子过得很愉快，甚至过得很扎实。我常常在按摩院里忙着时接到马莉莉打过来的电话，她说她马上开小轿车来接我。接到这样的电话，我当然是高兴的。现在大家都知道马莉莉很少到按摩院里来肯定和我有直接关系。自从我和她有了那种销魂的关系之后，我常常接到她的电话，她叫我去把眼睛治好，她说她要让人们知道她爱的男人绝对是个正常人。

其实，我知道我一直是正常人，我并不认为我有哪些地方不正常。

每次接到马莉莉的电话，我都无比激动。马莉莉来电话往往是华灯初上的时候。在我心里，华灯和黑夜是同等的概念。我不知道灯光和我大脑里清晰的图像是否吻合，我也不知道有灯和无灯的时候天是怎样的。就好像人们所说的：“盲人的黑夜就是人们的白天。”我听了这句话，反倒觉出瞎子的不一样了：瞎子无论在黑夜或者白天都能做他想做的事，但依靠眼睛的人在黑暗中就什么都干不了。

我给那个叫作章伟的作家按摩着，我的收音机在床边正好播出章伟的小说《生活》。我高兴地将音量调大些，好让章伟和我一起享受。那篇小说十分精彩，说的是有那么一家人，父亲是瞎子，儿子是聋子，媳妇是哑巴。故事里的人和我们按摩院里的残疾人有着相似的命运。我想，天底下的故事就数章伟讲得最精彩。

在此之前，我曾经和章伟达成两项协议，当然是口头的。

协议一：以后章伟到按摩院来按摩，只要他把他写过的小说念给我听，哪怕是说个故事，我都给他最优惠的价格，按五折算钟点。

协议二：我那失踪的老婆韦小芬是章伟介绍的，如果他帮我找回韦小芬，我就给他免费按摩五十次。

章伟确实是个聪明绝顶的作家。记得我和他在一年前认识的时候，他常常光临我们按摩院，并指定非我不可。也许，我是按摩院里最好的师傅。章伟常叫我给他“松松筋骨”。日子久了，我们的感情也就深了。他先是给我介绍老婆韦小芬。然后，韦小芬把我的房子和钱拐跑了。我找章伟说明情况，章伟先是叫我报案，我照着办了。后来没见有消息，我又去找章伟，章伟说也许韦小芬是回娘家了。

我说韦小芬的娘家在哪里？我要去找她。

章伟说他也不知道韦小芬的娘家在哪里。

这话让我感觉像吃了一只苍蝇，十分不舒服。

我曾经对章伟说，有好消息就告诉我。只要他告诉我有关韦小芬的消息一次，我就免费给他按摩一次。

于是，章伟似乎不写作了，三天两头到按摩院给我报告好消息。章伟每向我报告一次好消息，我就得花上一个小时给他做全方位的按摩。

记得章伟第一次说的是，有人看见韦小芬在一个叫作都县的小镇上做生意。我听到这样一个好消息，当然免费给章伟按摩了一次。后来我跟派出所说了这个消息。派出所的人说，他们通过都县的公安局去找了，找不到韦小芬。

之后不久，章伟第二次来到按摩院，匆匆地找我报告好消息。他说韦小芬到广东去炒股了。我又高兴地免费给章伟按摩一次，然后又去把消息报告给派出所。派出所告诉我这消息不可靠，叫我以后不要听这样的消息了。

我于是觉得，如果我不是傻子，那么章伟就是个骗子。我老婆在哪里，怎么都是他章伟知道？除非章伟和韦小芬有一腿，我甚至开始怀疑韦小芬把我的房子卖掉是章伟在幕后操纵。

我认识到问题的严重性，决定找章伟谈谈。当我穿街过巷寻找作家的住地之时，我又觉得对章伟的这种怀疑似乎是不可能成立的。但不管怎样，我还是要讨个说法。

那天，我和章伟吵架了。从吵架的结果来分析，我想，我和章伟的关系并未破裂，因为作家给我丢过来一句话，说他根本就不知道韦小芬在什么地方。他之所以欺骗我，是因为看见我的精神几乎被韦小芬弄得崩溃了，才一次又一次地把韦小芬的下落编造好并虚构成小说。他还说想把这个虚构的故事升华为真实的故事，希望我和韦小芬是按他的小说去开展生活的。这未免有些荒诞。

章伟接着说，为了不让我在精神上过于有压力，他一次又一次地来按摩院说韦小芬的“行踪”，这样做的目的当然是让我有信心有勇气继续生活在这个世界上。

章伟的话听起来似乎很有道理，但细想起来，就觉得不妥。我对章伟说，你说你不知道韦小芬的下落，我不信。

章伟说你不信就拉倒，和你们瞎子做朋友，真得多一个心眼。

我说当初你为什么把韦小芬介绍给我？你是怎么认识她的？

章伟笑了笑说你真的很想知道？

我说当然。

章伟说："说出来你也许不会相信，韦小芬是我老婆从鱼峰山保姆市场接回家的。她的家庭服务很到位。后来，我岳母退休了，我们不再需要保姆，就把韦小芬给辞了。她因为我们把她给辞退，哭了一天一夜，怪可怜的。她拜托我们帮她找份工作或是介绍个好人家，她说她只想在这个城市生活下来，只要不是罪犯，嫁给什么人都无关紧要。她还说她家是在一个叫作都县的地方，那里生活很贫困。可她家具体在哪个村，我真的不知道。"

章伟说完最后一句话，他家里的电话响了起来。我听见章伟对我说了声"对不起"，然后就离开我到响起电话铃声的地方。凭着我的感觉，那是一个很紧急的电话。我好像听到章伟说了"马上就到"。一会儿，章伟回来了，他说他马上要到作协去领一个文学奖，颁奖典礼正等着他，他得走了。说时，他将一只手攀到我的肩膀上，给我一种亲切感。然后，章伟说欺骗我实在不是他的本意，他只是为了写好一部叫作《眼睛》的小说，还说他很对不起我。紧接着，我的手被他握起来，我手中似乎多了一沓纸币。

章伟说："兄弟，这是八百块钱，就当是我支付给你的按摩费吧。”章伟给我的钱大大超出了我给他按摩的价格。他至少多给了我五百块钱。我怎么能要他那么多钱呢？这不是在敲诈吗？我说我不要，我只要我该得的部分。

章伟说，收下吧，兄弟间就不用客气了。他还说，其实他不是有意这样欺骗我的，他只是为了在虚构中验证他要叙述的一个瞎子和一个乡下女人的故事。

他把我送到公共汽车站牌下，然后说如果有韦小芬的消息，请我马上告诉他。

那是一个阳光明媚的上午，我给章伟按摩刚好结束的时候，突然有一股香水味席卷过来。我知道那肯定是马莉莉身上的味道。我知道她已经站在我身边。我朝着那股香味说：“等我几分钟，我就来。”

马莉莉回答说不急，她等我就是。

我把章伟送到门口。章伟对我说：“下次我给你说《耳光》的故事。”

我说：“那个故事太长，我不喜欢听。”

章伟又说：“那么，你喜欢什么故事？”

我说我就喜欢那个叫作《目光》的故事。说完这句话，我转身回到按摩室。我听到同室的张瞎子在调戏马莉莉，他说：“马老板真性感，谁摸了谁舒服。”

张瞎子是我们按摩院的副院长，他说他曾经看见过很多美好的东西。他的眼睛是后天瞎的，而我一来到这个世界就跟黑暗在一起，从未了解光明是什么概念。

如果这句话是在以前说出来，我肯定不在乎，但现在不同了，我似乎有一种要保护莉莉的意识，我不想让任何人调戏她。

我意识到，每次莉莉来找我，不管是公事还是私事，张瞎子都要挤到我们的话题中，甚至还不怀好意地调戏莉莉。这一次，我不能再对他客气。

我对张瞎子说："张副院长说话怎么嘴巴那么臭，是不是没有刷牙？"

张瞎子似乎听出了我的弦外之音，立即朝我大声说："哟，哪来的猫怎么也闻出腥味来了，我说人家女人，你心痛什么？"

我正准备还口说他几句，莉莉已经把我扯出门去。我不记得我是怎样进那辆小轿车的。

莉莉并没有把我带去她的家。她说她要带我去一个朋友那里。我说为什么？她说去了就知道。

我感觉到小轿车在市区里转了七八个弯，过了几个路口，红绿灯时停了两次，才最终停了下来。莉莉说这是个叫柳城花园的小区。在车子停下来之前，莉莉对我说，她要把我的眼睛治好，她要让我看见一切东西，包括她的容貌以及她那性感的裸体。她说只要我的眼睛什么都能看见了，哪怕走到天涯海角也要把韦小芬找回来。她说如果我找不到韦小芬，我就有权利向法院提起离婚诉讼，然后，我就有机会和她公开在一起，甚至是结婚。

我觉得莉莉的话很有人情味。然而，尽管我很渴望光明，但我去哪里赚来那笔数额巨大的医疗费呢？莉莉似乎看出我的忧虑，她说她这些年最大的毛病就是有钱没地方花。

也许是我们刹车的声音惊动了莉莉的朋友，或是莉莉的朋友早就恭候在门外。我随莉莉刚走出车门，就听到一阵热烈的脚步声朝我们奔来。我听到一个女人的声音，她连说几声“欢迎欢迎”。我也听到莉莉说了些客套话，好像是“打扰了”“麻烦了”一类的言语。我不在乎她们说了些什么，只在乎我的眼睛能否看见光明。

我随她们的脚步声进了一间房子，凭着感觉，那是间相当宽敞的房子。待那位女主人安排我坐在一张挺舒服挺软和的沙发上之后，莉莉说话了，她说的第一句话当然是先向她的朋友介绍我。她说这位大哥叫瞎子炳，是位很不错的按摩师傅。紧接着莉莉给我介绍她的朋友，她说她叫文雯，从美国哈佛大学毕业回国，眼科博士，人家都叫她雯博士。莉莉的话音刚落，我的手就立即被一双温和柔情的手握住了。我知道那一定是雯博士的手。正在我兴奋不已之时，雯博士对我说了“你好”。我当然也回敬说“你好”。

谈话在毫无主题的氛围下进行，这也许是雯博士和莉莉多年不见面的缘故。对于她们的唠叨，我想我是完全承受得住的。

我坐在一旁跟着傻笑。那样的谈话至少持续了二十分钟的时间，她们才把话题转向我，直接围绕我的瞎眼展开了能不能治疗的讨论。

雯博士叫我躺在一张床上，我听到一阵镊子碰撞器皿的响动。同时，我闻到了一股酒精味。在我们按摩院里，酒精是我们消毒洗手常用的，那样的气味对我来说并不难闻。我想，雯博士给我治疗眼睛真是一件难得的事情，我应当好好珍惜这个机会。

雯博士俯下身来，我感觉到她的脸距离我的脸还不到一支香烟的长度。我的嗅觉系统开始闻到她身上那股法国香水的味道。像那样的味道莉莉身上也有过，她说是法国女模特常用的。我从雯博士身上闻出那股莉莉身上有过的味道之后，大脑里立即展现了一个半裸女人趴在我床上让我按摩的情景，我甚至想到了那个令人销魂的时刻。我意识到我的自控能力开始变得糟糕，强忍着不把莉莉拽进我大脑的场景里。

我的呼吸气体和雯博士的呼吸气体相互往来，我呼出来的被她吸进去，她呼出来的又被我吸进鼻孔里。我能感觉到雯博士的呼吸，尽管我知道她戴着口罩——这就是一个瞎子的耳感和嗅觉比平常人灵敏的体现。我之所以说这些，是要证明我和雯博士两个人眼睛对着眼睛时是多么相近。

雯博士用她那纤细的手指在我的双眼上翻来翻去。她像翻阅书本一样反复地翻动着我的眼皮。我感觉到我的眼睛很酸，甚至很痛。我的眼里流出了不少泪水。雯博士叫我忍着，她说这只是最简单的检查，还没到治疗阶段呢。她又说治疗我这种眼病可不像拔牙那么省事。她还介绍了导致眼盲的多种因素，有天生的、风吹的、药物侵蚀的、物体攻袭的，还有一种叫“虫咬瞎”的。虫咬瞎就是毛毛虫钻进眼里，吃掉眼里的血管把人弄瞎。最好治的是俗称的“白眼瞎”。从眼睛上除下一层白色的东西，就像从线轴上把白线绕下来一样。通俗地说，因为先天的或者后来环境污染的原因，有那么一根白线，突然一下子缠到眼珠上了，或是一年一年地慢慢缠上了，就成了“白眼瞎”。而我的眼睛，雯博士很有把握地说完全可以治疗到能看见所有东西的程度。

说实在的，看不看得见东西对我来说至关重要。我一生下来就什么都看不见，一切事物的模样都只能在我的想象中出现，所以“看见”对于我来说是件十分陌生的事情。我对“看见”充满好奇。“看见”到底是什么？我当然不知道。

雯博士说治我这样的眼睛，得在手术中把我的眼珠翻个里外上下，再翻个下上外里，一直翻到能把眼里的白线全部绕到线轴上并割切清除为止。到那时会疼得厉害，就好像往伤口上撒辣椒粉，因为尽管在手术中打了麻醉药，但眼神经和眼血管仍是最敏感的。

之后，莉莉又带我去雯博士那里做了几次检查，约定了做手术的时间。

手术当天，我来到雯博士的诊所。当然，莉莉也在。

我躺在手术床上，感觉到自己被推到了另一个地方。手术正式开始前，雯博士她们又对我做了一番评估，我被注射了麻醉药。麻醉药一开始起了作用。我昏昏沉沉的，脑袋里一片嗡嗡声。可后来我开始觉得浑身发抖、大腿抽筋、乳头奇痒，犹如金属耐不住强酸的侵蚀。我再也不能硬着头皮充好汉。

我不知道我昏昏沉沉的样子是否可爱，也不知道当时我呼叫了句什么。我在半昏睡的状态中听到雯博士说：“瞎子炳，你好比一棵树，浇上水就发芽。手术结束后，我就给你用泉水泡上蕨根解毒消炎，再用蓟罂粟洗眼睛给你止痛。到那时你的两只眼睛就会发出生命的光芒，甚至会在你这棵大树身上生出绿芽。”

我似乎进入了一条幽深的时空隧道。我觉得我被骗了。我似乎看见月亮是一个小女孩，她生下来的时候也是瞎子。她闪着光想要看着我，可我看不见她。月亮生下来时只有指甲那么大，她用指甲慢慢地抠掉我眼睛上的黑影。我感到我的眼睛火辣辣地疼。月亮不知跑到哪里去了。黑咕隆咚的屋里只有苍蝇嗡嗡地对我说话。苍蝇说：“瞎子炳，小鸟盗走了你的光明，把你抛在无边无际的黑夜之中。你在黑暗中等待着丢盔弃甲的美国军队举手投降。希特勒把涂了蜂蜜的战刀送给你。基督徒把盗版的圣经送给你。突厥人割下自己的耳朵当航船，漂过不知名的大海，到君士坦丁堡去送死。”

我从麻醉药带来的恐怖的昏睡中惊醒。当时我吓了一跳。可事实上我跳不起来，甚至连“动手动脚”的机会都没有。我被捆绑在手术床上，好像有固定的物体卡住我的颈脖、肩膀、双手和双腿。我无法挣脱雯博士为我布下的机关。我像一头无法自卫的困兽，双眼疼痛使我尿撒裤裆。

我对雯博士说，能否再加大麻醉药剂量？可雯博士说一个人的身体能承受的麻醉药剂量是有极限的。她说我的身上麻醉药剂量已超标，并说我已经说了很多梦话，不能再注射麻醉药了。她叫我再忍一忍。

雯博士执一把锋利的手术刀在我的眼珠上刮来割去，我觉得那锋利的手术刀像条泥鳅在我眼中游动。

那样的折腾不知道过了多久，我听到雯博士柔和的声音。她说：“眼睛里的云翳好像结在猪奶上的薄皮层，只要把那层东西刮走，你就有看见光明的希望。现在云翳已被挪走了，最难的部分已经完成了。”

雯博士以外科医生惊人的灵巧把蒙在我眼睛上的白线绕到线轴上，每根线轴上都绞满了我眼中的白线。

又过去了两个钟头，雯博士说：“好了，手术完成了，一切都很顺利。”

听到雯博士说这句话，我才觉得我的双眼空洞洞的，似乎轻松起来。尽管当时仍然什么都看不见，但我相信我的运气是最好的。

莉莉这时也许比我还要高兴。我听到她在我的手术床边拍起手来大声欢呼。她在我的手心上吻了一口，声音很响也很性感。我敢肯定她是当着雯博士的面给我这个吻的。

雯博士十分娴熟地往我的眼睛里滴上药水，然后挤上药膏，又在我的眼睛上覆盖了凉冰冰的植物叶子。那也许是大黄叶片或是两面针叶片。那些叶子盖在眼睛上，我感觉着实舒服了许多。

我紧紧地握着莉莉的手，似乎想从她的手心里索取一种爱情的力量，只有那样的力量才能支撑我痛苦的选择。我想，这痛苦的选择都是为了“看见”。但我最怕的是，万一我看见了，而那些看见的东西却和我大脑里储存的图像完全不一样，那我去找谁弄回我原本的世界？也许瞎子本来就比那些不是瞎子的人生活得另有一番情趣。这个问题当然是一个关于行动人反讽的问题，这样的问题想来也不是那么糟糕，但旁人也绝非能够轻易理解。

雯博士利落地在我的脸上裹上纱布。我摸着脸上裹着的厚厚一层纱布，觉得我的脑袋像团大纱球。

有人把我抬到一辆轮床上，但绝对不是雯博士，也不是莉莉。那个人把我推到一个地方后忽然停了下来，将我交给另一个人。她对那个人说：“这是一个刚动完视网膜手术的病人，至少要在这间暗室里待一个星期。不要给病人看见外面的光，必要时只能开室内的五瓦红灯。另外，今天和明天病人肯定发高烧，请给他吊青霉素、生理盐水，打消炎退烧针，具体的护理及用药量都在病历卡上。哦，对了，雯博士交代了，对这个病人要特别关照。”

莉莉那几天一直陪着我。开始，我烧得连说梦话。听她说，我一直在呼喊韦小芬的名字。怎么会这样呢？

我很不好意思地对莉莉说对不起。她是个聪明人，听到我说对不起之后，说：“没什么。韦小芬找不回来是你的心病，我怎么会怪你呢？”

莉莉的这番话像一颗卵石击破平静的水面，不软不硬地击中我的心脏。我不知道该怎么办才好。其实，护理我的那个护士说我在梦话中骂了一个叫作韦小芬的人，骂她是骗子是强盗是妓女。我想也许就是如此，因为我隐约还有印象。

在暗房待一个星期对我来说并不是一件很困难的事，因为我本身就一直在黑暗中生活着。再说，我还有收音机做伴。我常常在寂寞时打开收音机，试图通过收音机里那些甜丝丝的女人的声音来抚平我心中的烦恼。尽管这样，我还是处在极度痛苦之中。那是一种难受，是眼睛里长出新生的肌肉的难受，那些新生的肌肉在眼里痒得就像跳蚤进裤裆，挠也不是，不挠也不是。

我痒得直咬嘴唇，不自觉地抬起手来，试图将绷带里的痒抠出来。每当我抬手的时候，莉莉就伸出那双温暖的手来阻止我的行动。当然，那个护士也阻止过我的行动。我想，好端端的一个人怎么说割视网膜就割了，也没有任何商量？弄得我难受了一个星期。如果是平时，不用说是割视网膜，就是打流感预防针，我也不会去。我现在之所以这样听人摆布，是因为女人的号召力已经超过以往了，她们已经不像生活在万恶的旧社会那样被男人欺负，她们的魅力也许比金钱还更具价值。

我所说的这些，当然是针对两个女人。一个是可恨的韦小芬，另一个则是马莉莉。现在所发生的一切，那都是为了以后的"看见"，看见了才好去寻找韦小芬，而找韦小芬无非是想送她上法院，要回房契，要回一万五千元私房钱和那块家传的价值连城的缅甸翡翠。

莉莉说她爱我，同时不希望我是瞎子，要我成为和她一样的"正常人"。而我一直认为我就是一个正常人，我不知道我的眼睛明亮之后，"看见"对我来说意味着什么，我只是等待光明的到来。

拆纱布的那天，好像是外国人的一个什么节日，护理我的那个护士的手机突然响了起来。我听到那个护士对着电话里的人说了一些悄悄话，听得最清楚的一句是"圣诞快乐"。于是我想，我拆掉纱布的那天肯定是圣诞节了。

在我周围至少有十来个人，他们可能都是雯博士的实习生。我感觉我像一尊摆设在橱窗里的模特，任人观赏。

雯博士每拆下缠在我头上的一圈纱布，就对她的学生说上几句我根本就弄不懂的医学术语。虽然周围人群嘈杂，但我的耳感和我的嗅觉告诉我，莉莉就站在我的身边。

我想，在这关键的时刻，莉莉一定比我焦急。我听到她问雯博士："把纱布拆掉就马上能看见东西了吗？"尽管这是一句没有主语的话，但我听得出来，这是莉莉在问雯博士关于我的情况。

雯博士似乎挪了一下纤细的手指。她说:“在这个节骨眼上，光芒比利箭还要恶毒。纱布拆掉后，病人必须在黑暗的房屋里再待上两三天，让眼睛逐渐适应周围环境，并由黑暗慢慢过渡到自然光亮。”

我就那样睁着眼睛在黑暗的房屋里又待了两天。我觉得那两天我的眼前灰蒙蒙的，似乎和以前的黑茫茫不一样，似乎我的周围都是障碍，那些障碍像是要倒下来把我压住一样。

我听到窗外的鸟鸣声相当好听。我知道那已经是第三天的早晨了。不久，雯博士和莉莉来到我身边。我把我感觉到的障碍说给她们听。雯博士却激动地拍打了一下双手说：“瞎子炳，你已经看见东西了。那些不是什么障碍，而是房里的东西和墙。恭喜你看见了!”

我听了雯博士说的话，却并没有立马高兴起来，我觉得我看到的东西似乎都是一种障碍。它们完全不像我眼盲时大脑里生成的图像。

这时，墙上的一盏灯亮了起来。雯博士介绍说那是红色的灯光。那种叫作红色的光线刺进了我的眼睛，我的眼睛一下就流出了不少泪水。

也许，我第一眼看见的应该是雯博士或是我爱的莉莉。可我看见雯博士和莉莉的时候，却几乎要疯了。眼前这两个女人与她们在我大脑中的图像完全不一样。她们是那样吓人。简直就是怪物。

我闭上眼睛，慢慢地寻找我还是瞎子时候的感觉。也许，原来的我才是完美的。

莉莉求我睁开双眼，她叫我睁开双眼看看，她说那是墙上的电灯，那是红色的光线，那是红色的窗帘。

我失望了。我对红色的失望首先是它与我大脑储存的图像完全不一样。我大脑里“红色”的图像是血，血和水几乎同时在我的大脑中出现，尽管血有腥味而水无味，但它们应该是同一种颜色。所以我认为我看见的第一种红颜色就是我心目中水的颜色。至于水的真正颜色是什么？莉莉端来一盆水，说这就是水，水是没有颜色的。

看见水在盆中晃动时，我才发现在我大脑原来储存的图像里，没有颜色的水和青菜叶子是一样的颜色。于是，我把水的颜色当成青色了。

我不知道是我的视觉有毛病，还是看得见东西的那些人有毛病。反正，我觉得我现在不是人，而是一条只会嗅的狗。

雯博士站在我面前。我一直在叫喊，叫她还回我先前的那种感觉。我说，你还我那两只什么都看不见的眼睛，我不需要看见你们看见的世界。

后来我听莉莉说起那天我第一眼看见东西时的恐惧样，她说我不适应第一眼的光明而惧怕周围的环境，这让人不可理解。

雯博士飞过来一只手。那只突如其来的手令我毛骨悚然。我本能地抬起双臂阻挡对方伸过我头顶的手，我低下头把双眼一闭，似乎那突如其来的障碍因此就能消失得无影无踪。

也许是雯博士觉得我的动作过于滑稽，她大笑起来。我看见她咧嘴大笑的时候，嘴巴露出一排恐怖的牙齿，牙齿在那口门洞里显得幽深可怕。我不敢再睁眼看眼前的怪物。

就在此时，雯博士的那只手把我头顶上的窗闩弄得吱吱响，没一会儿，窗就被雯博士打开了。屋内瞬时透亮起来。我开始在恐怖中渐渐回神并感到好奇。尽管我的眼睛还不是很适应那种刺眼的光，但我还是朝着窗外看去。一只小怪物扑扑地拍打着翅膀，在窗外吱吱唧唧地叫着。从声音去感受，我觉得它肯定是一只小鸟。可我大脑里储存的“小鸟”根本不是那么一回事。在我的印象中，我曾经捉过鸡且宰过鸡，我知道鸡也是鸟，所以它们应该是一样的。现在看见那只小得像拳头一样的怪物也叫作鸟，我真觉得是别人有毛病而不是我有毛病。

那只小鸟像片落叶似的落在窗沿上，之后又火速地飞进屋里吱吱唧唧地转了一圈，然后飞出窗外，最后落在树杈上。

房门开了，莉莉搀扶着我走出大门，试图把我引到一片草坪上。我却怎么也迈不出步子。我看见的路面对我来说都是障碍。我必须找到我随身携带多年的拐杖，没有拐杖我是走不了路的。尽管我已经能看见东西、看见路面，但我不敢抬腿起步。我觉得眼前的路面是深不可测的水面。我必须依赖我的拐杖。

我双腿一高一低磕磕绊绊地走了两三步。我怕路边的大树倒下来砸到我，我怕我身边的高楼倒塌下来把我埋了。我很不习惯地看着眼前的东西。我绊了一跤，直想骂娘。

莉莉把我扶起来，待我站稳脚跟，便给我解说哪儿是树哪儿是山哪儿是房哪儿是河……

其实，尽管她解说了不少人们所称谓的物体，但我认为莉莉是对牛弹琴。我没有买她的账。因为她向我说的那些东西，我只要闭上双眼，我的大脑就自然而然地涌现出对应的清晰图像来。不过，涌现在我脑中的图像和眼前我看见的实体完全不一样。看得见东西之后我反而感觉一点儿也不好。莉莉说我的这种思维和我的一切行动都是反动的。我不知道她这样评价我是否妥当。

我根本不用莉莉搀扶我，只要把眼睛闭上，我就能如风般走到花园中的石凳旁。我发现闭上眼睛后，一切就和我先前眼盲时一样轻松，凭着耳感和嗅觉，我走起路来根本就没有磕磕绊绊的狼狈相。现在想起来，我觉得我这个正常人是被不正常的人弄得不正常了。

莉莉似乎生气了。她生气起来也是十分恐怖的，就好像天上的雷声一样可怕。我听到她生气地吼："想瞎还不容易吗？只要现在你想瞎，用指甲抠掉眼睛里的瞳仁，就什么都看不见了。"我一气之下，抬手试图将自己的眼珠抠掉，但被莉莉阻止了。她将我的双手死死地卡住，并扑在我身上悲伤地哭泣。本来十分气愤的我被她这般拥抱和哀求，心又软了。我不敢张开双眼去看如此不谐调的动作，只是闭上眼睛去享受我被一个女人哀求的快感。

那已是我眼睛能看见东西之后的第三个星期，也就是说在我从一个"不正常人"变成一个"正常人"的第二十一天，我开始做寻找韦小芬的准备。

我给56****02打了七次电话。那电话不是什么人都可以打进去的，因为那是作家章伟家里的电话，章伟是不轻易把电话透露给别人的。大家都十分理解他，都知道他每天伏案写作，不愿意被外人打搅。

电话铃响了很长时间，我终于听到章伟的声音。我说我是瞎子炳，我的眼睛可以看见一切事物了。

章伟先是惊讶地说，你是不是疯了，怎么能开这种玩笑？我说我怎么疯了？章伟说你怎么能骗我说你的眼睛明亮了呢？我说我不骗你，我的眼睛真的给一个叫雯博士的医生治好了。

我感觉到章伟在电话那边激动起来，他说他为我能走进正常人的生活而高兴，他说他恭喜我。

我说我要到都县去找韦小芬，我问章伟有没有韦小芬的相片。章伟说他没有韦小芬的相片。我无奈，只能告诉章伟说我明天就起程去都县一趟。章伟说你去都县肯定糟糕。我说为什么？章伟说那是大海捞针，除非你能找到韦小芬的相片。

我在电话这头发呆，也开始觉得寻找韦小芬是件并不容易的事情。这时，电话里的章伟也许是听不到我的声音而担忧起来。他说你怎么不说话？你说话呀。我因为章伟的呼叫声回过神来，对章伟说："没有韦小芬的相片，简直就是纸上谈兵。"

章伟似乎从"纸上谈兵"的字眼里悟出了新的办法。他问我："你与韦小芬的结婚证在家吗？"

我说应该在。

章伟说到底在还是不在？

我叫章伟等我一分钟。我搁下电话翻开床头下的竹席，翻出了一本封面是被人们称作"红色"的证书。我想，那一定是我和韦小芬的结婚证。我高兴地提起电话对章伟说结婚证现在就在我手上。章伟叫我打开看，他说里面就有我和韦小芬的结婚照。我打开那本证书，发现贴在上面的相片被人撕掉了。我一时火冒三丈，我知道那肯定是韦小芬干的。我把眼前的事情告诉章伟，说我无法理解韦小芬为什么要那样做。章伟说，相片撕走了不要紧，只要结婚证还在就好办。章伟叫我把结婚证带到韦小芬的家乡，通过当地派出所找到她。

我想，章伟真不愧是一个作家，果然聪明，我决定按照他的方法去试一试。

那天晚上我在马莉莉家里过夜，在此之后我还得在她家过夜。那天晚上的感觉着实糟糕透顶。之所以这样，是因为我看见光明之后对马莉莉的感受，不论是“肉感”或是“手感”都变了味，甚至觉得“性感”都有所不同。以前储存在我大脑里的和马莉莉做爱的美好图像已经消失得无影无踪。现在睁着双眼和马莉莉在床上做起那事，就好像一个动作麻利的屠夫在宰杀一头陌生的猪。那只猪在屠夫的拥抱下嗷嗷呻吟。我想，如果我现在还是一个瞎子，那该有多幸福。我所说的幸福，当然是指性方面。

马莉莉也许是看出了我的茫然。她沮丧地坐在一只绣了花的枕头上，在夜深人静的时候轻轻地哭泣。她问我怎么了。

我说我正闭起双眼寻找以前的感觉。

她说只要你的感觉找回来了，你就上来吧。最后，她似乎补充了一句话，声音很小，像耳边飞过的蚊虫，她说：“我需要的不是一个瞎子，我需要的是一个五官端正的男人。”说着，她就躺到被子里，脸仍朝着我。

那天夜里，尽管我多次闭目去寻找眼盲时的图像，但我一直找不回来。因为我已经是一个五官端正的人了。

我第一次在马莉莉的床上规规矩矩地待了一夜。

天亮了。那天早上的太阳很好看，马莉莉说它“红彤彤的”，但我到现在还是分不清赤橙黄绿青蓝紫。我前面说过，我大脑里对红色的印象是血，血又和水混为一体。我怎么都不能把那一些抽象的颜色和实物对应。那天早晨的太阳对我来说只是很好看，另外就是暖洋洋的。

为了让我去一个叫作都县的地方寻找韦小芬，马莉莉送我到汽车总站。人们像蚂蚁一样毫无规则地涌动着。远远地，我看见一个人站在站台上向我和马莉莉招手，我想那一定是章伟。我们朝他走了过去。

简单地打了招呼之后，我才知道章伟明天就要离开这座城市，他被调到省城去了。他说他这次一走，也许我们一辈子都再难见上一面。所以，他是专门来车站送我的。

章伟说他要送给我一样东西。我问他是什么。他笑着说你猜。我怎么能猜得出来。我想了几秒钟，然后说一定是韦小芬的相片。章伟摇了摇头说不是。

我没有心思和章伟做游戏，直截了当地说，是什么东西？快拿出来吧。

直到站台上的喇叭里呼叫着“前往都县的乘客上车了”，章伟才紧张起来，从包里抽出一沓纸，说这是他未发表的小说的复印稿，又说他早有预感，已经把我这次去都县将要遇到的人和将会发生的事都写在小说里了，叫我将这部小说留下来，还说以后我和马莉莉生了孩子，也要给我们的孩子读一读。

我说我不信，说我一定要找到韦小芬。

章伟说小说里的韦小芬死了。

我说我不信。

章伟根本不在乎我是否相信。他说这部小说你拿去。说着，他调头就走了。那是我第一次“看见”章伟，也是我与章伟见的最后一面。

章伟送给我的是那部叫作《眼睛》的小说。小说以我为主人公，讲了一个天生眼盲的人如何将眼睛治好，又如何不适应明亮的世界而要求再次将双眼弄瞎去过生活的故事（我想，这是章伟以我为原型写的虚构小说）。

后来，这部小说出版了。有关我去都县寻找韦小芬的那个故事，确实让章伟写进去了，而且写的故事和我寻找韦小芬的故事是吻合的。尽管我读不懂小说里的文字，但我能从我的收音机里听到连载的小说《眼睛》。我在每天早上八点准时锁定频率，听有关《眼睛》的故事。

那天早上，尽管冬天的太阳已经暖融融地挂在天上，但我的心仍是冷冰冰的。因为我将要调离这座古老的城市，前往省城工作，这对于一个热爱自己家乡的作家来说，就好像远离自己热恋的情人一样难以割舍。虽然在这座城市中我没有情人，但我毕竟有几个相好的朋友。其中最值得我怀念的朋友当然是瞎子炳。

我目送着瞎子炳上了那班前往都县的长途班车。

瞎子炳上车后，他的脑袋像蜡黄的南瓜一样从车窗里伸出来，呆呆地对着那个叫作马莉莉的女人傻笑。我觉得瞎子炳的目光似乎愈拉愈长，一直拉到我的眼珠里。我向他挥了挥手，像是生离死别似的。

车子启动了，车子离开了我们生活的城市，在前往桂西南方向的山区公路上行驶。吃午饭的时候，车子到了一个叫红水的汽车站，瞎子炳从司机那里知道，从红水到都县还有六十里路。再需要两个小时，瞎子炳就可以赶到那个令人神往的都县县城了。之所以说那是一个令人神往的地方，是因为都县那个地方出了个叫韦一的歌星。瞎子炳心想，也许，韦小芬和那个歌星还沾亲带故呢。

车子又轰轰地发动了，像只甲虫一样向前爬行。一个年轻的女人在车前向司机招手，示意她要上车。司机似乎已经习惯这样上客，踩了刹车，随手将车门的机关一揿，那车门就哐啷一声打开了。那个女人动作敏捷得像只猴子，轻轻一跳就跳进了车厢里。女人红扑扑的脸蛋瞬时露出轻微的笑靥，她趔趄地摇晃着身体往过道里寻找空位。

凑巧，瞎子炳身边就空了一个位子，那女人在瞎子炳身旁坐了下去。也许是屁股过于肥大的缘故，女人险些坐到瞎子炳的大腿上。

瞎子炳轻轻地往里挪动了十来厘米的位置，让出更多的空间给那肥臀女人。肥臀女人坐稳后，才注意到身边的瞎子炳，向他点头致谢。瞎子炳对肥臀女人轻轻地点点头，礼节性地笑了笑，就扭头去看窗外的山色了。

当肥臀女人与瞎子炳面对面地微笑时，肥臀女人立马惊讶起来。她的心咚咚地跳得厉害，她几乎不敢面对瞎子炳。

这是为什么？瞎子炳当然不知道。

肥臀女人之所以有如此恐惧的心理，是因为她就是韦小芬，瞎子炳没有离婚却失踪的老婆，他此行要寻找的人。

韦小芬记得她老公是个瞎子，而此刻她身边的男人却是个双眼明亮的汉子。她因为眼前的男人长得跟自己的瞎子丈夫一样感到难以置信。没想到天底下竟有这么一个男人，长相和她的丈夫瞎子炳几乎没什么两样。她觉得如果不是自己的眼睛有问题，那就是身边的男人有问题。她悄悄地瞄了瞎子炳一眼，又瞄第二眼，第三眼……她像幼鼠一样害怕接触瞎子炳的目光。尽管如此，她还是有恃无恐地看着身边的男人。

过了很久，瞎子炳才发现韦小芬那样的举动。瞎子炳觉得身边的女人真有意思，便扭过头来直勾勾地看着韦小芬，甚至可以说是目不转睛。

韦小芬遇到瞎子炳舔过来的目光，真有点无地自容。她低下头，脸瞬时红了起来。瞎子炳似乎什么也没有意识到就闭目养神了。

车子在山间公路上颠颠簸簸地转了几道弯，当车子向右急转弯的时候，车子的离心力把瞎子炳的身体甩向左边，他紧紧地挤压到韦小芬的右肩上。韦小芬产生了忍辱负重之感，总觉得身边的男人似乎和瞎子炳没什么两样。她试图开口跟瞎子炳说话，最后却又难以启齿。当车子的离心力又重重地把韦小芬的身体甩向瞎子炳的时候，瞎子炳很不好意思地把韦小芬推回她的位子上。那是韦小芬唯一可以说“谢谢”的机会，但也失去了。

如果韦小芬在那种离心力的作用下能大胆地与瞎子炳说上一句话，那么瞎子炳肯定会听出韦小芬的声音来。可韦小芬和瞎子炳谁也没有开口，这也许就是天意。

车子好像吉人赛人的大篷车一样在山险路窄的石渣路上喘着沉重的粗气，颠簸的车厢里至少有三名乘客呕吐，一股馊味在车厢内弥漫。车子颠簸得很厉害，瞎子炳和韦小芬在拥挤的摇晃中相依着。瞎子炳很不好意思，他尽可能地令自己的身体保持平衡，但总被车子的离心力给拽往韦小芬身上。想来真的有点滑稽，甚至像是一场游戏。

我想，也许此时的瞎子炳和韦小芬就像城市里匆匆回家的过客一样擦肩而过。他们像两只南来北往的蚂蚁在独木桥上相遇，彼此嗅嗅对方的腺体，碰碰对方的触角。之所以那样，是因为蚂蚁都想知道对方是雌还是雄。甚至在蚂蚁的眼里，只有性才是它们相互吸引的东西。

我想，爱情也许只是动物界的一种本能罢了。

遗憾的是瞎子炳现在不是瞎子，他嗅不出韦小芬身上的味道，他的听觉和嗅觉早就随着他眼睛的明亮而退化了。同样，韦小芬也无法确认在她眼前的男人是否就是瞎子炳，因为瞎子炳毕竟是瞎子。

车子又颠簸起来，咣当咣当地发出令人烦躁的声音，像台老掉牙的破机床，稍不小心就要散架似的。

车子里坐着四十四名乘客。在我的家乡，四十四就是“死死”的意思，那是一个极不吉利的数字。在那个天气晴朗的日子里，坐在车子里的四十四名乘客，谁都不会想到那是个魔鬼的日子。

悲剧发生了。车子翻下了十八米深的沟壑……

真是万幸，我瞎子炳没有死。我只是受了一些皮外伤，还有点轻微的脑震荡，没有伤筋动骨的痛苦。

那天，我和车里的人根本就没有想到会发生那样的事故，一切都在一瞬间发生。我好像还记得车子翻下沟壑的那一瞬。也许当时我还保持着一定的清醒，我紧紧地握住扶手随车翻滚而下。那时的我是双目紧闭的，只有那样，我才能回到瞎子的感觉世界中，因为瞎子的黑暗是美好的。车子往下翻滚的时候，我大脑里的图像立马显示出我正在空中飞行，我竟然觉得自己像天空里的雄鹰一样在轻松地飞翔。那样的感觉也许只有几秒钟，之后我就被身边的肥臀女人死死地抱住了。我的身体被那个女人重重地拽着。我曾试图甩开她，但都无济于事。也许那是肥臀女人的求生本能。她就像一个不会游泳的人掉入河中抓到一根救命稻草一样死死地抱着我。似乎只有那样，生存的希望才更大。

是的，谁不希望死神到来之前有个救命的依靠呢？我瞎子炳当然也是如此。被肥臀女人抱得喘不过气来的时候，我松开紧握扶手的双手，转过身去，也死死地抱住那个女人。那时的我才从“飞行”的空翻中感觉到死亡的恐怖。求生的本能告诉我，抱住那个女人，也许还有希望。

我在昏昏沉沉、蒙蒙眬眬、黑咕隆咚的人堆中忽然感知到清晰的图像，我的大脑告诉我，我抱着的女人，不管是手感还是肉感，甚至是她身上的气味，都是属于韦小芬的。真不可思议。我不知道我当时为什么还处在瞎子的感觉世界里，在本能的驱使下，我在女人的身上仔细地摸了一遍，先摸摸她的头发，再摸摸她的眼睛，摸摸她的鼻子，摸摸她的耳朵，甚至用我的嘴唇去碰了碰她的嘴唇。我的感觉告诉我，这女人肯定是韦小芬，这女人就是我那还没有离婚的妻子。

我几乎想吼叫起来。当我睁开双眼看着这个我从未见过面的妻子时，我却惊恐得直想哭。眼前的韦小芬已经死去，而且死相十分糟糕。我在她的颈脖上第一次看见那块缅甸翡翠，它在韦小芬的领口露出一线光芒。当时，我抱着韦小芬并呼喊她的名字，但都无济于事。我想，她是为我而死的。不管从哪个细节分析，都可以证明她是为了保护我才将我紧紧抱住的，她是为我而垫底，为我而牺牲的。在这里，也许我用“牺牲”二字很夸张，但那着实是我的心里话，我在韦小芬的脸上绝对看不见“死”字。如果那样，我会觉得我对不起她。另外，如果没有韦小芬抱着我，也许，死的人就是我而不是她。

没事的人都被另一辆班车拉走了，重伤和轻伤的人也被医院派来的救护车拉走了，只剩下七名死者在沟壑里安然地沉睡着。一些被称作交通警察的人在为那辆破烂不堪的车子和那些死去的人拍照。在那些死者中，人们发现司机的死相很安详，好像一个劳累过度的农民躺在石缝中睡觉。

据法医鉴定，司机是从车里跳出来后撞到石头断了颈脖才死的。他身上没有血垢，和其他六名同行者完全不一样。

我并没有跟那些有幸生存下来的人一起返回城里，也没有把派出所对韦小芬立案侦查的事告诉交警，毕竟，韦小芬是为我而死的，我没有必要在这里出卖她。我和那些正在处理交通事故的警察说我是韦小芬的丈夫，还从口袋中拿出我和韦小芬的结婚证在手中晃动着，试图让他们看到我手上的证明，可那些警察根本就不在意。我想，也许我像路边的一泡牛屎一样让人瞧不起。

大约过了一个小时，事故处理小组的警察才主动找我问韦小芬和我的关系，我把结婚证递给一位似乎是头头的警察。他看了看我的结婚证，便问我，结婚证上的相片为什么撕掉了？我羞涩得说不出个所以然来。那个警察笑着说，是不是吵架时撕掉了？我忽然觉得这句话很好回答，立刻说是的，我们吵架时她撕掉了。警察不再问什么，给我办了认尸手续。也就是说在这之前或是以后，我必须是韦小芬的丈夫，我有义务为她办理后事，我甚至可从事故处理办公室那里拿到一笔数目可观的死亡赔偿金。

显然，那笔赔偿金是我应该得到的，但我却遇到了麻烦。

在办理领取手续的那天，一个叫作马仔的男人带着十来个村民到我住的县政府招待所把我打了一顿。那些村民说韦小芬是马仔的老婆，他们十九岁订婚，二十岁同居，二十一岁的时候，马仔赌博成性，把韦小芬赌输给了盘村的王老九。韦小芬过给王老九的第二天就失踪了。

那个叫马仔的男人说韦小芬失踪后，他被王老九拿着土枪上门逼债，险些把命给搭上。后来王老九在柳城被人家砍死了，他们才解除了冤家。说到这个“冤家”的时候，马仔似乎愤怒起来，两眼死死地盯着我，然后他点上一支烟，烟雾吐在我的脸上久久不愿散去。马仔接着说，他找韦小芬已近两年了，好不容易才把韦小芬从柳城找回来，在村里补办了六十桌的喜酒。如今韦小芬死了，那两万元的死亡赔偿金应该属于他马仔而不属于我。

我在那群凶猛的汉子面前不敢说什么，实际上我也不想说什么。我知道现在说什么都是无用的。他们不就是想要那两万元补偿金吗？我对马仔说，那笔钱要是你能领走你就领走吧，我让给你就是了。

马仔几乎笑了起来，带着他的十多个弟兄扬长而去。

后来我才知道马仔在县里闹事的经过。

马仔并没有领到那笔钱。他之所以领不到那笔钱，是因为他和韦小芬并没有合法的夫妻关系。他们在县里闹了一阵子，还动手打了民警。于是马仔和他的几个弟兄都被派出所拘留了。

马仔被拘留时，一直强调他是韦小芬的老公。民警听到韦小芬的名字，想起了她是被通缉的人员。

民警问马仔："韦小芬卖房屋得的二十万元在哪里?"

一开始马仔什么也不说，公安局一再逼问，马仔才很坚决地说他不知道。于是，公安局派人到马仔家搜查，果然，在韦小芬的鞋垫下找到了二十万元的活期存折，存款人是韦小芬。据说马仔看到存折的时候，他的嘴巴瞬时变成了一个"O"字。马仔骂道："他妈的，这死婊子，有这么多的钱，怎么还愿意回来?"民警问他是真的不知道还是假的不知道。马仔说他真的不知道，如果他知道的话，这钱至少他要花上三五万，首先就拿来还债。经过民警的分析，韦小芬的案子，马仔确实不知道。

我松了一口气，韦小芬的案件终于水落石出。

回到柳城的第二天，我下岗了。或者说，我被下岗了。

我之所以被下岗，是因为我已经不是瞎子，准确地说，因为我已经不是残疾人。

那天，我在悲痛之中到了按摩院。我看见那个主管我们的张副院长像疯子一样对我傻笑。尽管他仍是一个看不见任何东西的瞎子，但我却恍惚觉得他大脑里的我的图像清晰得可怕，让人捉摸不定。他对我说："杨虎炳，你下岗了。"

张瞎子的话像根鞭子般硬邦邦地抽了下来，尽管我感到有点痛，但我根本不在乎。我问张瞎子："张副院长，公司为什么要辞退我?”

张瞎子说，辞退你是因为我们的城市有很多盲人要安置要就业。你已经不是盲人了，你的床位已安排给新的师傅接管了。

我瞬时觉得天旋地转起来，我觉得我似乎被涮了，甚至被涮得赤裸裸的，难以见人。我知道，在盲人按摩院里，只有盲人才拥有那份旱涝保收的工作。我对张瞎子说，还有别的挽救渠道吗?张瞎子说渠道当然有，你到民政局找马局长问问。马局长有权做出决定。

我和马莉莉到柳城超市买了市面上最时兴的药酒、保健品和两条好烟，在晚间新闻还没播完之时就敲响了民政局马家辉局长的门。

正好，开门的就是马家辉。他看见我和马莉莉的时候，先是惊讶，然后才是喜悦。他惊的是想不到我杨虎炳会登他的家门，喜的是他看见了马莉莉那张笑脸和我手中的礼物。马局长把我和马莉莉迎进屋里，第一句话就说恭喜我有了双明亮的眼睛，还说只要有双好眼睛，什么喜事都会降临到我身上。

我对马局长说，我能有什么喜事。马局长说还不喜吗?你看你身边的女人，如果你是盲人，她能和你交朋友吗?看见你杨虎炳能和正常人一样有自己的生活，我马家辉高兴啊!

我说我现在正常吗?我怎么不觉得?

马莉莉在旁边焦急地说，马局长，瞎子炳这次来并不是报什么喜事，他是为按摩院的工作来找你。你想想，一个在按摩院工作了十多年并拥有不少客户的按摩师，怎么能说下岗就下岗呢?

马局长似乎觉得马莉莉的话让他很为难，他说:“杨虎炳已是个正常人而不是残疾人了。按照杨虎炳现在的状况，他已经不属于我们民政部门管理了。这是局领导和残联协调后做出的决定，我也觉得这个决定是明智的。我看啊，这也许对杨虎炳重新就业更有好处。”

尽管我和马莉莉带去了不少礼，也求了情，可马局长的原则性却很强，并没有答应我的请求，礼也没有收。他把我送出他的家门时，开玩笑地对我丢过来一句话：“如果想回按摩院工作，除非你的眼睛瞎了。”

“除非你的眼睛瞎了”，这句话一直刺激着我。我为什么不做回以前的我，去做我喜欢的工作呢？我为什么要眼睁睁地看见人间百态后才“被下岗”呢？我为什么不回到我的盲人世界去继续我的人生？

——这些当然是我一时的气话。

我给市政府的刘江河打电话。前面我已经提到过刘江河这个人，他是个处级干部，每次我给他按摩时他总是喜欢谈女人。我没有求他帮过什么忙，我只是因为下岗这件事情去咨询他，想着也许能从他那里找到回按摩院上班的理由。可我在电话中把事情的前因后果给刘江河说清楚后，他所说的道理和民政局马局长的道理几乎一模一样。他还说他是市政府的秘书长，对这方面的政策吃得很透。最后，他说我的出路只有一条：到卫生、工商部门办一个个体经营的营业执照，申请开个按摩店。他愿意帮我的忙。

我就和马莉莉商量。马莉莉同意刘江河的建议，叫我自己开一家按摩店。可我不想做个个体经营者。也许我的观念很陈旧很迂腐，我求的只是一个稳稳当当的工作。为了铁饭碗，我当然更希望回按摩院上班，毕竟，那是一家旱涝保收的单位，在那样的单位工作，有退休金也有养老保险金。

当然，我那样的想法被马莉莉说成是异想天开，她说除非太阳从西边出来我才能回按摩院去。我知道我和马莉莉在观念上存在着差异，甚至常为此发生争吵。我没有办法也没有后台，只好听马莉莉安排。

马莉莉叫我跟她到城区民政部门办理结婚登记手续。我说我不去，我现在对结婚还没有兴趣。马莉莉说现在不想结婚也可以，但我必须跟她像夫妻一样生活。我说这就是眼睛明亮的人常做的事吗？马莉莉说是的，现在都兴这样过了。我说随便吧。

马莉莉把她的三家服装店转让给了别人。在刘江河的帮助下，我们在五星街口租了一栋三层楼的房子，开了红楼美容按摩院。很凑巧，那个门面恰好在我原来的按摩院对面。马莉莉花了十八万元把那栋房子里里外外都装修了一遍，使那栋房子焕然一新：设计典雅、布局合理，整体效果很好，甚至相当专业、相当到位。和街对面的盲人按摩院比起来，我们红楼院要强得多。红楼院是红楼美容按摩院的简称，楼上楼下一共十二间房，我们用一楼做美容厅，二楼做按摩厅，三楼是员工的临时住房。

开业前，马莉莉招了三个美容小姐，分别给她们起名黛玉、妙玉、巧玉。另外还招了七个按摩小姐，年龄都不超过十九岁。莉莉也分别给她们起了艺名，叫春花、秋花、梅花、兰花、菊花、荷花，最小最漂亮的那个叫茉莉花。我看见招来的七朵花似乎都没长绿叶——我说的“绿叶”是衣服，尤其是裤子。她们身上的衣物甚少，个个都袒胸露背浓妆艳抹的。

尽管我的大脑里储存了这个世界上我所接触过的物体的图像，但我现在看见的这些女人和我原来还是瞎子时储存在大脑里的图像却格格不入。我有点好奇，总想多瞄她们几眼，仿佛只有那样，有眼睛和没有眼睛才着实不一样。

开业的时间定在了晚上八点钟，西瓜一样大的红色灯笼一共挂了一百盏。红墙、红窗、红帘、红灯笼，显得热烈、富贵、祥和。

红楼院真不愧红楼花香，开业那天宾客满座，显得十分兴隆，却并不生财。因为那天都是一些老朋友来捧场，所以马莉莉不收费，也就是说我们当晚是免费服务的。我想，那也许是马莉莉做生意的一种手段，虽然损失了第一天的费用，但那样的损失会给今后带来更大的财富。

第一个送花篮的就是刘江河。刘江河的花篮往红楼院大门一摆，紧接着就有数十个花篮摆了上来。我不认识字，也不知道是什么人什么单位来庆贺。不过，从那些到场庆贺的人的衣着外貌来看，他们的来头肯定不小。

在一阵阵鞭炮和宾客道贺的热闹声之后，来庆贺的客人都被马莉莉引到各个房间里去美容或是按摩了。我在二楼的主按摩室等刘江河，因为在按摩院的年月里，刘江河已是我的固定客户，我相信刘江河肯定会来让我按摩，我相信他一定会到我的床上来。

遗憾的是我在那样的热闹里竟然接不到一个客人。一开始我觉得是我哪里出了毛病，后来我才知道我错了，错就错在我是个男人。

至少有四十分钟的时间我孤独地坐在我的按摩室内胡思乱想。漫长的孤独迫使我下楼去找马莉莉，但哪里都找不到她。

我发现沿途的每一间按摩房都关着门。我闭上眼睛，寻找我眼瞎时的感觉。我要用瞎子的嗅觉和瞎子的听觉去拼出按摩室内清晰的图像。我听每一间房里的声音，试图从声音中找到马莉莉，却只能隐隐约约地听到轻微的女人的呻吟声。从那些呻吟的声调里，我感受到了房间里面正在发生的事情。我的本能告诉我，这是光明里的黑暗啊！我不愿看到这样肮脏的场面，我宁愿回到我瞎子的干净世界里。

我朝三楼狂奔而去。我在三楼走道上呼喊马莉莉，她从睡房里走了出来。马莉莉说你喊什么喊，你发疯啦？

我并不在乎马莉莉对我说什么。我推开她，直冲进房间，双眼四处搜寻，试图从屋内找出别的男人来。马莉莉跟在我身后说，怎么，吃醋了？

我并没有发现房间里有别的男人留下的痕迹。我问她，我们做的到底是什么生意，马莉莉说做美容按摩生意。我说为什么都把房门闩了，马莉莉说那是客人的事情，闩就闩吧，反正是按钟点收费。

我问每个钟点多少钱，马莉莉说一百元。我问服务小姐拿多少，马莉莉说分文不拿。我怀疑我的耳朵出了问题，竟一时听不清马莉莉的话。我疑惑地问，服务小姐每月工资多少？马莉莉说分文不拿。我说为什么？马莉莉说小姐的工资是从客人的口袋里拿的，服务好了，客人高兴了，小费是成百上千地给她们，还说我们当老板的绝不能眼红。

我似乎悟出其中更深层更隐蔽更荒淫的涵义。我说你马莉莉现在不是什么美容院的老板，而是红楼院的老鸨！你开的是妓院！马莉莉将食指对着嘴唇轻轻地“嘘”了一声，示意我小声一些。马莉莉说，你胡说什么？我怎么是老鸨呢？实话告诉你吧，这个红楼院的真正老板是刘江河。他是大股东，今天晚上来的都是他的朋友。那些人来头不小，都是红楼院的保护伞。有钱赚我们就赚，知道吗？

我觉得我不应该看见眼前所发生的一切，甚至觉得我应该回到我原来瞎子的世界中去。瞎子的世界黑暗却没有黑暗，没有肮脏，甚至没有邪恶。我想，我为什么要看见东西呢？我为什么要看见眼前的黑暗，看见眼前的肮脏交易呢？我要回到瞎子的世界里，只有那样，我才不会下岗，我才能再次拥有我原来的图像和原来的空间。

我想，我的死期也许不远了。我朝楼下跑去。跑到二楼的转弯处时，由于速度快，我撞倒了一个人。我吓了一跳。被我撞倒的正是刘江河，他身边站着黛玉。我知道他们刚做完交易，也就是说，刚做完爱。我没有对刘江河说对不起，也来不及看那个娇媚的黛玉一眼，就急匆匆地往一楼跑下去。

刘江河叫我站住。刘江河说，我和马莉莉的对话他都听见了，说如果我把红楼院的内幕说出去，他就会像踩死一只蚂蚁一样杀死我。刘江河停顿了几秒钟，似乎是在看我的反应。我不在乎他的要挟，只是转身朝楼下走去。刘江河从我背后狠狠地丢来一句话：“你瞎了·炳生来就应该是个瞎子，眼睛亮了多碍事！”

我跑进街心，消失在黑茫茫的夜幕里。

我在这座满是皱纹的城市里流浪了三天，我试图用熨斗熨平这座城市的不足，但我做不到。我没有勇气再睁开眼睛说瞎话。我知道尽管一个瞎子什么都看不到，但他的心可以是光明的。而一个希望“看见”光明的人却看到了黑暗，这是我不能接受的。我真的想回到盲人按摩院去，给我的客人按摩，只有这样，我才能回到我的从前。

我再次找到民政局的马局长，请求他让我回到岗位上去，做按摩师的工作。可马局长还是那句话：“如果想回按摩院工作，除非你的眼睛瞎了。”

我没有过多的想法，只觉得瞎子的世界是多么的美好；我没有过多地去想问题，只觉得我应该回到按摩院。那天夜里，我不知道我喝了多少酒，也不知道我是怎么把石灰粉抹上自己的眼睛，又怎样一步一步地摸索到了马局长家门口的。我根本就不在乎双眼剧烈的疼痛。不知道为什么，那天夜里我没有敲他家的门。我竟然在马局长的家门口晕了过去。

那天早上，天刚蒙蒙亮。马局长打开家门去上班的时候，被一个倒在门前的人吓了一跳。马局长定睛细看，才发现那个男人是我。

马局长看见我的眼睛沾满了石灰粉，样子十分恐怖，急得直跺脚：“天呀，你为什么要这样？”

“我……我完全是为了回去上班。”说完话，我像堆抹布一样瘫在地上，没了反应。

这时，马莉莉刚好来找马局长。看见我的样子，她双腿一屈，咚地跪在我的身旁号啕大哭起来：“红楼院办不下去了。刘江河被带走了。现在你又这样……”她使尽全身的力气，右手臂揽过我的后颈脖，把我的头立起来，然后努起嘴，先是在我的眼睛上使劲地吹，试图吹走涂抹在我眼睛上的石灰粉，发现不起作用，便用舌头舔舐我眼睛上的石灰。

马莉莉每从嘴巴里吐出一口石灰粉，就跟着吐出一句：“何苦呢？”再吐一口，又说一句：“你为什么要这样？”

我努力地蠕动已经肿起来的嘴唇，说：“其实，我很想看见人世间一切美好的东西。我真的不想再见光明里的黑暗。”

说完这句话，我的眼皮明显地动了动，想要睁开眼睛似的。

NIUSHENG DIAOHUAN

牛绳吊环

翔虹

写作是为了认识别人，更是为认识自己。

【作者简介】

翔虹，本名陆祥红，男，壮族，广西都安县人，中国作家协会会员。中篇小说《过节》获《小说选刊》双年奖、第十一届广西文艺创作铜鼓奖，获评2023《广西文学》年度优秀作品。已公开发表报告文学、小说、诗歌、散文、散文诗、评论等共计100万余字，作品散见于《中国作家》《民族文学》《诗刊》《散文海外版》《文艺报》《作家》《光明日报》《文学报》《山花》《边疆文学》《广西文学》《北方文学》等报刊，部分作品获《小说选刊》《作家文摘》《小说月报》转载，有小说入选《中国当代文学选本》。

1

三伏天正午昏昏然的葛孟德，听见一个翻身，接着是个哈欠，赶紧眯缝着眼从行军床上弹起。老人看向他，眼睛没神采，却堆满催促。葛孟德嘴上说着您醒啦，左手托住颈后，右手抓稳左肩，把老人扶起挪到床沿。他拿过长裤蹲下来给老人穿上，刚拉到大腿，老人开腔了，声音响在头顶：换一条，脏了。

我们晚上洗澡了再换。葛孟德想，昨晚才换的呀。

莫啰唆，快点！

好，您看换哪条呢？

穿那条黑色有两个裤兜的，在柜子左边上面那格。

老人最近突然爱上裤兜，每次换裤子他都对葛孟德强调。他以前可一直穿老式没兜的。

衣柜靠着老人床铺对面的墙，双开门，有年头了，看不出最先的颜色。葛孟德走去拉开左门，全是冬天的厚衣服。这他早知道，但仍照话去做。他又拉开右门，手才碰上那沓裤子，老人的呵斥立马戳向后背：你个蠢猪，都说了黑裤子在左边！

葛孟德已翻出那条黑裤子。可他的手有如被老人点蛊，不自觉去柜子左边摸索两下，然后两只手巧妙配合，看着像从左边拿出了裤子。他关好柜门，转身走到床头。

做事磨磨蹭蹭，谁还生你这么个没用的东西。老人嘟囔间，葛孟德从才穿半天的裤子上扯出麻绳，穿进黑裤子裤头，再慢慢帮他穿好。这几年老人丢掉皮带，索性捡根旧麻绳代替。以前老一辈人系麻绳还配个大铜钱，他省了，直接拿绳头打结绑上。走在村里头，麻绳裤带便和他八十多岁的脸庞一块儿混搭成古董。

老人喝过温开水，停止嘟囔，靠在床头发呆。这是固定程序。在他眼神凝滞的刹那，葛孟德也靠上椅子轻吁一口气，自己也问自己：我是谁生的呀？

一年前一个周五的傍晚，葛孟德接到乡下来的电话。堂弟说父亲从医院回来了，抱着扶着才能上下床，拿拐杖也走不得路。就是说，父亲没法自理了。

父亲跨进八十八岁后身体每况愈下，葛孟德对此早有思想准备。话虽如此，当这一天到来时他还是陷入了夹层。

父亲能走动时堂弟帮照看还勉强，现在不行了。堂弟不但大大咧咧，还滥酒。有次父亲发高烧，堂弟扶他上厕所，结果自己酒上头摔了一跤，还把父亲也拽倒了。所幸父亲正好压在他那身肥肉上，没啥大碍。堂弟媳有腿疾，自个儿都不利索，他们儿女又都外出打工。除开堂弟，葛孟德在老家再无近亲。他的两个姐姐当年为吃上大米饭嫁到外地，走动一趟都难。接来城里嘛，也不好弄。自己离异，整天奔波于工作。住在同城的女儿也已嫁人。这倒不紧要，可以请人，问题在父亲。他七十岁时最后一次进城，提个装鸡的编织袋，班车上遭尽白眼。进小区被拦下，隔天在河堤路扔烟头又被罚款。父亲觉得老脸丢尽，血压蹿得吓人，当天中午就直奔汽车站，撂话打死也不来了。自那以后，父亲别说为其他事进城，就是发大病也不来治，只到县医院。送养老院？更别想了。先不提人家照顾尽不尽心，单是父亲令人咋舌的挑食程度，就能吓跑人。说来也怪，父亲身体好的时候，饭量大得出奇，什么都吃，还经常吹嘘：母猪和饿猫吃得的，我这肚子都不论。近年身子骨向弱，父亲吃得渐少，反倒挑剔起来。煎豆腐要香，但表皮不能硬；炖肉要烂，汤水还不可油腻。一天三顿固定吃玉米粥和红薯，换啥都不行。而且红薯得放火灰里慢慢煨熟，不吃水煮的，给他买了烤箱也不用，说烤红薯没烟火味。他嫌饭菜淡，把芝麻花生黄豆磨成粉，小火炒香，再拿陈醋酱油来泡，每餐必取一小勺搁菜里。他边吃边咂嘴，说这能润肺滑肠养胃还助睡眠，不是我老葛头，哪个人想得来！那时他还动得，这等细活全自己干。堂弟说是照顾，也只配帮衬点粗笨活路。这个吃法，哪家养老院伺候得？你既搞不掂，老爷子又怎么待得半天？更何况，葛孟德这当儿子的在这大眼活蹦，咋能送亲生父亲去养老院？

葛孟德急得睡不着。他小时候穷，玉米粥、霉干菜和红薯是日常标配，饿肚子的咕咕叫现在还久不久响在梦里。外婆家好点，过年偶尔会杀猪，这种时候，葛孟德去的头天晚上就特意少吃，腾空肚子。其实完全没必要，他吃再饱，没点油水的饭菜也顶不到天亮。出得门来姐弟仨争相向前冲，平时无感的河流、坡岭，显得美丽可亲。蝴蝶蜻蜓振翅滑翔好看，燕雀松鸦叽喳啾吱动听。他感觉爬坡出的汗不像平时那么臭，连心跳和呼吸也比电影乐曲令人陶醉。每次吃完回来，葛孟德连尿都舍不得在半道撒，一直憋着冲进自家猪栏，朝小猪仔一通扫射。小猪立马凑过来吧嗒吧嗒吸着尿水。他在吧嗒声中闭上眼，畅想小猪扯成中猪，再长成大肥猪，然后抬上长条凳，捅出哗哗血柱，刮毛破肚，做出粉蒸肉，准能叫一大群以往鄙视他的小伙伴围过来，投来讨好又死馋的目光。但愿望总落空。

帮人做法事回家的爷爷，会从破旧油腻的布袋里取出一小块供肉和两碗大米饭。虽然它们被苍蝇蟑螂爬过，大多时候还臭馊，但有得吃照样是姐弟仨最幸福的时光。挣的工分填不饱肚子，三姐弟的学费主要靠父母上山打柴卖。他后来上大学，还要向乡邻挨个借钱。

再困难，父母对他们也竭尽所能。当年送他当兵，是为了少一张嘴吃饭。退伍后葛孟德不愿接受安排当工人，闹着要考大学，父母争吵一宿后咬牙答应。第二天母亲说，娃仔肯上进是好事，等他出息了我们再享福。母亲没等到享福。他上农学院第二个学期，母亲因为砍柴掉下山崖早逝。如果起初他当工人，母亲兴许真能沾点福气，添身衣裳，多吃几顿肉。她甚至不需要再上山打柴，这样就不会摔伤过世。每每想起，葛孟德心就滴血。后来葛孟德工作，姐姐出嫁，日子慢慢转好。父亲一个人种地，养猪养鸡，一天没闲着，直到八十五岁他再也提不动小水桶、挥不了锄头。葛孟德多次讲有我养着，您老就别累了。父亲回他，能做的事丢着不干，老葛家不兴这个。所以父亲直到八十五岁才开始享母亲讲的清福。葛孟德捡得父亲的犟，一年到头往山腰地里跑，不比农民舒服。平日别说帮父亲干活、好好陪伴三五天，就是父亲杀大肥猪叫他回家吃，他也没空。儿时撒尿催猪快大的梦，早叫忙碌揉搓掉，仅仅偶尔以梦重温梦。没得帮忙陪伴的父亲，只享了几年清福身体便衰微，最终发展到不能自理。

唉！葛孟德把手插向后脑勺。他原本头发浓黑，这几年扶贫压力大才变白变稀。

有车子来小区后边收集垃圾，嘎嘎吱吱地吵。晕乎乎的葛孟德在嘈杂中，听到锣镲声、唢呐声，还有念经声，像爷爷做法事，又像村里祠堂供祖先。吵闹加剧了葛孟德的昏乱。随着城郊传来的隐约鸡鸣，有个声音荡进他脑壳：回家吧。声音像极爷爷做法事时的呼喝，也像母亲站在门前伸长脖子唤他回家吃饭。反正非此即彼，铁定是至亲，不是外人。

把这声音咀嚼几十遍，葛孟德对自个儿说，我知道怎么办了。

可我该怎么办？下一秒他问自己。

2

葛孟德把钥匙插入，却没发动车子。去崖莉芳的住处十分钟车程，他却突然想要步行去。崖莉芳是他女友，在市中医院当医生，二人经介绍交往一年。她比葛孟德小十五岁，也离异了。

葛孟德工作不久就成了家，和前妻是同学。她学农业经济，毕业分配在市里，没几年就下海去了省城一家大企业。葛孟德回老家乡镇农技推广站，一直在乡下兜兜转转。用前妻的话说，他们恋爱天天黏着，成家反倒立即分居。前妻原先很支持葛孟德干技术，生下女儿后情况就变得复杂了。刚开始岳母跟在省城带孩子，几年后小舅子结婚，她就回去带孙子了。前妻能干，事业风生水起，分居生活难以持续。为葛孟德进城，他们没少跑动。接收单位倒是有，问题是葛孟德虽不挑待遇环境，却坚决锁定农业领域，不改行，不去企业。这一来难搞，他只是普通农学院毕业，没啥可挑三拣四的。看似触手可及的希望，气泡般连连破灭。拖到第三年，前妻再也不堪其烦，下了最后通牒：要么进城，要么离婚。葛孟德如虫噬心，几经矛盾挣扎，最终还是不愿放弃专业，两人和平分手。为女儿有好条件，葛孟德主动让她留在妈妈身边。自己工资虽不及前妻零头，也坚持多给抚养费。他有空就去看女儿，女儿长大后见到父亲的各种报道，加上母亲引导得挺好，她对父亲感情没淡，反而有种特殊的亲。懂事的女儿大学毕业后选择回市里工作。葛孟德问起，她就笑嘻嘻地说妈妈再婚有人照顾，你像块榆木疙瘩，我再不管，你就成没人疼的娃喽。葛孟德听来眼眶湿热，想老葛家基因真不赖。他越发坚信当初的选择，干农业干得更欢。

进了门，葛孟德一口气讲了变故和想法。崖莉芳听完略加思考，说老葛，我很理解你的心情。尽孝应当，但是不是有更合适的法子？比如中医院就不错，你也知道我们医院在全省康养领域数一数二。我们这里不是养老院，也不同一般医院，康复护理对老人家只有好处，没坏处。

她讲的是大实话，葛孟德点点头。扶贫忙出他一身毛病，靠女友的方子调理，症状渐轻，指标一一向好。两人还商量过，结婚后要小孩。

这一定是最好的选择，我们把老人接过来吧。崖莉芳摇着葛孟德的手。她经历了失败的婚姻，对世事看得挺准。她水灵的眼睛脉脉明示：听我的，错不了。

葛孟德早料到她的这番反应，为她的真诚而感动，也因即将面临的坎儿倍感压力。他应道：莉芳，谢谢你能这么对老人，我马上回去和爸说。

三个小时后葛孟德到家，直奔父亲房间。没见堂弟，父亲睡着。父亲面无血色，更消瘦了。看他的脸，葛孟德掂量被窝里的身体恐怕没有九十斤。他仔细看床前厚厚的片子和诊断书。父亲身体衰弱后他一直恶补医学知识，又有女友帮助，知道不少。父亲几十年的气管炎已发展成肺癌，时不时咯血。他还有严重的高血压、胃病和糖尿病，以前干活还好，现在缺乏活动，病情一天重过一天。父亲早年修水利被石块压伤了腰，恢复得不好，多年增生。近年来旧痂压迫神经，腰杆使不上力，蹲起和走路都受影响。诊断书写椎体退行性变。这是他众多毛病一致的走向，也是他整个人的走向。

堂弟回来，两人寒暄，惊动了父亲。他刚开眼时目光呆滞暗淡，看见儿子马上闪出亮和复杂。葛孟德捕捉到了。父亲住院一个月他只回来过两次，要是今天的工作安排不因故取消，他照样回不来。

喂了几口水，葛孟德问，爸您要不要坐起来？父亲无奈地摇摇头。他便把去市里康复的打算慢慢说来。

我不去。一直不吭声的父亲开口，气力虚，却笃定。

爸，现在医学发达，您一定能好起来。这些年我老不着家，也没得照顾您几天，您也给儿子了了这份心愿吧。葛孟德带着哀求，鼻子泛酸。

父亲在喉间叹了一口气，说你有公家事，该忙就忙。我都知天命多少年了，还能有啥想头。农村人谁不这么过来，这么过去？这屋是老葛家的根，祖宗在这里，我哪里都不去。要是有个三长两短，我这老骨头被丢在外边，到地下我就找不着你妈了。

难怪后来父亲突然穿有兜的裤子，弄不好就是想随时装自己的骨头，不丢在外边。

话是这么讲，可您也考虑一下我们当儿孙的……

葛孟德搜肠刮肚的词串才起个头，就被父亲的手势和眼神截断。他只得闭嘴。虽说捡得父亲的犟，可在父亲的刚硬面前，他那点儿执拗根本提不上劲。黄发老人想定事，都斩钉截铁不迟疑。这也是葛孟德“脑补”所获。何况他本来就是回来争取的，不是要引起争执、惹恼父亲的。父亲恼起来九头牛拉不住，不但不会称他的意，反倒更麻烦。

葛孟德一五一十地讲，内心忐忑，苦恼扒拉着脸皮。他的脸形随着神色变化，映在崖莉芳眼里。她边听边感受他的无奈、惶恐、急切。望闻问切的习惯令她对情况梳理快当。

她想到了前夫。前夫脑瓜子灵、嘴皮油滑，她年轻时单纯，把这些认作优秀。一起过了日子，才越来越发觉不对，他行事不靠谱，崖莉芳的安全感如沙般流失。说到底，她最看不惯他对老人的态度，在家里顶嘴反唇，吆五喝六。有一回到娘家拜年，饭桌上父亲讲几句年轻人过日子要节俭，三杯马尿下肚的前夫脱口相争，最后竟然咚地撂下杯，气呼呼摔门而去，崖莉芳撵出去怎么劝也不回头。她很喜欢孩子，用处方帮过许多不孕不育的夫妻，却找不着方子给自己。一个不靠谱没孝心的男人，怎么托付？她怎么敢把孩子带到一个难卜的家？她曾百般忍受，尝试改变他，但前夫却变本加厉，无奈之下她只能选择离婚，做人生纠偏。

几年后上天带来葛孟德。他为人处世到哪儿都能得点赞，正因为这她才和他交往。如今他要照顾父亲，行大孝，这正是前夫所缺失的。苦寻的踏实就在手心，哪能撒手？这关头岂可不支持他？何况，对他的爱早已变成疼亲人，崖莉芳最看不得负重难喘的葛孟德痛苦。

周一早上，领导进办公室屁股还没坐稳，葛孟德后脚便跟到。领导边示意他坐下边问，小葛又有什么想法啦？领导在市农业局工作过，后来去葛孟德家乡的隔壁县当主官，两人共事。前几年他任市领导，葛孟德因表现出色被提到市扶贫办当主任，机构改革后改任乡村振兴局局长。领导对葛孟德很熟，特别赏识。葛孟德一汇报就来口头禅：我有个想法……领导常拿这个笑他。

领导，我要提前退休。葛孟德灌下半杯烫茶水才定胆开口。这话差点让领导把嘴里的茶水喷出来：

什么？小葛你到底搞哪一出啊！

葛孟德都五十岁了，领导对他还小葛小葛地叫，改不了。

葛孟德说了情况。

领导耐着性子听完，接过话茬儿说小葛呀，你想照顾父亲，很好，孝道不能丢。但在这个节骨眼上，不合适呀。

怎么不合适？

你从基层一步步磨到今天不容易。农业技术推广做得好，提副县长；分管扶贫得力，当扶贫办主任，现在又当这乡村振兴局局长。千辛万苦五年，我们把全省贫困户数量最多的贫困村的帽子摘了。这上边包含所有人的努力，更少不了你的苦劳。这个组织是肯定的，要不你怎么评上全国脱贫攻坚先进个人和人民满意的公务员？我想领奖，也没谁颁给我呀。领导端杯又是一口茶，加重语气道，听我的，干下去。我不敢说你一定能得提拔，但职级晋升肯定少不了吧？都熬过那么多年了，怎么突然来个提前退休？我看别的任何法子，都比你这馊主意强。

说完领导久久盯住葛孟德，眼神不断加码。

葛孟德不安起来。领导对他有恩，自己却要辜负。他更怕被拒绝，提前退休无望。他又灌下一杯茶，深吸一口气，在领导的目光之下，反推回去一波倔强，自我打气说领导，知道您为我好，可我决定了，请您像从前照顾我那样，最后再帮我一次！

领导的复杂心情全泛上眼底。他是有点私心，不舍这个培养多年的部下，但更多的还是因为乡村振兴需要葛孟德这样的干部。可他太知道葛孟德的秉性了。他转过头看向窗外，许久才缓缓叹一口气：你这苦瓜命哟。

葛孟德把大包小包搁在堂屋，走进父亲房间：爸，我回来了。

哦，是老四……今天是礼拜天啊？

葛孟德前头有个大姐，六岁时夭折，他也没见过。父母喊惯了，一直叫他老四。

不是礼拜天。

那你丢下公家事情回来干吗?

爸，我退休了。

什么，你到点退休啦?

我打报告提前退，回来照顾……

咣!

葛孟德“您”字还没出来，嘴巴就关上了，被咣声关上的。他吓了一大跳，不知道炸响从哪儿来。半晌他才看清蚊帐架上吊了一面旧锣，父亲手中拿着根杉木棍。声音应该是棍子打出来的。对，刚才有个影子闪过，肯定是父亲顺手一棍敲的。

你个蠢猪的葛老四，你给我滚回去!

葛孟德才猜出表象，还没搞明白起因，父亲的吼声又砸了过来。

吼叫声把他从发蒙中扯出来。他问爸，您怎么啦?

怎么啦?哪个叫你回来的?啊?哪个叫的?!

葛孟德听出来了，父亲怪自己没和他商量就退休。葛孟德正要张嘴，父亲又一波火药烧到：我老葛家怎么蹦出你这么个败家子！丢老婆丢孩子，现在又丢公家事情，祖宗的脸都给你丢光了！你葛老四怎么不把自己丢进地苏河喂鱼？照顾，照顾，我就是今天马上死，也不要你照顾!

父亲脸急成了猪肝色，喉结上下动，手中棍子乱抖。父亲卧床后脾气变大，也许是近一个世纪他身子都竖着，突然横放，身体构件受地球引力作用的方向改变，所以性情也跟着转了。但这么个骂法还是头一遭。

葛孟德梳理父亲之后日常的只言片语，捋出了这通“锣火”

的缘由。父亲虽然只读过高小，但受做法事的爷爷的影响，对为人处世悟得深透。他说，你葛孟德受国家教育，拿公家钱干公家事，就该干好干到头。为家里小事撂下公家大事，是因小失大。况且，你葛孟德是当过兵的人，当兵岂容行军半道开溜，冲锋时后撤？你爷爷不同，那是军阀内战他逃跑正常，如今当兵保家卫国，怎可混淆？所以当葛孟德冷不丁站到他跟前讲退休，他就气不打一处来，冒火吼开。

至于离婚，当初父亲就骂他，还罚跪鞭打。葛孟德是满仔，得母亲和姐姐宠，自小顽皮，常吃父亲拳脚。长大了，哪怕当兵了、当领导了，也还是一样。父亲吼他，你个大男人成家就得为家扛事，为全家人还有猪鸡牛负责。什么由头什么情况，都不能抛妻弃子，哪怕妻儿有万般错也不行。他骂葛孟德，这么聪明的老婆，这么好的女儿，你造孽丢掉了，你脑子进水了？你吃猪潲长大的？父亲觉得自己没教好葛孟德，对儿媳孙女很愧疚。以前听说葛孟德在乡里、在隔壁县干得挺受称道，他感到欣慰。葛孟德离婚后他就嫌这儿子丢人，在村里老抬不起头，一想就肝火烧。葛孟德从不在父亲跟前提妻女，被问到就绞尽脑汁找话，小心翼翼讲她们过得比原来好，女儿很乖，他经常去看她。父亲听了骂他，你这是黄鼠狼给鸡拜年，安不了好心。“蠢猪的葛老四”便是从那时候开始骂的。前妻听说了，笑嘻嘻地警告葛孟德：别以为离了婚我就收拾不了你，敢惹我不爽，我就打电话给老爷子。

父亲早年打骂葛孟德，是为爱打骂，在他的观念里棍棒属另类的爱。离婚后葛孟德不听劝，不去复婚也没再娶，父亲说你这是成心叫老葛家断香火呀！老人当真对儿子生嫌隙了。

3

咳！咳咳！咳咳咳！

猛烈的咳嗽声把葛孟德从行军床上弹起。

窗帘透进微光，新一天开始了。昨夜父亲的咳嗽声把他弹起来五次，没有预想的多，他有些欣慰。房间小，除了父亲的床、衣柜、桌子，没剩多少空间。加床不行，和父亲睡一块太挤。于是葛孟德买来行军床，睡觉打开，平时折叠抱到堂屋靠墙放，解决了空间问题，还能找回当兵的感觉，挺好。回家后他比以前容易入睡，失眠次数极少，即便如今像听冲锋号一样，日夜随时从行军床弹离，葛孟德还是感到精气神挺足。

父亲继续咳嗽。他的眼珠瞪突，脸上青筋暴出，咳嗽带动身子，身子带起床铺嘎吱作响。一贯苍白的脸只有这时候才泛出血色。一串又一串咳嗽声中，他咳得着力，又咳出畅快。葛孟德经常坐在床边看父亲咳，时长短则两三分钟，长则半个小时。他不情愿地发出第一声，顺着第二第三声，然后是着力中夹杂畅快的几串、十几串、上百串。葛孟德从父亲表情看出，头声的不情愿，是害怕，怕费劲难受。第二第三声是顺势，这种肺病不会咳一声就停。持续长咳的着力，缘于父亲虚弱，发一声都大量消耗真气。常年咳，天天咳，他的咽喉、气管、肺叶，反复摩擦受伤，疼。感觉畅快，那是父亲肺里的秽废积得太多太久，时刻膨胀冲撞。一咳开肺压跟着减轻，废气一波波排出，身心就畅快。父亲在着力中畅快，在畅快中着力，给自己也给旁人定义了“陈年老咳”。葛孟德曾怀疑是错觉，但除此以外无法解释父亲咳嗽的神态、动作，还有节奏。有一次父亲咳掉了门牙。后来又咳断两根肋骨，住院半个月。新伤旧痂使他行动起来更艰难。

擦汗，抚胸前，拍后背，有时说些自知多余的话当安慰。每次他都只能这样。现在父亲已咳停，休息了一会儿，葛孟德扶他坐起来。接水挤牙膏，父亲开始刷牙，葛孟德拿脸盆在下边接住，再帮他洗脸，然后端温开水给他喝，完了转身出门。

我也去。父亲叫住他。

葛孟德应声折回，俯身抱起父亲放到电动轮椅里。近来父亲恢复得挺好，能拄拐杖在屋里转，但出门还不行。葛孟德就买来电动轮椅，把屋里沟沟坎坎填平，门口台阶也给处理好。父亲先照例开骂，说糟蹋钱，后来坐上去拨弄几下，很快便操控自如。在村里转悠时，他一字不漏地接收别人的赞叹，还不忘自夸说，老子当年东方红拖拉机都开过，这小玩意儿算啥。此后父亲非但出门开轮椅，在家里也以它代拐，手痒得不行。为了让他多走路活动身子，葛孟德要费不少劲。

现在煮玉米粥可以用电饭锅，将玉米粉调在水里，简单搅匀，合上锅盖，水开再滚五分钟即可。葛孟德把锅买回来后，父亲说电饭锅煮的不香，得用柴火铁锅，那才是老祖宗传的。他们进了厨房，葛孟德生火，往小铁锅里装水，架上灶。

快点拿玉米粉，水热了又要打团，只有猪才吃。父亲说着，把轮椅靠近来，指指米桶，又指向锅头，急促得像个临战的指挥官。打团是讲玉米粉遇上热水就搅不匀，容易结成小拇指头般的疙瘩，粥不好吃。也许因为昨晚咳少，今早父亲心情好，往常要是不顺心，他会先告诫道：你个蠢猪的葛老四，莫给我又煮成猪吃的打团饭。

葛孟德会煮玉米粥，只是离家太久，祖传手法多少有些生疏。刚回来时真有两三回弄岔，给父亲逮着实证，免不了一通臭骂。骂的模式千篇一律，先就事论事，说一个副县长连玉米粥都煮不成，这几十年不就混日子骗工资么。然后联想升级，扯出离婚、提前退休，反复上纲上线。葛孟德对这个套路早倒背如流。有时他心里调侃，您老能不能换点新鲜的，骂得我都审美疲劳了。现在他早已烂熟，不光煮玉米粥，他干什么都烂熟，达到父亲表述的标准。但也只勉强及格，还是有瑕疵。所以父亲不放心，大多时候都盯着，比如前边拿黑裤子的事。也不知道他是认为葛孟德没长大，还是觉得儿子离婚和提前退休是脑子有病，不盯着就要出幺蛾子。还有一种可能，他需要明察秋毫，以此敲打儿子：这个家我才是老大，躺着动不了也是。

八十岁前父亲很少生病，除了修水利受伤那次，此前父亲没进过医院。他以往特反对吃药，现在虚弱了脑回路就反搭，不但吃药，还混吃、重复吃，吃得忒认真。早餐过后，他把轮椅开到桌子前。桌子已改装，轮椅两边扶手能穿进抽屉下边，方便他靠近桌面。葛孟德把敲打唤人的旧锣拿走，用音乐按铃代替。父亲一按，整栋房子每个角落、前院后院，都能听见悠扬的歌声：一条大河波浪宽，风吹稻花香两岸……每当音乐响起，父亲眼里就有一股享受，也许它让他回忆起了早晚家家户户小广播放老音乐的时光。现在父亲打开两个抽屉，里边全是药。他从各式盒子里一样一样拣药，拣一样，就在专用笔记本上写一样，比小孩做作业还认真。他把那些药片胶囊按顺序摆在一个专用的塑料盒里，摆完了还对照笔记本逐粒核对，才一样一样地吃。

先吃这三种，治血压脑梗。这五样对准支气管和肺，病重了得下多点儿。这种和这种治胃病、痔疮和肾结石。最后这些，消腰痛和腿脚水肿。吃药得按身体部位顺序吃，你懂不懂？父亲几乎每次都盯着葛孟德讲。

葛孟德赶忙应声：懂。爸，我记得了。不论父亲吃药的考究对不对，现在顺着他才是对的。葛孟德有个同学在县医院当医生，之前来出诊讲父亲吃药多了重了，挨父亲一顿数落。那以后，葛孟德越发认准，对父亲干涉太多没用。这一带也怪，女性活九十几过百岁的常有，男性却逊色不少。这不，全村近二十年，男性数父亲最高寿。葛家算是有福的了，往后不就图老人活着顺心吗？生活像工作一样较真儿没多大用。

清明已近，天气暖和起来。父亲好久没洗澡了。不是葛孟德不想伺候，而是父亲不让洗。他总说老不死的了，洗那么多干吗，还想去对山歌呀？他念念不忘妻子是他对山歌对来的。老辈人，只有结婚和对山歌时才必须洗干净，打扮好看。今天，父亲延续了上午的好心情，见葛孟德又提起，便说洗吧。葛孟德一件一件地把他的衣服脱下，扶他坐上塑料高凳，从大木桶舀水帮他洗。桶是老物件，是爷爷年轻时上山砍老树打成的，牢实得很。家里装了热水器——不仅他家，葛孟德串门发现大部分人家都装了，还有空调和净水器之类——但父亲不用花洒，说用桶洗才算洗澡。每次葛孟德都把热水器烧的水放进大木桶，父亲想泡澡就抱他进去，不泡就一瓢一瓢舀水洗。葛孟德买来中药，煮好后倒入大木桶，当药浴。

他从洗头开始，到脸、颈项、胸背、腰杆、臀部、大腿、脚趾头，细细帮父亲搓洗，左手拿厚毛巾顺时针搓，右掌心配合揉按，不漏一道褶皱。父亲只剩皮包骨，顶多还有七十来斤，皮肤像是从哪儿顺手捡来罩上身子的，骨节青筋清清楚楚。不需看，葛孟德用掌心就能轻易分辨出是哪块骨头哪条筋。老骨伤使父亲腰杆疼痛，洗漱时毛巾得敷久点，揉按得多些。每当此时葛孟德就很纠结，想多点抚摸父亲的肌肤，一寸一寸感觉这个制造自己的身体，又不忍直视这个身体。搓到哪儿都糙硬，手掌好像从枯枝上滑过，常常恍惚着生怕手被划伤。薄皮肤包着骨头，那么轻，那么脆，仿佛不小心一使劲就会缺角，甚至折断。现在不光洗澡，葛孟德帮他穿衣服也格外小心。上回住院，医生说父亲肋骨是咳嗽震断的，他还惊讶。如今他边洗边确信，父亲非但肌肉消失了，总有一天轻薄的骨架也会散了，像他咳出来的气，无论过程怎么汹涌，最终都散在风里。

父亲不用电饭锅和花洒，却喜欢足浴盆。它自动加温，冷热可以调节，还能冒泡冲浪，按摩脚底穴位比用手搓按还舒坦。父亲闭目享受。葛孟德看了几条朋友圈，回过神突然发现足浴盆的水里翻滚着许多屑末，肯定是从父亲的脚板和腿皮上搓掉的。足浴盆已经买了两个月，父亲不光泡脚，不洗身时还把毛巾浸进去顺便洗把脸。这段时间他活动稍微方便了些，不洗身的时候坚持自己洗脸泡脚。葛孟德说这么洗不卫生，父亲反问他，农村人什么时候分两个盆洗的？他也就作罢。这些屑末肯定早就有，这么久自己竟然没留意到，父亲骂他蠢猪，还真不冤枉。葛孟德气自己。

父亲鼾声早早响起，行军床上的葛孟德久久难入睡。打从回来照顾父亲，虽然知道生命规律不可逆，但葛孟德偶尔还抱点发生奇迹的幻想。父亲也曾短暂转好，之后便一直向差。自己的愧疚减轻后，心神轻松，睡眠反而好起来。

前几年扶贫，事情实在多，脑转乱，腿跑软，整天绷紧紧，白天忙完晚上还得加班，半夜才上床，连澡都经常没力气洗。他自嘲香香臭臭一个人。他原本不这样，除了下地头，平时总把自己拾掇得体。和前妻恋爱时，她还表扬葛孟德是讲究人。只是扶贫一忙，连刷牙时间都想减半，他才渐渐油腻起来。这些倒不打紧，要命的是睡不着。

那段时间，他身体很想睡，但脑子不给，躺在床上怎么勒令自己放松也没用，白天飞转的大脑没法刹住惯性。他上医院、吃安眠药、听梵乐、数绵羊，都不起作用，最后只能灌酒。他历来怕酒躲酒，有时迫于无奈喝半两就醉，没想到会有为入睡用酒搞晕自己的时候。开始睡前一二两，有点用；接着三四两才晕；后面小口喝无效，他只能搁酒瓶在床边，需要时拧盖灌下小半瓶，秒醉入睡。时间久了身体有耐酒力，他回归难眠。好不容易睡着，不到一个小时又没由头地惊醒。有限的入睡时间里，他做无数的梦。有时梦七八回，醒七八次，却能够把梦无缝续完，仿佛每次醒来都是为下节梦谋划。他就恨自己笔拙，要不然记下来不知得多少部连续剧。转念又苦笑，写得出也没时间写呀。

葛孟德怎么折腾也捡不回睡眠，反倒把高血压胃病痔疮带上身，身体警报不断。所幸扶贫胜利了，又得崖莉芳调理，葛孟德的情况才转好。回家后他心情放松，自我监测指标近于正常。上周末崖莉芳回来，晚上他趁父亲入睡，偷偷去隔壁房陪她，感觉回到三四十岁，两人直呼意外。此刻葛孟德想，回来照顾父亲没为父亲争来奇迹，却更像他的返乡自疗。足浴盆让他笃定自己不够尽心尽力，越想越自责。

4

该来的终究是来了。葛孟德没能把父亲抱进九十岁的高槛。尽管只差十五天，尽管每天嘴里梦里，他都鼓励父亲向本村史上最长寿的六太奶奶学习。

父亲临终前足足按铃八九分钟。整栋房每个角落、前院后院响彻悠扬的歌声：一条大河波浪宽，风吹稻花香两岸，我家就在岸上住……在这片古老的土地上，到处都有青春的力量……

其实葛孟德在床前已三天三夜没走开。家里亲戚都回来了，姐姐两大家子人，女儿一家，前妻带着丈夫和小孩。

父亲三天不开眼睛，棉签滴水和呼吸是他与世界联通的方式。睁眼刹那，他脸上泛红晕，带点光亮。三天里他手脚一动不动，一睁眼就去按铃。他很精准地找对地方，好像这三天都在为这一按做准备。奄奄一息的人，也不知道哪来的力气支撑他按那么久。按的过程中，他两颗眼珠子骨碌碌寻着蚊帐顶，似乎在找他父亲那面旧锣。手离开按键后，他缓缓转过头，看看两个女儿和葛孟德、孙女、照顾自己的堂侄子，接着是葛孟德前妻和她如今的丈夫。最后他开口说话，声音小而清晰：

老四，你过来。

这半月父亲称呼葛孟德时少了葛字，他显得安静，不再嘟囔。他跟儿子回忆过去，声调平和，像兄弟聊天。葛孟德先是挺开心，很快又兀自紧张起来。果然，父亲知道自己的日子，他在与儿子和解，与世界和解。父亲突然的亲和让葛孟德有点不适应，连大咧咧的堂弟也说“我大伯怪了”。

葛孟德坐上床沿抓父亲的手说，爸，您有什么话就讲，我们都在呢。

父亲喘了一会儿，神情像平常要咳时那样。可他很快意识到，自己已经没力气咳嗽了，便放弃尝试。父亲说我知道扶贫胜利了，老四不是逃兵。你丢公家事情回来肯定不甘心，是我拖你后腿。我也累了，要去陪你妈了。说完父亲闭上眼离世，嘴角微微上扬，直到入殓也是这样。

葛孟德为父亲擦身时，感觉他的皮肤柔软许多，没先前硌手。这让葛孟德的内疚和泪水减少，不像号啕大哭的其他亲人。他动作平静，神情也平静，只是比平时洗澡更慢。这会儿仿佛是他退休回家的最后意义，他想让这意义延长一些。今天以后，他就成了女儿说的没人疼的娃。想到没人疼，他便回忆起父亲最后一次出门的情形。

十天前已经蔫不成样的父亲突然说，跟我去大榕树。

葛孟德家在村西头，离榕树不远。村里大部分人家在东边，西头地势较高，只有葛孟德、堂弟和邻居粟龙三家。他把父亲抱上轮椅，久不碰轮椅的父亲居然没半点手生，操作很溜。正值中午下工，路上遇到人父亲一一打招呼，情绪挺好。到了之后，父亲让葛孟德点十八根香，每人九根对着大榕树拜。葛孟德跪在地上拜，父亲在轮椅里拜。父亲虚弱，举香很吃劲，但仍坚持缓缓举过头顶。他弯腰直腰困难，葛孟德听出他呼吸阻滞，腰骨活动时嘎吱作响。父亲骨架之间、骨头和皮肤之间，已经没了润滑。眼前的父亲是一盏老马灯，火苗奄奄，燃油见底。葛孟德把香插到树下的香火池，心头抽搐。

父亲在树下讲爷爷的故事。

北伐战争时爷爷被抓壮丁，他一路打仗，死人成堆，有时打半天他身边的尸体能填平十个大鱼塘。爷爷对打仗又怕又厌恶。他无比想家，想太爷太奶和兄弟们，想念这棵千年大榕树。有天夜里，他梦到自己从大榕树上掉下来，惊醒时发现站岗士兵在打瞌睡，就偷偷溜出兵营，日夜向南方狂奔。他沿途乞讨，衣衫褴褛进家门时，谁也认不出他了。成家后爷爷便学法事做道公。他一直说这棵树是村子的根，是救命神树，它把自己从死人堆拉出来，招魂回家。逢年过节全家人都来烧香跪拜，感恩它。爷爷帮人做法事，必须先在事主家做一半，再来大榕树下做最重要的下一半，说这样才灵。故事传开，方圆十里八乡的人都来拜树，延续至今。

这些葛孟德早就懂得，那天他特别认真地又听了一遍。

你可忘不得大榕树。没有这棵树我爸铁定死在战场上，那样就没有我，也没有你和菊琳。父亲死死盯住儿子，直到葛孟德点头应下。最后他凝沉地说，我想我爸了。

扶棺入土，亲戚陆续散去。葛孟德说我还处理点事情，你们先回吧，别耽误工作。他把妻子和女儿一家送走。等他们车子转过角，葛孟德走上村后面的山坡。

南方立春刚过，满坡的珍珠李嫩芽初露，和远处山脚延绵的原始森林一道，渲染出浓郁的春天气息。晨雾徐徐上升，一团团，一片片，罩在房顶树尖，挂上峰峦，小山村一天的初始，便有了幻想与向往。这带原先只零落长些老荔枝和龙眼树，几年扶贫下来形成一些连片果园，面积最多的有两千多亩。这李子果肉脆甜，价格销路都挺好。

迎面走来一个三十多岁的年轻人，是邻居粟龙。当年他爷爷因养猪失败上吊，后来连着三代衰落，什么时候都跟不上趟。扶贫刚开始时，联系干部上门几回讲得下巴都松了，最后他才答应多养点鸡。但他做起事来磨磨蹭蹭，一个多月都搭不起三间鸡棚，材料丢在地头。后来联系干部找人来帮建好，送来一千多只鸡和饲料才养得成。之后又动员他种珍珠李，终于摘掉了贫困帽。

老弟，我看你这李树长得不错，今年收成差不了。

讲不定的，病虫祸害，价钱也不稳定，谁能看得到。粟龙应他。

葛孟德从语气掂出底气，也嗅到珍珠李产业掺着的杂味。到市里工作后他重在统筹督导，没精力对某个产业琢磨太深。粟龙这一番话触动他心底久结的疙瘩。葛孟德此时受的触动，与他知道父亲不能自理当晚极其相似，他却一时说不清是什么。

他站上高处眺望方圆几个村子。这个县大部分地域是山区，老家一带条件却不错，几万亩坡地平缓土厚，水多日照长，适合种果。回来后他看到，扶贫时种的水果连片规模小，管护标准不一，品质差别大。粟龙讲价钱不稳，就是次果太多卖不得价。贫困户虽摘了帽，但造血功能弱，收入还不多，相比村屯硬件设施的蜕变，这等收入显出不协调来。

守着老祖宗这么好的地，乡亲们该过得更富足。葛孟德感慨。

葛孟德才磕磕巴巴开头，崖莉芳就把到他的小九九。她很惊讶，随即冒火。她真想放闸泻火，可经历这一年多，两人又已经结婚，她就强忍了下来。她深吸一口气稳住情绪，平静地说，老葛，我们不是讲好了，尽完孝就回来好好筹划要孩子吗？你知道我年龄摆在这呢，现在怎么突然扯上别的道啦？她语气平缓，泪腺却关不住，睫毛染雾。

葛孟德听来愧歉，心疼。回家照顾父亲头晚，崖莉芳说，本来我对爱情对家庭早已死心，现在定胆把余生托给你，是信任你，也想生个孩子做一回完整的女人。想到这儿，葛孟德跟着眼角湿，没法回半句话。他陷在沙发里十指胡乱缠，肩膀低垂微颤，像重复犯错的孩子。崖莉芳最看不得他这副模样，可心绪难平。

这时女儿菊琳开门进来，见状瞬间明白父亲又"摊上事了"。尴尬地打过招呼，菊琳用眼神把父亲支出门，坐到崖莉芳身边。她在职业学校教心理学，每个周末都来看看。今天儿子闹爸爸带去野战营，还说不要女人跟着，她就一个人回家。她比崖莉芳小八岁，两人早混成了闺蜜，父亲再婚她功不可没。她先是死缠学校工会的热心阿姨帮父亲介绍对象，又用心理学技巧，干了不少和泥填缝的事，卖力得很。

葛孟德一走，崖莉芳眼泪就喷。她一五一十地讲，最后伏上菊琳肩膀嘤嘤抽泣。菊琳听着很不是滋味，心想你个老葛头，爷爷骂你还真不冤。长这么大，乖巧的她第一次这样想父亲。现在她觉得父亲着实过分，感受到崖莉芳的苦楚，为她鸣起不平。此刻开始她忽然觉得自己真长大了，要扛更重的担子。单亲家庭的孩子，大多要经历这样突兀的变化。她轻轻搂着崖莉芳的腰肩，脑瓜飞转。很快她就转明白，只能做这个闺蜜的工作。不是她向着亲爸，而是明摆着他定的事，没人改变得了。他今天向妻子提出来，看似商量，实则早已打定主意。框下调子，菊琳也愧疚起来，这样做太对不住崖莉芳了。但她没得选。

等崖莉芳抽泣趋缓，菊琳的手在她背后稍加揉抚，说姐呀姐，我和妈冲上我爸这块老榆木，你又撞着，我们仨是不是上辈子欠债，怎么都捡了这命数呢？

菊琳学心理，又有幽默细胞，崖莉芳爱和她聊天。眼前这情形，也给她说得难受中挤进一点舒服来。混成闺蜜后她俩统一战线，齐心拧葛孟德这团疙瘩。葛孟德就纳闷了，妻子为当好后妈真够下本，女儿到底中了啥蛊胳膊老朝外拐？看她们一个姐一个妹的甜得发腻，好像她们先有缘，才顺便带上的他。

崖莉芳正伤心，没法想太多，听了菊琳的话，她直起身子叹了口气，点点头。菊琳话头稍转，说当然我爸也有他的命数。然后把父亲的一路、他对工作对乡亲的态度，给崖莉芳通通捋了一遍。有的她原来讲过，很多是头一次透露。事儿太突然，太出乎意料，崖莉芳这关头也没谁可倾诉，只有抓紧眼前这根稻草。她静静听着，情绪慢慢平复。

姐，你知道我为什么回来工作吗？菊琳见火候差不多，摆出神秘。

你懂事，要照顾你爸。

没错，可这事最先不是我想到的。

不是你想到的？那为什么……

不瞒你说，是我妈让我回来的。菊琳迎着崖莉芳的惊讶，讲了原委。自己快毕业时纠结了好久，才决定舍弃一线城市回本省，她实在放心不下各走一边的父母。妈妈知道后很高兴，母女俩有过一席长谈。妈妈说你回市里吧，帮我弥补你爸。她问为什么。妈妈讲你爸是打灯笼难找的大好人。当年我不够坚强，要不然我们家也不会散，你爸也不至于这么多年孤零零的。那他为什么不像您一样再成个家？傻丫头，他这块老朽木怎么可能自己找得着？又有谁会看上他？菊琳问那我回去又能怎样？妈妈就说，照顾他，你是学心理学的，动动小脑瓜帮他找个伴儿。我们娘俩不能看着他这么下去。我帮他介绍过几回，他半点都不上心，总在敷衍，我是没辙了。你要帮妈妈，否则我一辈子后悔。

崖莉芳听着，心浪翻涌。她终于明白菊琳学校工会的阿姨为什么这么上心，为撮合她和葛孟德使尽招数，也知道了菊琳为什么对她这样好，黏着、哄着，仿佛年龄还长过她。她也承认葛孟德好，值得托付。可他老这样没天没地忙大伙的事，小家子可跟着受苦了。菊琳的坦诚让她欣慰，小九九也叫她思量。

妈，我爸真不容易。我们不让他了了夙愿，他会很苦的。你下决心和他结婚，还支持他照顾爷爷，说明你能理解他的难。现在这关头，我想着，你也需要多担待。菊琳轻轻摇崖莉芳的肩膀，动情恳求。崖莉芳听她嘴里的称呼由姐变妈，很惊讶。她们说过永远姐妹相称，这会儿菊琳突然改口，她听不出半点讨巧，只有情不自禁。接着被她一摇，湿眼恍见自家小妹在跟自己说话，才止住的泪水又扑簌簌往下落。

小妹自幼乖巧而体弱，是全家的掌中宝和心头病，在百般呵护下读完大学，恋爱成家，却一直林黛玉似的病着，生下女儿后终于挺不住，无奈辞职居家。婆婆开始就反对妹夫娶小妹，说弱不禁风今后生个娃都难，怪儿子只看脸蛋不管其他。小妹在家休养后，经济压力陡增，丈夫忙正职干兼职，累得够呛。婆婆愈发不甘，心疼宝贝儿子，嘴里眼里垒起不满。小妹一进娘家门就泪水涟涟，弄得崖莉芳和父母跟着忧心如焚。

五年前雪上加霜，小妹接孩子过斑马线时，一辆小车闯红灯冲来，她纵身扑开女儿和旁边的孩子。孩子们无恙，小妹却被撞成植物人，住院半年后，瘫在家中床上。车祸发生后婆婆哭了一夜，完了对儿子说你放心赚钱养家，媳妇小孩有妈给你管。婆婆饭饭水水屎屎尿尿地端着，放音乐、唤名字，像对亲生女儿。她还把日常点滴拍成视频，妹夫又把视频放上网，这家人成了大“网红”，感动千万人。说实在的，当初崖莉芳认可葛孟德回家照顾父亲，又很快嫁给他，小妹的传奇经历也起了作用：小妹昏迷一年后奇迹般醒来，现在拄拐杖可以出门，还生了二胎。葛孟德听说这事后就讲，莉芳，你们家可真有大福呀。

面前的菊琳一下子幻如小妹。崖莉芳想，小妹生来多灾多难，却有那么多人和她一起扛。现在我要疼这个突然像极小妹的人儿。她很赞同菊琳妈妈的话：葛孟德看着老在辜负人亏欠人，其实这辈子他真正亏欠的，是他自己。既认定这个亏欠自个儿的男人，成了一家人，就支持他到底。对，我要和菊琳一起扛。

想透的崖莉芳心头敞亮开来，但嘴里还装着又怨怼了几句。

这人要是大堵乍通，很容易晃神。忽地她又小有纠结：眼前这个菊琳一会儿是女儿一会儿又是妹妹，要是跟她继续做闺蜜，我岂不要喊老葛前妻作妈了？

有点儿乱。

5

领导见到葛孟德就调侃，小葛看你这精气神，合着你不是回家照顾老人，是去世外桃源养生了。听完葛孟德来意，他的嘴“啊”得能塞俩鸭蛋，小半晌没回神。领导说你先前要是不退休，就是乡村振兴工作总队队长。现在你又来说想当县里的工作队顾问，我耳朵没毛病吧小葛？

父亲讲我提前退休是逃兵，可当时着实没得法子。现在孝也尽了，我还是想帮乡亲们一把。

哦。我还有一点不明白，我们干技术的人，想干，干就完了，还要个什么顾问的名头？

是这样的，领导。一来我不光考虑我们村，县里面正在谋划大搞产业，我有时间了可以帮上点忙，有名头才好和县里一块儿商量怎么干。二来我父亲性子急，以后遇事上香时不先报告个名头，恐怕他不耐烦听我讲内容。

葛孟德把自己的设想细细说了一遍。

领导暗忖，听这家伙说的，他回去尽孝算是尽到骨头里了，还不知上哪儿捡了点幽默，稀罕。不过这头犟牛从来没叫他失望过，领导便说好吧，我和有关方面商量一下，你有什么需要就吭声。葛孟德出门时他又补一句：你可别光顾着产业，也多照顾小崖，再不许你像一头瞎眼牛老跌进同个粪坑！领导学畜牧出身，用牛打比方有专业优势。不过，数落的话好歹比父亲的中听一点，葛孟德边“哦哦”应着边嘀咕。

他一路进县里、乡里，最后回到村里。他觉得还是心虚，到哪儿都第一时间向妻子报告。崖莉芳虽然说了支持，心里多少有些不甘。她知道丈夫在讨好自己，顺势翻起公主心思，跟葛孟德立规矩：早上一睁眼马上留语音、发拥抱，中午必须视频，晚上不视频不许睡；甭管在哪儿，但凡见着好吃好玩的，还有一想起她或者感觉疲惫的时候，都要把照片视频发来……葛孟德听完，乖乖，比处对象时要求还高，你当我这尊中年“油腻男”还是“小鲜肉”呀？他想起岳父悄悄传授的“经验”：别管做不做得到，嘴上先马上应着最打紧。对，管它三七二十一，只要能回来干，先打保票呗。

傍晚时分，葛孟德提两挂肉、一盒鸡蛋和一大壶土酒，进了粟龙家门。

老弟，我刚回到，懒得架锅，今晚到你家撮一顿哦。

粟龙应着葛孟德的话，接过东西进厨房，心想没见他喝过酒呀，今天怎么突然来兴头？

粟龙家新房一百多平米，粗糙的水泥砖墙面没打底子，屋顶挂满蜘蛛网。屋里最值钱的就是电视机和摩托车，散出点儿现代气息，其余物什一看，不是旧的就是别人捐送的。前几年他家只有两间土坯茅草房，六口人挤着，屋子那个脏乱，外人进去都不知往哪儿落脚。扶贫几年才变成今天这个样，家里、身上都有了些生气，但日常用度还是紧。村里不少脱贫户情况差不多，葛孟德都走过。

饭菜上桌，孩子们兴奋地吱喳，估计是因为很少见到客人，菜又丰盛。粟龙炒了两大碟肉，还有鸡蛋炒韭菜、干笋炒油渣，老婆在他耳边小声嘀咕，怪他大手大脚。葛孟德原来不怎么碰酒，搞扶贫失眠靠酒入睡，喝多了酒量见涨，回来后却没喝过。他原以为退休了不需要再沾酒，但今天得破例，往后可能还要经常破例。三杯土酒下肚，葛孟德问，老弟那天你为什么讲珍珠李没搞头？粟龙丢块牛肉进嘴里，咂咂咬几口，就着一大口土酒顺下去，才应道，我们这里土薄，树长不壮。再说那什么开沟肥、拉散枝、打顶高的活儿，我老掰不清，结的果子好一串次一串，一年酸一年甜，没几多赚头。我看今年再这样，干脆砍了烧火。说完又一块五花肉一大口土酒，端杯对葛孟德的样子像是走程序，似乎不朝客人举一举，自顾自地喝有点儿不好意思。

葛孟德问，你知道这珍珠李是从哪儿引来的吗？

不知道。他们拉来树苗，撵起我跟上坡种，哪晓得来路嘛。

从隔壁县来的。那边种八九年了，有二十多万亩，人家种了可得大钱呢。

这么厉害？不会骗我吧？粟龙没顺一口酒肉，瞪着眼睛凑过来。葛孟德主动端杯和他碰，一口干了：骗你做什么，我原来在那边工作，这珍珠李是我们培育出来的，全国独有。正仰头一口闷的粟龙听见，油湿湿的嘴又忽地张大，顺带个“啊？”“啊”声又顺带把没下喉咙的酒冲出嘴角，他赶紧拿手去抹。他手心自然凹拢，接到的酒倏地顺进嘴，忒老练，一滴不漏。

只要你肯听我的，包你今年一亩纯赚五千块钱。

五千？！吹的吧，赚不了怎么办？

赚不到我从口袋贴给你。就是五千，按亩算，订协议都行，干不干？

干！这还不干，老子就活该一辈子穷，翻不了身！粟龙嘭嘭拍胸脯。他听说葛孟德当过县领导，但不知道是在哪个县，当的什么领导。现在见葛孟德这么打保票，他又喝了个八九成，哪儿还会多想。他因穷缺底气，缩肩膀佝偻腰习惯了，经葛孟德一激，他头回豪横地拍胸脯，眼前飞舞起花花绿绿的钞票。

一大早葛孟德就在坡上和群众种珍珠李。这段时间雨细地湿，得赶紧抢时间。他已经和大家连续起早贪黑好几天了，今天是帮着最后一家连片种植户种完。当年他带队在隔壁县培育出这个品种，比其他李子晚熟一个多月，果肉脆甜多汁，咬下去肉核自动分离，加上错峰采摘，很受欢迎，得价有市。刚开始试种时成活率低，制约了推广。为取信于群众，他们团队尝试苗圃三年，晚移栽快挂果。这一改，树苗抵抗力强、病害少、上果率高、果质稳定。前几天葛孟德跑去那边买树苗回来，告诉大伙这样的三年大苗当年种当年挂果，许多人不信。但事先讲过了，苗钱又是他自己掏，还有什么好说？种吧！

突然葛孟德哎哟一声：我被蛇咬了！有人条件反射抄铲子去追蛇。边上的粟龙灵醒，赶紧脱下皮带，绑住他腿伤上头部位，然后张嘴就吸毒液。瘫在地上的葛孟德脸色铁青，冷汗湿透衣服，伤口由腥红变乌肿。吸一口啐一口的粟龙，嘴巴也慢慢乌肿，意识逐渐模糊，一头栽倒在地，比葛孟德昏迷得还快。

这种扁头风忒毒，以前挨咬救不活的例子多了，坡上一片混乱。还好村里老土医闻讯拿草药上来敷上，乡卫生院救护车也来得及时。要是没土药，路还像以前那么难走，两人就悬了。

种完水果就要种稻子豆子，葛孟德一头扎进春耕，陀螺一般连轴转。他答应妻子的早请示晚汇报，不久就落在一旁，后来变成她不催他便忘记。尤其被蛇咬住院那几天，他为找可以视频的位置烧尽脑，崖莉芳疑惑渐浓。好不容易等来周末，她忍不住跑回来看看。见他疲惫的样子，既心疼又不解：回乡指导个技术，对你来讲还不是信手拈来的事，怎么搞得像上班一样忙啊？葛孟德讲不出个子丑寅卯。她拉上葛孟德转两三家门口，走一两圈地头，心里立马清明。

你跟我回去。进屋后她把葛孟德按上凳子，虎起脸下令。

啊！又怎么啦莉芳？他绞满农活的脑瓜蒙了，不知道妻子为啥突然上火。他胡乱地道歉，说自己不该忽略她，没守许诺，偷懒不视频，也不主动回城看她，叫她受苦跑三小时……

现在你说什么也没用，要不跟我回去，要不我们玩完。崖莉芳口气更加强硬。

葛孟德脑壳轰地炸开，天啊，她照抄前妻的作业！难道我葛老四真的注定这等命数？他立马从震惊到头晕目眩，再到语无伦次磕磕巴巴：莉芳莉芳，你别急火呀，你，你听我……

看你这憨样！我是看你太累了，要带你去散散心。崖莉芳就是要他急，故意耐住一阵，才转换脸色哧哧笑开，拿手戳他沁出汗的额头。她来之前已请半个月公休假，本想在乡下陪丈夫，见这情形不对头，才改主意，打算和他去外边休息休息。

说带他散心，其实更是给自己缓缓神。刚才听粟龙讲丈夫挨蛇咬，崖莉芳当即头皮发麻心率异常，她当医生太知道蛇毒的厉害了。现在那个后怕，仍然扯肺似的疼，再待这里哪可消却?

葛孟德听完大吁一口气，可嘴拙出来的话变成，但我还有活儿没忙完呀。

出门前他给村里人连打好几通电话，行李全是妻子在收拾。经过乡政府时他拐进去找人，甚至到县城上高速前还去找人，把崖莉芳丢车上几个小时。他看着在赔笑脸，实则是在暗示：真要跟你去半个月还得先理顺这个那个呢。崖莉芳心想，你个老葛，讨价还价的意图明显得很。原先公主心思给定的规矩，早让丈夫的农事冲了个稀里哗啦。此刻葛孟德和人家在屋里火热讨论，她一个人在车里看阴冷的毛毛雨，教崖莉芳如何不委屈。但她知道，既然嫁了这块老榆木，就得适应榆木态。

而今她已经适应多了。遇着事都是她要适应，平时在城里，连自己父亲都敲她适应。父亲是葛孟德铁杆同盟，不是葛孟德“统战”做得多好，而是父亲甘愿一门心思当内应。父亲也是军人，他老说为干正事儿，该分居就得分居。没随部队的军属谁不分居？你妈这样过来她也没啥怨言。莉芳呀，你就当自己是军属，为国家牺牲一点嘛。崖莉芳就想，这老头子是装傻呢，还是选择性失忆？居然说我妈没有过一句抱怨。现在这两截老榆木凑一块儿，讲得忒投机，好像他俩前世就修了缘分。每当郁闷，她都想菊琳亲妈的话。久了，无形中锻造了她自己的坚强。何况她学中医，太懂得心态的重要。自从丈夫回老家后，脸色红润了，头发不掉了，原先一些白发处居然转黑，认识的人都说是年轻老婆滋润，逆生长。人家哪儿知道，他们结婚后就一直分居，她是不随军的家属。唉，爱一个人，不就乐见他变好吗。崖莉芳自疗一番后自嘲，改变不了就享受呗。她随着雨点落上引擎盖的节奏，哼开小曲儿。

随后十多天，他们从丽江转到西双版纳。这趟远行系临时起意，崖莉芳没规划，也不想规划，去哪儿、待几天，都随心。葛孟德本来就对旅游无感，美景于他，怕是赶不上果园和鱼塘好看。到丽江第二天，心情愉悦的崖莉芳穿着睡衣，赤足垂发倚在窗边。眼前石板小巷浅水潺潺，远处玉龙雪山白雪皑皑、云霄淡蓝，她很快痴迷。葛孟德恰巧看见手机上有果树病害防治新招，也眼睛定定，两不相扰。

突然间崖莉芳问，老葛，如果有条件过最期待的日子，你怎么过？

按以往，认真阅读的葛孟德不会一下子听进并做出反应。但妻子语气着实入情，他听清了每个字，便不假思索回道，我喂马劈柴，你织布摘菜。崖莉芳说可我一辈子要行医呀。他又答，哦，对哦，邻里老幼不适，你还能顺便悬壶济世。乖乖，他话里倒有了诗味，却念念不忘老行当。崖莉芳便笑咯咯说你一直过这种日子，哪儿还用得着期待？她依旧沉于遐思，紧接着说，那我想在柜前望闻问切，你天天在后房煎药磨粉。葛孟德应道，都什么年代了，你们不是有各种工具代替了嘛，干吗还手工？经他一说，崖莉芳立马从遐思中清醒：好你个大男子主义，只许你拽上我农业农业的，就不兴你跟着我治治病？

可能被妻子的二选一吓到还没消化，那之后葛孟德一路上像个几岁孩子，妻子像妈，她怎么解读风景他就怎么听，她说干啥就干啥，从不问为什么。拍照时，她纠正他的姿势，弄十几回也不满意，她都有点泄气了，他还在认真摆。他心头只有做不好的小惶恐，就不问崖莉芳“这照片是拿去冲国际大奖不”了。放以前，他可做不来这些。崖莉芳听起来最有新意的一句话，是她突然起意转去别处，他帮着收行李时随口蹦出来的：哇，原来背包客就是我们这样子的呀。他这么盲从，也绝非应付，只是他忙多累久了，不想动脑子。他明白妻子苦心，也乐意这样陪伴她。他不是天生缺浪漫细胞，只是工作后让田头地块一点点消磨了。有一夜上床后，他看着崖莉芳熟睡的脸庞，自己问自己：我葛老四怎么变成这样？他对两个女人又愧疚起来。想到父亲和领导的敲打，葛孟德暗暗下决心不做他们讲的“蠢猪”“瞎眼牛”。

崖莉芳在随后的行程中，也体会到丈夫的改变。和初识相比，两人走在一起，言行亲近多了。以前碰上说不拢的情况，葛孟德老拿“我是大叔级的”当挡箭牌。现在他不这么说了，哄她开心时还不禁叫“芳妹”。崖莉芳偷着乐，给他打九十分：看来老榆木也没那么朽呢。

在动物园看大熊猫时葛孟德最开心。他见什么都感兴趣，尤其对于繁多的植物和熊猫的一举一动。他的感兴趣不但现于表情，还时常手舞足蹈，那新奇样仿佛他刚从外星坠落地球。崖莉芳有点担心旁人见着觉得忒夸张，以为他有毛病。可她又高兴丈夫能这么放松，越发认同菊琳亲妈说他为田地林草而生的话。她静静回忆相识以来的一幕幕，觉得他的脸颊映出田坎，谈吐掺着杂粮，农业已和他的骨骼血液共生相长。此刻她看出葛孟德没完全长大，他这一面的稚嫩，说明长年置身于植物中的人，纯粹。

葛孟德当然不是小孩了，他开心，享受，却一天没忘往县里村里打电话。只不过他学会了避开妻子。

6

推动全县大规模种植珍珠李，上上下下打了不少基础。地苏村十几个连片种植户新种的果树挂果良好，原有的果树低产改造成功。县里确定珍珠李为地苏村的支柱性产业，投入专项资金大力发展，还号召一些农业龙头企业注资打造田园综合体，促进一二三产业融合发展。邻县倾力供应三年大苗，并帮助培训了数百人的技术队伍。

八月底珍珠李卖完，产业进入实质性操作阶段。昨天县里通过了葛孟德指导制定的产业方案，希望他在地苏村先行试点，为全县提供模板。今晚他和驻村工作队一道开群众代表会，和大伙商量商量。正好崖莉芳回来，缠着跟他，说要看群众会怎么个开法。葛孟德先是觉得不方便，转念想她长在城里，当农业家属也该懂点儿。何况她那么支持自己，就满足一下她的好奇心。

到了村部，崖莉芳直感叹：哇噻，现在村民委办公条件竟然这么好，不比城里居委会差嘛。来开会的包括各村民小组组长、党员骨干户、种植大户，还有脱贫户代表。上百号人陆续来到，坐满一楼会议室，像圩亭一般热闹。看时间差不多，村支书清一声嗓，说大伙安静啦，我们现在开会。他点明开会目的是讨论规模化种植珍珠李，打造产业强村，然后请葛孟德介绍情况。他自己带头鼓掌，全场跟着拍手，掌声稀稀拉拉，掺杂着议论声、打嗝声。

葛孟德站起来用几句话介绍自己后便切入种果话题：珍珠李在隔壁县大面积种植，得价好卖，群众生活比我们好一大截，许多新房都叫“小李子楼”。我们县里决定补助群众种植，单家或几户连片种五十亩以上的，每亩补一千块钱，占投入的三成。县里统一采购合格苗木，统一派技术员免费培训，统一种植管护标准，企业按订单保价收购，当然也可以自己拿去卖。我们地苏村气候土壤和隔壁县一样，适合种珍珠李，有部分农户也种了三五年。大家可以自己种，也可以流转土地给企业入股；愿意在果园务工的，企业给报酬。那我们就能够拿到租金、分红还有工钱，拿三样，没必要再跑外面打工，还能管老人小孩。最后他说，总之，除开农保地，全村适合种的土地都连片种了，才算成规模，才叫试点。

他讲这些时，下边就嘀咕不断，讲完了更是议论四起。

一亩补一千块钱，哄人的吧？以前只有贫困户才补贴。有个人站起来大声质疑。

不哄人，扶贫结束了大家一样，谁种都补。这是县里文件，上面写得清清楚楚，等下大家可以传着看。村支书扬了扬手中文件。

大家没听说过吗，政府叫种什么就千万种不得，这亏可吃得多喽。有人怪着调说，拖上呵呵的笑，带起哄堂吵。

哎老兄，以前太远的我们不去讲。这几年搞扶贫，你掰掰手指头看，哪样叫人白打工不捞着好？我们村道路房子学校变化还不够大吗？说话不能倒着谱呀。葛孟德所在的村民小组组长回道。

我觉得好事是好事，可话讲回来，原先小打小闹当然好卖，现在一下种那么多，再算全县得多少，加上隔壁县的，都卖给谁哟？可别都烂地里连猪都不吃。

村支书摆摆手让发话的人坐下，说刚才葛顾问不介绍过嘛，自己卖不了还有企业保价收，有协议的你怕什么？大家动动脑子，现在交通那么方便，在手机上拇指头一点，两三天大城市的东西就能送到，那我们的果子运哪里卖不行？中国有十几亿人，只要你果子好，就算一个人买你半斤，得种多少才够？

签协议就保稳了？现在信什么都不能信完喽。这嗓子一出，又是嗡嗡的附和声。

村支书喝口水，站起来大声讲，我们不能老怕这怕那，什么都不敢干就什么希望也没有。我们可以相信隔壁县人家早就装钱进荷包不是编的，相信县里拿大钱补助种果不是因为钱多没地方用，更可以相信地苏村土生土长的葛顾问。

信他，凭什么信他？

你这个问题提得好，那我来补补课，讲一讲葛顾问，村支书说。葛孟德大学毕业本来分在大地方，但他主动要求回本乡农业推广站。他吃得苦、肯钻研，很快把工作做溜顺。当时一些群众还是老观念，抵触良种良法。推广玉米619和地膜种植时，一些人拿发给的地膜钉窗户挡风，还有更过分的把良种煮了才下地，过后不长苗就赖农推站骗人。葛孟德带技术员一户一户串门，磨破嘴跑断腿，才慢慢把群众拽上路。上岁数的人都记得他当年搞海绵地的事吧？葛孟德见很多开荒地土浅肥薄，玉米长成草，就想出个好办法，先发动群众把整块地挖深两尺，运土到一边，然后铺上一尺厚的干草蔗叶，又回土覆盖，最后再种粮食。这些东西在地里沤成肥，改良了土质，大幅提高产量，还能防土地板结。这事当时轰动全县，来乡里开了好多现场会，报纸到处登葛孟德这个年轻人。有了海绵地，乡里夺得好几年“公粮状元”，群众口粮不够吃问题也解决了。当时群众还流传这样的话：跟孟德，有吃喝。他一路干农业干得响当当，没离开过这一行。

村支书回忆一番，加重语调说，大家看看他的脸蛋手脚，晒得比我们谁都黑。可以讲葛顾问当领导完全靠劳苦、靠贡献，不是捡来抢来的。特别他在隔壁县管农业，培育这个珍珠李，给果农带来几多楼房和小车？哪个不信可以去问问嘛，又不远。当市扶贫办主任就更不用讲了，修路架桥、通电通水、增加贫困户收入，哪件他没操心？他评上全国扶贫先进，选上人民满意公务员，没有人不服的。我们作为地苏村的人，大家说，还有什么理由不信任他？他撇下大城市不住，跑回乡下没日没夜地忙着，难道就图个让我们白忙活吗？

村支书说得很多人点头。低声议论间，冒出一个酒气冲天的话头：听说葛顾问帮粟龙他们买树苗，还打保票说包赚不亏，亏了就给贴钱。有这事吗？

葛孟德回他，有这回事。粟龙他们都是脱贫户，原先县里已经扶持种了点。我只是先垫苗钱，不是白给。我向他们保证，只要按技术要求做，肯定有得赚，亏本了不用还苗钱。我这么做是鼓励他们示范带头，往后大家种由县里补贴，企业包销或自己卖都可以。

哟，你当领导钱真多，怪不得人家都传你被辞退是有讲法的……

满是酒气的话头立马被嘈杂声淹没，有人摇头，有人目光骤变。

葛孟德刚回来照顾父亲时，闲话四起。作为地苏村第一个大学生，到乡里当干部，后来又干到县里、市里，自然是个人物。早年家家户户当他是样板，训孩子时都拿来讲。他当领导后，平时人们闲谈提得更多，谈起时有各种心态。后来他年刚五十突然退休，当然算大事件。有的说报纸上整天写他，哪知道是藏得贼深的腐败分子，现在挨免，下一步呢，嘿嘿，怕是秃子头上站虱子喽。有的啧啧摇头，说他一直有作风问题，老婆忍不得早带小孩跑了，叫老葛家断后。他也不改悔，现在老光棍被处理，真活该。风凉话传到父亲耳朵里，老爷子更添堵，三天两头发气。葛孟德只是苦笑。

你们不能这样讲葛顾问，他是大好人！粟龙猛地站起来高声反驳，在众人注视下讲起那晚一起喝酒后的事。

酒后的第二天，粟龙还在昏睡，葛孟德到床前把他摇醒：你怎么还没起来？不是说今早一块上你果园看看吗？害我在坡上空等。

粟龙朝里边翻个身，眼没睁开，摆摆手应道，我就随便讲讲，鬼才相信一亩李子能赚五千块钱。你不要烦我，我再睡睡。

葛孟德从口袋掏出手写的协议，啪地拍到枕头边，揪着粟龙衣领一把把他拽起来：什么随便讲？粟龙你老婆骂你懒还真不冤，你睁开眼睛看看，这是协议书。我已经签字，你拿拇指头摁上去，一亩不得五千，我赔！

粟龙被一拽一吼，彻底清醒。他揉眼看葛孟德拿在脸边的字，写得忒清楚，暗忖就这架势，再想打赖死是不行了。

他们转完果园，葛孟德又去其他种植大户家里地头转，扯麻了舌头才统一大家思想。十几户旧果园低改和新果园标准种植搞完，葛孟德带技术服务队隔三岔五盯着，手把手教。

粟龙讲完经过，声音哽咽：你们知道吗，葛顾问为我们不但累着病着，还挨蛇咬差点丢性命！这可不是报纸写，是活生生在我身边发生的事。要我讲，这种一等一的好人，他十万个值得相信。

哟哟，你得开小灶捞着好了，当然……

笃！笃笃！人群中这个话头才冒起，就立马被三记响声敲断，跟着一个洪钟般的声音冲出：我来说道说道。

人们一看，是老支书，三声响便是从他的拐杖头敲出的。他家在村部边上，七十多岁，当了三十年村支书，耿直热心，威望很高。虽然赋闲多年，但他一出声一走动，气场仍然了得。他拄起拐，一步一步慢慢走向台前。葛孟德和村支书赶忙过去，把他迎到座位上。

老支书不坐，转身拄拐站定，眼神扫着全场。顿过半分钟，他才说前头村支书已经摆了葛顾问的过去，粟龙也讲了葛顾问怎么帮脱贫户扩种和改良水果。我老头子一大把年纪，很多事我是过来人、见证者，我想还是有点儿说话的份的。我虽腿瘸眼花，屙尿淋到脚尖，但多少也看点报纸电视，懂点形势。早些年我们搞扶贫，拉扯落在后面的人家，走平衡发展，解决了中国十几亿人的温饱问题，这是历朝历代都没做到的。现在乡村振兴就是为了让大家伙儿收入多，家家富裕，实现农村现代化，和城里没什么区别。我们个个都要懂这些，跟上形势，别老是小青蛙遛粪坑的，看不到头上多大个天。说回葛顾问，说实在的，他刚回来时我也担心他有什么歪心思，毕竟世界在变，一个人也会变，他以前好不代表现在好，对不对？可后来我确定，他还是他，没变。大家都知道马上要召开党的二十大了，但不一定知道葛顾问是二十大代表候选人，前几天上面才来考察。你们想想，我们对党代表要求有多严、多高？他过硬不过硬、先进不先进，不是摆着嘛。

老支书讲得口干了，转身拿起村支书的杯子喝水，完了转回来接着讲：这两年他因父亲生病，打报告回来照顾。我了解过，做得真耐烦细心，知道的人没有不竖大拇指的。你们摸摸自己胸口，掐指头数一数，地苏村有几个人尽孝尽到他这样的？将心比心，葛顾问这样大孝义，怎么还不值得信任，还有人老在那七嘴八舌？再说他都退休了，还能图什么？劳苦做这件事，不就是想让大家伙儿过得好一点嘛，对不对？

会议超过两个小时了。一直站在窗外看的崖莉芳，先是觉得葛孟德太劳苦，接着替他不值，最后庆幸自己没错过这个人。

好啦，今晚我们把情况摆明了，大家伙该扯的都扯了。这珍珠李搞不搞得、要不要搞，相信大家心里也有数了。回去后要和群众讲清楚，半个月内各村民小组摸透底数，统计好。季节不等人。哪家自己种，哪家想流转土地给企业，统一报到村民委。等下所有人在门口签字，领误工补助再回去。散会！

村支书一锤定音。

葛孟德到隔壁县找农业龙头企业，老总是他在这儿工作时引来的。成立之初，企业营销额只有两三千万，现在已超过五个亿。上次葛孟德找来时，老总答应一块儿带动他家乡的产业，可没想到会搞上十几万亩，觉得企业实力精力都扛不住，毕竟农业利润少风险大，得慎重。他带着歉意说，真对不住了葛顾问，我们真的只能干个五六万亩，这事儿不光考虑企业，也得对入股群众负责呀。

葛孟德点点头说，没事，我再多想点别的辙。谢谢啦兄弟！语罢，他饭也不吃就直奔省城，飞到山东找战友韦名幸。

见葛孟德一个月连着飞来两次，韦名幸迎上去就给他胸口一拳：兄弟呀，你当真要和这颗李子硬磕下去吗？

葛孟德和韦名幸同村，又同批当兵，还分在一个连，铁得很。退伍后，韦名幸考上军校，十几年前转业到大国企，后来下海自己干。他先倒腾海产品，不久就什么都卖，最后种养加工销售一条龙，批发电商一齐上，已将公司发展成特大型农业产业化企业。

名幸呀，我真走投无路了，你再不拉一把，这回就当真赖在你家不走了。两人落座，葛孟德没接过茶杯，倒是猛地把人家茶几上的饼干点心往嘴里送，他饿。东西下肚，他心定了点，把两只脚搭上韦名幸的办公桌，一副缠闹样。在铁哥们儿面前放飞，可比在大熊猫基地要紧，他着实压力太大。

哎呀孟德，你干了一辈子农业，认识的行内人大把多，干吗非得拽着我一块儿炖猪蹄呢？回去搞战线太长，还得多个团队打理，我力不从心啊。

咱们都从山旮旯出来，靠国家培养才有今天。咱离老家人日子可还差一大截呢。你再力不从心，也是有力之人。我不一样，干不成我就完犊子，活着没脸进村，死了没法见祖宗。今天我必须撂句话，你韦名幸可以不看战友面子，那你还认不认自己是从地苏村蹦出来的？

你！

当晚两个战友醉成一团，睡在韦名幸家客厅地板。次日他的公司重议旧题，决定投资地苏村的珍珠李产业。在飞机上葛孟德一脸得意：来来去去，还是我们当兵的爽快。

7

啾啾雀鸣把葛孟德从梦中吵醒。农村亮得早，何况已近三伏天。他煮一碗旱藕粉当早餐，配一个鸡蛋和一杯牛奶。牛奶是崖莉芳叫加的，他经常半夜抽筋，缺钙。回来后他饮食慢慢被父亲同化，三餐杂粮。

吃完早餐，他转上后村果园。这一片没流转，群众留着自己种，所以葛孟德常盯着。许多人已在果园里忙开，他一看是户主请的工人。他们有的梳枝打顶控梢，有的挖环形沟施肥，看着挺在行，肯定都培训过，他见着就情绪好。再过一个月，果子装车，钱进口袋。葛孟德想着就要哼曲儿，可惜他五音不全，也从不背得两句完整的歌词。他拿手拨拉树叶，爱怜地触摸靓果，摘掉坏果，动作有点儿像抚琴弄弦。村里原先种果没那么讲究，果子大小酸甜随天定，有些树甚至只长个儿不结果。

现在搞试点，有大企业带着，有技术服务队跟着，观念都改了。

当初乡里组织部分群众到隔壁县参观，看着人家连绵的标准果园、镶嵌在绿色中的小李子楼、院子里的小汽车，他们啧啧感叹。粟龙说想不到葛顾问培育的珍珠李，给当地人带来这么多搞头。那晚在会场狂喷酒话质疑的汉子讲，老子进哪家都能闻出李子味，种种种，回去马上种！

珍珠李是落叶树，春天抹芽，施复合肥，氮磷多些钾肥少放；夏天梳枝，钾肥壮果；冬天大剪，弱树剪多点，催发枝丫，施农家肥。啥时候干什么、怎么干，都有标准，不像先前随着性子来。这样果子品质就好，就稳定，哪年吃口感都一样。有的商家苛刻，用仪器测水分糖度，也过关。干了几十年农业，葛孟德习惯春天紧张，夏秋开怀。此刻他就很开心，不仅因为见群众按技术规范护理，更因为眼前珍珠李产业的势头向好。

去年这里试点顺利，附近几个村扩种到一万三千亩。县里除了补贴种植，还扶持深加工和流通环节，各方积极性都带起来了。今年全县已种十五万亩珍珠李，长势普遍好。果园按规划布局的同时，果子的销售网络也已形成。葛孟德参加县里几次会议，一次解决几个全局性问题，他一次比一次来劲。县里因势利导，复制李子体系，大力发展牛羊养殖和陆基养鱼，还种食用菌，产业覆盖面和带动力提升。

得因地制宜多业并举，各种模式互补，不能把鸡蛋放一个篮子里。

听到年轻的县长讲这话时，葛孟德不住感慨，小伙子不愧是博士，真不是盖的，我们这代人该退了。

产业上轨道后，葛孟德性情也改了不少。他不再一门心思扑在干产业上，也逐渐转些精力到妻子身上。年轻时认为前妻是女强人，什么都能干，后来遇上崖莉芳觉得她是医生，什么都会调理，自己就心安理得扎在田头。现在他走在果园里，经常会触景反省：她们不是自己要强，而是你葛老四没给到人家想要的，只能自己扛。我得尽丈夫责任，像女儿老讲的要多根筋，不能老亏欠家人。他早中晚和崖莉芳视频，碰上好看好玩的就随手拍，一想妻子或感到劳累时便倾诉，经常回城陪伴，买小礼物，弄一桌好菜。他突然殷勤，搞得崖莉芳都不太适应。

突然手机响，葛孟德把腰杆直起。

葛顾问您在哪儿？您快过来呀，有群众阻拦旅游道路施工。刚接通电话，驻村书记的声音就像滚雷传来。

葛孟德赶忙下坡到大榕树下，只见三四十个群众正围着一台勾机吵嚷，驻村书记和施工队在不断解释。见到葛孟德，群众围上来。这人说老四哥你看，他们要挖大榕树，这怎么得了，坏风水遭大祸的；另一个急吼吼道，葛顾问你快跟他们说，树动不得，宁可不修路也不能挖呀，谁要硬来先从我老汉身上碾过去……

他的到来使现场火气降温，大嗓门对撞变成叽喳起伏。

葛孟德听出了因由。县里建设田园综合体时都植入旅游，农旅融合。这一带山奇水秀，有特色水果，旅游是重头戏。后山有眼千年古泉，靠村子这边一个出口，山背后一个出口。泉水上午从村子这边出；下午这边断流，从那边出；晚上则两头同时出，每边流量减半。有勘探队测过，两边出时加起来刚好合单边出的水量。当地人叫它犀牛泉。传说泉水旁的洞里有一头大犀牛，它白天要轮着看山两边的风景，身子调转时，屁股对着的口子堵上，头对着的口子就出水；晚上大犀牛睡觉，随着它的呼噜声泉水时大时小从两头流出。葛孟德记得爷爷说过，他太爷爷那年代往上，不少人夜里走过山脚，都听见大犀牛在打鼾。这两年建成田园综合体后，有企业来投资搞旅游，规划把村屯硬化路提级为环村旅游公路，将犀牛泉和周边景点串起来，机动车道、自行车道和散步道分开。葛孟德对田地入迷，对旅游无感，平时注意力都在产业上，旅游的事关注少了点，没料蹦出本屯群众阻工这茬。

葛孟德听着，心想这事儿不大，却十分棘手。搞旅游、修道路，对谁都有好处，前期征地拆迁没人说半个不字，现在为一棵树闹开，是因为它在当地人心目中地位特殊。村里人如此认为，当然不是因为爷爷打仗中梦见它才决心逃命，葛家香火得以流传；也不是因为爷爷做法事都来树下，大榕树成为爷爷立地位挣日子的要件。他想，当地人对这大榕树的情感，绝不是天天见、常想念那么简单。世代居住于此的人，对这片土地，还有土地上的一草一木，有自己的理解。草木与土地的相生相长，和人与自然的相生相长一样。葛孟德学农，对此理解透彻。他的身心一天天在此间，吸吮土地芬芳，土地也吸纳他的气息，彼此融通。这是他脚触大地，或者想起大地时的切身感受。

在这里解决不了问题，葛孟德对围在身边的群众说，乡亲们，这条路必须修，树也要保护。我们会商量个周全的办法。现在大家先散了吧，该干活干活，该回家回家。

在村部，第一书记、村干部，还有旅游企业代表，大家围着规划图商量。论来论去，大多数人觉得必须做通群众思想工作，不能为一棵树影响整个项目。尤其企业代表态度最坚决，说旅游属长线投资，在这种原先空白的地方搞旅游，收回成本本来就不容易。企业代表接着说，不是我自己戴高帽，我们企业响应号召来开发，本身也带着乡村振兴的社会责任在里边。如果为一棵树改变线路增加投资，会影响企业信心。而且我们只是移栽，不是砍树。要是碰点事儿就退让，今后不知道又弄出多少岔子来。在这里我不妨透露我们企业的设想，我们移树不仅因为修路，还因为犀牛泉景区建设需要。犀牛泉靠近村子这边的出口周边长了不少大树，但山背后那头出口只有灌木丛，移这棵大树去那一头可以弥补缺陷。大榕树树冠有半亩多，下边能做不少创意设计，和泉水相衬，是吸引游客的大卖点。古树留在路边，体现不了这等价值。大家听了纷纷点头。

一直不吭声的葛孟德说，你们讲的都在理，我个人觉得解决这个事，我们是不是可以换换角度？先说路，我们不必改线，只需要这一截左右半幅分开，绕树修。树的四周空地大，不用另外征地，只是多几吨水泥和几车碎石。外地为保护古树老宅而让路的，非常多，相信大家也见过。再讲这棵大榕树，我们当然不认同群众的风水讲法。我只从学农角度看，古树根系有多深多远，移栽这庞然大物肯定伤到根须，移栽后能不能存活很难说。刚才经理一讲，我也想起来犀牛泉那头确实都没见过大树，不过，是不是因为那边不适合乔木生长？要不然，我们怎么解释那边一直不长大树，对不对？我也不好说绝对是这样，但存在这种可能。所谓道法自然，万物有根。既然这样，我们没必要冒这个险。而且，这次我们变通了，群众只会更信服，不会生出其他幺蛾子。相信我，我就是这里人。

葛孟德一番话，大家齐齐赞同。

这儿离省城不远，优质农产品和好风景很吸引城市人。县里今年年底就要通高铁，以后从县里去市里，走一趟只要一个小时。为迎接高铁时代，县里推动产业由大向强，旅游从大众化向精特尖升级。除了矿泉水厂，村里还打造出高品位温泉景区，刚刚建成，旅游开发价值很大。景区已经沿山势布局民居式个性化酒店，政府也开始引导群众搞民宿，按床位补助。我们有好水好果好景色，有各种果酒果汁和特色小吃，还有壮锦瑶绣和神秘的恋人走坡节，只要打造好，就不怕没游客。年轻的县长来调研时鼓励大家。

当天晚上村民委开会，发动有条件的农户搞民宿，加盟连锁经营。几十户代表到齐，村支书开宗明义后，场下一片热议。搞产业尝到甜头后，群众脑子比先前活络，都想多挣钱。他们边议论边发问，村干部和旅游企业代表一一解答，氛围轻松。

我还有个问题，别人来住我们家，男女分开吗？一个花甲老头问。

哈哈哈，旅客当然分开，难不成男女混住吗？而且现在的人有钱了，图清静，同性别也不同住，都单住。村支书哑然失笑。

我、我不是指这个，我是讲，比如人家两公婆来，谈恋爱的来，要住一间吗？

哈哈哈，我的大伯哟，你今天搞笑多了，两夫妻和恋人来旅游不住一屋，你想人家分开？我都不知道你脑子掰错哪一茬喽！一个村干部回道。全场笑声又起，一位妇女更是笑呛，猛拍胸口咳不停。

这可不行的，哪家没有祖宗香火牌？外人男女在自家里钻一个被窝，老祖宗怎么能给嘛。这钱可挣不得，挣不得。老汉听闻连连摆手。他这话一出，笑声没了，赞成的话跟起，夹杂着暧昧的哧哧笑声。

葛孟德意识到话头不能让老汉的话带偏了。他接过话茬说，老哥呀，我们村什么时候有这种讲头呀。自古以来开宾馆旅店，就是给人来住的，像医院专门让病人来治，大排档让肚饿的来吃，道理一个样。人家花钱住，我们给床铺，只要不违法乱来，你管那么多干吗，大家说对不对？

见不少人点头，葛孟德顿了顿，清一下嗓，说我们现在赶上好年代，大家思想也赶紧跟上，别再抱着杂碎没由头的老观念了。脑袋不开窍，钱袋怎么开口？过去我们许多人就是给老观念害穷的，可千万别忘了呀。在场群众听了，连声应是。旁边人用胳膊肘去碰那老汉，挤眉弄眼的，他便挠挠头，怪不好意思的。

8

珍珠李成熟的季节，是地苏村最美、最热闹的时候。全县珍珠李种植面积已扩到三十多万亩，其他产业也有相当规模，各式田园综合体和乡村旅游区很多，全县进入旅游产业发展的快车道。

崖莉芳利用周末拉起大阵仗，和儿子、父母、菊琳全家、小妹全家，整好十六口人，组团来到地苏村。儿子两岁半，是她和葛孟德去丽江旅游时怀上的。儿子平时由外公外婆帮带。崖莉芳对她爸讲，您老叫我支持老葛，多为国家贡献，现在您也为我贡献贡献呗，光说不练可不是军人本色哟。小家伙聪明调皮，一会儿叫菊琳小姨，一会儿叫她姐姐，弄得邻居全发蒙。

地苏村珍珠李产业和旅游搞得风生水起，成为远近闻名的网红打卡地。口袋胀起，群众脸上笑开花。打工的人都回来了，外地的年轻人也来淘金。崖莉芳张罗队伍前来，名为周末游，其实是想让大家体验婆家变化，晒晒丈夫劳苦换来的乡村美。她还计划张罗闺蜜同事同学队伍，一来为地苏村揽客，二来叫大家看看葛孟德这块老榆木怎么逢春，也满足满足自己那点虚荣心。

他们昨天到，看了景点，泡了温泉，洗过药浴，住在星星树屋，还去摘了李子。村里这家那家都拉他们去做客，大半天吃了三顿饭。儿子一见特色小吃就忍不住，什么都尝，搞得直揉肚子喊要吐。比葛孟德年长十岁的岳父干完两盅土酒，热络搂上葛孟德脖子说，兄弟，你没给部队丢脸！儿子听了嚷嚷开：外婆外婆你看，你们还说我乱喊菊琳小姨，外公不照样叫我爸兄弟？一屋人笑得汤洒筷子落。

吃过早餐，大队伍出家门去村里转转。才走没几步，粟龙就迎面赶来。他说葛顾问，我想请您家人上我家坐坐。他昨天一直陪大家逛，今天才有机会请客人。一行人跟他们夫妻俩和小孩都混熟了，特别几个孩子一下相吸，像相识多时的玩伴。葛孟德儿子听见，立马蹦高高嚷着：好呀好呀，我要去我要去！

粟龙流转别人八十亩地种珍珠李，又在旅游公司做后勤，收入见涨，房子加高了三层并已装修完毕，家里小车冰箱空调一应俱全，家什不输城镇人家。现在这一带人家和隔壁县果农收入相当，防止返贫监测数据极好。葛孟德不想让儿子扫兴，也希望大家亲眼看看脱贫户的变化，便点头应允。可走到岔路口时，他悄悄给岳父使了个眼色，然后拉着妻子离开队伍。捕捉到又翁婿又兄弟的这爷俩的互动，崖莉芳不解地问，神神秘秘的要干吗？葛孟德没应，只牵着她加快步子。以前在城里别说牵手，出门他都不好意思挨崖莉芳太近，她贴过来他总闪半步。崖莉芳不止一次噘起小嘴问他，挽我的手会让你掉价吗？如今他竟主动当众牵手，还是在村里。现在各地游客来多了，地苏村里随处可见牵手搂腰的，有些走在半道还吻上了。先前那个担心夫妻俩住一屋的老汉，他孙女别出心裁设计的情侣房，不早订一周根本没法住上。那女孩儿还请有兴趣的情侣参与她的直播带货活动，很吸引年轻消费者的眼球。也许是葛孟德身在此中久了，潜移默化之下从了内心，不再担心自己与环境违和。

他们沿散步道走向大榕树。旅游路在这里绕树分道，树下有阴生矮植，有奇石雕塑。这带地势高，路右侧小土包上建有观景台，游客都来拍照留念。老支书说安徽有黄山松，地苏有千年榕。

天还早，没有游客在，葛孟德牵着妻子静静驻足。极目远眺，峰峦叠翠，古木奇秀。村子四周是标准化的珍珠李果园，坡坡岭岭绿涛层叠。深紫色的小李子挂满枝条，长长的枝条垂向地面，像美丽的珍珠项链般惹眼。当年葛孟德团队便是因形命名珍珠李，如今果子已被认定为地理标志产品和驰名商标。隔壁县叫天鹅县，“天鹅有李”的广告词，也是小李子热卖的助燃剂。三色环村旅游路宛如飘逸的绸缎，把村庄温柔轻挽。一幢幢小李子楼镶嵌在翠绿之间。地苏河清澈见底，绕过村子东西南三面，整个村有如宁静的半岛。每当葛孟德想念妻儿或感觉疲惫时，就会站在这里，想自己的来路，想这个村的前世今生和未来。半岛一般的村子，早已成为他脑海里故土的形态、故乡的蕴意。一阵风儿来，几声脆鸣起，竹林间飞出三五只斑斓的山鸡，带着坡坡岭岭、农家小院，齐齐活泛开来。

崖莉芳回家多次，从没能如此细细欣赏这个生养丈夫的地方。我们村子可真美呀！她不禁闭上眼喃喃自语。葛孟德“嗯”了一声，把她牵到靠大榕树的观景台一侧，说你想听我小时候的故事吗？崖莉芳对这个男人的过去很好奇，可交往后他总说忙忙忙，哪有精神回忆？联想到刚才他对父亲饶有意味的眼色，她便泛起期待，点了点头。

葛孟德的爷爷做法事很有名。这缘于他第一次做法事就把一个发癫痫病的人“治好”了。消息传开，十里八乡请他施法者络绎不绝。葛孟德童年时对爷爷极为膜拜，有文化后他才知道，做法事只是披件神秘外衣，让未开化的人看个云里雾里，是否有效谁也讲不清楚。哪怕你意会也不敢言传，因为道公每次都严肃地告诫在先：心诚则灵，信了才有。至于爷爷“治好”癫痫病，大概率是撞彩。这种病本就有别于其他病，来无征兆去无形，突然触发就乱闹，一好又正常得离谱，忽好忽发。有人只发几次就好，有人发三五年甚至一辈子。人们对爷爷有了认定，之后做的有没有用，就很少去考究了。何况，迷信本就是胡迷乱信。

葛孟德是满孙，得宠，经常吵着跟爷爷外出，家人无奈只能由着他。再说他人小，饭量可不小，到处吃百家饭，家里米仓压力也小很多，两全。

法事分两种，一种是“渡亡灵”，即为逝者做法。葛孟德爷爷做的是另一种，叫“指明路”，就是贺大寿迎新生、扭忤逆驱瘟邪。父亲曾告诉葛孟德，这是因为爷爷见多了战场上的死人，常做噩梦，只有多做“指明路”，才能冲淡血腥，减轻罪恶感，求心神奔好。

有一次葛孟德看爷爷给邻居做法，为猪栏驱瘟神。邻居几代穷困，尤其养牲畜老失败，男主人穷怕了，急于改变现状。当时养猪购一留一，通常养大两头猪，一头按统销价卖给乡食品站，一头留自己卖，照此比例多养多留。当时只有卖猪肉才能挣多点钱，男主人就打定主意多养猪，干一票家族史翻身仗。可女主人反对，说我们祖上三代都养不成牲畜，你别瞎搞。再说人家脸盘大耳朵厚才养得猪，看你这瘦猴样，下巴能扎破冬瓜，耳朵比老鼠还尖薄，就不是养猪的命。男主人执拗要养，说请葛大哥做法就行了。爷爷满头大汗忙几个时辰，把程序过完。吃饭时女主人还不放心，再次语气凝重问爷爷：他大伯，这猪真能养成吗？爷爷顺一口土酒，只迟疑一小会儿，脸上便掀起自信，应她道，成，我角角落落都扫干净了，铁定能成。做法事最忌不信，男主人横一眼妻子，端杯敬爷爷，嘴里不住道谢，眼中已是满栏大肥猪活蹦乱跳了。

第三天吉时，男主人拿着变卖家当和从亲戚那里借来的钱，赶回六头四五十斤的中猪。他领起猪队伍，呼哼呼哼从村东头走向家，爷爷提前在他家猪栏外施法迎接。这波大手笔惊了大半个村子。没料从第三个月开始，六头猪依次染上瘟疫，死个光光。那家人从此劈心裂胆、愁云蔽屋，女主人边哭边骂丈夫犯贱，说这回当真永世不得翻身了。男主人彻底崩溃，趁天黑拿根牛绳跑到大榕树下吊死了。

葛孟德去到时，邻居尸体已被抱下来横放地上，他家人围着他呼天抢地。那根牛绳还挂在树上，上头打活结成圈，余下的长溜溜垂着。葛孟德猜想早晨发现时，有人抱住他的腿往上拱，有人爬上去解绳套把他脖子拿出来，慌乱中没谁记得牛绳还挂在树上。它肯定是用老麻皮搓泡而成，又粗又硬，葛孟德从没见过这么粗的牛绳。尸体放下，粗硬的绳套又恢复成椭圆形，好似等第二个人伸脖子。葛孟德疑惑他们为什么不用刀割断牛绳，是慌乱中没人带刀，还是出于尊重逝者，不能头上动刀？

牛绳一直在。葛孟德上学、赶圩、看电影、去村里晒场玩，都会经过大榕树，每次都怕得要命。有时姐姐们没空，他和小伙伴晚上去看露天电影回来，回家路上他们一个一个进了家门，最后只剩他一人打火把走回自己家。远远望见大榕树他就发毛，心头怦怦狂跳，逼自个儿哼着电影插曲，走过大榕树两三尺远就撒腿朝家冲。每次他都感到背后呼呼追着风，有噼啪的脚步声，甚至听见有人跟着自己唱歌。只有跟爷爷一起经过时他才不怕，可他经常猜爷爷自己到底怕不怕。山脚那头有块圹埌地，是法院枪毙人的地方。这一带有说法，子弹里的火药能避邪。

每当死刑犯吃枪子倒地，经法医验明正身后，胆大的人就会去解尸体上的鞋带皮带之类，用草纸包回来系在牛栏猪圈里，求驱瘟避邪，保六畜兴旺。葛孟德不止一次在心里埋怨：你们去抢犯人的，干吗不去拿树上的牛绳？

牛绳似乎绑定了葛孟德的脑骨，像射进的弹片，日子久了浑然一体。他爱好运动，每当看比赛见到五环，都会想起那个拖长尾的绳套。他从来不敢看吊环比赛，生怕翻飞的运动员一不小心，错把脖子给套进去。坐公交车看见站位上的环形手柄，也会想起它。他站着乘公交车时从来不抓手拉环，有一回急刹车他站不稳，撞到旁边的姑娘，她一个尖叫，全车目光齐刷刷射向他。打那以后乘公交车，上去一眼瞥见没座位他就打冷战。他知礼节，但在公交车上从不敢轻易让座，除非当时站的全是男人。

在部队，葛孟德学到很多，复员后他就想考农校。他知道要想农业收成好、种粮有钱挣，得靠观念靠技术，做法事之类不奏效。但他不能说，因为爷爷在家里地位至高无上，也因自己没能耐。家穷难供学，所以父母为他考不考大学争吵了一整宿。母亲临终前，用尽最后气力，有一句断一句地对父亲说，我命苦，没福分跟老四享受了。你叫他好好读书学真本事，以后要帮乡亲，帮邻居。哪天日子过好了，大家伙不用砍柴卖，也不用去卖血，扫坟时你们可记得告诉我，我好在地下闭眼。母亲说完就断了气，眼睛睁起老大，进棺材时还这样。

父亲最后一次出门看大榕树时，还告诉葛孟德一件事。爷爷曾说过，那天帮邻居做法事，被女主人追问到底能不能养猪时，他内心很矛盾。爷爷从战场逃回来后学做法事，表面在帮人，其实是为自个儿告解，求宽恕。他开枪打死打伤过人。要是对女主人说自己没底儿，今后肯定没人再信他找他，他就混不成这行，不能继续寻求救赎。爷爷对邻居一直愧疚，又不可宣说，很受折磨。他过世前叮嘱葛孟德父亲：我做法事经常告诫别人“做事不留过夜，亏欠莫带入土”，自己今天却要揣亏欠入土了。我没脸开口，你们一定代我转告，说我老葛头对不起他们家。以后葛家但凡有点能力，一定多帮帮他们，我在地底下心也能安点儿。爷爷闭上眼，两行泪滴落枕头。此前，葛孟德从没见过他落泪，后来才知道做道公的规矩，是永不喜怒形于色，更别谈流泪。

讲完这事，父亲对葛孟德说，我和你妈平时都是帮衬点小杂小碎，但没条件出大力。见他们家总这个样子，我们也惭愧。老四呀，你有文化有能耐，以前上班忙没顾上太多，现在退休了真得上上心啊。我们葛家的债，不能欠三代。

好一个“亏欠莫带入土”。老葛，我今天才知道你回来陪父亲、帮乡亲，是还债。你背负的事情这么重，我先前还不理解，和你闹脾气。今后无论你做什么，我都无条件支持。你放心，我很坚强的。崖莉芳静静听来，噙着泪轻轻摇晃丈夫的手，深情地说。

葛孟德心头一热，正想回她，突然手机铃响。他拿出来一看是战友韦名幸，便抱歉地望妻子一眼，走开几步去接。

兄弟，那个事儿你最后考虑得怎么样啦？我们急着确定那边分公司的架构呢。韦名幸问。他们公司到地苏村投资农业种植、物流和深加工，还涉足旅游，短短两年多营收过六亿元，正着手加大投入，需配强管理层。懂行又用心的葛孟德，是董事会公认的首选。

名幸呀，这阵子我又想了想……

哎！我说兄弟，当初你求我回去干，我力排众议冒险投资。现在干成了需要你帮忙打理，你却推三推四，有点不够哥们儿吧？你说你这个老农业，口口声声要在乡村振兴中大展拳脚，我们兄弟正好干它一场呀。透个底呗，你是不是嫌年薪少了？韦名幸当然知道葛孟德不是为钱而拒绝，可已经没什么可激将他的了。

名幸，我们两兄弟一条肠子，你还不懂我吗？定了的事我从来不改变……

真是的伙计，你就为我破个例嘛，韦名幸打断他，我要有其他合适点的，也不至于这么为难你……

名幸兄弟，你的财路还很长，我的任务已经完成。你就别拗了，早做打算吧，葛孟德也打断他，而且，我好不容易解开一个旧套，不能又给自己下一个新套。

他想起年轻的博士县长、人才济济的乡村振兴工作队，他们拿接力棒的未来，更值得期待。正所谓一代人有一代人的使命。葛孟德眼光炽热地转向妻子，发现崖莉芳的眼睛一直都望着自己。两束目光相交，馥郁缠绵。她会说话的水灵灵大眼，脉脉推送心意，重申刚才听故事后的表态。

我们回家。葛孟德过来牵她的手走下观景台。他们身后，村庄在太阳里亮灿灿。

LIANREN BU ZAI FUWUQU

恋人不在服务区

小说是对生活

优选、提炼和再造。

【作者简介】

周龙，笔名龙眼，男，壮族，广西都安县人，中国作家协会会员、广西作家协会理事、广西签约作家。在《小说选刊》《民族文学》《广西文学》《飞天》《散文诗报》《杂文报》等50多家报刊发表小说、散文、诗歌、报告文学等文学作品，出版小说集《好人从来不做媒》《恋人不在服务区》和作品集《人在他乡》。中篇小说《面子问题》《谁是最可怜的人》分别获第三届《广西文学》"金嗓子"广西青年文学奖、第二届河池市"刘三姐文学艺术奖"，小小说《朋友》获1995年度广西报纸副刊好作品二等奖。

你为什么是B型？这是红桃每次与我分手时在信中说的唯一一句话。很长一段时间我都弄不明白，这句话何以成为红桃和我分手的理由。

我与红桃的第一次接触从一封信开始，又以另一封信结束，前后不超过三个月。

那时我刚念大三，班上有一半以上的男生都有了女朋友，有的在本校，有的在别校，不是念大学就是念中专，情投意合，旗鼓相当。他们平时不是通信就是手拉手，一对一对幸福无比。以我为代表的光棍们对此都“羡慕嫉妒恨”。一个同时跟两个靓妹拍拖的同学说，在大学里找不到女朋友的一般有四种人：第一种是长得又矮又不帅的，第二种是穷光蛋，第三种是不善言辞不会交往的，第四种是没有女同学女老乡的。这个家伙的分析真是入木三分。第一种我完全符合。我身高只有一米六五，属于“三等残废”，肯定不帅。第二第三种也是专门为我这类人归纳的。第四种情况是对前面三种的补充。也就是说，即使你很不幸地符合前面三种情况，但如果有一些女同学女老乡，也还有一线希望。我们班上找到女朋友的家伙当中，有一半左右属于第四种类型，他们几乎都是在高中阶段就确立了恋爱关系，谁想在中间插一腿都不大可能。我开始分析我的情况。高中时，我的同班女同学有十八个。十八个女同学里，中专、大学都没考上的有十个，这部分不用考虑。考上中专以上的有八个，其中有四个长得又矮又丑，我懒得考虑；还有四个已经名花有主，考虑也没有用了。看来，在谈情说爱方面，我的指望几乎等于零。

我十分焦灼，总渴望爱情的馅饼会在某天突然从天而降，落进我的嘴里。有一天，这样的馅饼真的就落了下来。这个馅饼就是一封信。收到这封信是在上午大课间的时候。这是恋爱着的男女大学生收获情书的美妙时光，这样的时光令人充满期待，因而也是令人颤抖的。我最先看见的是信封右下角一行娟秀的小字：市卫校桃缄。我知道，桃就是红桃，我的老乡，一个秀气可爱的女孩。我不急于拆信，而是慌慌张张地把信塞进裤袋里。后来的两节课，我的左手一直在裤袋里发抖地捏着那封信，捏得信封都湿润了。我无心听课。我开始在记忆中搜索红桃的身影。红桃小我四岁，我读高三时她读初二。因为是同乡，我们单独在一起说过两次话。我只记得当时她扎了根马尾辫，其他特征很模糊了。估计她对我也没有多深的印象，给我写信主要是因为老乡关系。那时，我们乡就我和她考得出来，将来是要捧铁饭碗的人。因此，我们有联系一点都不奇怪。那天中午，我回到宿舍放下蚊帐后就小心翼翼地剪开信，接着我看见一张叠成心形的信笺。叠这种形状的信笺意味着什么，我清楚得很。我的手不停地颤抖。信笺叠得严实紧密，丝丝入扣，我起码花了五分钟才把它打开。红桃在信里简单介绍了一些卫校的情况，然后问我这边的情况，客套式的，但我一直很激动，好像爱情已隆重降临在我身上。我很快就回信，也一本正经地介绍我这边的情况。接着，信件有来有往，从学校的情况说到个人的情况，再说到乡情，再说到朦胧的思念。等到信的落款只有一个桃字和一个兵字时，我们开始给对方寄相片。于是，记忆中那个扎马尾辫的女孩变成了秀发披肩水灵娇嫩的大姑娘，天天在我面前微笑着，让我春心荡漾。红桃写信问我是什么血型。我写信告诉她是B型，也问她是什么型。她回信说是O型。大约过了两个星期，红桃写信问我：你为什么是B型？我以为是一句顽皮的笑话，回了她一句：我为什么不能是B型？你想B型还不能B型呢！之后，红桃突然像一只断了线的风筝，莫名其妙地消失了，怎么也联系不上了。

我在宿舍里宣布了我的失恋。当时，失恋也是一种荣耀，失恋证明你恋爱过！就像现在男人们在一起都喜欢炫耀自己的婚外恋一样，把它当成成功男人的标配。有个姓张的同学嘲笑我说，你连恋都没恋上，你有什么资格失恋？我知道，张同学与望江医学院一名女生好了已有两年，据说有次寒假他们还在我们宿舍里同床共枕了。与他相比，我和红桃算什么？我有什么资格失恋？想到这里，我就傻呆了。张同学拍拍我的肩头说，兄弟，真想失恋吗？我愣愣地望着他，一副不知所措的样子。张同学突然哈哈大笑，说OK，你等着呵！过了一个星期，张同学拿了一张相片给我。相片上站着两个女生，一个是张同学的女友，另一个是他女友的同学。我眼睛亮闪闪地盯着相片上两个亭亭玉立的女生。张同学的女友是正面，椭圆的脸蛋红润亮丽，笑容甜美自然。她的同学侧着身，模样和张同学的女友差不多。张同学问我，感觉怎样？我说，挺好的，可惜只看见侧面。张同学说，侧面这么好看，正面能差到哪里？我敢保证，她一定能让你失恋!

或许是为了一次可圈可点的真失恋，我与一个只在相片上看见侧面的医学院女生联系上了。联系的方式依然是信件。就像当初与红桃通信一样，她来一封我去一封，所有的感情都宣泄在一张薄纸上，最美妙的时光也是读信的时光。放暑假的时候，那个叫芬的女生自作主张地来到学校找我。后来我想，如果她不来，或许我爱情的美梦还能延续，幸福仍像牵牛花一样在心里蔓延。但她却来了。当芬那张被青春痘刺成向日葵一样的麻脸展露在我面前时，我几乎眩晕了。我爱情的美梦立刻像气泡一样不堪一击，破碎了。当天下午，我就以母亲病重为借口回了老家。过后，张同学问女友，为什么不寄芬的正面相片？女友笑道，寄正面相片还有后来吗？张同学说，原来你在向我们推销“伪劣商品”。女友说，不要说得那么严重，不就是几颗破痘子吗？我们是学医的，要消灭几颗痘子还不是小菜一碟？说的也是。我想，要是那些痘子没有了的话，芬还是相当不错的。所以，后来我处理芬的来信总是不冷不热，目的也是留着一手，等到她脸上痘子没有了再说。但到了毕业之时，芬脸上的痘子非但没有减少，反而比以前还要多，几乎把整张脸都淹没了，她的脸就像一块被虫咬过的老树皮，千疮百孔。我的最后一线希望破灭了。

现在回想起来，我仍然感到庆幸。大三大四是关键时期，很多科目要毕业考，还要弄毕业论文。如果当初红桃没有莫名其妙离我而去，如果芬的脸上没有了痘子，我肯定要卷进爱情的旋涡里不能自拔，这势必要影响到我的学业，虽然不至于毕不了业，但是成绩肯定没有后来这么优秀。班上那些恋爱精英们没有一个成绩突出的，好几个都遭遇了补考，有两个还拿不到毕业证呢。

芬和我分配到了一个城市，我进了市人事局，她到市卫校当教师。报到后她来找过我四次，前面三次我躲避不见，第四次，我请了一个在财校读中专的表妹来冒充女朋友，终于把她气走了。我像丢了一个沉重的包袱，一下子就轻松起来。我以为，我们之间再也不会有任何瓜葛了。

不出一个月，我就和一个叫琴的女生好上了。琴是我一个亲戚的亲戚。我刚帮过那个亲戚，把她的老公从乡下调进城里。为了表示感谢，她把琴介绍给我，就像回赠我一件精美的礼物一样。我们第一次见面就在那位亲戚家。见面之前，那位亲戚对我说，这女孩真是没的说！果真如此。那晚，高挑冷艳的琴总共就说了两句话：你好！再见！气氛沉闷得让人喘不过气。而我却像吃了药似的认定了琴。此后，一到周末，我就骑自行车到卫校去把琴拉出来，一起吃一餐饭，看一场电影，然后再把她送回去。每次在一起，我们说的话总共不超过十句，也没有任何亲密的举动，我连她的手都不敢摸，只是呆头呆脑地坐着看电影，好像我们是为了看电影而坐在一起一样。当时，我给自己的解释是，学医的女人可能都这样严谨。这样也好，省得成家之后一天到晚叽叽喳喳地烦人。这样的关系只维持了一个月，琴就毕业了。我开始张罗琴工作的事。自己跑了几家医院都无功而返。我带琴去找我们局长。局长说，以前怎么没听你说过有这样的女友？我说，这种事哪好到处张扬。其实，我们在高中时就好上了。局长笑了笑说，你小子违反校规啊！我说违反校规又不犯法。局长说，你是不是想让我帮忙，把她留在城里？我说谢谢局长。局长说谢什么，我又没答应帮你。我笑着说，局长这么关心我，不会见死不救的。局长说你在威胁我？我说哪敢哪敢！第二天，局长把我叫到他办公室，郑重其事地问我，她真是你女友？我说她要是能留在城里我们马上结婚。局长说那我等着吃你们的喜酒！我说好啊！不到一个星期，琴就到市医院上班了。我怎么也想不到，琴上班不到一个星期，就以性格不合为由，把我给甩了。让我更加震惊的是，幕后操控这场阴谋的竟然是芬。芬是琴的班主任，芬一开始就知道我和琴的事。芬报复我的手段是，在琴到市医院报到的第二天，就把她的表哥介绍给琴，她那表哥是美男子，而且又是硕士研究生，我怎么是人家的对手？我真是傻瓜啊，竟然还自作多情地对局长说出那样信心满满的话。

琴把我甩掉后的第二天，那个莫名其妙消失了的红桃，突然十分真实地出现在我面前，好像是专门来安慰我一样。我又惊讶又激动。那时，我正在市医院给我的局长端屎倒尿——局长胃穿孔，刚刚把大半个糜烂了的胃割了。站在我面前的红桃穿着传统的学生装，天蓝的筒裙，粉红的上衣，腰细胸挺，光滑洁白的脸上漾着两个小酒窝，纯净而秀美的样子。我盯着红桃，喘不上气地说，你怎么就来了？红桃把掩在脸边的秀发掠往后面，文静地说，我到你单位去找你，他们说你在这里，我就赶过来了。在人来人往的走廊上，红桃问我，今晚有空吗？我说干吗？她说，你只说有没有空。我说应该有吧。红桃说不方便是吧？我说方便呀。红桃说，七点半我在东方虹影院门口等你。我说不见不散。

那晚，在东方虹电影院，我和红桃都穿着短袖上衣，我们靠得很近，有点依偎的样子。我慢慢地往红桃方向挪，两只半裸的手臂贴在了一起。第一次与女孩有这么亲密的接触，我的心热得发颤。这和以前与琴呆头呆脑看电影的情景有着天壤之别。以前仅仅是一种铺垫，为我现在的举动铺垫。电影演了什么并不重要，我也看不见了，我专心品味贴着红桃那半截手臂的感觉，很柔很暖，有一点点麻，有一点点抖动。红桃盯着电影幕布上面的画面，眼睛直直的，不知道是真看还是心不在焉。我越发激动，到了心都要蹦出来时，我就大胆地把手伸到红桃的胸前，想隔着衣裙，抚摸那隆起的地方，但很快遭到拒绝，红桃坚决地把我的手推了回来。我又尝试了两次，都被推了回来，我就不敢坚持了。我们继续看电影，但我的心思却不在电影上，我很想摸她，又把手伸过去，又遭到反对，我就完全打消了摸她的念头。我时而看着银幕，时而看着红桃，不知不觉电影就散场了，我用自行车把红桃拉回了卫校。

以后每到星期六，我就骑自行车到卫校把红桃拉出来，吃一餐饭，看一场电影，然后再把她送回去。和当初与琴的恋爱一个模式。两个月时间，我们总共看了八场电影，最亲密的接触还是碰碰下半截手臂，没有实质性的进展。

接下来，红桃给了我一封信，还是那句莫名其妙的话：你为什么是 B 型？我也还给她那句话：我为什么不能是 B 型？红桃又消失了。我去卫校几次，到处都找不到她，她的同学有时说她去实习，有时又说她去哪里搞郊游联欢之类的活动，反正就是找不见，死活找不见。如果说红桃第一次离去，我的痛苦只是模模糊糊的，那么这一次则是真实清晰的，它加剧了琴刚刚砸在我心里的创伤，因而我的痛苦是撕心裂肺的。我整天愁容满面。人事局的同事安慰我说，我们是管人事的，好女孩多的是，何必吊死在一棵树上?！他们自作主张地把那些他们认为能让我心动的女孩一个接一个地推荐给我。我一个都看不上，或者说，我根本就没认真看过她们一眼。我的整个人都被红桃那句“你为什么是B型”给淹没了、覆盖了。

局里的张阿姨拿了一张相片给我，说如果我喜欢就给我介绍。我对着那张相片看了又看，然后，用发颤的手指抚摸相片上女孩的脸。张阿姨站在旁边掩嘴窃笑。我问张阿姨，她真的没有男朋友？张阿姨说我不会骗你的。我说太漂亮了！我心想，这么漂亮的女孩怎么会没有男朋友？我与漂亮的女孩是不会有什么好结果的，红桃和琴就是例子。张阿姨说不漂亮我会介绍给你？我们人事局的男人要找就要找漂亮的！我说我不敢啊！张阿姨说笨蛋！我告诉你，这可是我见过的最漂亮的姑娘，过了这个村就没这个店了，你可要好好把握住呀！

张阿姨的话鼓舞了我。当天下午，我就骑自行车去市教育学院。我在学院里问了几个同学，很快就找到了那个叫玉静的女孩住的宿舍。那时，玉静刚吃完晚饭，正坐在床边染指甲。张阿姨的话一点都不夸张，这个女孩长得很像刚当了尼姑的那个歌星，颀长的颈项，婀娜的身段，红润的瓜子脸，真是美得让人透不过气。我有点发颤地自我介绍说，我叫商兵，市人事局的，张阿姨叫我来找你。她头都不抬一下，边染指甲边说，知道，张阿姨是我热心的邻居。她把指甲膏放在床上，指着对面床说，坐吧。她连看都不看我一眼。我说，出去走走好吗？她说，我才懒得出去呢，我又不爱走路。她怪怪地望了我一眼，说，找我有事？我说没事，就是想见见你。她说，我有什么好见的！她又说，你们人事局是干什么的？这话问得我很扫兴，很吃惊：人事局这么重要的单位她都不知道。我吓唬她说，专门给你们这些学生安排工作的。她嘻嘻地笑道，我才不要你们安排呢。她一脸无所谓的样子，我又吃了一惊。现在大学生找工作比登天还难，没想到她却这么不在乎。我说，你说话真好玩。她咯咯咯地笑个不停。这时，她的十个手指甲已被染成十朵紫荆花，她抬头看了我一眼，又低头染她的脚指甲。我们两人都不出声。过了几分钟，十个脚指甲也染完了，她抬头看见我还愣站着就问，还有事吗？我知道这是下逐客令。我说，出去走走好吗？她说走走有什么意思呀，马上要上晚自习了，我不去！我觉得没戏唱了，就很狼狈地撤了出来。

在回来的路上，我的心情十分糟糕，我的自行车几次差点撞了行人。我一直以为，人事局管毕业生就业、干部调动、转干、调资、评称职等重要事情，天天都有人求着，是多么重要多么了不起的单位啊。每次向人介绍自己，我都很自豪地说我是市人事局的。但这确实和找女朋友没什么关系。总不能给人家转个干或者加一级工资，人家就嫁给我吧？

我搬了新家，和市档案局一个叫杨伟的干部做了邻居。我和杨伟住在一排旧平房的尾端两间，属于偏僻死角，什么人来或什么人走，一般是没有人看见的，因而是幽会的极好地方。因为地势低凹，起房子的时候就砌了几级石阶，石阶正好砌在我和杨伟房间的门前。所以，杨伟和什么样的女人上下石阶，我都可以从门里看见。虽然有的只看见侧脸或者背影，但总的来讲，杨伟带来的女人长得都比较好看，很性感。那些女人花蝴蝶般飞进飞出杨伟的房间，令人眼花缭乱。杨伟一带女人回来，我便坐立不安。我想，杨伟和我一般年纪，却有那么多的女友，而我至今却只触碰过一个女人的下半截手臂，我这是落后到了什么地步？

那天，我正坐在走廊里剥瓜苗，杨伟搂着一个女人，从房间里摇摇晃晃地走了出来。杨伟不停地亲吻她的嘴，摸弄她的腰背。我看得眼睛发直，心里嘀咕着：太不像话了！杨伟送女人出了大门，就折回来对我说，你快点弄菜，我去搞点酒来。说着杨伟就出去了。

我把菜摆上餐桌时，杨伟拿了两大杯杯装雄蜂蛤蚧酒回来。他递给我一杯说，每人一杯，喝多就没用。我说年纪轻轻就补这个，你是不是阳痿啊？杨伟说我是杨伟但不阳痿！杨伟吞了一口酒，吧嗒着嘴说，刚才损耗太大，不补点不行啊！我说真的干了？杨伟说废话！我说她是你什么人？杨伟说女友。我说第几个？杨伟伸出一根手指。我说第一个？杨伟摇摇头。我说第十个？杨伟点点头，脸上展示着得意的笑容。我说，你不会是一见面就患单相思也算吧？杨伟说，要是那样，就有成千上万了。我说真有那么多？杨伟说，这点算多？而且，都这个了才算——杨伟右手指着裤裆，做了一个下流的动作。我大叫一声“我的天啊！”我说，你这是在犯罪。杨伟说谈恋爱我犯什么罪？我说你一脚踏几只船。杨伟说，婚姻法只规定一个男人只能跟一个女人结婚，又没规定一个男人只能跟一个女人谈恋爱。我说你在钻法律的空子——哎，到现在为止，我还没抱过女人呢。杨伟不停地摇头说，不可能，绝对不可能！我痛苦地沉默着。杨伟拍拍我的肩头说，你真的没有过？我说，女人的手都没摸过。杨伟骂了一句：肏！我一脸无奈地望着杨伟。杨伟又骂了一句“傻子！”然后就一口气把那杯酒干了。

晚上，我和杨伟在他床上过夜。他的床有很浓的香水味，床上有双人花枕、大花被，床头吊着几串彩灯，床顶挂着一个球灯，灯光闪烁迷离，有点像舞厅，又有点像洞房。说是过夜，其实我们只是并排躺着说话，并不睡觉。之后类似情况还有过三四次。那晚，杨伟向我传授勾引女人的秘诀。归纳起来就是“三部曲”。第一部：千方百计迎合她讨好她，她就是想要天上的月亮你也要给摘下来。我说你能不能举例说明。他说只可意会不可言传。第二部：千方百计占有她，这是检验第一阶段成果的时候。我说万一人家不依呢？他说蠢货，不懂得想办法呀？我说有什么办法？他说，酒可以帮助你。我说要是女人喝不了酒呢？杨伟说，低度葡萄酒，八度左右，有点甜又有点酸，再喝不了酒的女人都可以喝。我说怪不得你家里有那么多种葡萄酒。他说，女人一喝上酒就有机会了。我说这不是乘人之危吗？杨伟说笨蛋，这叫共度良宵！第三部：千方百计抛弃她，你越抛弃她她就越在乎你，这时候即使你觉得她挺不错，你也不要太在乎她，若即若离是最好的办法。杨伟说完后，我骂他是流氓。杨伟申辩说，我不是流氓，最多只能算是薄情郎。

我对张阿姨说，玉静比影星还高傲！张阿姨说，你还不了解她。我说，太美了，我搞不掂。张阿姨说，一点进取精神都没有。张阿姨停顿一下又训我，人家那么漂亮的女孩，初次见面就对你点头哈腰，就笑眯眯地表态要嫁给你，可能吗？

张阿姨的话再一次鼓舞了我。我很快又去找玉静。我到玉静宿舍门口的时候，玉静正在里面和一帮女生说说笑笑，很开心的样子。我小声喊了两声：玉静——玉静——她一点反应都没有，我又喊了两声，她还是没有反应。路过的几个同学用怪怪的目光剜我，我感到很不好意思，就低头走开了。没过几天，我又去找玉静，暗下决心无论如何要把玉静骗出来。但到了教育学院门口，想起前两次的情形，我心里就害怕得不行，两腿发软，不敢进去了。

玉静的冷落虽然让我难受，却增加了我求偶的勇气。很快，我自己给自己找了个女朋友。市人事局存有好多年轻毕业生的档案。我找出了二十份未婚毕业生档案，从身高、文化到气质认真审阅比较，最后挑出一个叫新浪的女子的档案，今年刚从省幼师毕业，分配到市第三幼儿园。从相片上看，新浪圆脸、小嘴、短发，新潮漂亮。我给新浪寄了一封情书，信中夹了一张我刚在照相馆照的全身彩照。过了两天，新浪回信了，除了把我的信和相片退回，还有这样一行字：你马上滚进疯人院里去，最好永远也不要出来！当初，我写信的时候只是想寻找一下机会，也猜测过信件会石沉大海。没想到，新浪竟然这样疯狂。我觉得太有意思了。我决定再冒一次险，去会会这个叫我马上滚进疯人院的女孩。我走进第三幼儿园，新浪正在教室里教小朋友唱《鲁冰花》。我站在教室外面向她招手，示意她出来。新浪望了我一眼，皱了一下眉就走了出来。新浪迟疑地打量着我说，你是谁？找我有事？我说，你还记得前几天那封信吗？新浪给了我一个温柔的白眼说，原来那个疯子就是你呀！我说是的，没想到你比我想象中的更漂亮。新浪又瞪了我一眼。

我说，今晚请你去梦你歌舞厅，敢去不？新浪说不敢去的是小狗。新浪很开放。我说好，一言为定，晚上七点在歌舞厅门口等你。后来回想起来，我后悔得要命，我的错误就是约新浪去歌舞厅。我不会唱歌，不会跳舞，而新浪是幼儿园的老师，幼儿园的老师哪一个不是能歌善舞的？那晚跳舞时，我除了会踩新浪的脚，什么舞步都不会。跳了一曲新浪就烦了，她又邀我唱歌。没想到，我破锣似的歌声更让她烦，于是不欢而散。第二晚，新浪邀我去溜冰，我一上溜冰场就四脚朝天，新浪又放我一马，拉我走出溜冰场。新浪问我现在干什么？我说，看录像。新浪说，都什么年代了，谁还看录像？我说，那你说做什么？新浪说打电子游戏。我说好啊！我们去游戏厅，买了一个钟点，便坐到游戏机前面。新浪说“半条命”还是“帝国时代”？我根本不知道半条命和帝国时代是什么意思，但我不懂装懂。我说，简单点吧。新浪说那就玩赛车吧。我说赛车就赛车吧。新浪把游戏调了出来说，我1号你2号。新浪扭动摇杆，红色赛车就飞奔上路了。我一点动作都没有，我连摇杆都不会拿。新浪盯着我说，你怎么啦？快点呀！我说我不会。新浪说，玩游戏都不会？我摇摇头。我们走出了游戏厅。新浪定定地看了我好久，说，你到底会什么？我说，钓鱼，真的，我会钓鱼。新浪说，钓鱼？年纪轻轻的去钓鱼？有病啊你？！我没作声。新浪说，除了钓鱼还会什么？我摇摇头。新浪就恼火了：什么都不会？什么都不会也敢出来交女朋友？真没劲！新浪头也不回地扭屁股走了。

什么都不会也敢出来交女朋友？新浪这句话像一把尖刀，把我刺醒了。我似乎找到了红桃、琴、玉静离我而去或不理我的理由。我什么都不会，更什么都没有，我凭什么找到女朋友?

有段时间，我甚至觉得，在这座城市，没有女朋友没有家，我简直不是人。儿童节给小孩发节日费没有我的份，妇女节发“贤内助奖”没有我的份，年终给职工配偶发慰问金更没有我的份。但局里一旦有加班任务，就马上有我的份。有次元宵节，局里要派一个人去省城办一件急事，叫谁谁都说，大过节的，要跟家人团圆。局长就对我说，你去吧，反正你在这里也是一个人，出差还有补助呢。我不好推脱，就灰溜溜地去了。

不久，我在晚报上登了一则征婚广告。我在广告里如实声明：本人个子矮小，长相一般，并且没有恋爱经验。征婚广告登出的第五天，我开始收到四面八方的来信，一天至少有两封。前后两个月，我共收到一百六十八封信。每封信我都认真地看，特别是夹有相片的信，我都看了好几遍。这些信件大致可以分为两类：一类是真心实意想开垦我这片“处男地”的女人。她们认为，如今像我这样敢于“献丑”又没有恋爱经历的男人打灯笼都找不到了。这类女人长相都与我旗鼓相当，我不想考虑。另一类是不怀好意的女人，她们这样安慰我：人矮不要紧，只要收入高；貌丑没关系，只要有奔驰；个小无所谓，只要房子贵；等等。这些女人都特别美，美女蛇一样，我哪敢考虑?后来，有人竟然把明星的艺术照寄给我，问我是不是癞蛤蟆想闻天鹅屁，我当场缺氧。

红桃总是在我最痛苦的时候突然出现，她看似是来为我减轻痛苦的，但每次都把我拖进更加痛苦的深渊。

那段时间，星期天无事可干的时候，我经常和大院里的几个光棍去钓鱼。我们有时钓河鱼，有时钓池塘鱼。钓河鱼没成本，但经常白跑一趟。钓池塘鱼肯定有收获，但得交二十块钱。其实二十块钱买鱼吃都绰绰有余了，但我们只在乎鱼儿是否上钩，并不在乎钓得多少鱼，就像杨伟只在乎女人是否跟他上床，并不在乎她们爱不爱他。有一次，杨伟突然想过一把等待鱼儿上钩的瘾，竟然带了一个女人跟我们去。但杨伟没有等待鱼儿上钩的耐心，就像他不能容忍谈了几个月的女友还只停留在碰碰下半截手臂一样。没过几分钟，他就扔下鱼竿，和那女人钻到草丛中去了。

和新浪一样，以前，我对红桃说我爱钓鱼的时候，她也嘟起嘴巴，不屑地说，年纪轻轻的去钓鱼，多没劲呀！没想到，这个星期天，她竟然主动叫我带她去钓鱼。红桃的到来又把我从被玉静冷落、被新浪不屑和征婚尴尬的阴影之中拯救出来，让我内心重新掀起波澜。我没有问红桃消失了这么久，怎么又突然回来了，反正回来就好。回来就有希望。回来我就蠢蠢欲动。我用自行车搭她去到郊外的河边。那里山清水秀、宁静幽雅，很适合孤男寡女相处。在最初的十分钟里，红桃小鸟依人地依偎在我身边。这十分钟，除了微风掠过水面荡起的一些细小波纹，什么动静都没有。红桃说了一句真没劲，就躺在树荫里看言情小说，看累了就睡大觉。只有我等着那些可能要上钩的蠢鱼。但那天的鱼一条都不蠢，我白白守了一天也一无所获。红桃嘲笑我说，今天你“杨白劳”了！我说我的喜儿呀，这河里的鱼都是男的，而且都裸体，有女人在，它们怎么敢出来呢？红桃双拳紧密地擂在我的肩上没好气地说，你才裸体呢，人家鱼儿比你们男人还懂得羞耻！

那晚，在鱼庄吃了鱼之后，红桃又像鱼一样溜走了，又找不见了。

星期六一大早，我路过大院花园旁边，看见杨伟一个人在园子里淋花。双休日大家都玩去了，这家伙却在搞义务劳动，我觉得不太对劲。我朝花园里喊道，杨伟你搞什么鬼？杨伟说，我在为美丽的花朵洒下辛勤的汗水。我说，据我所知，你好像没有这么崇高的思想，是不是想趁着人家没注意偷走一两盆？杨伟说，你看我是那种人吗？我说人心隔肚皮啊！杨伟说去去去，别影响我干活。我没再搭理他，找人钓鱼去了。第二次看见杨伟在花园里时，淋花的已经不是他一个人了，还有一个和花一样美丽的花工——阿瑛。阿瑛是机关事务局老黄的女儿，原来跟她母亲住在金山乡的一个村子里，母亲被老黄接到城里后，阿瑛也跟了过来。阿瑛在机关事务局当临时工，负责淋花。阿瑛和杨伟在花园里走来走去，有时是淋花，有时故意把水喷洒到对方身上，欢声笑语随着清香四溢的花味四处飘荡着。我想，杨伟淋花之意肯定不在那些植物的花，而在阿瑛这朵滴着笑声的花。这个想法很快得到印证。

一天晚上，杨伟请我吃饭，客人当然是阿瑛。杨伟每结识一个女朋友都要宴请我，目的是向我炫耀。当然，有些不明身份的女人，杨伟是不让我和她们见面的。按照杨伟的说法是，那些女人，他连名字都来不及问就分手了。

吃杨伟这种饭，简直就是受罪，好像我不是来吃饭，而是来做他们的观众。阿瑛小鸟依人地依偎在杨伟身边。我记得我和杨伟做邻居以来，以同样姿势坐在杨伟身边吃饭的女孩已经有五个了，她们同样地小鸟依人，同样是多情的温柔状，只不过阿瑛比她们更纯更甜。阿瑛，吃这个吗？杨伟用筷子指着一块鸡胸肉轻声细语地说。阿瑛抿着好看的小嘴摇了摇头。杨伟又指着鸡腿问道，吃这个？阿瑛拖着柔柔的腔调说，不——要——杨伟给她夹菜、添饭，甚至还当着我的面喂她吃，肉麻得令人无法忍受。我一口饭都吃不下去，就借故出去了。

我低垂着头，孤独茫然地行走在喧闹的街市。红桃的再次离去让我感到空虚寂寥，心如止水，再多喧闹也无法令我振奋起来。我从东街走到西街，又从西街走回东街，来来回回，毫无目的。走了大半夜，不知不觉回到了住地。走下那几级石阶时，看见杨伟的房间里透出雾气般暧昧不清的彩光，我就推门进去。里面洋溢着葡萄酒和柠檬混合的气味。可以断定，他们喝了不少加柠檬的葡萄酒。阿瑛软在杨伟怀里，杨伟轻吻着她脸上的泪滴。我赶紧退出门外。第二天，我问杨伟，昨晚是怎么回事？她怎么哭了？杨伟说，女人告别自己最美好的东西怎么能不哭？

杨伟和阿瑛成双结对进出杨伟的房间时，要么手拉着手，要么勾腰搂臀，总之一副缠绵的样子。他们经常当着我的面，腻歪歪地相互呼唤：阿瑛——阿伟——阿瑛哎——阿伟哎——我觉得自己是多么无能多么悲哀啊！且不说琴、玉静和新浪，就说这红桃，说来就来，说走就走，踪迹不定，简直把我的真情当成儿戏。我发誓，以后再也不理她了，她要是来了我就把脸掉往一边，看都不看她一眼，让她难受！

但这个誓言就像轻薄的灰尘，被风一吹，很快就散尽了。

红桃是在即将下班时来到我办公室的。我第一反应就是大喊一声：哇——我以为你蒸发了呢。红桃笑着说，没有的事，人家复习考试很忙嘛。我说你不复习的时候我也找不见你。红桃说，我去医院实习啦。我说你不实习也找不见。她说人家忙别的事呀。我说现在怎么又有时间？红桃说，我毕业啦。我说这么快呀！红桃说，不想庆祝庆祝？我说好啊。

这晚，我没像以前那样把美妙的时光耗在电影院里。我一开始就谋划着实践杨伟传授的“三部曲”的第二部——占有红桃。在外面匆匆吃过快餐，我们买了一些瓜子、葡萄干、苹果、雪梨和三瓶葡萄酒就回来了。先嗑嗑瓜子、吃吃水果，接着喝葡萄酒。我以为喝了葡萄酒好事就成了一半，接下来就能半推半就地往前推进。但我怎么也没想到，红桃的酒量是那么的大，我们两人喝完了三瓶葡萄酒，我都醉眼蒙眬了，红桃的脸色还是不变。更令我吃惊的是，红桃的防备堪称铜墙铁壁。以前和我去看电影，红桃都穿着花枝招展的裙子，而来我的房间却穿着密不透风的牛仔裤，还扎着一条十分结实的皮腰带，我每次手伸到裤带就无法再前进了。我说，求你了。她说，求也没有用。我说，为什么？她说，就是不给。我说，就一次。她说，一次也不。我就蔫了下来。我们呆坐着，心事重重地嗑着瓜子。到了十二点，红桃就说，今晚我睡这里，你出去找旅店吧。我说我要陪你。红桃说梦里吧！红桃说着就把我推出门口，轻轻地亲一下我的脸颊说了句“晚安”，就把门关上了。

虽然只是轻轻的一碰，但这让我兴奋不已，甜蜜了一夜。天未亮我就从旅店赶回来。红桃已经走了。她在书桌上留下这样一张字条：我想进老家的县人民医院，能帮忙吗？面对那张字条，我惆怅地想着，如果不是为了进县人民医院，如果我不在人事局，她会来找我吗？

你小子艳福不浅啊！杨伟的声音打断了我的沉思。这家伙不知什么时候站在了我的身后。他说，刚才我看见一个女孩从你这里出去。我说，感觉怎样？杨伟说，只看见背影，很秀气的样子。杨伟上下打量着我，惊讶地说，哟，没看出来，你小子也有一手啊，昨晚疯狂吧？！我说，乱讲，昨晚我睡旅店，刚回来的。杨伟说真的？我无奈地点点头。杨伟说，这么革命，认识多久了？我说，老乡，小时候就认得。杨伟说，还是青梅竹马呢！我说你别乱说，我们很正经的。杨伟说，正经到什么程度？我把我与红桃的事给他说了之后，他把头摇得像一只抖动的筛子，说，浪费了，太浪费了！

到了晚上，红桃又来到我的宿舍。我们又像以前一样，去看了一场电影。然后，红桃睡在我那里，我去住旅店。接下来，红桃天天住在我那里，我还给她配了一把房门钥匙。我上班的时候，红桃就买菜、做饭等我，晚上我们就一起看电影看录像，俨然一对小夫妻，日子过得温馨、浪漫。有天晚上，我在房间里对红桃说，我们算是相爱了吧？红桃笑眯眯地望着我，并不作声。这分明是在鼓励，我勇敢地抱了她，还亲了她，她也只给亲一下，然后就把头扭到一边躲开。要出门时，我试探地对她说，今晚我不走了好吗？她摇摇头说不行，现在不行。我没有强迫她。我想，既然她表示现在不行，那就说明以后行。我有了很多渴望和盼头。

为了把红桃分配在县人民医院，我打了几次电话给县人事局局长，每次他都说“尽量”。等了两个月，一点着落都没有，我急了。只好硬着头皮去找我们市局的局长。当初因局长出面，琴才进了市医院，后来出现变故，局长以为我和琴合伙骗他，大为恼火。所以，现在我又去找他，他很不爽快。他说，如果是女朋友，要等到结婚以后我才帮你调回来。我说是表妹，算是亲戚。局长说，亲戚我不管，你自己想办法。后来，我天天去磨局长。我说，她家里很穷，只有一个老母亲和一个还在读书的妹妹，供她读书不容易啊！要是分配到乡下就完了。局长说，你这种观念是错误的，基层出人才嘛，谁说到乡下去就完了？！我说，基层出人才那是针对机关干部，但对一个小护士则不然，医院越大，就越长知识长技能。局长瞪了我一眼，你在教训我？我连声说不敢不敢，我乱说的。局长说，你们的关系好像很密切，你是不是想和她谈朋友？我说，不排除这种可能。局长说，好吧，就当她是你女朋友，我跟县里说一下，看看行不行，不行就另换一个。局长一说就通，县人事局可以得罪我一个小小的科员，但却不敢得罪市局局长。

星期天早上，我刚起床，就听到阿瑛在外面大声喊道：杨伟！杨伟！没有人应答。阿瑛又大声喊了几声，仍没有人应声，阿瑛就走过来问我，杨伟去哪了？我说，你都不知道，我怎么知道？其实我是知道的，杨伟去省城学习大半个月了。

阿瑛骂了一句，死仔！然后就气火火地走了。不一会儿，又有人敲杨伟的门，敲门声持续了好久。我以为阿瑛又回来了，结果，一个白白净净的女孩走过来问我，阿哥，请问，杨伟去哪儿了？我说，不知道。她又问他什么时候回来？我还是说不知道。女孩说，你告诉他，水泥厂有个姓陈的来找他。说着那女孩就走了。过了两天，杨伟刚回来，那个姓陈的女孩又来找他。杨伟带她出去之前对我说，千万不能告诉阿瑛。我说，你呀你呀！后来，阿瑛三天两头来找杨伟，我都对她说，杨伟出差了。

姓陈的女孩和杨伟在城郊旅社住了一个礼拜。女孩要走的那天晚上，杨伟跑来向我借两千块钱。我说干什么用？杨伟说，她刚打完胎。我说，怎么会这样？杨伟叹道，一夜情的孽债啊！我说，她还会来吗？杨伟说，不会了，拿五千块钱就能打发她。

红桃分配到了县中医院。虽然进不了县人民医院，但终究能留在县城，红桃蛮高兴的。报到后，红桃就笑眯眯地来找我。那晚，我们在茶吧要了一个卡座，在温馨细软的音乐中，我举杯祝贺她走上工作岗位。红桃说谢谢！没有你，我肯定被弄到乡下去了。我说我们之间还说什么谢不谢。红桃说真的谢谢！太谢谢了！我们喝了差不多两瓶葡萄酒。回来时，已接近十二点，两人口干舌燥，房间里一滴开水都没有，烧也来不及了。我跑去找杨伟借开水。杨伟说，是那个老乡？我点点头。杨伟说，把她办了。我说我负不起那种责任。杨伟说，负什么责任？谁要你负责任？我说我不敢。杨伟摇摇头说，难怪到现在还停留在摸摸手的初级阶段。杨伟塞给我一颗菱形的蓝色药片说，马上吃！我说什么东西？杨伟说，避孕药。我说，干吗？杨伟说，你不能留下后遗症，那是很麻烦的。我说，不知道有没有机会呢。杨伟说，笨蛋，今晚就是最好的机会。我反复翻看躺在我手心的药片，怀疑地问，不会是春药吧？杨伟说，春药我才舍不得给你呢。我就把它吞进肚子里了。过后我才知道，那真是春药。

那夜，怎么和红桃吻起来的，我不记得了，总之很慌乱很粗糙，直到现在，我也说不清那种吻的滋味。杨伟的药物和教唆在我体内进一步膨胀，我浑身燥热难耐，脑子里不停地回旋着拿下她的念头。我双手在两座充满弹性的小山包上颤颤地搓着，红桃激动得喘不过气。她甚至有些瘫软了。但我把手探向她的内裤时，她却很清醒地把我的手拉了出来，我再次探过去，她再次拉出来。我继续进攻，她顽强抵抗，我们甚至像打架一样扭在一起，气喘吁吁，汗水淋漓，最后终于还是分开了。她双眼血红地说，你怎么能这样？这样做怎么行呢！我说我真的很想，我从来就没试过，我真的很想试。她说不行，没结婚怎么都不行！我们又默默地坐了一会儿，我一直发抖。红桃说，你去外面睡吧。我又要抱她，她却不让，把我推出门后就把门关上了。

我垂头丧气地对杨伟说，反抗太激烈了，简直像强奸，我做不了！我做不了！说着我就把袖子捋上来给他看，手臂上青一块紫一块的。我说，都是你出的馊主意。杨伟说，放点蒙汗药。我说不不不，太卑鄙了。杨伟说，胆小鬼！你不上我上！杨伟说着就走出了门口，我赶紧把他拉了回来，骂了一句，癫仔！

那晚，我和杨伟睡在一张床上。第二天天刚亮，我就回到宿舍，发现门虚掩着，红桃已经走了，书桌上留下这样一张字条：谢谢你！

红桃回去不久，就寄给我一封信，还是那句我弄不明白的话：你为什么是B型？我没有回信，我很恼火，恼火她一离开就丢下这句我一直都弄不明白的话。又过了半个月，红桃又来了一封信，除了那句“你为什么是B型”，还加了句“为什么为什么为什么?”我怎么都想不通，B型血怎么啦？B型血的人有什么不可救药的弱点吗？为了解开这个谜题，我专门去书店买了一本叫《血型与性格》的书。这本书对B型血的人这样描述：事业心强，志向远大，锲而不舍，思想深刻，聪明敏捷，创造力强，无拘无束，正人君子，爱情至上，充满激情，爱家护子，随和亲切，开朗风趣……按照这些描述，B型血的人已经涵盖了人类的绝大多数优点，简直无可挑剔。可红桃为什么老埋怨我是B型？我心里迷茫得像起了一团雾。

中秋过后，我下到县里。红桃随卫生工作队下乡去了。听说是过两天就回来，但我等了三天，也不见红桃回来。局里有急事叫我，我就不再等了。回来后，我心里很矛盾，时而想我要去见她，时而又想我再也不见她了。没过多久，我又稀里糊涂去到县里。听说红桃休假去了，过几天就回来上班。我去老家找她，她根本就没回老家。我又回县城等了她四天，也等不到她回来。就像以前每次失踪一样，我怎么也找不见红桃，红桃就像一团水汽，突然就蒸发得无影无踪。我很懊丧，回来上班也心不在焉，心里总想着，B型血的人会对红桃有什么伤害？她干吗老是那样质问我？干吗老躲避我？我一定要弄清这些问题。我再次来到县里，打听到红桃在门诊楼上班，下班前我就到中医院大门口等她。过了下班时间十分钟，还不见红桃出来。我在大门外面焦急地走来走去，不停往门诊楼上张望，几次想上楼去又打住了。这时下了一阵大雨，我冲进门诊楼大厅时身上已湿透了。我站在门边抹干头上和脸上的雨水后，就两手交叉在胸前站着。雨水的冰凉使我微微发颤。红桃终于下楼了，粉红的连衣裙把她装扮得像一朵灼人的桃花。我差点就迎上去拉她的手。但我很快就看见，她身边还有一个起码比我高出十公分的小平头男人。他们旁若无人地手牵手走了下来，根本就没有觉察我的存在。然后，他们合撑一把雨伞，勾肩搂腰地走进了雨中……

雨雾一层又一层地封锁着我的视线，我的世界模糊了，我什么都看不见了，红桃被雨水淹没了，完了。

回来后好长一段时间，我的脑子里一直回旋着这样一个卑鄙的念头：红桃再来找我时，我一定要占有她，非要不可！我总希望，红桃能像前几次一样，不知什么时候就突然又一次出现在我面前，不管什么目的，不管什么方式，哪怕见了一面她又马上消失。然而没有，一直没有。我很痛苦，我不停地写诗，写失恋的诗。在一首叫《山》的诗里，我这样痛苦地倾诉道：山啊，你默默地矗立于我的四周／封闭去向／你，以流泉叮咚愉悦我／以青丝雾霭，挑逗我／然而我，始终无法穿越你的存在……痛苦出诗人。自古以来，最美好的爱情诗词都是得不到美好爱情的人写的。然而一首首发表在市报上的情诗并没给我带来多少轻松，只能加剧我心灵的痛苦。

星期五晚上，我在宿舍里痛苦地作诗。甜柔的笑声从杨伟的房间里飘荡过来。我听得出，是两个女孩的笑声。笑声像抒情歌曲一样绵软、勾人，让我的痛苦软化，让我的诗意消失。我双手托着下巴，对着窗外凝神，细细品味着时隐时现的笑声。不久，杨伟和两个女孩出门了。一个女孩说，住你隔壁的是谁呀？杨伟说，一个呆子，一天到晚就写那些没人看的狗屁诗歌。女孩说，写诗好啊！杨伟说，好个屁，这年代只有神经病才写诗。女孩不出声了。

第二天吃晚饭的时候，杨伟对我说，今晚跟我去舞厅。我说，做电灯泡？杨伟说有这个意思。我说昨晚那两个？杨伟说，你怎么知道？我说，我可听见你当着人家的面损我呢。杨伟说，对不起，我是无意的。那两个姑娘里有一个是我至今见过最漂亮的，无论如何，我要把她搞到手，娶她为妻。我说，在你的心目中，开始见面的时候，哪个女孩不被你计划娶作妻子，但到头来还不是玩玩而已？杨伟说，这次不一样，这次我是认真的。我说鬼才相信。

晚上，我和杨伟陪那两个女孩去舞厅。找定座位之后，杨伟指着一个漂亮女孩介绍说，这是玉静，玉米的玉，安静的静。我心里咯噔一下。杨伟接着介绍另一个长相普通的女孩，我知道她和我一样，也是来做电灯泡的。借着迷离的彩灯，我判断得出，眼前的漂亮女孩就是教育学院的学生玉静，我曾和她面对面坐了半个小时。前段时间，我还经常看见她在文化宫里教一帮老奶奶跳国标。四人当中，只有我是舞盲，我始终坐在旁边看。玉静和杨伟跳了几曲，就说累了，不想跳了，杨伟只好和另一个女孩跳。我和玉静坐着闲聊。我问玉静，认得我吗？玉静看了我一眼，摇头说不认得。我说我们见过面。玉静说，真的？在哪儿？我说反正见过——你在哪儿上班？玉静说总工会。我瞪大了眼睛：什么时候去的？玉静说前个月。我说以前呢？玉静说，我以前也在总工会。我抢着说，这两年你去市教育学院进修了吧？玉静吃惊地说，你怎么知道？这个时候她仍想不起我。我感觉有点悲哀。我耸了耸肩，镇定地说，你经常教一帮老奶奶跳舞。玉静说，你怎么又知道？我说，猜的。玉静说，哇，你真够眼力。我说你怎么不跳？玉静说，在这里跳舞，来来回回就那几步，重复啰唆，单调乏味，好烦人的。我说那平时你怎么教人跳？玉静说，不一样，那是工作，工作由不得你喜不喜欢，你说是不是？我点点头。我们两人默默地对望了一眼。玉静说，听说你很会写诗？我说，谈不上会，只是一点小爱好。玉静说你别谦虚了，其实我也很爱诗的。我说，像你这么漂亮的女孩竟然爱诗，真是少见。玉静说，爱诗有什么不好？诗能陶冶性情，让人有韵味。这晚，我们从诗里谈到诗外，聊得很默契、很开心，没完没了。

回来后，我一直在想，当初我和玉静面对面坐了半个小时，她竟然一点都记不得我，我真的这么不起眼？我很快又找到了一个说服自己的理由，舞厅的灯光实在太暗了，人家怎么能看得清呢？谁知道，后来在大白天的时候，玉静也说从来没见过我，看来我在她心里真的没留下任何痕迹。不过这个时候，这个问题已经不重要了。

杨伟背着手，垂头丧气地在宿舍外面的走廊里走来走去，走得我心火上扬。我说有毛病啊你？杨伟沮丧地说，我失恋了。我说，你这种人也会失恋？杨伟说，真的，我对女孩从来没有这么好的感觉。我说谁？杨伟说，玉静。我说继续追呀。杨伟说，她不会理我了，我完了！全完了！我问，为什么这么说？杨伟没说话，只是不停地摇头，很无奈的样子。

我是在杨伟宣布失恋的第三天晚上，开始启动我和玉静的爱情的。那天，人事局和总工会搞了个迎“五一”的联欢会。所谓联欢就是座谈一下，喝一下，唱一下，再跳一下。等到跳的时候，我和玉静就跑到一个幽暗的角落说话。我们不停地聊，什么都聊，无拘无束，开心自然，联欢会散了我们都不知道。那天晚上，我睡不着，总想着玉静，纯净地想，美滋滋地想。这种思念经过连续几次约会之后变得愈加浓烈。有天晚上，在送玉静回家的路上，看着她诱人的身影，我心里立刻制定出了拥抱玉静的计划：先伸手搭在她的肩上，如果她没有太大的反抗就勾着她如雪的颈项，再没有反抗就彻底把她搂住。但计划最终化为泡影。当我的右手搭在玉静的肩上时，玉静躲闪到了一边，差点跌进臭水沟里。玉静惊慌地说，你想干……干什么？我说，不……不干什么，你肩上有一只小虫，我想把它弄走。玉静喘喘地说，哎呀我的妈呀，我以为你要抱我呢。我说没有的事，真的，没有的事。说这些话时，我身上在发抖，冒冷汗。

回到家不久，玉静就给我打电话，说了我的手搭在她肩上的事。她说当时她害怕得要死。我说，要是我真的抱了你呢？她说那你就吃我一记耳光，然后你就再也见不到我了。哇，好险！我身子瑟缩了一下。玉静告诉我，她本来也不是很讨厌杨伟，但他太流氓了，才认识两天，竟然在送她回家的路上把她抱住，摸弄她，吻她。

天啊——难怪杨伟说他完了。我差点犯了同样的错误。我对玉静说，我不是那种人，你要相信我。玉静说，我相信你不会，我最看重你就是这一点。

从这天晚上起，我开始和玉静在网上聊天，有时是半个小时，有时是一个小时，聊单位里的事，聊自己的事，反正聊什么双方都觉得有趣。要是哪天晚上没在网上聊一阵子，就好像少了什么事没做一样，总睡不着。即使有约会的晚上亦然。难怪人家说是“谈恋爱”，谈好了才恋，恋多了才爱。我真想不通，当初我和琴一个晚上说不上十句话是怎么熬过来的。因为杨伟和单位的缘故，我和玉静约定：不到对方宿舍，不让任何熟人知道，秘密来往。因此，我们约会的地点，也都选择小桥下足球场树林里之类很僻静的地方。玉静说，像地下党一样秘密来往。

这时，我收到红桃的一封信。她说，县中医院要与县人民医院合并，她可能会被分流到乡下，看在老乡的面上，请我再帮她一把。如果她说看在我们曾经相爱的份上，说不定我就跑去县里找她了，就会有什么故事发生了。但她却说是看在老乡的面上，这说明以前她对我的情意全是看在老乡的面上，是施舍给我的。我表错情了，我自作多情了。我把信揉作一团，随手扔进垃圾桶里。过了几天，红桃又给我来信，她简直是在求我，说如果我不帮她她就完了，就死了！这样的信红桃连续写了五封，信笺上印着斑斑点点的泪迹。我有些心疼她了。我开始萌发出帮她的念头。可我怎么帮她？我自已跟县里说？没有用的，说了也白说，人家根本不理会我这种小科员。跟我们局长说？绝对不可能了，上次进县中医院就找了他，再找他是什么意思？没有门路，真的没有门路了！再说了，有事的时候她就不停地来求我，用笑脸来收买我，没事的时候就不理我，连影子都不给我看见，还把那句我永远都弄不明白的话丢给我，让我烦，让我痛苦。我为什么要帮她？

我到省城学习一个月，与玉静通了两次半个小时的长话后，发觉耗资太大，快支撑不住了。怎么跟玉静保持联系？我好为难。这时玉静却提出了一个新颖的联系方法，发短信。那时一条短信才一角钱，不贵。于是，我们两人就疯狂发短信。开始是问一些各自的情况，到了后来，就说到了思念。思念又变成了简单的两个字：想你！信息发出后，我心里好怕，怕玉静骂我。不出一分钟，信息就来了。想你！这两个字就像玉静两只水盈盈的眼睛在我面前扑闪着。与玉静相处了这么久，终于迎来令人神往的两个字，我感到了一种麻酥酥的幸福。我无心上课了，把来信息的声音调为静音，然后放在桌面上，眼睛定定地盯着。一有信息显示就甜滋滋地阅读，又甜滋滋地回复，然后再等待，再回复。大约过了一个星期，玉静在短信里称我作阿兵，我唤她作阿静！我们你来我往，反反复复地传递着这两句亲密无间的呼唤。

我突然接到玉静的电话。玉静说，做个游戏怎样？我说什么游戏？玉静说，一个星期不联系。我说我顶不住。玉静说，你要给我顶住，不准犯规哦！没等我反应过来，电话就挂了。我心里怪怪的。过了一阵子，玉静又来电话。现在是星期六下午五点，记住，下个星期六下午五点见，说不定到时我会突然站在你宿舍门前，你可别晕倒哦！电话又挂了。我拿着话筒愣得不知所措。特别是最后一句，让我又激动又摸不着头脑。

这个星期都是上枯燥的理论课，有一半以上的人打瞌睡，或者看生活类故事类的报刊。而我却在甜蜜蜜地想着玉静。有几次，我拿出手机输入了“想你”之类的话，也输入了玉静的手机号码，但最终都没有发出去。说好了的，不准犯规。星期六，学员们都出去玩了，明知下午五点才能与玉静联系，我却苦苦地等着。一起床我就开始看表，一直看，看时间一分一秒地过去。吃了中午饭，我想好好睡一觉，但怎么都睡不着，玉静的身影总在我眼前晃来晃去。到了三点钟，我上街遛了一圈，东看西看，心不在焉，有几次过马路时还差点撞到车。下午四点没到，我就匆匆赶回宿舍。洗澡刷牙，干干净净地等着玉静的信息或电话。到了四点五十分，手机的话筒符号闪动了，接着重复闪动着数字，是省城的号码，肯定是老同学请吃饭，无论如何不能接，一接上就不好推脱了。这个电话重复响了两次，我仍不接。到了第三次，我不小心接通了，一听，竟然是玉静的声音。我喊了一声天啊——怎么是你，你在哪儿？玉静说没吓晕你吧？我到省城了。我说你说什么？玉静说，我——到——省——城——了——我的天啊，她真的来了！我说不出话了。想起玉静上个星期六下午五点说的那句话：说不定到时我会突然站在你宿舍门前。天啊，她真的来了！我的手抖得手机都掉在地上。我把它捡起来贴近耳边。我听见玉静清脆甜蜜的声音：刚才是什么声音？你怎么不说话？你在做什么？我说我太激动了。玉静说，别忙着激动，我在百货大楼门口，快点过来哦。我赶紧换上衣服，打了的士去百货大楼。下了车，我看见穿着紫色连衣裙的玉静站在百货大楼门口，亭亭玉立的样子。我冲到她面前，喘得无法站直。玉静看着我，掩嘴笑个不停。我说你笑什么？她仍笑个不停。她说，你这人真逗。我说我怎么啦？玉静指着我身上说，你看你看。我一看，就惊住了。我竟然把衬衣穿反了，还扣错了扣子。

那晚，我们在茶庄喝茶。玉静说你猜猜，我来干什么？我说来看我呗。玉静说想得美，我才不想看你呢。说着，玉静温柔地对我笑了一下。又说，你猜呀！我说猜不出。玉静说，我也是来学习的，省总工会办的培训班。天赐良机！我说如果不是学习，你会来看我吗？玉静对我做了一个鬼脸说，不——知——道！茶庄里灯光迷离，钢琴曲抒情而优美。我们一边喝茶，一边说话，不知不觉就到了十二点。送玉静回总工会培训中心时，那里刚好停电。看着玉静在月光里温柔袅娜的身影，我真想拥抱她，几次把手伸出去，又缩了回来。差不多到玉静的宿舍时，我下决心拥抱她，我刚想伸出手，玉静却转身回来，伸手给我，我把那手握住。你回去吧。玉静说着就把手从我手中抽了回去，然后就上楼了。我还站在楼下痴痴地望了好久。回到宿舍，收到玉静的短信：今晚真幸福，做个好梦吧。我也回了她一条短信：谢谢你，给了我这么美好的夜晚！

这一天是4月21日。

我无法入眠。于是，又给玉静发短信：21。

我很快收到玉静的信息，同样是“21”。原来玉静也睡不着。我很想打电话给她，但我不敢，因为宿舍里还有别人。只好一遍一遍地发短信。21——2121——212121——21212121……一次比一次加多字数，别的什么都没有。怕来信息的声音太响，吵醒同宿舍的那位老兄，一发完短信，我就把手机塞进被子里，等来了信息又拿出来看。

“21”从此成为我们呼唤对方的代码。

从省城学习回来，办公室的同事一脸激动地对我说，你的桃花运来了。我以为他知道了我和玉静的事。我有些不好意思。但我又觉得，我和玉静的事，他不可能知道，也没有人知道。我和玉静一直秘密来往，我们的爱情就像野地里悄悄开放的花朵，无人知晓。我对同事说，真的？谁呀？他说，来找你好几次了，她没说她是谁，反正很漂亮。我说她留什么话了吗？比如电话号码、通信地址？同事说，没有。她每次来，听说你不在就一声不吭地走了，很着急的样子。我感觉得到，她和你一定很熟，难道你不知道她是谁？我说不知道。我真的不知道，这个一而再再而三找我的漂亮女人是谁。难道是红桃？不可能，她不可能再来找我的。

早上，我还没睡醒，杨伟就来敲我的门。我说一大早的吵什么？杨伟说，有人给我介绍了一个女孩。我说，你这种人还要人介绍？杨伟说，只要有好女孩，介绍又何妨？女孩在贵阳，那人对我说，女孩好清纯，冲着清纯二字，我要去会会她。我说，你这种人，好像没有什么理由在乎人家清纯不清纯。杨伟说，跟你说也是白说。先借我一千块钱，我马上要赶路。他的口气总是这么理所当然，好像我是他的出纳员，说要钱就有钱。我说我哪有那么多钱？上次你借的两千块还没还我呢。杨伟说我什么时候借两千块？我说你不记得了？杨伟摇摇头说没有印象。我说水泥厂那女孩来的时候。杨伟抽了自己一记耳光说，你看看我这猪脑袋，你不说我都忘了。哎——喝酒把脑子都喝坏了！放心吧，我不会耍赖的。我说，我不是那个意思，我现在真的没那么多钱。杨伟说你有多少？我说五百。杨伟说五百也行，快点呀。我从抽屉里拿出了五百块钱给他。拿了钱杨伟就说，一回来我马上就还给你！这句话我记得上次借钱他也讲了，可他不但没还，而且还忘了呢。

杨伟出门后的第三天早上，我还在睡觉，突然听到杨伟房间开门的声音，我以为是小偷，赶紧出来看，竟然是杨伟。我问他，这么快就回了，见到清纯女孩了？杨伟说真是见鬼了，什么清纯女孩，比我还主动！我扑哧一笑，说，你这种人，也配找清纯女孩？杨伟说，你可别损我，清纯女孩是我一贯的追求。你知道我为什么一直不结婚吗？就是因为没碰上清纯女孩。我不能把自己的终身大事托付给那些一见面就可以上床的女人。我说，厚颜无耻！

玉静又去外地学习一个月。一天晚上，她打电话给我，让我写一首关于我和她的情诗传给她，说是诗朗诵比赛要用。我说你一点痛苦都不给我，我写不出呀。玉静说，写不出我马上让你痛苦！电话就挂了。没有痛苦我真的写不出诗。我使劲地想玉静，想我想见又见不到的玉静，想玉静在外地有了外遇我怎么办——要真那样我就完了！好像玉静真的离开了我一样，我开始痛苦，越来越痛苦，我泪如泉涌，我痛不欲生。我这样写道：没有约定，也不承诺/仿佛天天分离/却又永远厮守/因为你我心里都守候着/一片真情，一束问候/相去十分遥远/仿佛又在眼前/我只期盼明天/风儿更轻，云儿更柔/花儿更艳/明天不会遥远/当你看到天边/美丽着第一朵云彩/那就是我/一夜的思念。把这首叫《距离》的诗分成两条短信发送给玉静后，我陷入了与玉静离别的哀伤之中。这时，一阵猛烈的吵闹声打断了我。我听得出是阿瑛的声音。阿瑛尖利的骂声像一把尖刀把我的思念割成碎片。

阿瑛说，杨伟，你这个野仔！

真没想到，那么温柔的阿瑛，骂起人来竟然也这么波澜壮阔。

杨伟说，你温柔点行不行？

阿瑛说，你妈才温柔呢！你说说，你到底想怎样，玩过就算了?

杨伟说，难道还要我娶你?

阿瑛说，当初你是怎么说的?

杨伟说，我说过要娶你吗?

阿瑛说，你说你爱我，而且只爱我一个，我是冲这句话才跟你的。

杨伟说，不错，当初我是说过这样的话。爱就一定要结婚吗?再说，我现在又不爱你了。

阿瑛说，你……

杨伟说，我什么啦?我有爱的权利，也有不爱的权利。

阿瑛说，我告诉你，我的第一滴血让你弄去了，你要是赖账，我可要你血债血还。

杨伟说，别说得那么可怕，你自己送货上门，又不是我逼你。

阿瑛说，你这个流氓，我到法院控告你欺负良家妇女。

杨伟说，你这种人，叫床像母猫叫春似的，也算良家妇女?

阿瑛说，杨伟你这个大流氓，欺负我还诬蔑我。我跟你没完!我跟你没完!

接着我听到一阵噼里啪啦的响声，估计是玻璃杯之类的东西被砸在地上。之后停了一阵又闹一阵，有时是人的骂声，有时是扭打的声音，有时是砸东西的声音。第二天一早，看见杨伟忙乱地收拾玻璃碎片，我笑着说，昨晚发生地震了?杨伟不语。我问道，这回可惹上情债了吧?杨伟气呼呼地说，什么情债，大家一起玩玩嘛，她却当真了。接着几晚，阿瑛都来和杨伟吵，吵得乱七八糟的，然后甩一阵东西就走了。这天晚上，阿瑛先把杨伟家里的东西砸得乒乒乓乓作响，然后说，你要赔我五万块的青春损失费。杨伟说，你的青春损失，我的青春就不损失？你赔我吗？阿瑛说，你无赖，不跟你说那么多，不拿钱来，你就去死！你一定死！杨伟说，我等着呢。

那首叫《距离》的诗被玉静拿去参加培训班举办的诗朗诵比赛，得了一等奖，为此，玉静奖励我一个额吻。

那晚我们正在小桥下恋恋不舍，玉静对我说，把眼睛眯起来。我说干吗？玉静说，人家要你眯起来嘛。于是我就眯起眼睛。很快，我就感受到玉静温暖湿润的嘴唇轻柔地碰了一下我的额头。我眯起眼睛享受。睁开眼睛。玉静说。我睁开眼睛，看见玉静望着我甜甜地笑。玉静说，谢谢你给了我那么美好的诗歌。我说，怎么谢呢？玉静把眼睛闭了起来。我用嘴唇轻轻地碰了一下她的额头。我很激动，嘴唇有些打战。我的嘴唇开始缓缓往下移动，想扩大一些范围。玉静却把我推开。玉静说，不准越界！不准越界！我说我要越界！玉静说，不理你了。我就不敢冒犯了。那天是7月25日。回来后，我马上给玉静发出一条短信：2521。玉静很快又还给我一条短信：2521。

商兵，商兵，救命……救我！深夜，我突然被一阵断断续续的呻吟声叫醒。我赶紧下床，披上衣服跑了出来。借着路灯的光亮，我看见一身脏兮兮的杨伟躺在地上。我说怎么会这样？杨伟呻吟着，说不出话。一阵浓烈的酒臭味袭进我的鼻孔，我打了一个喷嚏。我把杨伟扶进房间，平放在床上，用湿毛巾给他抹脸，然后敷在他额头上。过了一阵子，杨伟醒了，喊叫着疼死我了！我说哪儿疼？杨伟说，腿。我把他的左腿抬了抬。杨伟就大声地叫着：哎哟——断了！我看见杨伟的小腿发肿乌黑，赶紧把他送到医院，检查后确诊为小腿骨折。杨伟说，昨晚，阿瑛她哥和一帮人追杀我。我望着他无奈地摇头。

杨伟在医院里待了一个月，我像亲兄弟一样侍候他。

周六的夜晚，因为下雨没地方去，玉静破例让我去了她宿舍。

玉静的宿舍只有一张书桌和一把椅子，整洁素雅，暗香浮动。我们挤在椅子上，翻看玉静的报刊剪贴本。是大十六开的，有两寸厚，里面贴满了各式各样情感类的诗歌和短文。我说，你最喜欢哪篇？玉静指了指目录上那首叫《不要总是问我》的诗，还陶醉地念了出来：亲爱的 / 不要总是问我 / 下一次见面的钟点 / 不要总是对着某一棵树发愁 / 在分手的时候 / 既然你的芳草地已涂满阳光 / 既然你已是我的风景 / 亲爱的 / 想来就来吧 / 爱，不受时光阻拦 / 无论是梦醒的午后 / 还是迷离的黄昏 / 我的大门时刻为你开放 / 每一朵甜笑都在等待 / 你的芬芳。玉静刚念完，我就说，这首诗发表于某年某月某日的市报上。玉静说，你怎么知道的？我站了起来搂住她说，你知道这首诗是谁写的吗？玉静说不知道，作者的名字我没抄下。我说，是我。她迷惑地看了看我，说，真的是你？我说真的。玉静挣脱出我的怀抱，做出一副凶恶的样子，扯着我的耳朵道：你老实交代，给谁写的？我说，你。玉静说骗人，那时你又不认得我。我说那时我们已经认识了。玉静松开扯着我耳朵的手说，你乱说，没有的事。我说真的。这首诗确实是张阿姨介绍我去见玉静回来的那个晚上写的。那晚我痴痴地想，我已经拥有美好的玉静了！

事实上，那天玉静连看都不多看我一眼，我只有用这么幼稚的诗歌来表达我的单相思。我翻开玉静的剪贴本，发现里面起码有十首以上的诗和散文诗是我写的。我一一指出来，玉静的眼睛就亮晶晶地网住我：哇，真没想到，你有那么多的爱情！我说，如果不包括你，那一个都没有。但我失恋过。失恋就会收获情诗。玉静说，这不矛盾吗？我说，这就是诗歌。玉静定定地看了我许久，说，以后你再也写不成诗了。我说为什么？玉静轻轻地搂住我的头，小嘴暖润地附在我耳边小声说：因为我不会让你失恋了！我说，你可不要后悔哦，我是B型血，很可怕的。玉静推了我一下说，莫名其妙！

杨伟对我说，他要到桃李乡任副乡长，是组织部挑选的，他们要从市直机关中挑选十名优秀青年干部到乡镇锻炼，重点培养。杨伟首先在饭店里宴请了包括我在内的十几个好友，郑重其事地宣布了这件事。接着，这些朋友轮流做东请他，一个晚上一餐。杨伟每个晚上都带着不一样的女伴，而且她们都很漂亮，只不过有的年纪大一些，有的年轻，杨伟并不介绍那些女伴是他的什么人，也不介绍她们的名字。吃到第十五餐时，杨伟突然宣布不下乡了，说是组织部又取消了这项安排。我们非常恼火，这个家伙分明是在骗我们吃饭。

晚上，杨伟歪歪斜斜地跑来找我借两百块钱。他已经醉得都无法站稳了。我说干吗用？杨伟说有急用。我说没钱。杨伟问，你真的不借？我说真的没钱。杨伟骂了一句就跌跌撞撞地走了。第二天一见面，杨伟又骂道，你这种鸟人，借两百块钱好像要了你的命似的。我非常恼火。杨伟每次都是酒后跟我借钱，三百五百的，我每次都给，而且他都忘记了，从来就没还给我。唯独这次没借给他，他却记得那么清楚，我能不恼火？但我还是平静地说，我真的没钱了。杨伟说算了算了，别为几个钱伤了兄弟和气。

杨伟没去当桃李乡副乡长，却被单位派到桃李乡去支教。从此，我旁边的宿舍冷冷清清的了。一个月后，杨伟精神抖擞地回来。我说，看来乡下的生活真是不错啊！工作忙吗？杨伟说，一点都不忙。我说，你又不会上课，去那里做什么？杨伟说，挂任乡中学副校长，虚职，不用上课，也没有特别的任务，需要的时候，就和校长去跑点项目，争取资金，而且次数也不多。我说，你很清闲啊。杨伟说，也不是，我也很忙啊。我说工作那么少你忙什么？杨伟说恋爱。我说恋爱？这个词语好像不属于你。杨伟说，不瞒你说，我跟乡卫生院一个叫虹逃的护士好上了，真是好苗条好秀气啊，谁见了她都会被迷住。

以后每次回来，杨伟都向我描述虹逃如何如何好，如何如何迷人，弄得我心里更想玉静了。

好几天都找不见玉静，发短信她不回复，打她手机也只听到机械的提示：您所拨打的用户不在服务区。她就像当初红桃一样，说消失就消失，找不到了。我甚至怀疑，我说出我是B型血后，玉静才逃跑的。B型血真有这么可怕？我陷入了与当初红桃离去时同样的痛苦之中。

但我很快接到了玉静的电话：你猜我在哪儿？我说外地。她说外地什么地方？我说北方。她说，不对，在南方，你猜在哪儿？我猜了几次都不对。她说不理你了。说着就把电话挂了。没等我反应过来，她又打电话过来了：罚你明天到省城接我。

我还没答应，她又挂了电话。

第二天一早我就搭快巴去省城。一见面我就责怪玉静，出来这么久，你怎么都不告诉我一声？玉静说，你不是需要痛苦吗？痛苦出诗人啊！这可是你自己说的。我说，你也太残忍了。玉静说，吃饭去，我可不是叫你来诉苦的。

那晚，我们站在滨江岸边久久地拥吻。这是我们第一次拥抱、接吻，我们越来越兴奋，感觉像飞翔一样。虽然以前我与红桃有过一次亲吻，但太匆忙太粗糙，我一点感觉都没有。我与玉静的吻是渴望已久的，加上有了电话、短信、网上亲吻的铺垫，因而吻得亲切、自然、痴迷、沉醉。我试探着把手从玉静的衣领处伸进去。玉静坚决挡住。我说我好想好想。玉静说，想归想，但你记住，在结婚之前，你的活动范围只限于脖子以上的部位。我说，你太保守了。玉静说，保守是女人的财富。我向她伸出弯成钩状的食指。她说干吗？我说钩手。她说钩手干吗？我说，不能变心。她说钩手就不会变心？我说嗯。她说，我不会钩手的，钩手说明我们对这份感情还不放心不信任，真心相爱为什么要钩手？我惊讶地说，哇，真知灼见，没看出来呀。玉静娇嗔地说，不理你了！

这天是10月9日。从这天起，我们的代码增加为：92521。很多时候，我们发短信就只发这个数字。

支教要结束时，杨伟回来了一次。一回来他就从早忙到晚，也不知道在忙什么，反正每次回来都是醉醺醺的。忙了一个星期，他就不忙了，整天蹲在宿舍门口愁眉不展。我一问才知道，原来是在发愁虹逃调动的事。为一个女人这么认真这么较劲，对于杨伟是第一次。她到底是什么样的女孩？我问杨伟。杨伟说，见了你自然知道，见了你就知道什么叫好女人！

虹逃答应和杨伟结婚的条件是：把她调进城里。这几天杨伟就是为她进城的事情请医院的领导喝酒，总共请了三次。第一次，花了八百元，他们答应考虑考虑。第二次，花了一千元，他们答应研究研究。第三次，花了一千五百元，他们说需要再等一等。我说，再等一等就是等着看你还有什么表示。杨伟说天啊，那还得放多少血？我说都请了谁？杨伟说，卫生局一个副局长，医院一个副院长，还有几个科长。我说病急乱投医。杨伟说还有什么门路？我说，要我帮忙吗？杨伟说你不要吊我的胃口了，我都已碰得遍体鳞伤了。我说，你能不能带她来让我见一面？我不见人怎么知道值不值得帮。杨伟说，在办好进城手续之前，她是不会跟我进城的。我说，她成了你的人了？要是以前，这种话应该是杨伟问我。杨伟摇摇头。我说为什么？杨伟说，她不给，她说结婚之前死都不给。杨伟咂吧几下嘴巴，又说，冲着这一点，我一定要娶她。杨伟又说，你一定要帮我，我不会看错人的。我说试试看，不一定起泡。

我找了我们局长，我说虹逃是我的女朋友，恋爱几年了都不敢结婚。局长说，是不是前两年我帮说情的那个表妹？我想都没想就瞎说正是她正是她。局长您记性真好。局长说，都这么久了还不结婚，你小子搞抗战？我说，调不进城，她不结婚。局长说你们这些年轻人啊，又想浪漫，又要实惠。局长沉思了一下说，好像当时她不叫这个名字？我说改名了，真的，现在很多人都改名。我自己都惊讶，说这些谎话时，我竟然一点也不害臊。局长说好吧，为了这杯喜酒，我帮你！

一个礼拜后，局长拿调动通知单给我时，拍拍我的肩膀说，好好把握住啊！小伙子，我等着你的喜酒！我说一定一定，谢谢局长，谢谢局长！我把调动通知单转给杨伟时，也学局长说的那句话：好好把握住啊！小伙子，我等着你的喜酒！谁知他不但不谢我，竟然还反问我，你没骗我吧，哪有这等便宜事？我说完了完了。他反复看那张调动通知单，然后紧紧拥抱我，声音发颤地说，亲兄弟啊亲兄弟！

每晚入睡前，我和玉静都要用电话或短信“亲吻”，虽然只是虚拟，但我们却感受到那种吻的缠绵、温馨、震撼，简直跟真的一样。我们一边用嘴唇做出轻吻、绵吻、深吻、热吻、狂吻的响声，一边轻柔呼唤对方：阿兵——阿静——阿兵——阿静——这种吟唱似的呼唤，让我们如痴如醉，缠绵无比，于是夜晚变得更加迷离美好。

虹逃来人事局报到那天，我和她见面时都大叫了一声，天啊，原来是你呀。杨伟也很惊讶。怎么？你们认识。我说，不不不，只见过面。

这个虹逃就是那个多次问我为什么是B型血的红桃。我骗局长的那些话竟然都是真的。两年没见，她还是那样漂亮，一点都没变。我指着杨伟对虹逃说，你要小心呀，这个家伙也是B型血。虹逃顿时满脸绯红，头低了下来。杨伟傻头傻脑地问我什么意思？我说你不会知道的。杨伟指着我对虹逃说，没有他，你一辈子都进不了城！虹逃的脸就更红了，像炭火烘过一样。

当年抛弃我的女友一转头成了杨伟的未婚妻，而且是冒充我的女友才调进城里的，还马上就要住在我的隔壁，我有些受不了。虹逃进出杨伟房间时，我内心烦躁不安。我背着手在房间里来回转圈，甚至用力踢着椅子和墙根。虹逃心里肯定也不好受，她每次见了我都脸红，红到脖子根。后来她干脆低下头，尽量回避我。

开始的时候，我十分痛恨杨伟，他竟然勾引我以前的女友，还求我把她调进城里，简直是欺人太甚！但我很快就不恨他了。我的女朋友玉静不也是他带来的吗？真不可思议啊！我觉得我们四人命中注定要搅和在一起。没有杨伟，我也许再也见不到玉静。同样，没有我，虹逃也许就进不了城，那杨伟还有什么指望？我们四人，就像那些连锁店一样，既分开经营，又密不可分。

关于我和虹逃的事，杨伟永远也不会知道了。

杨伟和虹逃即将登记结婚的某天晚上，阿瑛突然冲进杨伟的宿舍。阿瑛披着一头散发，一边砸东西一边骂道，看你还糟蹋良家妇女，看你不负责，你这个野狗，你这个流氓……骂人的话尖刻刺耳，杨伟目瞪口呆，一句话都不敢说，虹逃也躲在边上缩成一团。

对于虹逃的离去，杨伟有足够的理由说服自己，他甚至自我安慰地说，如果没有阿瑛，如果阿瑛不出现，虹逃是不会离开他的，绝对不会的！而我却怎么也找不到红桃离我而去的理由，她只留给我一个至今也无法找到答案的问题：你为什么是B型？

杨伟整天阴着脸，从房间里进进出出，有时是唉声叹气，有时是乱踢墙角。杨伟失恋了！当初玉静不理他时，他说他失恋了，其实只是单相思，但这次杨伟是真的失恋了。这可能是他第一次失恋。他被弄得面呈菜色，精神恍惚，最终导致了一场严重的车祸。

那段时间，杨伟一直想着虹逃的事，上班想下班也想，怎么都想不开，终日神思恍惚。那天，杨伟和档案局的一个同事各驾驶一辆摩托车去一个企业整理档案。驶下一个山坡时，杨伟突然想起了虹逃，虹逃迅速在他脑海里扩张，很快就把开车的事淹没了。杨伟连人带车飞下了山崖。值得庆幸的是，杨伟挂在一棵树上，那棵树救了杨伟的命。

我到市医院时，杨伟正躺在床上，头上裹着一层白布。医生私下跟我说，杨伟头部受伤，内伤外伤都有。我说脑子没有问题吧？医生说，现在还说不定。我伸出一个巴掌到杨伟眼前，问他，这是什么？杨伟说，手。我说几个手指？杨伟说五个。我说没有问题，脑子正常。算你命大！

杨伟刚出院，就有一帮人来催他还债。但杨伟要钱没有，要命有一条。他们当然不会要杨伟的命。

杨伟从档案局借了三万块钱，申请停薪留职，办了个采石场。采石场在离城市一百公里远的地方，那里正在兴建一条二级公路。杨伟买了两台碎石机，请了四个民工，不分白天黑夜地干。那天，我去工地找杨伟。工地上机器轰鸣，白花花的石粉满天飞扬，几乎看不见干活的人。我一直捂着鼻子到处寻找杨伟的人影，找了十几分钟才找到。杨伟浑身上下沾满了石粉，头发和眉毛都变白了。我说，你想钱想得发疯了，这么苦的活你都做，效益好吗？杨伟说，按卖出去的石料计算，应该赚了不少钱，但那个买石料的工头总是不结账。

你请他吃一餐饭，他就给你一千，到头来，就等于白打工了，真他妈的不是人！说这话时，杨伟眼里盈满了泪花。

半年后，三万块钱变成了几堆卖不掉的碎石。档案局勒令杨伟半个月内还清借款，否则，按挪用公款论处。杨伟肯定还不起钱。正好那时档案局有一个下乡扶贫的任务，叫谁谁都不愿去，杨伟就主动要求下乡，这样他借的那三万块钱便可暂缓归还。

杨伟下到金山乡搞扶贫。金山乡十分偏僻，从市里出发，坐班车要花一天半时间。乡里共有二十五名干部，只有十套房子，一直不够分，两三个干部住在一个套间里是很正常的事。一个姓黄的乡干部摆出高姿态，主动邀杨伟到自己的套房住。这个套房有一间大房、一间小房和一个小厅，黄乡干夫妇住大房，杨伟住小房。乡里很照顾杨伟，给他挂了一个离乡政府只有两公里远的白马村。按要求，杨伟每个月要在白马村待二十天。但杨伟从来不住在白马村，那里也没有住的地方。他的任务是带领白马村脱贫致富。白马村的群众懒得出油，天一亮就像狗拉尿似的蹲在茅草房前，一壶接一壶地吸烟，要不就一帮人东一句西一句地瞎聊，什么事都不做。杨伟一下去，他们就说，没有米吃了，今年的救济什么时候到？杨伟说，你们就不懂得自己弄点收入？有人说，去哪儿弄？地那么少，吃土都不够。杨伟说，干吗不去外面做点工？他们说做什么工哟，累死人了，在家多好！还有人说，这人也真是的，我们懂得弄钱，还叫你来干吗？杨伟懒得理他们，整天在宿舍里睡大觉，只是按规定把那些报表填好了就完事。

黄乡干的女人没有工作，白天就弄点饭菜和洗衣服什么的，晚上就和黄乡干在厅里看电视。开始的时候，杨伟也和他们一起看，但后来杨伟就看不下去了，因为看到动情处，他们就搂抱在一起，杨伟只好出去。女人经常穿着薄薄的紧身衣，鼓着高大坚挺的胸在厅里走来走去，让杨伟难受。有天半夜，黄乡干出差在外，女人从卫生间里一出来，杨伟就把她截住，然后把她拥进自己的房间。杨伟刚剥开女人的衣服，黄乡干就冲了进来。他手里拿了一把白闪闪的菜刀，在杨伟额前晃动着。我废了你！我废了你！杨伟吓得夺门而出，躲进一块玉米地里。那晚接连下了几场大雨，冰冷凶恶的雨水把杨伟狠狠地收拾了一夜。第二天一早，杨伟偷偷去搭班车时，又被黄乡干捉了回去。黄乡干没再用刀逼他，而是像拎小鸡一样拎着他的衣领大声质问，公了还是私了？杨伟浑身战栗：公……公了怎……怎么样？黄乡干说，告你强奸！杨伟说私了呢？黄乡干说给两万。杨伟说求求你，放我一马吧，我没那么多钱。黄乡干说，没钱？没钱你还想私了？

虹逃邀我喝茶，我推托了两次，到了第三次，我却不再推托了。那晚，在茶庄里，我们没有喝茶，而是喝葡萄酒，喝得身心都热乎乎的。我说，当初我去县里找过你三次。虹逃急急地说，我怎么一点都不知道？你怎么都不告诉我？我说，第一次你下乡了，第二次你休假了。虹逃说天啊，真是阴差阳错！第三次呢？我说我看见你跟一个小平头在一起。虹逃小声说，对不起，很对不起！我说你们后来怎样了？我喝了一口酒，定定地望着虹逃。虹逃说，分手了。我脱口而出，他也是B型？虹逃沉默一下，又轻声地说，他是A型。我说为什么分手？虹逃咬着下嘴唇缓缓地摇头。我们沉默了一阵子。我望着虹逃说，你怎么把名字也改了？虹逃说，分流到桃李乡后，我伤心了，绝望了，真想马上死掉，像一道彩虹瞬间消失。我皱着眉，替她难过。虹逃抹了抹挂在眼角的泪珠，吸了一下鼻子，低头不语。过了许久，虹逃低声说，后来，我也来找过你几次，你都不在。天啊，那个多次来找我的漂亮女人真的是她！惊讶过后我说，对不起，很对不起！我们都沉默了。如果当时我在家，结果会怎样？我真不知道会有什么样的结果。我说，你为什么总问我：你为什么是B型？虹逃叹着气说，都怪我，全都怪我呀！我说为什么？虹逃只是摇头。虹逃定定地望着我说，你一直都没结婚？我点点头，说你不也是嘛。虹逃用一种不解的表情望着我。我说，今后有什么打算？虹逃说，不知道。我说其实杨伟现在已经变了，虽然以前他很花心，但他对你是真心的，绝对是真心的。我不知道怎么就给杨伟当起说客来了。虹逃说，你不用说了，我就是受不了，我就是无法容忍！虹逃气得胸口一起一伏的。氛围紧张起来了，我们没再说话，默默地嗑瓜子、喝酒，任由轻柔舒缓的音乐抚摸我们的情绪。

和虹逃再次去茶庄时，我们谁也没再提那些伤心的往事，只是随便聊聊家乡的事，小时候的事，单位的事。亲近，和谐，微妙，令人向往。有几次，我和虹逃的手都紧贴在了一起，我甚至还抚摸了一下虹逃的秀发。良好的氛围吸引我们一次又一次走进茶庄。我们在不知不觉中向着某个美妙的方向滑行。终于有一天，我退却了。我是到了茶庄门口才退回来的。那时，我收到玉静的短信：你已经有几个晚上离开服务区了，如果今晚再离开，你就永远离开了哦！我突然发现，我已经走到了悬崖边上！

杨伟东拼西凑才凑够了两万块钱。拿到了钱，黄乡干虽然没控告杨伟强奸他的妻子，但还是到档案局告发了杨伟在乡里的表现。档案局再次对杨伟提出严重警告：五天内不把三万块钱如数归还，则按挪用公款论处。杨伟又到处借钱。可杨伟怎么也没想到，他想尽办法把钱还给局里之后，局里仍然在年终考核时以生活作风有问题为由评他为“不称职”，将他作为分流对象。局里宣布这个结果后，杨伟连夜给纪委写了一封举报信，把档案局这几年在档案升级中接受各单位贿赂的事全部拱了出去。

去医院做婚检时我才知道，玉静竟然和虹逃一样，也是O型血。我很不安地问医生，O型血和B型血的人结合会有什么后果吗？医生说，O型血女性和A型、B型、AB型血男性结合，生出来的孩子可能有溶血，医学上叫ABO溶血。我的心提到了嗓子眼，急切地问，很严重吗？要不要紧？医生说，不要紧的，现在医学这么发达，女性怀孕时做好监测，必要时采取药物治疗就可以了。玉静把我拉到一边，一只手指按压我的鼻尖，凶巴巴地说，想得美吧你，我可不帮你生孩子！

玉静的话让我吃力地笑了一下。我积压在心中多年的困惑终于解开了，我明白了虹逃为什么几次离去又几次回归。虹逃最关心的不是爱与不爱的问题，而是爱以后的果实问题。我心里突然闪过这样的念头：如果我不是B型血，或者虹逃不是O型血，我和虹逃……

不容我多想，玉静已拉我出了医院。

杨伟被分流的第五天，我和玉静举行了婚礼，杨伟以及周围的人都惊呆了。人事局的同事调侃我是不是先结婚后恋爱。

张阿姨说，你小子可别忘了我这个大媒人哦！我只是笑而不语。那晚，在我们的婚宴上，杨伟喝得烂醉如泥，还一把鼻涕一把泪地哭开了。

新婚之夜，我对玉静说，其实，你还在教育学院读书时我就爱上你了。玉静说，瞎说！我说，你还记得张阿姨介绍的那个去宿舍见你的男人吗？玉静做沉思状，很快就说，我想起来了，我想起来了，是那个毛毛虫吗？我挠她的痒痒说，你竟敢说我是毛毛虫？看你还说我是毛毛虫！玉静喊道，我的妈呀，别弄了，我投降好不好？我停了下来。玉静说，我真的一点印象都没有，那时很多人都给我介绍对象。这句话我一点都不觉得奇怪，当初，红桃离开我的时候，人事局的同事也介绍了好多的女孩给我，我也是一个都不记得呀。我搂住玉静的肩头，脸贴着她的脸说，我是第几个？玉静说第十个以上吧。我说，好悲哀啊！玉静挣脱我，认真地说，你不用悲哀，那些人都不在我的服务区。玉静说完，嘻嘻笑着拧了一把我的腰，说，要早知道是你，我就不理你了。我说现在还来得及。玉静的两只小刀般尖长的手指甲同时插进了我的手臂里。

我和杨伟坐在酒吧幽暗的角落里喝葡萄酒。两人一杯接一杯地干，什么菜都不吃，什么话都不说。喝到浑身发热的时候，杨伟盯着我说，玉静好吗？我说很好！杨伟说，你不好好待她，我收拾你！说着，杨伟把满满的一大杯酒一饮而尽。我也一样。我问，你恨我吗？杨伟说，我干吗恨你？我有什么理由恨你？你看我配跟她在一起？！我他妈的不是人！说着杨伟就呜呜地哭了。哭了好一会儿，杨伟说，我一直都把男女之间的事当作游戏来玩，我也一直以为自己完全掌握了游戏的规则。现在我才知道，其实我什么都不懂，我自以为是！说到这儿，杨伟摇了摇头，又摇了摇头，然后长叹了一声说，一场游戏一场噩梦呀！我说，你恨虹逃吗？杨伟摇摇头说，我没有理由恨她。我说，那你恨阿瑛吗？杨伟说，我不恨她，我从来不恨她，真的，我跟了那么多女孩，只有阿瑛真心待我。我说，那你为什么不跟她？杨伟说，当初我嫌她没固定工作。我说，现在谁还在乎工作固定不固定？你把她伤害得太深了。杨伟说我对不起她，但她确实也把我给害惨了。你知道我那个采石场为什么倒闭吗？我说，石料卖不掉呗。杨伟说，为什么石料卖不掉？我说采石场太多了吧。杨伟摇了摇头说，我开采石场不久，阿瑛竟然嫁给了那个与我签订购石料合同的工头的儿子，你说我的石料能卖得到钱吗？我低呼了一声天啊！杨伟喘着粗气，又说，金山乡那个姓黄的乡干就是阿瑛的堂哥，在金山乡的一切事情，包括安排我的住房在内，都是预谋，她清楚我会……我在劫难逃啊！不说了，喝——

那晚，杨伟又醉了。

杨伟要离开这个城市了。在火车站的候车室里，杨伟紧紧拥着我，泪流满面。他久久地握着我的手说，好兄弟啊好兄弟，我一共欠你九千二百块钱，放心吧，我一定还你！

真没想到，杨伟竟然还记得借了我那么多的钱，我自己都忘了。

WU KE LAO SHU

五棵老树

小说创作是小说家对社会、人性的探究和再现。

【作者简介】

韦云海，男，壮族，广西都安县人，中国作家协会会员，中国民间文艺家协会会员，中国寓言文学研究会会员，中国少数民族作家学会会员，鲁迅文学院学员，广西山歌学会副会长，河池民间文艺家协会副主席，广西民俗摄影家协会会员。作品散见于《民族文学》《散文选刊》《海外文摘》等，著有长篇小说《潮湿的记忆》等。

1

关于五棵老树的故事，还得从武书记的血压突然升高说起。

武书记在古岗师范学校工作三十多年了，论资历、论辈分，当然是首屈一指的。武书记的名字叫武云龙，人长得并不高大威猛，只是中等偏下的身材。当年他从部队转业回来的时候，学校里的人都叫他武云龙。自从二十年前他当上了学校党委书记，大家就都叫他武书记，没有人再敢叫他武云龙。武云龙当书记之前是学校的政教处主任。那年——他记得清清楚楚——他亲手在学校的池塘周围种了十五棵桉树。桉树不是什么名贵树种，武云龙看中的是它可入药：每年预防流脑、流感的时节，摘下桉树叶子，在大锅里煮一煮，让大家喝那些药水，确实有一定的效果。

当年，武云龙种下那十五棵桉树的时候，爱情如同一块蛋糕从天而降，从对那十五棵桉树的护理中应运而生。学校政教处办公室新来了一个名叫蓝小雅的女教师，她发现武主任每天都为那十五棵桉树浇水，还找了一些竹条围住小树，生怕它们被人随意毁坏。蓝小雅就去给武主任帮忙。武主任跟蓝小雅说不用，他一个人可以管护这十五棵桉树。但是武云龙一出差，就会叮嘱蓝小雅记得给小树浇水，蓝小雅便成为他的助手。第二年，小树开始长高了，武云龙也与蓝小雅结婚了。五年后，十五棵桉树长了三米高，枝繁叶茂。

那年，武云龙和蓝小雅的女儿武倩倩三岁。武云龙去北京学习三个月，不幸的事就像秋风扫落叶一样发生了。一场台风洗劫之后，只有五棵桉树幸运地活了下来。武云龙回来后待在桉树下伤心了一阵子，之后他倍加珍惜幸存的五棵桉树。次年春天，蓝小雅突然因病去世，武云龙的心雪上加霜，每天面对着四岁的女儿只觉伤感刺骨。他当了学校党委书记之后，心情一直沉重，脸上高挂着阴云，始终高兴不起来。

武书记对那五棵老树如同对他的女儿一般，视为珍宝、百般呵护。每一天走过桉树边，他都产生一种成就感。武书记特意嘱咐管后勤的覃主任按照现有的地形在那五棵桉树下面放置两张石桌，每张石桌周围还要安放四个石凳。两年后，武书记又促成两个六角凉亭的建设。从此，武书记养成了一个习惯，每天必须到那五棵老树下走走，坐坐石凳，特别有空的时候，就坐在凉亭里，看看书、读读报，有时还找几个老师下下象棋。那五棵老树成了武书记心中的至宝。

其实，他是在那五棵老树下回忆他和蓝小雅一起为小树浇水的情景，那是他的爱情发源地，是他一生最珍贵的记忆。后来，学校食堂的黄阿姨嫁给武书记，武倩倩有了后妈，武书记的心才开始平静下来。

武书记本来没有高血压。但每次学校建设涉及那五棵老树，他的血压就稳定不了。早些年，有部分老师提议砍掉那五棵老树换上名贵树种，武书记不仅不答应，而且还跟他们急。虽然他知道那是为了拓宽校园绿化带，让整个校园变美、变宽敞，变得别具一格。说实话，在鱼塘周边搞绿化美化，武书记不反对，可是要弄掉那五棵老树，就像动摇他的政治立场一样，武书记一万个不答应，分分钟拍桌子反对。新来的鲁校长建议砍掉那五棵老树时，武书记马上就据理力争，甚至不惜说自己的血压突然高了、头突然疼了，仗着自己比鲁校长年纪大、资历深，冲着鲁校长说，这事暂时不上行政会讨论，或者直接说这事以后再议吧。次数多了，鲁校长发现了，打那五棵老树的主意就是跟武书记过不去，难度大！他也不想让武书记血压老攀升，为了这五棵老树弄出人命，那太不值了。最后，鲁校长只好罢手，此后只字不提。五棵老树的安稳日子持续了十几年，武书记的血压也稳定了十几年。

2

这年春天，市教育局来了两位领导。他们说市里要在古岗师范学校举办全市的篮球运动会，各个县区的师范学校都派代表参加。武书记高兴得连说几个“好”。可是，一提到建议古岗师范学校从大局出发，除了把池塘填了新建三个篮球场，还要砍掉池塘边的五棵老桉树建设看台，武书记心里就有些不高兴。这池塘好几亩地，都填了，搞一个大型的运动场固然是好事，但是，要砍掉那五棵老树，他觉得痛心。几十年的老树，怎么能说砍掉就砍掉了呢？他的脸色一下子阴沉起来，很久没有说话。前些日子，他听得最多的是老师们的议论，特别是丁家严那个家伙，硬说那场台风刮走了十棵桉树，也刮走了蓝小雅的生命。虽然那是迷信，毫无科学根据，但是武书记心里整夜抽搐。百般思量，他将信将疑：难道树毁与人亡真有什么关系？

碍于面子，武书记没有当场否定市教育局领导的建议，只是支支吾吾地应付了一下，说等鲁校长出差回来再研究研究，拿出方案定夺。

这是武书记的缓兵之计罢了。

市教育局的领导点点头，觉得也对，有些道理。他们说下楼到现场走走看看，先大致规划一下，因为等鲁校长回来还要五个月的时间呢。这时，武书记突然拍了一下脑门，嘴里嘟哝一句："坏了，坏了，我晕，我头晕——血压又高了，哦哦哦——"办公室副主任小崖立马从武书记办公桌左边的抽屉里摸出一瓶药，急忙给武书记服下了两颗，再喂武书记三口温水，轻轻拍了拍武书记的后背，说不好了，武书记的血压又高了，得送医院呢。市教育局两位领导见状，有些紧张，说好吧，先救人，运动场的事以后再说。小崖赶紧扶武书记坐到沙发上，又急忙去拿座机的听筒。他必须打电话的，但是，他却只是颤抖地拿出口袋里的电话号码簿，不停地翻。

两位市教育局领导只好先行离开武书记的办公室，临走还催小崖送武书记去医院看医生，说高血压是个忽视不得的病，必须马上送医院。小崖毕恭毕敬地应一声，只拿起电话，却没有拨打120，说得先告诉武书记的爱人黄阿姨。

市教育局领导离开办公室之后，小崖并没有去找黄阿姨，也没有拨打120，更没有叫车直接送武书记去医院，而是跑到门口东张西望了一阵。没几分钟，小崖又跑回办公室。这时，武书记慢慢睁开眼睛，故意咳了两下。小崖说他们走了。武书记应了一声说，知道了，听脚步声我就知道了，嘿嘿，嘿嘿——小崖，你说怎么办？啊？急死人了。小崖能知道怎么办吗？按照平时，他可以说不理会他们，可是，对方是市教育局的领导，他能得罪他们吗？绝不。可要是说按领导的意见办，武书记的血压又升上去怎么办？要是闹出人命，他可是吃不了兜着走。哎呀——武书记又说，运动会不能不办，运动场不能不搞，古岗师范的名声不能这么给抹黑了。对呀，小崖只能说，武书记您先喝水，凡事都有解决的办法，千万不要伤身体啊。武书记继续叨叨：那池塘没了不说，经历了三十多年风风雨雨的五棵老树也马上说没就没了……武书记觉得很为难，就像一根刺扎在自己的指甲缝一样难受。小崖劝了一句：要不等鲁校长学习回来再定吧。武书记更火了：这个事情能等吗？市教育局的领导还会再来，甚至分管教育的副市长也会过来，这个事情不定下来谁都不会有好果子吃的。哦，也对。小崖知道市教育局领导只是暂时离开学校，过几天或者下个月他们还是会像蜜蜂一样嗡嗡地再来的。武书记心里也盘算着，鲁校长去省委党校学习，五个月以后才回来，按理说，他以学校党委书记的身份完全可以定夺是否填埋池塘，是否建设新的运动场，是否保留那五棵老树。

想到这儿，他有些不安起来，他觉得必须拿定主意，应付一下上头，哪怕延长几个月再谈这个运动会的事情，哪怕最后的结果还是填池塘、砍那五棵老树——可是，谁能出出主意呢？

3

古岗师范学校有五十一年的历史。学校坐落在一座长满松树的山丘下，松山不高但松林密集，林下小径交错、灌木丛生，每一个走进松林的人都能感觉到其中的幽静和神秘。特别是夏日，烈日炎炎的时候，走进松林如同走进一个凉爽的空调大屋，除了避暑，还有一种高雅清爽之气。早些年，武书记提议把松山打造一下，让它有公园般的美丽幽雅，体现学校的典雅风范。于是，松山上建起五座凉亭，分布成梅花形，凉亭下面有石桌、石凳，有休憩、下棋的地方，周围步道弯曲不断。松树林里冬暖夏凉，最适合师生们锻炼、散步、娱乐以及休憩聊天等。但是，武书记并不喜欢在松山的凉亭下与人对弈。他还是喜欢那五棵老树，喜欢在他亲手种植的桉树下下棋，因为在那里下棋他心里爽、踏实，甚至有一种自豪感。

虽然武书记的象棋下得一般，但是跟他下棋的老师绝大部分都故意输给他，至少输的多赢的少。他们说，要是不输棋，武书记就要下个没完没了，有时下到天黑都不叫停——武书记不叫停谁敢擅自溜走？那是不给武书记面子。这是态度问题，绝不是水平问题。有一次，武书记跟新来的语文老师夏老师下棋。夏老师的棋艺比全校任何一个老师都高，夏老师连续三盘赢棋，而且最后一盘武书记输得非常惨，只下了八步棋，他的“车”就被夏老师吃掉了。武书记觉得很没面子，就说不下了，不下了，没有意思。夏老师说，武书记，下一盘我让您一个“车”。武书记当然有些窝火，但因为看棋的还有两个老教师，所以就硬生生压住心中的火，阴着脸说不下了，我还有要紧的事要办。夏老师看得出武书记是生气了，看棋的其中一个老教师丁家严就悄悄拉夏老师的衣角，神秘兮兮地说，小夏老师啊，你太不懂事了，哎呀呀，你摊上事了。夏老师“啊”一声不知所措：下棋也惹上麻烦了？

丁家严是学校的老教师，资历比武书记差点，但在学校算是一个“名嘴”，说出的话甚至是一把无形的刀。丁家严平时话不多，但只要一开口就是话里有话，什么事过他的眼里脑际一阵，再经他嘴里发散出来的一定值得玩味，这是学校教职工公认的。丁老师发言其他人愿意当观众，因为丁老师的话总是带哲理、带幽默、带刺儿。

夏老师觉得丁老师说话之间露出了严肃性，他开始后悔自己赢棋，赢武书记的棋。

夏老师是一个象棋迷，一天不下棋心里就难受，手痒痒的。

周末。五棵老树下又聚集了很多教职工。两张石桌都围满了人。观众都是站着的，同时伸出脖子，瞪着眼睛看棋。石桌上摆着象棋，对弈的人全神贯注走好每一步棋，围观的人少不了喝彩声，好不热闹。夏老师也在场看棋。

这时，武书记到场了。政教处张相如干事马上说家里有事，先回去处理一下，请武书记坐他的位子下棋。武书记对张相如点点头，说了两个“好”。丁家严看在眼里，心里嘟哝：张相如这么做已经不是一次两次了，这个家伙平时就喜欢献殷勤，喜欢捧领导，喜欢耍小聪明，喜欢打小报告，喜欢摇头摆尾——哈哈，纯粹是一副哈巴狗的嘴脸！

而武书记对张相如的印象则是历来就好，平时没少表扬他。

张相如是留校生，凭借自己写得一手好字在政教处当了干事，平时帮武书记抄抄写写。在武书记眼里他是一个红人，一个听话能干的好同志。不久，张相如加入中国共产党，还连续三年被评为优秀党员、德育工作先进个人。

夏老师在一旁默默地看棋。丁老师与武书记对弈，就像两头老牛在角逐，周围的人久不久发出一声吆喝或者叹息，甚至起哄。

昨天与武书记下棋，夏老师就摸透了他的棋路，看见武书记的棋稍稍有空档，悄悄暗示对弈的丁老师，武书记马上丢了一个炮。武书记抬头望望夏老师，眼睛里充满愤怒，对夏老师说，要不你来下吧，来啊，来啊——夏老师吓得连说了几个“不”，惶恐地离开了。

4

第二天，夏老师本以为武书记会在全校的教职工大会上狠狠地批评他，吓得他开会的时候悄悄地坐在最后一排，还坐在一个角落，一个不起眼的让人忽略的角落，没有人注意看到的角落。他甚至觉得自己应该戒掉象棋，或者从此以后不再去看别人下棋。结果，在会上武书记并没有公开批评他。夏老师就想，下棋嘛，玩玩而已，不至于拿到大会上去纠缠。

第三天，张相如通知夏老师下午三点去武书记的办公室。夏老师有些犯嘀咕。他想问张相如为什么，可他还是没问出口。夏老师想得头都大了，他猜不出武书记到底叫他去谈什么。他开始反省：夏小龙，男，三年前的夏天分配到学校任教，上文学选读与写作课，平时喜欢下象棋，还有跳舞。夏小龙认为跳舞是最好的锻炼身体的方法，所以每一次班级晚会，夏小龙都会跳舞，甚至跳比较摩登的交谊舞。夏小龙的课上得顶呱呱，他参加过很多次优质课比赛，而且曾经获得市级、省级大奖，教学水平自然毋庸置疑，在年轻老师中是排得上号的。夏小龙觉得自己的缺点少于优点，心情渐渐平静了一些。

中午，夏小龙没有休息，一直想着下午武书记找他的用意。

突然，门被敲了两下。夏小龙纳闷：中午时间，谁会来找？

夏老师——是两个女学生，夏小龙上她们的课。胖的叫王小丹，瘦的叫覃方莲。夏小龙知道她俩都是学生会干部，成绩特优，学校领导把她们视为掌上明珠。她们说来借书。夏小龙说借书可以去学校图书馆借。她们说就借夏老师的大学教科书。夏小龙从自己的书架上找了两本书，递给她们说，这些都是名著，读一读也好。王小丹说一定认真读，覃方莲说读不懂的还要请夏老师指点。夏小龙点点头，说当然可以。

打扰了，夏老师。

没事，好好阅读吧。

夏老师，那我们走了。

好，好，好的。

刚把两个学生送出门，夏小龙就让一个身影弄得大吃一惊，简直是措手不及。那个身影就是武书记。武书记戴着顶工人帽，穿着身中山装，还有双三接头的皮鞋。距离三十多米，夏小龙却觉得武书记那种眼神和站立的姿势似乎是在观察他，甚至是在监视他——他有些惶恐，下棋的事还没了，又给他逮住两个女学生走出自己的房间，夏小龙再傻，歪着脑袋想想也觉得后怕。

夏小龙内心抽搐了一下，额头渗出冷汗，脸色如土灰，暗暗叫苦。他低着头，假装没有看见武书记，假装收拾门口的垃圾。他像一只软骨的鸭子突然蹲下，从地上捡起几张纸屑，那是每天广告公司的垃圾一般的宣传品，本来就塞在门上，结果被风吹了跌落在门口，一地的散乱，还有不同的颜色。幸好有这几张垃圾宣传单，夏小龙觉得这些垃圾广告就是他的道具，让他得以回避武书记那双犀利的眼睛。夏小龙并没有抬头，像只老鼠在地上瞎转了一圈，才带着几分恐惧急急忙忙溜进屋里。

武书记对于学生去老师的房间一向有些看法，特别是女生进男老师的房间，那更是大忌，毕竟是中师女生，这样年纪的女生和单身的男老师在一起，就像把一只羊放在狼的身边，危险系数比裤裆里放着炸弹还要高。

夏小龙立刻意识到，自己身上马上增加了一条无法解释的罪名，那就是女生进男老师的房间，而且是单身的男老师。夏小龙摇头，他望着大花板傻傻地站立，许久没有挪动脚步，浑身上下都毛毛的，内心杂乱无章。

5

下午两点五十分，夏小龙候在武书记的办公室门前。夏小龙觉得他必须比武书记先到。可是，武书记的办公室里早有动静。原来武书记早就到办公室了。夏小龙觉得懊恼。他轻轻地敲了门，两下，心也跳了两下。

请进。

夏小龙轻轻地推开门，推门那只右手有些发抖，甚至不敢过多地碰到门板，而是用指尖轻轻地往门板上按一下，小心翼翼的，有些试探，有些忐忑。夏小龙的脸像大象鼻子一般探进去，露出不太从容的微笑，甚至有些尴尬。

武书记，您好！

夏老师，坐吧。武书记叫夏小龙坐在办公桌对面的木制沙发上，还倒了一杯开水递给夏小龙。夏小龙连声说“谢谢”。

小夏啊，你棋下得好。不错，挺厉害的。

武书记，我就是喜欢下棋罢了，水平一般。嘿嘿，我就是瞎猫碰上死老鼠。夏小龙说完“瞎猫碰上死老鼠”之后，马上后悔了：怎么能说武书记是死老鼠呢？说他夏小龙是一只瞎猫可以，可武书记不能是死老鼠的。他觉得自己又犯错了，马上补了一句：我就是一只瞎猫罢了，嘿嘿——武书记棋力也挺高的，您下棋路数平稳，攻防自如，不乏妙招啊。我就是侥幸赢棋罢了。

可是，我想了半天，那天，那盘棋，你的“马”是被我的“兵”蹩腿了，对吗？武书记一本正经地说。

哦哦，对的对的，我记得了，我差点忘了。夏小龙的教学水平不低，马上急中生智应付下来。他觉得自己必须承认错误，不管那天下棋他的“马”是否被武书记的“兵”蹩腿了。夏小龙继续说，我错了，真的错了。我记起来了，那天，那盘棋，武书记啊，我的“马”确实被您的“兵”蹩腿了，您当时因为着急所以没有看出来。嘿嘿，对不起了，不好意思啊。

哦，没事，输棋就是输棋。

下次我提醒您。

嘿嘿，好啊。

武书记大人有大量，谢谢。

停顿一下，武书记端起桌上的茶杯喝了一口茶水。

夏小龙的眼神像一丝垂柳低了下来，他看看自己的脚，还有那双被擦得亮亮的皮鞋。那是他中午专门擦的，为了见武书记，他得讲究一下自己的穿着。

不过，小夏啊，最近你得注意点。武书记话题一转，语气变得十分严肃。

啊？哦，您说，我一定接受批评，一定好好改正。夏小龙有些慌乱。他开始明白那句老话，姜还是老的辣，武书记这是欲擒故纵啊。

有人反映——对，确实有人反映，你经常带头跟一些学生跳什么交谊舞，搂搂抱抱的那种，特别是跟女学生。这可是生活作风问题啊，小夏老师。

哦，哦，好的，我就是习惯了，以前在学校跳舞太多了，跟中毒一样，嘿嘿……我保证，下次一定改正。夏小龙发现，武书记的态度一百八十度大转弯，跟刚才谈下棋时截然不同。真有压力啊，他觉得必须先认账，承认错误，态度要端正。

还有，今后别让那些女生跑去你房间，别人看见了，影响不好啊。特别是中午时间，你现在又是单身，女生老是去你房间，我很担心大家说闲话啊。武书记又喝了一口茶水，话里的确有弦外之音。

哦，哦哦。好，好。我今后一定注意，一定注意。我保证，我可以发誓。夏小龙急忙回答，还竖起右手，立着食指中指无名指，活生生一个发誓的模样。武书记又喝了一口茶水，嘴里并不说话。

夏小龙假装喝水，谁知道那开水还烫，他的嘴唇马上缩了回来，喉咙一阵难受。他觉得自己很狼狈很失态。

武书记又安慰他几句：其实，夏老师的课上得很棒，这是全校老师公认的，我觉得还是要专心教学，别的事少管的好，不该干的事不干，不该说的话别说。

好的，好的。我一定按照武书记的要求去做，一定，一定。夏小龙急忙站起来，不停地点头，不停地哈腰，不停地举起——或者准备举起发誓模样的右手，一旦需要他立马发誓，哪怕是毒誓。

还有一件事。我们经常下棋的那个地方，那五棵老树——你怎么看？市里要在我们学校搞规格很高的篮球运动会，场地要平整——那五棵老树能砍掉吗？武书记觉得夏小龙喜欢下棋，对于那五棵老树最起码是持保留的态度——这也算是征求学校教职工的意见吧。

哦，哦，那五棵老树不错，大家在那里下棋、聊天、看书，都挺好的，夏小龙一本正经地说，不过……

不过什么？

不过那五棵老树也不是什么名贵树种，有些树皮好像已经腐烂，要是学校搞运动场，砍掉也好。夏小龙并不知道那五棵老树是武书记三十多年前亲手种下的，也不知道那五棵老树的历史，所以说话并不忌讳。

哦？哦——你的意思是砍掉？武书记的脸阴沉下来。

夏小龙似乎看出武书记的不满，笑容又立马退去。他寻思，武书记的意思应该是留下那五棵老树吧。他急忙说，话虽如此，但武书记，我看那五棵老树也有些年头了，有纪念价值。俗话说得好，今人不宜砍老树，犯忌，犯忌啊！

嘿嘿，对啊！犯忌的事得慎重，慎重啊！

对，对，对。夏小龙总算瞧出武书记的意图了。

好，好，好！武书记连说三个“好”。

6

夏小龙住的地方与武书记住的地方很近。晚饭后，武书记的爱人黄阿姨突然来串门，夏小龙有些意外。

小夏，有空吗？

哦，有，有。夏小龙今天被武书记找去，心有余悸，晚上黄阿姨又来访，他可不能一下得罪两个特殊人物啊。

好啊！嘻嘻。

黄阿姨堆满笑容走进夏小龙的房间，夏小龙忙着请她坐，倒开水，还堆着一脸的笑。因为有些尴尬，笑得像个苦瓜。他真的想不到黄阿姨会串他的门。

小夏老师的房间收拾得很整齐干净啊。

嘿嘿，习惯了。

收拾得这么干净，是不是有女朋友了？

哈哈，黄阿姨说笑了，我哪儿有什么女朋友啊。

哦，哦……还没有？真的？

真的。夏小龙确实没有女朋友。黄阿姨这么问，他大概也知道她的来意了。

要不阿姨帮你介绍一个？黄阿姨一副热心肠，满面灿烂的笑容，眼睛眯成一线，说话十分客套，还带着鼻音，让人觉得很温馨。还没等夏小龙回答，她又说，我们师范附小有几个女老师，人长得都不错，个个水灵灵的，要不我给你找机会和她们接触接触？

谢谢黄阿姨，谢谢。不过，我觉得还是过一段时间再说吧。武书记说了，先搞好教学，个人问题先放一放。夏小龙婉言谢绝。

找女朋友跟搞教学有矛盾吗？别听他的，他的话就是一个屁。黄阿姨故作惊讶地叫了起来，她可不怕武书记这个老公。

嘿嘿。夏小龙无奈地笑笑，干脆说，黄阿姨，谢谢您了，我想还是过两年再说吧。谢谢了！

哦，也行。嘻嘻，也好，需要阿姨帮忙你就说，别客气。

夏小龙连声说“好的”。

黄阿姨出了门，夏小龙望着她的背影摇摇头。黄阿姨是武书记的爱人，这事会不会是武书记的意思？如果——他又犯愁了。

夏小龙在大学谈过一个女朋友。她叫宋丽，成绩一般，但关系特殊，所以留校任教了。夏小龙被分配到古岗师范学校，学校地处偏僻的山区，去一趟省城得坐一天的班车，来回真的不方便。他们勉强交往了半年，其间宋丽只来过古岗一次。那天他们俩就坐在那五棵老树下，坐在凉亭下的石凳上，那是他们分手的地方。不等宋丽提出分手，夏小龙先主动提了，长痛不如短痛嘛。宋丽希望夏小龙再写一封信给她，可夏小龙觉得他已经没有心思写信，两个人的结果就是拜拜了。为这事，夏小龙失眠了好几个晚上，他告诫自己，别太相信真情。

7

第二天上午，学校办公室通知夏小龙：后天跟武书记去省城出差。夏小龙仔细问了，确实有一个教学改革讲座，学校就两个指标。

武书记选择派一个教学能手去听课，为的是推进教学改革，听课回来肯定少不了在全校推行，没有过硬的教学能力是学不来、推不开的。尽管武书记觉得夏小龙并不像张相如那么听话、那么优秀，但在五棵老树的去留问题上，夏小龙应该是支持他的，他心里有数。

夏小龙纳闷。小崖说，武书记看重你的能力。夏小龙将信将疑。武书记的棋路他了如指掌，可是武书记的心计套路他全然摸不透。夏小龙问，我可以不出差吗？

武书记点的将，你不去，似乎不大好吧？他最忌讳不听话的老师……

哦，哦，好的。我去，去吧。夏小龙不想被扣一个“不服从组织安排”的帽子。

行。夏老师能跟武书记出差，好事啊。

夏小龙心里一阵嘀咕，从学校办公室走回房间。夏小龙告诫自己：不能再跳舞，特别是交谊舞；不能再让女生到自己的房间，哪怕借书、问问题也不行；还有，不能再下棋，特别是跟武书记，万万不能再和他下棋了。本来夏小龙还有一个爱好，就是写作，但是自从跟宋丽分手之后，他连信都没有写过，家信也不写，更没有心思写小说了。以前在大学时，为了在宋丽面前显示自己能写，夏小龙几乎每个月都写出小说，哪怕只能偶尔在一些小报刊发表，甚至刊在学校的文学社报纸上他也乐意。尽管如此，毕业之后宋丽还是离开了夏小龙，夏小龙的创作激情就像一只公狗或者一只雄猫突然在性爱中阳痿一样，变得一落千丈，甚至濒临崩溃。夏小龙的灵感如同垃圾堆里的牛皮纸，被一天一天的风吹雨打弄得面目全非、日渐消瘦。夏小龙觉得与宋丽相遇是一种错误，或者是一个讽刺。

被武书记找去谈话后，夏小龙觉得自己的爱好又一次被精简，跳舞不行，下棋也不行，与女学生来往更不行。教学是职责所在，理所应当，如今只有写作是唯一不被别人限制和操控的爱好了。他觉得自己应该重新振作，写一点文学作品，比如小说。夏小龙觉得写新闻报道太得罪人，还是写小说好，可以虚构，可以张冠李戴，可以决定每个人物的命运。虽然以前在大学他努力写作主要是为了博得红颜一笑，让宋丽感到自己能写、能发表作品，是一个有才华的人，是一个可以信赖和依靠的男人。夏小龙觉得写作是自由的，是一个人的游戏、一个人的生活、一个人的空间、一个人的孤独和寂寞，就像一个女人选择什么颜色的衣服、喜欢拎什么款式的包一样自由。

夏小龙决定为精简自己的爱好而写作。这个念头就像一根电棒触及夏小龙的灵魂深处，他动弹了一阵，眼睛闭上，脑壳里展示的依然是宋丽。宋丽喜欢读他的小说，宋丽因为他发表了小说而给他一个热烈的拥抱还有一个火辣辣的吻，甚至——

好，好，好！夏小龙突然开窍一样站了起来，连连说好，脸上露出镇定的表情。

8

张相如说武书记要求后天早上在那五棵老树下会合，然后一起吃一碗本地的生榨米粉，最后去省城，坐学校那部老款桑塔纳去。办公室负责通知司机老李。

难道张相如也去省城？学习培训名单上似乎没有他的名字，难道是武书记特批了一个指标？夏小龙也不好问。谁去谁不去不是他小小的夏小龙能够决定的。

那天清晨，夏小龙五点多就起床了。他在池塘边溜达，在那五棵老树下散步。六点半，夏小龙从池塘边走回房间，拎着小提箱走到那五棵老树下。约定七点钟碰头，他当然必须提前到。这次不能再让武书记抓到什么把柄了，否则自己一个学期的表现全部白费，武书记一句话就可以否定他。

不久，张相如两手提着两个小提箱也到了。夏小龙问，怎么有两个提箱？他说，一个是我的，另一个是武书记的。夏小龙暗暗伸出舌头，这个家伙真不简单啊，还会这么一手，怪不得武书记到处说他好话，说他能干，说他灵敏，说他懂事，说他比女同志还勤快，比门卫警惕性还高。夏小龙还想问张相如是否去参加学习培训，可是话到嘴边又咽了回去。

张相如拿出手机开始工作。他的工作就是张罗怎么去省城，似乎指挥别人是他的职责。他呼叫司机老李，说话客客气气，故意细语轻声地调侃，催促老李赶紧把车开到五棵老树下。虽然武书记也还没有到场，可是张相如却说武书记等了好久了。夏小龙左顾右盼，没有武书记的踪影。张相如怎么能说假话呢？这么骗老李有意思吗？

张相如第二个电话打给办公室小崖：老弟，起床了吗？哦哦，哦哦，帮我弄两件矿泉水来吧，武书记要出差。

夏小龙心想，这个张相如喜欢指手画脚，喜欢表现自己的那点儿聪明才智，不出风头他也许就失眠了，嘿嘿。

司机老李终于把车开到五棵老树下。他没有下车。小崖抱着两件矿泉水吃力地走到小汽车边，张相如轻轻敲了敲车门，老李才下车，打开后备厢，把矿泉水放进去，另外取出四瓶水放到车内，又回到车上。夏小龙问，武书记什么时候到？张相如说快了。小崖说，武书记的药还在他的办公室。张相如叫他去拿，还叫夏小龙先上车。

武书记终于到了五棵老树下。只见张相如一个人，有些纳闷，难道他们都没有到，而自己先到了？哦，也对。我是一个守时的规矩人嘛，哈哈。这时，武书记看见小崖从办公室走了过来，他知道，小崖是帮他去拿药了。

夏老师呢？

在车上了，张相如回答武书记，顺口叫，小崖，快点。

武书记觉得有张相如跟着出差，省事。他一向都把事情办得妥妥帖帖、丝丝入扣。

上车。武书记一开口，张相如就把车门打开，又用另一只手往车门框上伸去，彬彬有礼，让武书记上了车。夏小龙已经坐在车后排了，马上挪一下身子，嘴里说“武书记，早”。

嗯。

张相如坐上零号位后，叫老李开车。

9

校长、书记都不在学校，老师们当然轻松多了。用丁家严老师的话说，就是猫离家了，老鼠们开始闹腾了。

第二天早上八点整，丁家严老师就走进办公室。他说找武书记反映点情况。小崖说武书记出差了。丁家严知道武书记出差了，他是故意这么说的，要不然他来办公室干吗呢。

哦，出差了。唉，小崖，听说夏小龙和张相如也跟着出差，是吗？

对，他们三个，加上司机老李四个人，去省城参加学习培训的。

哦。好事啊。

丁老师，您想反映什么情况啊？

哦，小事一桩，可对武书记来说是大事。

哦？什么事呢？小崖知道丁老师是老教师，反映的情况肯定重要，何不先了解一下，好向武书记汇报呢？

就是那五棵老树啊。

哦哦。对啊，武书记正为那五棵老树烦呢。

是吗？有什么烦的。我想一点都不烦。

怎么不烦？您知道那老树是武书记亲手种植的吗？

当然知道，这么多年了，那五棵老树不仅有纪念价值，而且还藏着不少故事。大家在那里乘凉、下棋、聊天，多开心。要是有一天那五棵老树真的被砍掉也是很可惜的。

对呀。武书记就是担心那五棵老树被砍啊。

谁敢呢？谁那么大的胆子？

不是谁敢的问题。市里要在我们学校举办全市篮球运动会，要求填埋池塘、砍掉五棵老树，建设几个篮球场和看台，唉。

武书记同意了？

没有。不过马副校长跟市里签了责任状。我想，武书记迟早会同意。哎呀，那五棵老树迟早会被砍掉吧。

哦？这事不小，丁家严晃一下脑袋说，要是砍掉那五棵老树，武书记的血压会立刻升高，他这把年纪这副身板会顶不住的。

对呀，武书记一听说砍掉五棵老树，血压就升高，有几次我是在场的，药也是我帮拿的，嘿嘿。

啊？真有这回事？丁家严眯起眼睛，故作惊讶地说着，武书记的血压原来是这样升高的？

对，对对。

不过，从大局出发，那五棵老树也该砍掉的，嘿嘿。

为什么？

我发现后半夜经常有男女学生在树下幽会，有的还搂搂抱抱的，太不像话了。

是真的吗？

不信你今晚半夜去观察观察。

哦，啊——小崖的眼睛瞪得很大：居然有这种事？

丁家严把话音压得很低，又说，有几次我还见张干事跟女学生也在那里幽会呢，嘿嘿。

真的假的？

我老人家不是亲眼看见能乱说话吗？丁家严说得真真的。

哦？我忙得很，真的不懂，呵呵。

我先回去。小崖啊，这事先不要说出去哦。

嘿嘿，知道的，放心吧丁老师。

小崖望着丁家严的背影有点儿后悔，他不该告诉丁老师武书记血压升高的事。丁老师的嘴巴向来不会闲着，这事恐怕马上就要传遍全校，甚至食堂的工友、阿姨们都会马上知道。但是丁老师说的事确实是一个爆炸性新闻，要是真有其事，那真的太可怕了。小崖想想，后脑勺一阵凉风吹过，后怕极了。

这时，办公室的座机响了。小崖拿起电话说，您好，古岗师范学校。请问——

问什么啊小崖？哈哈。

哦，鲁校长啊，您好！小崖听出了鲁校长的声音。

武书记怎么关机了？

哦，他去省城出差了。

哦？没听他说过呢，来省城也不告诉我一声。

鲁校长，张相如干事也去，您找他问问吧。小崖知道张相如也有手机，兴许他没有关机，鲁校长能够联系上他甚至武书记。

好的。

10

那五棵老树足有十多米高。如今是春天，叶子长得十分翠绿，不因为老树之老而失去光泽；枝丫延伸自如，显得平稳刚健。五棵老树下那两张石桌依然那么光滑，光顾的人还是不少。武书记出差了，两个六角凉亭不仅成为对弈的乐园，还有些老师晚上拿啤酒和花生在那两张石桌上摆放，慢条斯理地喝酒、划拳，优哉优哉。

丁家严等几个老师每天下午五点钟都聚在那里，首先是下棋，其次是谈天论地，再次就是说东道西，偶尔也议论女人，说说段子，寻寻开心，过过嘴瘾。

丁家严喜欢一边下棋一边说故事。那天，丁家严说了这么个故事。有一天深夜，武书记敲了他的房门。他开门后，武书记说，今天那盘棋下得不对，你的那匹“马”被我的“士”蹩腿了。他说武书记，明天再说行吗？武书记说不行，今天的事就得今天说今天处理，哈哈，你承认了吗？他只能说，承认，承认。他的“马”倒也不是被武书记的“士”蹩腿，而是被那只该死的“象”拦住，可是，武书记大半夜来扯这个事，他能争辩吗？越说越乱，干脆承认算了。武书记教训一句：丁老师，以后讲点实事求是吧，别欺负我老眼昏花，嘿嘿。

丁家严算是领教了武书记的执着，甚至是固执了。

嘘嘘——有人嘘了几声，丁家严还是继续说武书记。他说武书记提包里藏着一个碗、一副筷条，每天都去教工食堂窗口打饭，为什么？那又是一个故事，是前几年的事了。武书记得罪了黄阿姨，黄阿姨要收拾武书记，连饭都不给他煮，武书记只能去教工食堂窗口打饭。因为担心别人说闲话，说他跟单身汉一起排队领饭，所以他那一个碗、一副筷条就放在自己的提包里。你们说，这个黄阿姨厉害吧？嘿嘿。

还有啊，前几年武书记上政治课，有一个调皮的学生特别认真地听课。你们猜那个学生最后怎么说的？哈哈——他说，武书记一节课总共有一百五十一个“啊”。后来在宣传栏上有一则漫画，题目就叫《“啊”先生》，嘿嘿，哈哈。

大家哄堂大笑，笑声像足球场上那个滚动的足球一般肆无忌惮地滚动，甚至狂奔。

丁老鬼，你说谁啊？

哦？啊——丁家严马上回过头，黄阿姨像一根电线杆似的站在他的身后，怪不得刚才有人“嘘”了几声。嘿嘿，嘿嘿。丁家严干笑几声。

“丁老鬼”这个绰号，全校没有几个人敢叫的。黄阿姨跟丁家严几乎同龄，丁家严看见瘦高个子的黄阿姨双手叉在腰间，一脸的怒气，只好赔着笑脸说，没说谁，没说谁啊。我们主要说你怎么治武书记，武书记怎么对你服服帖帖，呵呵。最近，我们都发现，武书记可听你的话了，大家说对吗？啊，我们的黄阿姨是谁啊？那是巾帼不让须眉，女中豪杰啊。我看啊，全校也只有她才能镇住武书记，对吧？我们武书记是一个处级干部，革命本色啊，一身正气，一般人还说不了他呢。

处级干部怎么啦？处级干部也要吃饭，也要上床，也要睡觉，也要——黄阿姨听见丁家严提“处级”一词更来气了，她嫁给武书记不是冲他是什么处级干部，也不是图他什么地位。

说实话，她虽然是一个食堂的工人，没有级别，每天洗菜、端盘、拿勺、架锅等她也不含糊。可是——

对，对，对啊，是个人就要食人间烟火，就要有七情六欲。不过，我们大家记住，今后不要再议论级别什么的了，也不要说武书记的那些陈芝麻烂谷子的事了。丁家严知道话题转移到级别，黄阿姨必定叨叨不停。大家都在听黄阿姨的牢骚，他还要添加一些佐料，加把火。

说，说啊，怕什么啊？他敢做我也敢说。前几天，他说夏小龙老师可能跟学生谈恋爱。我说，年轻人，谈就谈吧。他说这是生活作风问题。我说，那你当年跟我谈的时候都忘记了？我也是你的学生啊，对吧？黄阿姨一下子抖搂这么多，丁家严的眼睛都要瞪出血来了：我的妈呀！他知道黄阿姨也是古岗师范学校的学生，也是武书记的学生，可是中间有这么一说，他还是第一次听到。

黄阿姨说得好，年轻的蓝老师附和一句，我们年轻人也想有个家啊，嘿嘿。

所以说，限制老师谈恋爱是脑瓜有毛病的。蓝老师，过几天，我帮你介绍一个美女，包你满意，好吗？呵呵。黄阿姨喜欢撮合别人，做梦都想当媒婆，做和事佬。

好啊，先谢了。

要不，介绍介绍你们家武倩倩，哈哈。丁家严故意补一句，刺一下对方。

想得美。癞蛤蟆想吃天鹅肉啊？嘻嘻。不说了，我走了，你们玩，我回去了。

丁家严望着黄阿姨离去的背影，心里一阵迷惑。难道他们又吵架了？他以前就知道武书记是“妻管严”，惧内故事一大串，只是碍于领导面子，学校教职工并不那么张扬地说开。

丁老师，啥情况？黄阿姨走后，蓝老师突然问。

没情况，嘿嘿。你喜欢有情况啊？真想和那个武倩倩谈？找死吧你。丁家严故意咳了一下，我们今天好险的，我们说武书记的那些事都给她听到了。哎呀呀，要是武书记出差回来，她把这个事捅出去，我们几个怎么办啊？

不会吧？她平时也看不惯武书记教训人。

对，对，我也觉得武书记去食堂吃饭，就是因为她故意整的。哈哈，要怪就怪她吧。

丁老师，别管了，下完这盘棋，我们就撤了吧。

好，好。下完这盘就不下了，再下会捅出更大的篓子，嘿嘿。大家记住了，回去之后，别再议论今天的事，特别是黄阿姨说的那些话，千万、千万别说漏嘴了。武书记要是知道了，我们几个跳到池塘也洗不清。管好自己的嘴巴。

几个老师觉得丁老师就是经验丰富，说话做事，一套一套的，怪不得黄阿姨叫他“丁老鬼”。

11

周五如同走马灯一样，一下子就到了。

下午六点多钟，一辆黑色的桑塔纳小汽车开进学校新建的豪华大门。武书记出差回来了。

进进出出的师生都知道那是武书记经常坐的轿车，张相如还是坐零号位。他故意降下车窗，露出他的平头发型和圆溜溜的脑袋。进门的时候，他的手指朝着门卫老谢点了一下，招呼他打开那扇电子门。张相如的脸堆满了得意的笑。老谢对他频频点头，还举起受伤的左手摇一摇，表示欢迎的意思。小汽车进入校园之后，张相如并没有把车窗升起，车子又回到那五棵老树下面停下。夏小龙下了车，张相如也下了车，只有武书记没有下车。张相如探着那颗圆溜溜的脑袋朝着司机老李说，送武书记回家吧。

办公室早就接到武书记的电话，通知全体教职工今晚八点集中五楼会议室开会，不得缺席。

晚上开会，以前也有过。可是，接到通知之后，丁家严第一个反对。他晚上喜欢看电视，特别是电视连续剧。晚上喜欢喝酒的年轻老师也有意见，但是没有人敢吱声。

夏小龙下了车之后，并没有直接回房间，而是去了他的办公室。上午学习培训刚刚结束，武书记就说今天必须赶回去。本来这次去省城学习，夏小龙还想利用周末逛逛省城。离开三年了，城市的变化真大。他还想去母校走走看看，当然，他更希望能够与宋丽邂逅，哪怕这样的偶遇环境很冷淡、很孤单、很无聊。

张相如这次来培训根本就是一个幌子，他压根儿没有参加学习培训。夏小龙发现，武书记只参加了第一天的大会，之后武书记就说要和张相如跑教育厅联系项目。张相如建议，武书记要办大事，培训就由夏老师继续参加。武书记告诉夏小龙，张相如另外有任务安排，培训就不参加了，并叮嘱夏小龙认真听课，回去之后要传达，要贯彻，要落实。

刚进古岗地界，武书记就在车上叮嘱夏小龙，说晚上的会议由他传达这次学习培训的精神，重点讲收获、讲亮点，还要讲下一步怎么搞教学改革，怎么管理学生，怎么推进德育工作。所以夏小龙下了车就拎着小提箱去了自己的办公室，他得整理一下这几天的学习培训笔记，收获他当然可以临时总结几条，下一步做法他也可以随便建议几条。至于怎么管理学生，他就有些迷惑了，这应该是张相如的本行，政教处嘛，管理学生那是他们的事情啊，可是张相如根本没有去参加培训，他讲个球。

天黑了，夏小龙回到自己房间，对于今晚的发言，他准备得绰绰有余了。

12

两个小时之后，夏小龙像一具僵尸行走在池塘边，最后回到那五棵老树下面。暗淡的路灯那残留的余光照射过来，那张冰冷的石桌和僵硬的石凳似乎触及他冰凉的臀部。他有些失落，心情如同暗淡的路灯和冰凉的石桌石凳。他站在凉亭下面，如同站在批斗会上感到凄凉和悲惨。

他点了一根香烟，是前几天在省城学习时因为无聊买的消遣品。夏小龙不喜欢抽烟，自从跟宋丽分手，他才开始以烟酒消遣度过每一个寂寞的晚上。只有站在讲台上，他才觉得自己是一个教师、一个有灵魂的人。教好书，至少对得起这些学生吧。

夏小龙从骨子里觉得那句“教师是人类灵魂的工程师”说

得过分了，他应该只是人类灵魂的助理工程师罢了。去年评职称，他连助理讲师都不沾边，倒是让张相如这个家伙评上了。

今晚的会议，武书记叫他在全校教职工面前发言，本来是一桩美事。他把这次去省城学习培训的精神、收获以及下一步的教学改革建议等向大家认真地汇报，赢得了在场全体教职工的热烈掌声。他注意到，连平时他不敢正面打招呼的几个年轻女教师也鼓掌了，甚至有人发出轻微而激动的尖叫声。夏小龙觉得自己的发言没有让大家失望，武书记也表扬了他，说他是一个优秀的年轻教师，一个值得信任的教学改革实践者。可是，夏小龙并没有感到丝毫的高兴和自豪，因为今晚的主角不是他，而是张相如这个家伙。武书记的最后讲话让在场的所有人惊讶：

各位老师、同志们，根据工作的需要，这次去省城开会，鲁校长和我交换了意见，同时，也征求了其他班子领导的意见，我们达成了共识啊。鉴于我们学校团委书记已经调出，我们决定由张相如同志担任学校团委书记。希望啊，我们大家要相信组织，要支持张相如同志的工作。我建议，大家以热烈的掌声对张相如同志表示祝贺！

武书记带头鼓掌。几个老教师跟着鼓掌。十秒钟之后，夏小龙才举起疲惫的双手跟着老师们一起鼓掌。张相如成为今晚的焦点人物。夏小龙看见张相如站起来向大家鞠躬，不断地说着“谢谢大家”，还对夏小龙也鞠了一躬。夏小龙非常地反感，觉得太虚伪了。大家一起去省城出差，他努力听课，张相如拼命外出，结果他提拔了，怪事。夏小龙觉得今晚他的发言是一个失败，充其量是张相如的陪衬，甚至算不上一个小配件或者小附件。他简直就是一张纸，无足轻重，可有可无。

夏小龙走出会议室。丁家严紧跟在他后面，先夸他的发言讲得好，再说他的教学改革意见提得到位，最后说武书记宣布的任命有些蹊跷，大家心中都有些不爽，似乎还有为夏小龙抱不平的意思。夏小龙当然明白丁家严说这些是想知道张相如凭什么当上团委书记。可是，夏小龙只是说，丁老师啊，这事我真的想不到，也想不通。唉——

哦哦，哦哦。丁家严知道夏小龙心中不快，也不再和他叨叨了。

夏小龙在五棵老树下徘徊了一阵子，连续抽了五根香烟，又轮流拍拍那五棵老树，最后像一只过街老鼠溜回房间。那时，他希望路灯不要那么亮，或者干脆停电，让他有机会走在漆黑的路上，这样就没有人能看见他窘迫和尴尬的表情。可是，连他嘴里吐出来的烟雾都跟他过不去，那烟气直接扑他而来，熏得他的眼睛差点泪奔。他用手挥开眼前的烟雾，轻轻地叹息一声，心里说，算了，算了吧！

他没发现，张相如像幽灵一样，紧随他的步伐，回到自己房间。

夏小龙烦躁至极，比两年前失恋还伤心。他脱了衣服，把衣服抛到一张椅子上。他决定去冲一个冷水澡，把自己的脑壳狠狠地冷冻，直到没有知觉。

13

一个月之后，学校疯传一个信息：夏小龙的小说在省城的杂志上发表了。那是一部短篇小说，题目叫《爱好》，写了一个热血青年的爱好不断地被世俗嘲笑、污蔑甚至批判和否定，最后他沦为一个卑鄙的犯罪分子，进了班房。

张相如第一时间悄悄地将这事告诉了武书记。他说，夏小龙的小说《爱好》很明显是针对古岗师范学校，甚至是针对武书记的。武书记瞪大了眼睛，问张相如什么情况。他叫张相如马上找到那个杂志，他要仔细看看夏小龙到底写了些什么。武书记看完小说，就像听到有人要砍掉五棵老树一样，血压瞬间疯涨：好一个夏小龙，居然敢写小说讽刺我？！

张相如当上了学校团委书记，自然是春风得意。夏小龙的小说刚发表，张相如就闻出味来。他除了晚上去查夜，看看哪些宿舍不按时睡觉，哪些学生偷偷外出，哪些学生在宿舍聚众喧哗、猜码、练健美操超时，等等，另外一个职责就是盯住学校的年轻教师，稍有不良苗头，他第一时间报告武书记，特别是男教师和女学生有亲近或者恋爱之嫌的必须立马报告武书记，必须妥善处理，绝不姑息。他成为武书记一双重要的眼睛，他也乐意成为武书记的千里眼和顺风耳。夏小龙特别告诉张相如，他的小说都是虚构的，没有针对谁，如有雷同，纯属巧合。张相如无奈地夸夏小龙的小说写得很棒，说他将来一定是一个大作家。

周五的晚上，夏小龙的门又被敲了两下。

谁啊？请进。门是半掩的。夏小龙不知道谁会来找他。

夏老师，你好。

哦，是武老师。夏小龙知道武老师。她叫武倩倩，就是武书记的女儿，在师范附小上课，教的也是语文。她来干吗呢？

夏老师，我写了一篇散文，想请你帮看看，帮我修改一下。

哦，哦。夏小龙很想拒绝，但又担心武书记会怪罪自己，所以只好说，你客气了，我也是水平有限，真的不敢当啊。

夏老师，你才客气呢，你的大作能在省城刊物发表，真的不简单啊，我们都很崇拜你啊。我就更崇拜你了，嘻嘻——今天就拜你为师啦，呵呵。

哈哈，见笑了。

你能帮我看看那篇散文吗？明晚，我请你吃宵夜。

哦，哦，不必客气的。

没事的。请一定赏光啊，夏老师。

哦哦。

夏小龙有些意外，只是见这个武倩倩这么爽快，他也不好拒绝。

14

张相如发现夏小龙和丁家严每次碰到一起，说话就神神秘秘的，似乎有不可告人的事。

对于丁家严，他不能太过明显地去监督。丁家严是老教师了，资格老，水平也不一般，说话刻薄而且不留情面，张相如心里自然有些畏惧。而夏小龙比他年纪小，除了有点水平，其他方面都不是他张相如的对手。对于夏小龙，张相如当然肆无忌惮，巴不得能抓住他的把柄，让武书记不重用他。

傍晚时分，张相如发现夏小龙独自在五棵老树下溜达——

最近已经没人下棋了——他便蹲在办公室的窗口盯着夏小龙。天黑了，夏小龙还在那里溜达。张相如觉得不对劲。虽然自己的肚子饿得呱呱叫，但他还是不舍得离开那个窗口——他不能让夏小龙离开他的视线啊。

不久，张相如终于看见一个穿着时髦的女子出现在那五棵老树下，夏小龙和那个女子凑在一起后离开了。张相如看不见那女子的面孔，但是可以肯定不是学生。于是，在夏小龙他们走出校门之后，张相如特意跑到校门向门卫询问与夏小龙出去的人是谁。

张书记，你管那么多干吗？门卫老林头故意逗他一句。

老林头，我是职责所在啊，难道问问都不行吗？你还想帮他们隐瞒吗？

哦哦，张书记说的哪里话啊，我告诉你吧。

那女的是谁？

武倩倩，武老师。

啊？张相如眼睛瞪得老大，惊讶不已。

都是年轻人，出去散散步也很正常的。

散步？哦哦。

张相如不再说话，头也不回地离开了校门。

张相如拿出手机，想告诉武书记今晚的事情，可是他不知道从何说起，万一武书记已经知道此事，那自己插这么一杠就显得画蛇添足了。他犹豫了一阵，最后决定还是先去找武书记探探口风。

武书记不在家。黄阿姨问张相如有什么事，张相如支支吾吾了一会儿，还是告诉了黄阿姨实情。

今晚，我看见你们家武老师和夏小龙一起出去玩了。

哦？什么？倩倩和夏小龙？啊？

对啊，门卫老林也看见了。张相如不能说自己一直监视着夏小龙，只好说是老林发现武倩倩和夏小龙一起出的校门。

哎呀——这个丫头真让人操心啊。

黄阿姨，难道他们俩恋爱了？

恋个屁！谁同意？谁敢同意啊？这个夏小龙，真是胆大包天了，哼哼。黄阿姨急了，一身的火气，脸像一个气囊鼓鼓的，又像一个即将爆炸的气球，吓得张相如不知所措。

张相如又说，武书记知道吗？

他会知道的。黄阿姨的语气重重的。

张相如正想告辞，武书记已经走进门了。

知道什么啊？

小张，你说吧。

哦，哦，好的。张相如还是有些不知所措，说话有些结巴起来。这个事能告诉武书记吗？万一他的血压又升高了怎么办？张相如觉得不妥，所以说话也注意分寸了：夏小龙老师和武倩倩老师一起出去了。

一个男的和一个女的一起出去能有什么好事？黄阿姨接过话茬，我看，倩倩这个丫头八成是被夏小龙灌了迷魂汤了。

什么，什么？倩倩和夏小龙干吗了？武书记也着急了。这个事情不小，倩倩以往从不跟男生来往的，今晚怎么……这个小丫头！

该教训教训夏小龙这个家伙。黄阿姨甩出这句话之后就坐在沙发上，像一棵腐烂的芭蕉树靠着即将坍塌的土墙。张相如见状，闭上嘴巴，站在一边，头都不敢抬高。他不能再多说了。他看着武书记，担心武书记的血压。

武书记拨打武倩倩的手机号码，结果铃声从卧室响起来。

这个倩倩，出门没带手机呢。

我打夏老师的手机看看。张相如也要表现一下。

嗯嗯。武书记有些不耐烦。

张相如希望自己能拨通夏小龙的手机，让武书记狠狠地训他一顿。可是，手机里却传来温馨提示：您拨打的电话不在服务区。怪了。撞鬼了。张相如向武书记汇报：夏老师的手机打不通。

哦？竟然有这种事？武书记坐在沙发上，伸手拿起茶杯，想喝一口茶水，可茶杯是空的。他更窝火了。他朝张相如挥手，无奈地说，你先回去吧。

张相如巴不得溜出来，跑得比尿急还厉害。

15

几分钟之后，武书记说去办公室一下，便走出了家门。他哪有心情去办公室？他的脚步还是停留在那五棵老树下，那些石桌石凳旁。他愿意徘徊在那里想事，排解心中的烦闷。他知道倩倩长大了，就像这五棵老树，留给他的永远是牵挂和惦念。

在省城学习的时候，鲁校长和他谈了很多，关于学校建设，关于学校今后的发展方向，还有关于老师以及学生管理的很多方面的事，甚至是某个具体的问题怎么解决，这五棵老树也不例外。为了学校的持续发展，鲁校长说，市里要求很明确，必须舍弃这五棵老树，顾全大局，搞好全市篮球运动会。武书记知道，那五棵老树就像他的女儿武倩倩，仿佛被夏小龙这个家伙拐去，转眼就会消失一样。武书记的心阵阵作痛。

武书记心想：女大不中留啊，倩倩恋爱了。

他开始盘算起夏小龙。夏小龙人长得不错，才华横溢，就是不会转弯，不像张相如那样懂得领会人情世故，办事能力还是有待加强。另外，夏小龙的老家不在古岗，如果——如果倩倩跟了他，那倩倩早晚有一天会离开古岗，离开这个家。武书记的意识开始短路，他觉得倩倩应该在古岗找个好人家，有个好归宿，这样武家就还能保留，就不会散开。可是，倩倩性格执拗，认定的事她从来不让步。

良久，武书记突然接到一个电话，是市里的。

武书记应付式地“哦”了几下，再“好的”几声，就胡乱按了一个键，没想到手机居然关机了。他觉得这个电话让他更加烦恼。

武书记非常清楚，市里要督查全市篮球运动会筹备项目的推进情况，这摆明就是要砍掉五棵老树。分管这个项目的马副校长多次提醒，说他已经跟市里签订责任状，如果不按时完成，结果简直无法预料。马副校长说了，天塌下来有你们校长书记顶着，他只是一个分管领导，顶多扛一个推进项目不力的责任，最终的主要责任还是你们正职领导担。这话不假，武书记知道。他摸着靠近石桌的那棵老树，看看那粗厚的树皮、那坚硬的树根，又望向茂密的树叶，他开始觉得惋惜，早知今日，何必当初？那年他种树、他和前妻蓝小雅为小树浇水的场景历历在目，他担心砍掉这五棵老树，他的命运会再一次遭受打击，就像丁家严所说的，台风刮走了那十棵桉树，也刮走了蓝小雅的生命。如今若是剩下的这五棵桉树被砍掉，他的生命是否也会被拦腰斩断？他陷入一种极度的窘迫和尴尬，甚至恐慌。

罢了，罢了，罢了。

武书记决定下一周开个教职工大会，谈谈五棵老树的去留。开会之前，他必须跟鲁校长再沟通一下，还要和负责项目推进的马副校长也沟通一下，讲讲那五棵老树在全体教职工——主要是他自己——的心中到底有怎样重要的位置，还有那些平时在那五棵老树旁下棋、聊天的教职工会怎么想，砍掉五棵老树容易，安抚大家、排除大家心理上的障碍却是一件难事。

晚上十点钟了，武书记走到校门，老林招呼他“武书记好，这么晚了还去哪儿?”武书记说出去走走，看看。他希望老林告诉他倩倩是否回来了。可是，老林就是不说，净扯些无关紧要的事情，弄得武书记也不好开口问了。倩倩是他的女儿，夏小龙胆子再大也不敢把倩倩怎样。再说，倩倩也不是那么容易被人欺负的，夏小龙这个家伙应该占不到一丁点的便宜。他想。

16

张相如想不到夏小龙会和武倩倩好上。这个家伙真的有桃花运。张相如本能地萌生醋意，心里挂了一个阴影，那个阴影就是夏小龙。他按照自己的兽性思维想象夏小龙和武倩倩的约会，他的意识流变成一条野狗随意乱叫、纵欲乱跳——他嫉妒夏小龙，甚至对他产生恨意。张相如对学校办公室的女秘书韦斯妮有过好感，但又觉得她不够丰满。蒙小春一张娃娃脸倒是可爱，不过张相如觉得这个小妞有些稚嫩。他甚至对学生会那两个女学生流过口水——就是夏小龙班上的覃方莲和王小丹，瘦的身材不错，曲线美恰到好处，胖的丰满诱人，不失丰韵妩媚。张相如心花怒放过一阵，有时还偷偷盯着她们衣领下晃动的乳房，他甚至幻想用更多的方法、更多的样式玩弄这些扎眼的东西。每次想起这些，张相如的心灵深处就悄悄冒出某种特别的占有欲。他的性幻想像锅里蒸着的包子馒头那样膨胀，直到把锅盖揭开，冒出热腾腾的蒸汽，熏着他狰狞不堪的双眼，熏得他差点喘不过气来。他这才恍然大悟，觉得自己都是白日做梦，傻得一点尊严都没有。他觉得夏小龙就是他的敌人，可耻的敌人。他在心里狠狠地诅咒：夏小龙，你这个家伙必须付出沉重的代价。

第二天早上，失眠了的张相如像一只蟑螂在床上翻转，他的脑子里依然全是夏小龙和武倩倩，全是男人和女人的激情场面。他龌龊的意识流疯狂起来。

手机响了。张相如伸出手摸桌子上的手机，一看，是武书记。他的心突然猛烈震动起来，急忙接了电话。

小张，你准备一下，中午我们去市里一趟。

哦，哦，好的。张相如连连应答。

武书记没有二话就挂了电话。张相如的神志还在恍惚之中，武书记生气了？难道——

张相如跳下床，伸了个懒腰，晃动瘫软的双臂，他觉得困乏无力，都是夏小龙惹的。该死的家伙！

出了门，学生已经上课了，张相如向办公室走去。

张书记，早。丁家严突然招呼一声，让张相如觉得很意外。丁家严从来不这么叫他。

丁老师，早。张相如应了一句。

张书记的眼睛红红的，是不是昨晚没有睡好啊？丁家严眼尖，自然看出张相如疲惫的样子。

哦，哦，是啊。昨晚加班了。张相如才不会告诉他自己因为夏小龙和武倩倩的约会而失眠呢。

当领导就是忙啊，不过，也值得啊，哈哈。丁家严说了一句没有头尾的话，张相如想半天都不知道是啥意思。

张书记，早。夏小龙对张相如也这么招呼。

哦，啊……夏老师没有课？

最后一节。

哦。

张相如原本想多说几句，想套出点什么信息。可是，夏小龙擦身而过时，好像对张相如有些冷漠。张相如当然闻出一丝别样的味道。

张书记好！

走进办公室，小崖很有礼貌地向张相如打了招呼。韦斯妮装着没看见，忙着整理档案，蒙小春干脆拿着扫把去走廊扫地。张相如问小崖，知道武书记中午要去市里吗？小崖说不知道。张相如纳闷了。

张相如悻悻地走出学校办公室。他猜不出武书记叫他去市里办什么事，他感到迷茫。团委办公室的门像一只死鸡的嘴巴一样紧紧闭着。张相如觉得反常。陆家新副书记的课多，一般不在团委办公室，可蓝干事应该值班的。张相如进了办公室，坐在自己的椅子上，拨打蓝干事的电话。

老蓝，你在哪儿？

张书记，我在医院呢。

哦？病了？

我儿子病了，来看医生，我请假两天吧。

哦，好，好。

张相如知道蓝干事一般不请假，儿子病了去医院是很正常的。

张相如放下电话，靠着椅子眯着眼睛，心情不佳。这次武书记叫他去市里显然有些蹊跷。

17

夏小龙下了课，直接去食堂吃饭。教职工窗口前，十几个老师在排队，大家有说有笑。张相如也去排队。中午要跟武书记去市里，他想中午饭就在食堂吃了吧。

张书记，你也来食堂吃啊？夏小龙问。

对啊。吃完饭我跟武书记去市里一趟。

哦，又出差啊，好事。夏小龙知道张相如出差从来都是稳赚不赔的，报销差旅高规格一分不少，处理餐费高标准一分不少，其他购物、服务等名堂他也都精得很。上次去省城出差，夏小龙算开了眼界了，张相如简直就是一个人精，难怪武书记喜欢他、夸奖他、重用他。

夏老师，昨晚出去了？张相如终于问了一句。

对，出去吃个夜宵。

跟哪个美女一起呢？

好几个呢。

啊？几个？张相如没想到夏小龙这么回答。

对，和附小几个老师，当然包括美女老师了。

哦，你太厉害了。张相如说话有些咬牙切齿。

大家一起吃个饭，聊聊天罢了。喂，张书记，你昨晚干吗了？夏小龙感觉到张相如是在故意询问昨晚的事，好像想知道点什么，所以他也岔开话题。

我昨晚没干什么，睡大觉呗。张相如撒谎简直不打草稿，说得真真的。

张相如打了饭就走回宿舍。要出差了，必须准备一下。

不久，武书记也来到教职工食堂。夏小龙急忙溜出食堂，他不想与武书记碰面，因为昨天晚上武倩倩告诉他，她爸爸对他不大满意，不知是有偏见，还是有成见。

夏小龙回到房间，见武倩倩早就站在门口等他。夏小龙觉得这个情况太不应该发生，被武书记看见了，他就是浑身是嘴都说不清楚。夏小龙急忙开了门，问一声："武老师，你吃饭了吗？"

吃了。

有事？

一定得有事才能来找你吗？

哦，也不是。我，我觉得——

不欢迎我？武倩倩倒是爽快，咄咄逼人。

不是的，嗯……进来吧。夏小龙有些慌乱，他担心别人发现。

嘻嘻。这还差不多。武倩倩大大咧咧地走进夏小龙的房间。她环视房间里的摆设，看到夏小龙的书架上放了好多中外名著。

请坐。我倒杯水给你。夏小龙拿起茶杯去接水。

嗯。喂，你藏书好多啊。

以前读大学的时候买的，现在都不看了，就是一个摆设吧。

摆设也好啊，我喜欢。武倩倩一点都不拘束，她问夏小龙借书，还问借什么书来看能对自己的写作有帮助。夏小龙说，你喜欢读什么就读什么。武倩倩说晚上影院放新影片，她已经托人买了两张票，叫夏小龙陪她看电影去。夏小龙本来想说自己没有时间，随便找一些理由搪塞过去，但是，他觉得武倩倩对他是认真的，不好糊弄。他犹豫了一下，正想开口说话，武倩倩却抢着说，我知道你不会拒绝我的，对吗？嘻嘻——谢谢！你要是不答应，我就跟你耗上，中午也不回去。呵呵，好不好嘛？夏小龙犹豫一下，笑道，好吧，真拿你没辙了。

一言为定！拜拜。

夏小龙明白，武倩倩的目的是邀他去看电影，不是来借书，也不是来讨论写作。夏小龙昨晚跟她们几个女教师一起吃宵夜就领教过她们的高招了。她们挺能喝啤酒的，可身材还是那么好。武倩倩说，喝啤酒是美容，简直就是真理。夏小龙摇摇头，他再傻也明白武倩倩喜欢他。夏小龙希望武倩倩只是一时糊涂，心血来潮，潮退了就不会缠着自己。昨天晚上吃宵夜的时候，夏小龙已经表示全力帮助、支持武倩倩，不能说了又反悔，失了男子汉的风度。

今晚这场电影将是他和武倩倩的爱情起点吗？夏小龙不知道。

18

第二天中午两点钟左右，那部黑色的桑塔纳小汽车如同一只老鸦驶入校园。小车在办公楼前停下，武书记下了车，他手里只拿着一个提包。当然了，这个提包是出差专用的，比装着碗筷的那个提包要大一点，能放几件衣服，还可以放一些其他东西。

司机老李开车走了。门卫老林远远看着武书记一个人上楼，纳闷了：张书记没有下车。今天上午，有人捎了一封信给张书记，他得马上交给张书记的。可是，没见张书记下车。老林觉得他得问问司机。

李师傅，张书记不回来吗？

老林头，张书记还在市里。

哦。老林有些困惑。老林觉得这封信老攥在自己手里，就是不妥。

武书记进了办公室。他泡了一杯浓茶，然后坐在办公桌边偌大的老板椅上，靠着椅背闭目养神，脸上挂满疲倦和沧桑，额头上渗出汗珠。五月的天气开始闷热，他想这也许是心情不爽的原因。武书记慢慢睁开眼，拿起遥控器，对着墙壁上的空调狠狠地按一下，又顺手把遥控器丢在桌子上，发出“哐啷”的声音，武书记又把眼睛闭上。他不是休息，他的头脑更不得休息，他整个人都显得窒息、郁闷、烦躁不安。

这个张相如！哼哼，简直就是一个混蛋！武书记心中咒骂张相如。

昨天去市里，是市教育局的纪检组长找他谈话，还把一沓检举信堆在他面前，绝大部分是检举张相如的，一是生活作风问题，二是工作作风问题，三是廉洁自律问题。武书记一封一封地看那些检举信，看得他咬牙切齿、深恶痛绝，几乎要昏过去。这个家伙才工作七八年，居然存在这么多严重的问题，真的让人心寒啊。

跟武书记谈话之后，纪检组长又找张相如谈话。当天晚上，市教育局的领导单独招待了武书记，说张相如跟着那些科长另外安排晚餐。武书记知道那是隔离审查的迹象，不是什么一般的谈话了，毕竟张相如的那些事不是小事啊。今天上午，纪检组的人继续找张相如谈话，武书记问要谈多久，回答是“不知道”，他们还叫武书记先回去。武书记一张老脸阴沉了下来，看来这个张相如确实是犯事了。他唯一担心的是自己会顶上一个用人失察、用人草率的罪名。无奈，武书记叫司机老李赶紧回去，连饭都不在市里吃，半路上随便找点吃的对付过去就行。老李问，小张书记呢？武书记答，不等他了，他还有其他任务。这个“任务”，说得有些牵强，说白了，武书记不想让老李知道太多的事情。武书记当然不能让老李知道得太多。老李有个毛病，一喝酒嘴就把不住门，什么话都敢说，弄不好会变成爆炸性新闻。

路上，老李发现武书记一句话不说，自己也不说话了。他轻轻地问：武书记，要不开点老歌听听？

好的，听听也好。

武书记吃了两颗药，闭上眼睛，躺在车上，微胖的身体久不久往靠背靠着，像一个装满肉的大水盆，晃动之间偶尔发出一种沉闷而古怪的撞击声。

老李静静地开车，听歌，不再说话。

武书记虽然眼睛眯着，但是心里十分不平静。张相如这个家伙真的太过分了，那么多检举信，那么多龌龊的勾当，那么多严重的问题——武书记实在难以相信、难以接受。怎么办？第一，先跟鲁校长沟通一下，拿新的主意。第二，张相如不能再当这个团委书记了，得找个合适的理由马上换人，目前问题还在调查中，还不能说他犯的什么事，不能说他有太多问题。可是，又必须存在一些问题，撤职的理由也必须充分。第三，谁来接替张相如当学校团委书记呢？小崖是勤快、听话、有能力，可办公室不能没有他啊。夏小龙——武书记一想起夏小龙就会想到他的女儿武倩倩，这家伙居然勾搭上倩倩，妻子一万个不同意啊，怎么办？夏小龙能力不差，就是不大听话，对于那五棵老树的态度也不明朗。武书记所说的"听话"就是张相如平时唯命是从、阿谀奉承的模样。

武书记觉得，自己应该先找夏小龙谈心，探探情况、摸摸底子，如果夏小龙愿意挑这副重担，那么就给他敲敲边鼓，再约法三章，有了规矩就好办了，可以让他接替张相如的工作。如果夏小龙不愿意，那么只好另外选一个了。到底选谁？武书记觉得只能由鲁校长定夺，这次他不敢再自作主张了。

19

下午，夏小龙没有课，就去语文组办公室转转。走过学校办公室时，他隐约听到小崖和丁家严老师的对话。

这次，这个张相如挨卵了，绝对挨卵了。丁家严老师的粗口话又出来了。

什么事？那么严重吗？

小崖，我告诉你，市教育局的老乡透露的，假不了！昨天武书记和张相如出差，对吧？

对啊。

那是有人告状，还有一些家长也告状了，好多好多的检举信啊，检举了张相如好多的罪状，嘿嘿。什么晚上检查女学生睡觉时故意扫射电筒偷看女生换衣服啦，什么以前实习期间跟哪个女老师有男女关系啊，什么诱骗女学生上床啊，真的太多了。哼哼，这个家伙太不守规矩了，真是道貌岸然啊。丁家严老师就像打靶一样一枪一个窟窿，说得神乎其神。

真有这些事？小崖将信将疑地追问。打死他都不相信张书记会这样龌龊，甚至下流。

何止这些？他甚至还有经济犯罪呢。这个家伙当书记算是当到头喽。

丁家严老师说得真真的，小崖也听得真真的，夏小龙更听得真真的。夏小龙想，这次张相如要栽了。

夏小龙的脚步声近了，丁家严的话声也就轻了。小崖用眼神示意丁老师有人来了，让他别再说了。丁老师却继续说，怕什么，若要人不知，除非已莫为。武书记刚刚提拔他当团委书记，弄不好武书记也得摊上一个用人失察的罪名。

真见了夏小龙，丁家严的喉咙却像被鱼刺卡住一样不再说话了。最近，夏小龙跟武倩倩打得火热，他发现武倩倩经常出入夏小龙的房间。昨天晚上，他终于发现一个秘密：武倩倩和夏小龙在夜深人静的时候还在那五棵老树下面幽会！幸好武书记和张相如都出差了，不然的话，一定会让张相如这个狗鼻子闻到腥味，甚至直接夸大其词地告诉武书记他有一个爆炸性消息。丁家严和夏小龙没有仇，他不会揪住夏小龙的事做文章，男女老师之间恋爱很正常，没有什么大不了的。丁家严二十年前因为弄死了一棵桉树被武书记处分，十年前因为主张把五棵老树砍掉又被武书记骂了一阵子，还在全校教职工会议上被武书记公开训了一顿，那一幕幕，丁家严一辈子都忘不了。有一段时间，武书记见了丁家严就阴着脸，似乎丁家严欠了他巨款不还一样，一副不屑一顾的模样，弄得丁家严那几个月都夹着尾巴不敢吱声。

这几年，为了缓解他和武书记之间的关系，在那五棵老树下，丁家严与武书记下象棋的时候连续故意输棋。他坚信，让武书记赢棋了，让武书记高兴了，自己的日子就好过了。

20

第二天上午，马副校长找武书记汇报情况，说市委督查组下周一要来督查篮球场建设项目的进展，问怎么应对。武书记知道这事不能再等了，必须马上召开一个全校教职工会议，讨论一下篮球场建设项目，特别是那五棵老树的去留问题，让大家谈意见，集思广益嘛。马副校长说他不参加，他必须给督查组一个交代。武书记说，先听听大家的意见也好，否则别人说我们不够民主。马副校长有些气愤，话也不说就离开了武书记的办公室。

那天下午三点，全校上百号教职工准时到五楼会议室开会，唯独不见马副校长和覃主任等几个后勤人员。武书记一个人坐在主席台上开始讲话：

同志们，今天召集大家开会，我已经跟鲁校长通过气了。关于市里要在我们学校举办全市篮球运动会的事，大家都知道了，啊。大家知道啊，那五棵老树啊，虽然不是什么名贵的树，就是桉树啊，但我们知道前些年流感、流脑流行，我们啊，我们就靠那五棵桉树渡过了难关。这个啊，大家心知肚明。平时，喜欢下棋的老师也都知道啊，那是我们学校的一个乐园啊，这是不争的事实。三十多年前，我们种下了十五棵小桉树，经过风吹雨打，现在剩下的五棵长大了，长高了，枝繁叶茂了啊，如果砍掉那五棵老树啊，我想今后我们的什么娱乐啊，聊天、乘凉啊，所有的娱乐活动都得停止。那五棵老树没了，大家的心里会不会有些遗憾呢？所以，今天开这个会，是想大家集思广益啊，大家群策群力啊，大家都来说一说啊，那五棵老树，该不该砍掉啊？我希望大家啊，说说心里话，说说公道话，说说实在话啊。

武书记讲话带“啊”是一种习惯，大家都知道。今天他讲话的调子很沉重，言语间夹杂着一种悲凉。

武书记，我有个提议。丁家严首先接上话。

说吧。

我建议按照资历和职称高低，从上到下说说意见，不能大家乱哄哄地说，这样可以吗？丁家严环视在场的所有人，像说幽默的段子一样，但脸上丝毫不露出笑容，还是一副高深莫测的模样。

好，可以啊。武书记也不希望会场变成乱哄哄的“战场”，起码先保证秩序稳定吧。

接着，教务主任等领导就轮流说，基本上都赞同砍掉五棵老树建设新的篮球场，理由很简单，市里的要求必须执行，至于其他原因大家就没有展开了。他们没有下棋的爱好，也没有时间去那里闲逛、聊天，甚至可以说，砍不砍掉五棵老树跟他们没有半毛钱的关系。

轮到丁家严说的时候，他故意咳了两下：那五棵老树确实有纪念意义。三十多年了，不是珍贵的树种也因为年轮的古老而显得珍贵，尤其那是武书记亲手种下的树，当然更加珍贵了。这么多年来，我也没少到那五棵老树下下棋、聊天，没少在那里寻到特别的乐趣。不过，市里搞篮球场也是大事，不可忽视，马虎不得，稍有不慎我们学校就面临通报、问责。特别是前段时间，我还发现有不少男女学生甚至老师，他们大半夜在那里幽会，有的还搂搂抱抱，确实不成体统，影响极坏。

大家发出一阵笑声。

丁家严从学校的历史说到学校的发展，说到学校的建设需要什么理念，说到学校的发展需要什么支撑——足足说了半个小时。丁家严说话幽默，段子中夹杂着不少学校的问题，还提到学生在深更半夜到五棵老树下幽会、谈恋爱等事情，说得眉飞色舞，说得天花乱坠。会场立刻像开了锅的水一样沸腾。

一开始，武书记还以为这个爱下棋的丁老师会帮自己说句公道话，谁知道最后还是给否定了。他的眼前似乎变得黑暗，脸阴沉沉的。

接着，其他老师纷纷发表意见，有赞成保留那五棵老树的，有提议砍掉那五棵老树的。会场陷入僵持和紧张。

耗了两个多小时，终于轮到年轻老师发表意见了。

夏小龙站起来的时候，武书记希望他能够说句温暖的支持他的话，毕竟夏小龙是自己要提拔的人选之一，而且他最近跟自己的女儿武倩倩走得很近。

夏小龙环视了一下会场。大家都想知道他是什么态度，丁家严更想知道，这个夏小龙会不会因为武倩倩或者别的什么原因而和武书记站在一边。

对不起，武书记。我们这样讨论了一个下午，很明显是一个错误。

哇哇——会场一阵喧哗。

夏小龙一本正经地说，刚才各位领导、老师们都提出了自己的意见，理由都充分得很。五棵老树的历史真真的，五棵老树的纪念意义和价值也是不可忽略的。不过，像我这样的年轻人，当然是人微言轻，我的意见甚至不如一个响屁重要。

大家哗然一片。

说吧，过门儿别太久啦。丁家严插话。

夏小龙继续说，为什么这么说呢？是因为来开会的时候，我路过那五棵老树时，发现有几个工人在那里，马副校长和覃主任也在那里，我估计，现在那五棵老树已经全部被砍倒了。我们的讨论已经毫无意义了。

大家“哇哇”地叫，武书记拍了一下脑袋，后悔没有叫马副校长来开会，还有这个覃主任。他急忙走到窗口，使劲地拉开窗帘：啊！

夏小龙说得没错，那五棵老树已经全部倒下了。

武书记眼前一阵发黑，脑袋炸了一样。他的腿发软，他的嘴唇异常干燥，他的心如同一块干干的饼干正在开裂。最后，他吐出一口血，昏倒在窗前，瘫在地上。

会场一阵哗然。

小崖急忙赶过去，看着武书记，扭头大声地说，不好了，武书记的血压真的高了！

ZHAO GE DIFANG SHUIJIAO

找个地方睡觉

小说，是一个空间走向另一个与之紧密相连，息息相关的空间。

【作者简介】

韦禹薇，笔名微语，女，壮族，广西都安县人，广西作家协会会员，鲁迅文学院少数民族文学创作培训班学员。现供职于广西河池市文学艺术界联合会。

1

在我租到房子前，闺蜜小卓的出租屋是我临时的落脚点。

这段时间，我一直处于失眠的状态。每到夜深人静，卫生间水龙头滴答的滴水声一直挑战着我的神经，弄得我心烦意乱的。而小卓不让我去修那个水龙头，说只要一动，整条管道都得换新的。直到搬出去后，我才想到一个办法：睡前应该拿条毛巾，一头裹住漏水的水龙头，一头搭在桶里，这样就什么声音都没有了！

刚住进去的时候，我惊讶于这房子的简陋，要不是小卓一身时髦的装扮和屋里几件现代化的电器，住在这里，我还以为自己穿越到了二十世纪七十年代。

我说："小卓，好歹你也是个干部，是领工资的人，不能住好一点？"

小卓说："我倒是想呀，可那点儿工资，租太贵的房不值。不就是睡觉吗，有个地方放张床就行了。像我这样租房的干部多了去了，我们单位的领导还租民房呢。"

"可也不能这么委屈自己呀。"

小卓说："没什么委屈不委屈的，房子也没那么容易找。你想想啊，如今房改了，谁不想拿房子赚一笔钱？就是朋友、亲人，也不能白住是不是？弄不好，钱花掉了，还欠一个人情。"

这有点出乎我的意料。本以为到了市里，不单工作光鲜亮丽，各方面条件一定也是光鲜亮丽的，就像电视剧里那些白领出入的是写字楼、住的都是公寓一样。老家的人听说我调到市里工作，还一脸的羡慕。没想到事业长进了，生活却退步了，原来光鲜的样子大多是想象出来的。

"让你家老康给你买个两室的小户型呗，到时候你租一间给我住。"我半开玩笑半认真地说。老康是小卓的老公，有点小钱，就是太抠。用小卓的话说，老康的钱是抠出来的。

小卓说："算了吧，他要是能出钱给我在市里买房，母猪都会上树。我一提这事，他就要我调回县里上班。我好不容易才从县里调上来，哪有回去的道理？"

小卓告诉我，租房子得有心理准备，期望值不要太高，更别想着买房。

想想也是，对于守着一份死工资、在县里还有房贷的我来说，在市里买房实属幻想，还是老老实实租房吧。

我在众多的广告中耐心寻找房屋出租的信息。

我理想中的房子应该是这样的：坐落在环境优雅的小区，是通风透光的一室一厅，有干净的厨房和卫生间，以及一个面朝河流的阳台，房间装修简约、家具简洁、大床舒适。我希望住着这样的房子，每天晚饭后在小区里散散步，然后回房间写作，再舒舒服服地睡个觉。第二天在鸟语花香中醒来，迎着早晨八点钟的太阳去上班，用愉悦的心情去开启美好的一天……

当我按照这个标准相亲一般去看房时，与理想相符的，价格高得我心尖发颤。心尖每颤抖一次，我就降低一点标准。理想在一次次降低标准中变得七零八落，落了个面目全非。最终我彻底放弃了标准，只要便宜、距离单位稍近，方便上班就行。终于，我在单位附近的一条老巷里租到一处自建房，一室带卫生间，一个月租金三百五，比我的预算还少。于是，我现实中的出租屋是这样的：拥挤的居民区，狭长的老房子，又黑又脏的楼道，浑浊的空气，鱼龙混杂的租客。小卓说的没错，现实就是如此。没办法，将就着吧。

租这间小房子，用了我半个月时间。

2

老巷隶属东风社区。社区和巷子一样老，历经沧桑。巷道里一栋栋楼房沿着山脚高高低低、密密匝匝地排开。巷道上空各种线缆密布，又在各家门口上方扎成一束，将一栋栋楼房捆绑在一起。与外面的街道相比，这里显得狭窄、逼仄。老巷虽然狭小，地理位置却得天独厚：位于市中心，与商业区仅一路之隔。因而这里的房子不愁租，房东只坐等收租。

我拖着行李箱走在前头，小卓提着我的行李袋跟在后面，我俩一同来到了我的出租屋。屋里的采光很不好，小卓把灯都打开了。她打量一番，说：“整理一下也是很不错的，如果明皑久不久来暖一下被窝就更好了。”我推了她一把：“你不是不知道我和明皑已经分手了，不许提他！”又睨了她一眼，调侃道，

“该不是我妨碍你了吧，房间里那双拖鞋，我这双大脚穿上都松，不像你家老康的，说，那鞋是谁的？”小卓避开我的眼神：“瞎说什么呢，那就是老康的鞋。你自已慢慢收拾吧，我还得回去加班赶个材料。”

前租客刚搬走，屋里一片狼藉。打开窗户，伸手就能扯到山上的杂草。就是这样的房子，要租的人也多的是。我花了大半天时间来打扫这十多平米的空间，光卫生间就洗洗刷刷了一个多小时。

我躺在新铺的床上伸展着酸痛的筋骨，累得一点都不想动了，眯眼想休息一会，突然听到一声鸟叫，不由得转头望去。一只小鸟停在窗棂上，歪着小脑袋好奇地往房间里张望。小鸟看到有人在注视它便飞走了。还没等我眯盹儿，一阵叽叽喳喳声传来，窗棂上竟多了两只小鸟。它们无视我的存在，像在开会讨论一件大事。西斜的阳光透过楼房和山之间的空隙，映在石壁和窗棂上，屋里显得更加昏暗，石壁上的小草、窗棂上的小鸟却因蒙上了一层太阳光而鲜活生动。喧闹和忙碌让我忽略了树上的小鸟和身边的花花草草，也让我错过了许多风景。看着窗外明亮的画面，我有点眩晕，想睡。一阵困意袭来，我竟然做了一个梦。

梦里，我一个人骑着摩托车朝老家的方向行驶，再翻过前方的坳口就到家了。可是那个近在眼前的坳口，我非但无法靠近，还离我越来越远。转眼间，我进到了翠竹茂密、云雾缭绕的深山。我迷路了，摩托车也不见了，那可是我借来的摩托车，我拿什么赔给人家？我急得哭了。这时，我发现一个穿着白色衣服的人低着头走在我前面，我问他，你知道永平村怎么走吗？

他头也不回道，你跟我来吧。我就跟着他走。本来我是跟在他后面的，不知道什么时候他走到了我的身后。我想回过头去看清他的脸，他却一把揪住我的头发，举起一根木棍敲打我的头。我听到头被敲击的声音——嘭、嘭、嘭。我惊骇得用力一挣——醒了。

头顶的天花板上有人拿着东西在敲击，发出“嘭、嘭、嘭”的声响。

窗外漆黑一片，鸟儿们早就回巢了。打开手机一看已是晚上九点多。我感觉有点儿晕乎乎的，浑身没有力气，肚子倒没觉得饿。除了房间里白炽灯发出的“嗞嗞”电流声，我的耳朵里还充斥着楼下搓麻将的声音和闹市嘈杂的声音，忽近忽远。

我盯着并不是很白的天花板出神。一只蟑螂不知什么时候散步来到天花板上，挑衅地晃动它那两根长须——这打不死的“小强”，世界上任何角落都有它的族群。我把手慢慢地垂到床下捞起一只拖鞋，瞄准那只龌龊的蟑螂，朝天花板用力扔去。蟑螂没打着，天花板却留下了一只鞋印，越看越像人类初次在月球上留下的足印。

我出门去，在外面一家粉摊吃了碗米粉，到步行街逛了一圈，又到超市买了些日用品回来，感觉住在这里还挺方便的。

回到房间差不多十一点了，一楼打麻将的还在继续。租户们陆续回来，进进出出将门弄得巨响，小孩儿的哭闹和大人的呵斥此起彼伏，乱作一团。楼上的住户趿着拖鞋，在我的头顶走来走去。

忍忍吧，住一段时间就会习惯了——我这样安慰自己。

二楼住着那个断了右手的乞丐。我经常看到他在市中心的银行门口台阶上坐着，面前铺一张报纸，报纸上放一块磁铁、一个破口盅。磁铁上粘满硬币，路过的人随意投放的纸币散落在口盅周围。我也曾在他那破口盅里放过钱，没想到现在和他成了上下楼的邻居。乞丐对门住的是一个女的，直到我搬离那里都没能与她照过面，只是偶尔从虚掩的门口见过她穿着睡衣的背影，很是性感。

三楼住着一对年近八旬的老夫妇，他们带着一个不满一岁的小男孩。老爷爷蚂蚁搬家一样，每天从外面带回一些硬纸壳、矿泉水瓶之类的废品，等到楼道快堆满的时候，他就把这些废品搬到楼下，用一辆只能推不能骑的三轮车将它们拉出去卖掉。那小孩儿也怪，只要一进屋，就哭个不停。晚上我无论多晚回来，都会碰到老奶奶背着小男孩在楼道里晃悠，手里还做着针线活。老奶奶每次见我都会打招呼："回来了？""回来了。"我微笑着回应她。

有时候我也会跟她闲聊几句，毕竟是楼上楼下的邻居。

我问老奶奶，怎么没见小孩儿的父母？

老奶奶神色黯然，停下手中的活儿，晃了晃背上睡着了的小孩儿，跟我聊了起来。从她的絮叨中我才知道，在这孩子出生后不久，孩子父亲去医院接母子俩回家，结果途中遇到了车祸，他父母当场死亡，而他在母亲怀里竟然毫发无损。肇事的是个"粉仔"，吸毒后开车，除了那辆证照不全的二手小车，家里一无所有，服了刑却无法履行赔偿责任。肇事者的家属说，他们早就与这个人断绝了关系，留下五千元后就再也没出现过。老夫妇只有孩子父亲这一个儿子，就这么没了。听说城市里好赚钱，为了小孙子，老夫妇强忍悲痛，从乡下来到市里捡破烂、做手工活赚点小钱养家糊口。

平时，楼里的租户把能换钱的废品都留给老爷爷。我也会顺路把收到的快递盒子、喝完水的矿泉水瓶拿到楼下放在废品堆上。要不是单位的废旧报刊被后勤服务中心指定了专门人员上门收购，我还打算让老爷爷上我们单位去收。

老夫妇对门是一个二十岁左右的小伙子，板寸头，瘦瘦高高的，平时斜挎着一个深褐色的 PU 皮公文包，走起路来脚下生风，上楼三步并作两步走，公文包贴在他屁股上一晃一晃的。感觉他像商人又像老师，更像是推销员。极少的几次偶遇，他都是一套黑西装一件白衬衫，我都怀疑他没有第二套衣服了。

每天趿着拖鞋、在我的头顶走来走去的是一对中年夫妇。他们租了五楼的两套单间，在我头顶上的这间是厨房，另一间是卧室。男的是个屠夫，女的卖菜。屠夫身上永远围着一张沾满油污的皮围裙，一副袖套长在他的手臂上。他们每天很晚才回来，手里的提篮总装着大小不一的刀具，有时还装着一些猪下水或蔬菜。

夫妇俩每天凌晨起床，先要在楼上走动一阵。通过声音可以知道：他们正在锁门，然后下楼，启动了摩托车，摩托车出了大门，摩托车开出巷子，由近至远，加入早起的队伍中。

夫妇俩非常好客，只要哪天提着猪下水回来，那天家里必定会有客人，来客都是他们的老乡。刚开始动静都不怎么大，后来估计酒喝得差不多了，楼上的动静就通过地板传到我的房间来：筷子掉落了，板凳在屁股下翻跟斗了，酒瓶弹跳滚动在地板上了……夜越来越深，楼上的动静越来越大，他们还划起拳来。这样的晚上，书是看不成的，更谈不上写东西了。我沮丧地关掉电脑。最后，我只剩下关灯和躺到床上的力气。

我很少遇到楼上的夫妇俩，偶尔遇到了，就会善意地提醒他们，请客的时候能不能注意把握时间，不要太晚了，影响别人休息。屠夫说，晓得了，晓得了，下回，下回一定注意。女的则报以微笑。

除了楼上不断制造的声响，对门那对年轻夫妇也经常弄出动静：无缘无故地争吵，吵着吵着便可能升级到打架。他们用本地话互相攻击，争吵伴随着板凳、杯子之类的东西与地面猛烈碰撞后发出的或沉闷或清脆的声音，无辜的房门被摔得连楼板都震动了。有时摔东西还不过瘾，来点肢体冲突才解恨。他们像两只疯狗一样撕咬得难分难舍，谁都想先声夺人，谁都想压过对方。他们五岁多的女儿站在门外撕心裂肺地朝他们哭喊："别打了！别打了！"

小女孩的哭喊让我心碎，这孩子的心理不知要受到多大的伤害，估计已经千疮百孔了。我主动去劝了好几次，小女孩每次看到我就像见到了救兵。也许是打累了，也许是早就想找台阶让对方下，我很容易就把扭在一起的两人分开。他们打架成了习惯，我劝架也成了习惯。无非是些鸡毛蒜皮的事，第二天早上上班，夫妻俩送小女孩去学校，一家三口又有说有笑的，只是男的额头贴着一块创可贴，女的嘴角青紫，仿佛昨晚登台演出未卸的妆。

邻居们沿着他们的轨迹生活着，该乞讨的乞讨，该上班的上班，该哭的哭，该请客的请客，该打架照样打架。那个缺了一只手的乞丐路上见到废品还会带回来给三楼的老夫妇，老夫妇对门的小伙子经常带些玩具回来给小男孩，我楼上的中年夫妇久不久给老夫妇送点卖不出去的猪肉或青菜，我对门的年轻夫妇有空的时候会到楼下把小男孩抱上来跟他们女儿玩。两个小孩嬉戏时的笑声，把生活的鸡零狗碎给熔化了。

慢慢地，从他们的谈话里我知道对门的小女孩叫婷婷，她爸爸叫阿昌，妈妈叫阿文。直到搬离这栋楼，我还是只知道这一家子的名字。那个乞丐，别人叫他老独；老爷爷和老奶奶平时互相用“喂”来称呼；楼上那夫妇俩男的叫女的“老奶”，女的叫男的“老鬼”；我对面的小伙子不常碰上，邻居们都称他“阿弟”。他们则叫我“老妹”。其实平日里见面点个头也算是打了招呼，最多问一句“回来了”，回一句“嗯，回来了”，这就是最朴实的日常了，大家都无所谓是否知道对方的名字，只要各自安好。

虽然我现在的邻居们生活在社会底层，文化不高，不善言辞，各忙各的，互相之间没有过多的交流，但他们是友好的，是善良的，他们生活在单纯的透明处。我不小心走进了这个群体，住在这里，我感觉到了人间烟火的亲切。

我的房间时常会进来些“客人”。蟑螂和大个儿的黑蜘蛛就不用说了，它们是常客、熟客了。它们冬天隐藏在某个角落，待春暖花开时就出来约会、繁衍。老鼠久不久也会进来徘徊一下，见没有东西可吃，便把我放在洗手间里的香皂咬得面目全非。这些都不算恐怖——不算特别恐怖，因为我都能适应，至少相安无事。最恐怖的景象出现在我打扫卫生那天。那天，我从床下扫出一条盘成一团的蛇，不知道是它来我这里冬眠了，还是我占领了它的地盘。这团泛着幽光、滑滑腻腻的东西在我的尖叫中缓缓松开盘着的身子，慢慢向床底爬去。我对这种冷血的爬行动物存在着极大的恐惧，头皮炸开，估计头发已经竖起来了。我都不知道自己是如何蹦出房间的。

我蹦到楼下跟在过道上正绑扎硬纸壳的老爷爷语无伦次地说："我房间里有蛇……"老爷爷好不容易听明白我说了什么。他说："别慌，蛇不轻易咬人的。"他拿了一只平时装矿泉水瓶的蛇皮袋，又回他们房间拿来一把火钳进了我的房间，不一会儿提着袋子出来。那蛇进了他的蛇皮袋。老爷爷是把它送到某个收购站还是某个餐馆，我都管不着了。老爷爷后来说了一句话又让我头皮一阵发麻，他说等到夏天，这里的蜈蚣更多，个儿大，一只能卖五块钱呢。

3

我又回到了小卓的出租屋。无论如何我都不想回那个房间去了。一想到那条滑滑腻腻的蛇，我就全身发冷，鸡皮疙瘩起了一身。尽管我很舍不得离开刚刚建立了感情的邻居们，可一条蛇已经把我的不舍给咬断了。我向小卓保证会尽快找到新的落脚处。

有了上一次租房的经验，我很快就找到了房子。新的出租屋位于新建社区，相对于原来住的东风社区要开阔些，最主要的是这里远离山边，不会有蛇。顺着大路左拐，就是龙江市建得最早的宾馆——龙江宾馆。宾馆左边是一条宽巷，叫红棉巷。宾馆右边有个新建的市场，因为新建的市场摊位费有点儿贵，附近一些农民就拿自家种的菜到红棉巷里来摆卖，卖肉的、卖鱼的、卖鸡的，也都摆到巷子里来了，怎么赶都赶不走。重大节日或是上面有人来检查时，城管才过来管一管。

红棉巷早年是龙江市的“红灯区”，历经数次的扫黄打非行动，红灯灭了。一楼清一色的大小发廊大部分变成了粉摊、药店、土特产店。当然，理发店还是有的。二楼开的是美容院、足浴中心，美容院门口还挂着“男宾止步”的警示牌。我就在这家挂有“男宾止步”牌子的美容院对面租下了一个小套间，从窗口刚好可以看到斜对面的龙江宾馆。

别看这里白天像是自由市场，到了晚上，巷子里却是空荡荡的。

还没到清明，冷暖气流在南方上空胶着，弄得屋里屋外都湿漉漉的。衣服穿多了感觉潮热，穿少了背后又透着凉风——这是个不小心就感冒的季节。晚上门外有些女人是不怕着凉的，她们袒胸露背，在门边或站或坐，不是玩手机就是聚在一起聊天，毫无顾忌地向过往的男人打招呼：“帅哥，进来泡个脚啊。”“帅哥，按摩不？包你舒服。”

每次我把自己安放在床上的时候，总觉得空气暧昧得蠢蠢欲动，甚至觉得隔墙都是做爱的呻吟声，弄得我也有几分骚热起来。

我从床上爬起来，拉开窗帘，打开窗子，灯光扑面而来，跌进房间里。巷子里路灯明亮，几个站街女无聊地张望。一个身材微胖的女子把手叉进胸口，往下一捞一提，让多余的肉和乳房一起挤在胸罩里，这样看起来乳房更挺了，乳沟也更深了。女人对自己的乳房很满意也很自信。有个男人路过，她便晃动着胸前的两个肉球贴上去。男人顺势摸了一把。也不知道他们说了什么，男的左顾右盼，突然摆了摆手，快步离开了。女人追在后面嚷起来：“你公龟的，占老娘的便宜。”

拐角有一只猫停住它优雅的脚步，向巷子里骂骂咧咧的女人瞥了一眼，又继续从容优雅地踱步而去。我看见它身后飘着几缕冷风。

龙江宾馆灯火辉煌，通透式的围栏让大楼前的停车场展示无余，各式各样的车排满停车场。这时已凌晨一点多了，有人跌跌撞撞地从宾馆的餐饮部出来，也有人跌跌撞撞地从外边回到宾馆。他们在停车场逗留，大声说话，互相道别。酒精的作用让他们的话特别多。他们一而再再而三地道别。

有个醉汉一边向同样醉酒的朋友挥手道别，一边摇摇晃晃朝我这边的巷子走来。我看他绕过围栏边的绿化带，估计里边的人已经看不到他了。突然，戏剧性的一幕出现了——这个醉汉醒了，迈着稳当的步子向巷子里走来。借着路灯，我看到的是一张熟人的脸——隔壁单位的老裴。对，就是他，那副猥琐的样子，那板寸头灰方脸，特别是那标志性的咳痰声更让我确定是他。他声情并茂地往地上吐了一口痰，又拐到一个墙角撒了一泡尿。尿完，他向四周张望了一下，很快就拐进了美容院。

接下来的每个夜晚，我都能在这个出租屋里不小心窥到这个或那个熟人三更半夜溜到小巷里来按摩、沐足，有一晚甚至观看了一场原配与小三打架的全武行。那晚，男人和小三刚从出租屋出来，就被原配堵住了。仇人相见，分外眼红。原配拿着坤包上前劈头盖脸就打：“我让你骚！你个不要脸的东西！”那小三也不是省油的灯，和原配扭作一团摔倒在地上。男人试图把绞在一起的两个女人分开，却无从下手，干脆溜之大吉。

混战中，那小三不知什么时候摸到半截砖头，朝原配头上猛地击去。原配的头被砸破，鲜血直流，她却依旧揪住小三的头发不松手。一旁围观的人像看戏一样瞪眼伸脖，生怕漏掉某个细节。眼见要出人命了，才有看不过去的急忙上前拉架，有人报了警。警察来到的时候，两个女人已经被众人分开，嘴巴却没闲着，继续隔空对骂。警察把两个女人带走，围观的人散去。小巷看似恢复了它原有的秩序，原配与小三的打斗却在人们的交头接耳中成了个茶余饭后的话题，直到有比这更新鲜的话题将它替换。

我倚在窗边，饶有兴致地看着窗外不断发生的事情。我在暗处，不会有人发现我的窥视。也许，附近的楼上，窥视的不止我一个。有时我会给小卓讲我在小巷里的发现，她笑我再这么下去就成偷窥狂了。我笑着和她说要不要也来窥一下，说不定会有重大发现。

夜里偶尔会有人来敲我的门："柳妮在吗？"

门外不同的男人问我同一句话。

"柳妮是谁？"

"哦，她不在这里了。你这里按摩吗？"

"滚！"

除此之外，我对这里互不干扰的环境还是很满意的。

窗外，白天追逐黑夜，热闹与冷清交替，一切事物都在按固有的轨迹缓缓运行。不知不觉间，身上厚重的衣服褪去，又度过一个潮湿的季节，夏天悄然来临。

我现在的生活就是上班、开会、出差、写作。一般都是下午吃过晚饭，出门散散步后回到房间，换上睡衣，胡乱绾起头发，坐在电脑前，然后点一根香烟，吞云吐雾地敲键盘。敲累了，我便倚在窗前，看外面的灯红酒绿，看人与人的纠缠，看世间的百态。我喜欢这种无拘无束的状态，完全放松在自己的世界里。特别是在夜深人静之时，躺在床上很多想法不请自来，灵感爆棚。起床打开电脑，泡一杯浓茶，再点一根香烟，很快就驰骋于文字之间。

一阵喧闹打破深夜的宁静。刚开始我还以为是哪个醉汉在闹事，再听听，感觉不对。对面楼、左右两边，整条小巷一下子涌进了许多人，周围都是房门被打开的声音。我这栋楼也有动静，一楼的门好像被打开了，然后是一阵急促的脚步声，紧接着有人拍我的门。

“开门！开门！警察！”

我赶紧把香烟掐进烟灰缸里。一只拖鞋不知被我踢到了什么地方，我一边低头找鞋，一边应道：“等一下，等一下，我换件衣服……”还没等我说完，门已被踢开了，冲进来几个身穿警服的人。他们一上来二话没说，提溜起我的胳膊，半推半提就把我带出门下楼。我边挣扎边大声斥问：“你们要干什么？我犯了什么法？”其中有一个人说到派出所你就知道了，然后不容分说就把我塞进一辆印有警察标志的面包车。车里的后排挤着几个衣着暴露的女人，有一个只披着浴巾，长发遮住的面孔隐隐透出无所谓的表情。我从车窗里看到几个衣服凌乱的男人正被押上另一辆面包车，垂头丧气的。

到了派出所，面对两个警察，一个长着苦瓜脸，一个长着土豆脸，我真想给他们每人一拖鞋，可惜下楼的时候被他们连提带拽，脚下唯一一只拖鞋也给弄掉了。

苦瓜负责讯问，土豆负责记录。

苦瓜面无表情："姓名？"

"唯一。"

"性别？"

"女。"

"家庭住址？"

"身份证上有。"

"我让你自己回答。"

"龙江市安化县翠山街54号公务员小区六栋二单元202室。"

苦瓜说："有人举报你聚众吸毒，还卖淫，你老实交代吧。"

我蒙了："你们要搞清楚哦，我是有单位的人，我怎么吸毒了？"

苦瓜说："别跟我们来这套，我们审的人多了，有人还说他们在国安局上班呢。你说你一个单身女人，房间里的烟头是怎么回事？还有，你家里那只男人的拖鞋是谁的？你看看你，吸毒都吸成什么样子了？"

我盯着他们，一连串反问："你们让我交代什么？有没有搞错呀，哪条法律规定女人不能抽烟？我脚大，女式拖鞋我穿了不舒服，买一双男式拖鞋穿不行吗？我经常熬夜写作，样子能好到哪儿去？"我指着苦瓜脸，"给你们市局的杨局或者刑侦队的叶队打个电话，你们就知道我是谁了。"

"行啊你，看来你是个惯犯了，公安局领导你都认识了。"

"什么惯犯？你们下的这个定论要记录好，待会儿我看笔录没有这句我可不签字，到时候我要告你们妄加定义，乱扣罪名。”

见我态度坚决，苦瓜和土豆互望了一眼，耳语了一下，然后苦瓜对我说：“现在太晚了，不方便打电话。这样，我们且相信你，等下让小罗送你回去。你的手机和身份证暂扣，等候我们随时传唤。”

我莫名其妙地进了一趟派出所，又莫名其妙被送回出租屋。光着脚板站在屋里，我看到的是被掀起的床单、歪出床沿的席梦思、半开的书桌抽屉、敞开的衣柜，以及散落一地的书本。书桌上的笔记本电脑不见了，估计是被当作物证带走了。经过这一夜折腾，我实在是困得不行，床也无心整理，倒头便睡。我得养足精神，明天好讨个说法。

4

我像一只小船在茫茫大海中荡漾，荡着荡着，荡进了一条似曾相识的小巷，一些声音在耳边响起。起初是窃窃的、喃喃的、模糊的，而后声音由远而近，越来越嘈杂，嘈杂得像一条街。我努力睁开眼睛，一线阳光从窗帘缝挤进房间里来，细细的灰尘在那线亮光上飘舞着。这分明就是我的房间，哪有什么茫茫大海？可外面的嘈杂却是真的。我这一觉也不知睡了多久，听外面的声响应该是中午了吧。我下意识去摸枕头下的手机想看看时间，却发现手机没了，才想起手机和身份证被扣在了派出所，继而想起了昨晚的事。没了手机，仿佛通往外界的唯一通道也被断掉了，我就是一个身处孤岛的流浪汉，只能面对茫茫大海发呆。

听着窗外的嘈杂声，仿佛听到人们正毫无顾忌地议论昨晚的事，这对于住户来说是生活最好的佐料，随便加加工远比原配和小三打架精彩得多。要是被街坊知道某个单位的某位作家被抓进了派出所，他们又会怎么议论呢？再传到单位传到朋友甚至传到家人那里，我又怎么解释得了被百张嘴千张嘴加工过的情节呢？这是一个什么破地方？莫名其妙进了派出所，而且还是因为“扫黄”被扫进去的。想起昨晚的事，我就感觉一股气憋在胸口，就像雨天踩到了狗屎一样窝囊、恼火。真是太不应该了！越想越觉得不对劲，心里憋得难受。我突然对这个地方感到厌恶，就像厌恶一个人一样，恨不得离得远远的。这个地方就是一个容易生事的地方。我得离开这是非之地。

“绿豆粥——南瓜小米粥——马打滚——”叫卖声装在一个破喇叭里重复不断地吆喝着，从巷头吆喝到巷尾，又从巷尾折回巷头。它把我拉回现实。这个点也没感觉到饿，也许是因为那团气不止堵在胸口。我的肠胃也都装满了气，这些气只等着一个突破口狠狠地往外冲。可是光赖在床上生气是没用的，我该起来吃一碗绿豆粥降降火气，然后直接去找派出所的负责人。

从床上爬起来，在书柜下面找到一只拖鞋，另外一只在昨晚的混乱中已不知去向。我气恼地把手中的拖鞋扔进垃圾篓，光着脚进了卫生间。我胡乱洗了把脸，抬头看见镜子里的自己，吓了一跳。头发乱糟糟的，双眼无神，精神萎靡，面色枯黄……这就是我吗？连我都觉得自己是一个吸毒鬼，没有比这个时候更糟糕的了。我剥掉身上的衣服，随手扔到卫生间门外，打开淋浴喷头，从头到脚冲淋身体，我要先把所有的晦气冲掉。

“笃！笃！笃！”似乎有人在敲门，青天白日的不会又是来找“柳妮”的吧？该抓的抓了，不该抓的也抓了，竟然还有人有这个胆，没完没了地找乐子。也或许是我听错了，是恼火让我产生了幻觉。温情的水抚摸着我躁怒的身体，紧绷的肌肉和神经在水的包裹中慢慢放松，怒气也随着水淅淅沥沥溅到地面。电影里总能见到这样一个情节，那些暴怒的、悲伤的或是郁闷的主人公，要么淋一场雨，要么冲一个澡，心情就会平复下来。水真是个好东西。

“笃！笃！笃！”应该真是敲门声。我关掉水阀，这回听清了，果然是敲门声。我扯下浴巾裹住身子，侧身向门口问道：“谁？”门外应道：“您好，我们是派出所的。”

“你们想干什么？你们还想私闯民宅？！”我本能地捡起地上的衣服抱在胸前，口不择言。

“对不起啊，昨晚是一场误会，我们是来归还你的物品的。”听他们这么一说，我就放心了。心想我还没去找他们，他们倒自己上门来了。我让他们等着。

我不慌不忙地洗完澡，把头发吹干，漱口洗脸，再把脏衣服泡在桶里，实在没什么要拖延的了，这才穿戴整齐去开门。门外站着三个人，虽然都穿着便服，但我一眼就能认出其中两个是昨晚问我话的警察。他们站得极有耐心。

苦瓜先开口：“不好意思啊，打扰了，我们是专程过来还你东西的，同时向你表示深深的歉意。”他鞠了个躬，然后向我介绍另外一个人：“这是我们的所长大同。”大同身材魁梧，一张晒黑的圆脸上挂着憨憨的笑容，动画片里熊二的形象在我脑海里闪了一下。

大同鞠了个躬，苦瓜和土豆也赶紧跟着鞠躬。大同说："昨天晚上全市开展'扫黄打非'行动，你住的这个片区历来是排查重点，加上有人举报，我们行动时间紧，没来得及认真核查，就把所有的嫌疑人都带回所里调查，给你带来了麻烦。我们的工作确实做得不到位，请你原谅。"

"这是你的东西，请清点。"土豆双手递过一个小纸箱，里面是我的电脑、身份证和手机。看着这三个满脸堆笑且态度诚恳的警察，我还真不好再说什么，可又觉得太亏了。我想我还是要狡黠一些才对。

我对大同说："你们这样做我真的很气恼！昨晚你们这么一弄，给我心里留下了巨大的阴影，要是被我同事、朋友、家人知道昨晚我在全市的'扫黄打非'中进了派出所，就是没事也得生出事来。我名誉上的损失你们怎么弥补？"

大同说："实在是对不起啊，我们工作有失，我已经狠狠批评他们，也狠狠地自我批评了。要不你打我，今天我没穿制服，打我不算袭警。"看他一脸认真又无辜的表情，像极了做错事的熊二。明明应该十分威严的人却被我想成熊二，他还真的像熊二。想到这里我突然想笑，最后还是拼命忍住了。

想想也不完全是他们的错，只怪我没有先知先觉的本事，住到了一个是非之地。我也不能为难咱人民警察了。"算了，算了，"我很大度地挥挥手，"配合警察办案是每个公民的义务。"他们见我没打算追究，都松了一口气。"谢谢你的理解。那就不打扰你了，我们先走了，"大同将一只粗厚的手伸过来，"那就再见吧。"我伸出手，突然又收回："大同警官，我有个请求。"大同一愣，赶紧把手收回，表情严肃起来："请说，只要我们能解决的一定帮你解决。”“你帮我找个地方呗，最好是单位的房子，有小院的那种，省得下次行动又把我误会进去了。”

大同表情一下放松了：“没问题，我帮你找找看，有合适的马上通知你。你想什么时候搬？”

“这个星期，没问题吧？还有我在这里交了半年的房租，只住了不到两个月，你们帮我找房东退还我剩下的钱，这也没问题吧？”

大同想了想说：“没问题，房子我马上给你联系，退房租的事我们帮你协调。有困难找警察嘛。”他自以为幽默地打了个哈哈，又转过身跟苦瓜说：“你马上联系一下老麻，看看他手上还有没有房源，就说我们有个同事要租，租金一定要便宜哦！”

苦瓜刚要打电话，大同突然想到了什么，对苦瓜说：“不用联系了，我有一个地方可以让唯同志住。你联系一下这里的房东，找他协调退房租给唯同志。”

他自己打了个电话。我听他叫对方“姑”，然后说租房子的事。大同挂了电话回过头来和我说：“我有一个亲戚，房子就在市粮食局大院里，市中心，离你们单位还挺近。因为要拆迁，他们刚搬出去。里面家电齐全，拎包即可入住，你就先住那里吧，我跟他们说了不收你房租，怎么样？”

“让我去住要拆迁的房子？你在开玩笑吧？！”我刚消了大半的火气又冒上来了。

“你放心，目前还拆不了，有十几户不满意开发商的条件，不同意拆迁。他们都是老干部，不好弄，起码可以住上一段时间。这段时间我会帮你留意，找个好地方给你租，如何？”

其实，对于住房，我已经不像当初那样抱有理想化的标准，只要能有一个地方可以让我安心看书写作、放心睡觉就可以了。他都说到这份上了，我也不好再计较了。

大同加了我微信。他微信头像用的就是熊二的头像，昵称还是“熊二”。因为这个巧合，我忍不住笑了：“熊二!”大同挠了挠头，憨憨笑道：“就是，就是，我同事都这么说。不过我可不是狗熊哦。你有什么需要随时微我，千万不要客气。明天中午下班我过来接你去看房子。”也不管我答不答应，大同就带着他的两个部下转身离开，边走还边回头跟我挥手说：“不送，不送，明天见。”其实，我本来就没有送的意思。

5

狭窄的奥拓车里，主驾位置上的大同含胸低头的模样更像熊二了，我的头也快顶到车顶上。我都怀疑这部车是他在街上临时抢来的。大同看出我的疑惑，说平时上班都是警车，这是他妹妹小异淘汰了的车。“车嘛，只不过是上下班代步而已，风吹不到雨淋不着就行了，还是留点钱买房实在。没房女朋友都没法谈了。”他说。我不相信一个派出所所长连房都没有。大同说一言难尽。

临街而建的是粮食局的办公楼，一楼全部分割成商铺租出去了。虽然有规定不允许拿公房出租，但在规定之前这些公房已经签出了十年甚至三十年的合约。大院里面有六七栋建于二十世纪八十年代末的职工宿舍楼，一个篮球场把大院分成办公区和生活区两部分。篮球场早已失去了它原有的功能，变成了停车场，停满了各种小车。门卫正对进出的车辆进行登记、收费。作为旧城区改造项目，这里将建成综合性的商住办公一体化的大楼，这么黄金的地段，开发商早就对这块宝地虎视眈眈了。

因为楼旧，很多职工在外边买了新房搬了出去，大院里的房子大都租出去了。大同的亲戚也刚搬出去，七栋四单元四楼404室，最靠里边的小套房，安静。房子来不及出租就被大同用来安置我了。我对这里的位置和环境很满意，对警察同志的火气也熄灭了。

我几乎每天都要经过篮球场。球场边上那栋宿舍楼一楼的两间小套房是单位留下的公用房，门上钉着几块牌子：离退休党员活动室、老年之家、工会活动室、妇女之家，其实就是一个退休职工的活动场所。活动室门板上贴了一副大红对联，上联："多读书报思维活"，下联："少管闲事天地宽"，横批："乐在棋中"。

活动室大门每天早上七点准时敞开，晚上十点半到点关门。妇女们是不会来这么小的"妇女之家"活动的，她们的"势力范围"在街心广场。活动室里面时常聚着五六个老头儿，两人下象棋，其他人围在旁边或坐或站地指手画脚。一天晚饭后，我离开电脑桌出门散步，然后到活动室看他们下象棋，主要是听他们斗嘴，让大脑休息一下。

下象棋的——或者叫"庄家"的是蔡老和姜老，围观的是花老、林老、杨老和于老。蔡老眼看自己要输了，想悔棋，把刚挺进的马撤回。姜老不干了，压住他的手说："别以为你还是领导。当年都是我让你的，现在我们平等了，起码在下棋上能赢你一回。”

旁边的杨老又补了一脚：“老蔡，举棋不悔哦。这是赛场不是官场，你还是认输了吧。”杨老是个大嗓门，大老远都能听到他的声音。蔡老不悦，把棋子一推：“你厉害，你来下呀。”起身走了。杨老坐到蔡老的位子上和姜老继续下棋，花老、林老、于老继续围观。不一会儿，围观的几个老头为该走哪一步、不该走哪一着吵得面红耳赤，可人家杨老和姜老就是不慌不忙的，旁若无人。这叫作境界。

我发现蔡老的脾气越大，老头们就越喜欢撩他。蔡老还在位的时候出行有秘书有专车，每到一个地方都前呼后拥，也是威风一时，后来退居二线，原先在他面前点头哈腰的人转了风向，去医院体检也没有专门的医生给他开道，得老老实实在B超室门口等叫号。这一切让他很不适应。等完全退了下来，儿女又不在身边，他就更显孤单，有事没事总爱往活动室凑，大家也有事没事总爱拿他来调侃。

我观棋有一段时间了，没有人提到要拆迁。我心中窃喜，真希望不要拆迁，让我可以长久住下。

夏末秋初的天气一天比一天热，院子里的丁香花越开越密集，一簇簇白雪般的花儿压在青翠枝叶上，花香四溢。被花香包裹的院子里，人们的生活似乎没有什么改变：老头们下棋争吵，门卫和停车不想交费的人理论，年轻人来去匆匆，老太太挎着篮子出门买菜……一些事情却在花香里发酵，比如拆迁。

那天早上去单位，就见蔡老他们围在一块板报前指指点点。

我凑过去看，是小区重建后的效果图以及补偿公示。从效果图来看，新小区建成后确实高端大气上档次，绿化率也很高。

我说："很好呀，设计得真不错，要是能建成这样我都想买。"

老头们把目光转向我。于老说："好个屁！都是骗人的。要是能有这么高的绿化率，旁边的农行、工行，还有商务局，它们都得拆了才够。原来物资局的小区也是这么规划的，你看看现在，连消防车都难进去，更不要说什么绿地了。"林老说："就是，就是。还有啊，城西的河旺小区，本来规划有一个花园大广场，后来改成数码小广场，再后来连数码小广场也没有了，被开发商弄成一个不伦不类的建筑群，成了商业用地，这不是明摆着骗人的嘛！"

老头们越讲越气愤："还有那补偿面积，按市场均价，多出来的按这块地盘的开盘价补差价，可这个地段能是均价吗？""原来我们买这房子的时候工资才多少，现在工资没见涨，还要我们按现在的价格补，不可能的，我们就是不搬，看他们怎么拆！"……

老人的脾气一旦犟起来，别说九头牛，就是十头大象都拉不回。

这小区拆不拆对我来说没有什么意义或者利害关系。我没有在龙江市买房的打算，也买不起，退休后肯定是要回老家的。对他们的谈话，我只表示同情，拆不了的话，我还可以在这里继续住下去。

中午下班回来，球场上多了一台勾机。勾机不是来停放的，而是来干活的。球场边已被挖出一条沟，几个工人正在砌围墙。

我回到出租屋，见门口贴着一张通知，大概意思是这里要动工建设了，要求所有的住户在半个月内搬出去。我隐隐感觉到开发商要有动作了，可还是抱着侥幸的心理，想着那几个老干部都没有搬，租客们也都在观望，估计一时半会也是搬不了的。

活动室依旧按时开门，只不过老头们不下棋了，他们在讨论如何维护自身的利益。其实大家想法都一样，都想得到合理或更高的补偿，大部分还在上班的干部职工不好明说，暗地里也支持老干部们的做法。见我走过去，杨老向我招手："老妹，你过来签个字。"

我一看，是写给市政府的情况反映，也是份诉求书，大意是说局领导与开发商互相勾结，牺牲职工利益中饱私囊，希望政府为民作主等。后面附有职工签名，已签了几十号人的名字。杨老说老妹你也签个名吧。我说我不是房主不好签吧。杨老说没事，让我帮户主签上去，有事他们负责。我说我不知道户主的名字，这房子是派出所所长介绍我来住的，也没问房东的名字。花老说他知道户主的名字，她叫卫红，是粮库的职工，让我就签她的名字得了。

我觉得这份诉求书的内容有些偏激，哪怕是政府办的工作人员看到这样的内容也会不舒服的，我建议用词中肯委婉些，起码争取到市领导的同情。老头们都赞同我的看法，说："那你就帮我们修改修改，签字的事我们负责。"我说："不好吧。蔡老呢？蔡老当过领导，他应该知道怎么写的。"姜老说："他住院了，脑出血，看样子是瘫了。"

蔡老平时看起来满面红光挺有精神头儿的，这才刚退休还不到一年，怎么说倒就倒了呢。姜老说："他退休前早就有三高了，退下来以后三高没降，脾气倒越发见长了。住院了也没什么人去看他，就我们几个老头去看望，可他也不认得我们了。人啊，走了茶就凉了，只有健康是最重要的。"

当一个人面临绝境或生离死别的时候，一切都不重要了，所有的愿望都会降低标准，就像我起初还想象着住进环境优美的公寓，如今经历了几次折腾、搬了好几次家后，我的要求也就降低了一样。哪怕那些没有经历过这种折腾的人，也处在折腾其他事情的过程中，眼前这群人，不也在为维护自身的利益而折腾吗？如果蔡老不住院的话，估计他也会跟着折腾的。

我帮他们修改、润色，诉求书既站在职工利益的角度去考虑，又照顾领导们的感受，老干部们非常满意。

诉求书送到市政府不久，果然起了作用。市政府要求粮食局召开职工大会重新征求意见，按政策进行补偿，依法依规妥善安置。

这一折腾，拆迁的事似乎就此停止了。球场边那半拉子围墙半死不活地搁在那里，老干部们依旧每天在活动室下棋聊天斗嘴取乐。

6

回到龙江已是灯火通明，远远就看到黑漆漆大山上方被城市灯光映亮的天空。我被安排去省城学习培训一个月。在省城学习的这一个月时间里，除了听课有点疲惫昏昏欲睡，学校的住宿可谓享受十足——吃饭有规律，房间早晚有人打扫整理，我真愿意待在省城到退休。一个月的学习时间太短了，还没好好感受就结束了。

随着越来越明亮的灯火，快巴驶进了汽车总站。出了车站，一群摩的司机围过来揽客。对这座小城我已熟门熟路，绕过摩的的“包围圈”，我要去赶最后一趟公交车。

我在思源广场下了车，过了对面马路继续往前300多米就是粮食局小区了。一个衣着破旧的大爷蹲在离公交停站点不远的报刊亭背风处，面前摆着一小担长秆绿叶的植物。我匆匆地从他跟前走过，走了一小段又折回头。大爷见我光顾他的生意，期待而无奈的眼神里闪出一丝喜悦。我也没问价格，随意捡了几枝，十五块钱。大爷说这叫莲花竹，很好养活的。临走大爷多送了我一枝。我拖着行李，抱着莲花竹向粮食局方向走去。

深秋的夜有些冷了，可街上还是那么热闹。虽然已进入凌晨了，街道上依旧人来人往，前面的烧烤摊一群小青年还在吆五喝六的，挥发过剩的荷尔蒙。烧烤摊旁两个擦鞋的妇女在蹲守，没有人愿意停下来照顾一下她们的生意。一家服装店门口蜷缩着一个流浪汉。一只贵宾犬在流浪汉面前只稍停留就被主人呵斥，踮起四只小巧的爪子跑开了。

夜，没有打烊的意思。

无法“打烊”的还有我，因为我找不到我的房子了。

眼前一道施工围墙，钢筋铁皮焊成的大门紧闭，门上挂着“施工重地，禁止入内”的牌子。借着周边灯光，从门缝往里看，里面一片废墟。我以为走错看错了，一再确认后才接受这就是原来的粮食局大院的事实。这么说，我在省城学习的这段时间里，这儿发生了翻天覆地的变化。虽然明白这里终有一天会被拆掉，但这一天来得也太快太突然了，我一点心理准备都没有，我房间里的东西应该都被埋在废墟下了。我感觉脑子里一片空白，不知道如何是好。我在施工围墙边徘徊了好一阵，只想找些线索，看看有没有通知或者告示之类，起码让我知道这里的人都被安置到哪里去了。可墙面除了施工标语和几张牛皮癣广告，再也没有别的内容。

我拨打杨老的电话，关机了。杨老给我们杂志投过诗稿，大院的居民中，我只有他的电话，他关机了，这下该找谁呢？我拨大同的号码，手机里回答："对不起，您拨打的用户暂时无法接通，请稍后再拨。Sorry！ The subscriber you dialed can not be connected for the moment，please redial later."这句话一直重复到自动挂机。我拖着行李，折回思源广场公交站，也不知道该去哪里，茫然四顾。

街上行人渐少，对面烧烤摊喝酒的小青年声音小了不少，有人已经扑倒在桌上。擦鞋的妇女也不见了踪影，流浪汉已安然入睡。公交站边立着一块救助引导牌，平时都没注意上面写的是什么，此刻无所事事的我却看清了上面的内容。内容大致是说在本地无能力解决住宿的、不享受城市最低生活保障或者农村五保供养的、无亲友可投靠的、流浪乞讨度日的，只要符合这四个条件就可以向救助管理站求助。

上面还附有管理站的电话，牌子的另一面是到救助管理站的引导图。连流浪的人都有了归宿。我突然觉得，在这个城市我连流浪汉都不如，就像个被赶出家门的人，特别孤独无助。去救助站住的念头在脑子里一闪而过。不管怎样，得先找个地方睡觉。我打通小卓的电话，问她睡了没有，和她说我现在无家可归，要到她那里去住。她的回答也让我失望，她说她正陪单位领导在凤平县调研，要明天晚上才能回——准确地说是今天晚上她才能回来，因为已经快凌晨一点了。眼下能睡觉的地方只有宾馆了，所有的事情都只能等到天亮上班后才能弄清楚。

广场旁边有一家便捷酒店，酒店大门虚掩，一个保安正窝在大堂左边的沙发上玩手机，听到大门有动静，只抬头看了一眼，也没说什么，又低头玩起手机。大堂正中央是前台，前台后墙挂着三个钟，左边是伦敦时间，中间是北京时间，右边是纽约时间，也不知道准不准，鬼才去注意它们，也许它们就是一个摆设。前台并没人，我敲敲台面问道："有人吗？住店。"一个女服务员从前台后面的房间里出来，睡眼惺忪。就在我办理入住手续时，进来两男一女也要开房。我拿了房卡，转身正要去电梯间，有个声音突然响起："老同学！"

我下意识地看看周边。

"是叫我吗？"我问道。

"是呀，唯一同学，你不认识我啦？安平县民族中学高74班阿超。"

"哦，阿超呀，这么巧。"

当他自报家门后，我脑海里浮现出高中同学阿超的样子——瘦瘦弱弱，唯唯诺诺，三棍子打不出一个屁来，低眉顺眼的小样。眼前这个阿超是过去那个阿超的膨胀版，三七分的头发一丝不苟贴在前额，眼里透出狡黠，一身笔挺的西装，红色的领带特别抢眼。阿超转身交代一起来的女孩："你给裘总办手续吧，我跟老同学说个话。"

阿超问我："老同学，你怎么在这里？不会是同城出差吧？哈哈！"

我说："阿超，可以啊！那么多年没联系，同学聚会你也不来，这些年都躲到哪里发财了？"

阿超从手提袋里掏出一只大钱夹，从里面抽出一张名片。这张中英文结合的名片看得我眼花缭乱："维万国际生物科技公司龙江分公司，总经理！阿超同学，看来你混得不错呀。"

"小混混啦。看在你是同学的份上，哪天邀你一起发财！"

正聊着，那女孩领着裘总过来跟阿超说："超总，裘总的手续办好了。"

阿超说："好，好！我介绍一下，这是我们总公司的裘总，刚从北京过来。裘总，这是我高中同学，作家唯一。唯一，这是我的助理，可云。"

那个裘总西装革履，头发一丝不苟向后梳理，腰板挺直，连握个手都眼望前方，仿佛随时要演讲似的。可云站在他身后，做出随时洗耳恭听的样子。

阿超说："要不咱们出去吃个宵夜？我请客。"

我赶紧回了他："改天吧，我明早还要上班，得休息了。你看裘总也刚到，想必也累了。"

裘总依然挺腰抬头望着前方："先休息吧。"

早上，我收拾行李退了房去单位。路过粮食局大门时，我还不死心，希望昨晚看到的只是一个幻象，可眼前的施工围墙和围墙里的废墟告诉我——这是真的！

来到办公室，我竟不知道该做些什么了，满脑子都是房子的事。我调动我有限的法律知识，发现无论从哪个角度我都无法得到赔偿，就连可能被埋在废墟下的衣服、电器、寝具，我也没有办法主张赔偿。首先，房子不是我的；其次，租房的时候因为大同的关系，我和房东并没有签订书面协议；最后，人家开发商已贴了告示让小区居民搬家，杨老他们有理由耗下去，我一个外来户，当然免谈。我再拨杨老的电话，通了。

“喂！谁呀？”杨老的声音还是那么高亢，我感觉手机都被震得摇晃了，耳朵也被震得嗡嗡响。我赶紧把手机从耳朵边移开，保持一定的距离。

“杨老，我，小唯呀。粮食局大院的房子怎么说拆就拆了？我的东西还在房子里，现在什么都没了！”

“小唯呀，我们好久没见到你了，以为你搬出去了也不跟我们这些老头儿打个招呼。他们太刁了，上两周以单位的名义组织了什么夕阳红金秋之旅，把我们这些老家伙骗到云南去玩了一个星期，回来就成这样了，还说是开发商出的钱，我们用人家的钱旅游了，就得听人家的。”杨老说的“他们”是局领导和开发商，他用这个词将局领导和开发商捆绑在一起。

“那你们甘心就这样了？”

“谁说我们甘心了？这不没人了嘛。也不知道他们用了什么办法，旅游回来那天，老姜、老林、老于刚下车就被他们子女接走了，叫他们回去养老、带孙子。就剩我和老花，我们的东西被他们放到林塘粮库保管室里了。我和老花爬到那堆破砖上静坐，爬到一半，老花的脚给崴了，住院了。就我一个人，不甘心还能怎样？他们也补给我们每月几百块钱的安置费，让我们自己在外面租房子。我现在就在市政府旁边租地方住，有空我还得去市政府转转。”

我只得安慰他说：“只要你们身体好好的，亏就亏点，过一段时间就能住上新房子啦！”知道了是怎么一回事，我得赶紧给自己找个地方安置下来。

我点开微信本想找大同，想了想还是算了，我不想欠别人的人情。再说他们那么忙，估计不会把我租房的事放在心上，即便哪天他知道这事，那也是他欠我的人情。

我打开电脑，在网上浏览租房信息。输入“龙江市镇江区”“一室一厅”，刷出很多信息。有很多一室一厅带家具的，还拍了相片，装修得还挺精致的。房主留的是微信号，加了以后才发现不是做微商广告的，就是招嫖客的，都以低廉的房价为诱饵引你加微信号，真是扯淡！

正当我埋头在密密麻麻的租房信息里找房子的时候，手机响了。一看号码，有点眼熟，便接了。

“老同学，我是阿超呀，今晚有空吗？我诚挚地邀请你过来听我们裘总上课，保证你收获多多。”

“谢谢老同学的好意啦，我现在连住的地方都没有，哪有心情去听课。”

“怎么？听你口气，被老公扫地出门了？”

“我是一人吃饱全家不饿，没有谁赶我。”我告诉阿超，我之前租的房子刚被拆了，现在正忙着找房子。

“嗨！多大点事，我公司有一间房刚好空着，你就到我公司来住吧。”

“你不是逗我开心吧？我可当真了啊。”

“真的，我不骗你！”

“谢谢你啊老同学！不过现在我还有地方住，先不打扰你了，等需要了再找你吧。”我说还有地方住也不是随便说说的，我去了小卓那里。

7

除了刚来时的一台笔记本电脑、一个拉杆箱，还多了几株莲花竹。我特意买了只花瓶，把那几株莲花竹慎重地装起来，摆放在小卓的书桌上。这是我到龙江一路走来增加并唯一留下的东西。

我的工作节奏还是比较松散的，可以朝九晚五，也可以在家完成编辑工作或是创作任务，如果给我换个单位按部就班，打死我也不干。小卓不一样，按着指纹上下班，还经常得加班。

小卓给我立下“三不准”“三按时”：不准熬夜，不准抽烟，不准东西乱放；按时吃饭，按时睡觉，按时上班。我抓起一个抱枕向她砸去：“我刚来那会儿也住你这里，怎么就没这么多规矩？”“那是你刚来，临时过渡，我忍了。现在不知道你这尊神什么时候走，我得立下规矩。而且，我要把你改造得淑女些，顺便把你嫁出去，我就省心了。”小卓那样子看起来不像是开玩笑。好吧，谁让我又回到人家的屋檐下了呢。

其实我的状态完全是属于夜晚的，只有到了夜深人静的时候，我的思维才异常活跃，天马行空的想法在黑夜里乱飞，不用担心被琐事打扰，也不用担心影响到别人的情绪。现在好了，“三不准”“三按时”把我的习惯打破，灵感也没有了，按时上下班让我整个人都处在紧张状态，我感觉自己像被装在了套子里，手脚都被束缚住了。

小卓不停收拾她那破屋子，只要有空，她都拿着一块抹布到处擦，看到一根头发都大惊小怪。临时过渡那一阵，我并没见她这样勤快或有洁癖。晚上睡觉的时候也没了之前海阔天空的乱聊，小卓总盯着微信与别人聊天。我笑她是不是真的有外遇了，她不再像过去那样大大方方给我看她的手机，而是躲躲闪闪说哪有。

周末是我最放松的时候。一到星期五下午，许多车辆就往城外跑，在龙江上班的外乡人大都回家去了，小卓也要回去看她的孩子和老公。走之前，小卓问我是不是也回去。我说不回了，回去老妈看到我只会血压增高，而且这周末我还要跟几个文友去乡下采风几天。其实我哪儿都不想去，只想一个人在龙江自由自在地过个周末。

街道还是那条街道。我一个人走在灯火辉煌的街道上，谁也不认识，就像身处陌生的城市。初冬迷蒙的雨给这座城笼罩上一层忧郁。没想到，到这座城工作转眼快一年了，而我还像一棵浮萍一样没着没落。不知不觉逛到文体路，这是美食一条街，香牛馆、猪肚鸡、郭氏烤鱼、姐妹烧烤……见有人走过店门口，揽客的人都会热情地招呼："阿哥/阿姐进来看看吧，经济实惠，包你满意！"店里食客三三两两，桌上火锅腾起的雾气正找地方逃窜，到处弥漫着油烟和烧烤的味道。

我一个人点菜吃是不可能的。我转进一条小巷，里面有一家螺蛳粉特别好吃，一年前，明皑带我去那里吃过。那时候明皑借调到市里，我从乡下跑来看他。就在他和别人合租的出租屋里，我从一个少女变成了女人。当两具朝气蓬勃的青春的躯体缠绵在一起时，一切都那么美好，再简陋的房子都无所谓，再浑浊的空气也是清新的。我们一起憧憬未来：有一套两室一厅的住房，一双乖巧可爱的儿女。我负责在家带带小孩写写作，明皑负责在外打拼。我们约定为这个小目标一起努力。理想和现实总是有很大的差距，我们终究没能逃离生活的鸡毛蒜皮，最终在奔往目标的路上丢盔弃甲。我们分手了。每次来这里吃粉，多多少少都会想起往事。可想起又能怎样？过去的总是无法挽回，就当是人生的一次经历吧。

排队取粉的人都在玩手机，正在吃粉的也不例外，一边盯着屏幕，一边夹着粉往嘴里送。粉店那么多人，却出奇的安静，这都是手机的功劳。我打开微信，久违地浏览朋友圈消磨时间。朋友圈里面的内容可以分成几类：文青类，工作类，微商类，鸡汤类，晒孩子秀恩爱类。小卓属于那种鸡汤类的，一溜下来大多是她发的关于奋斗、励志，关于如何调整心态的文章。我微信朋友不是很多，其中多数是文友。我一个个滑过去，熊二的头像夹杂在里面。出于好奇，我点进去看他朋友圈的内容。他今天发的一条朋友圈动态让我忍俊不禁：图片是一只累趴了的狗狗，上面写着“单身狗的日常”。下一条是“熬夜是慢性自杀！警察笑了……我们不熬夜谁来……”的自嘲。正想往下看，后面的人催促：“该你取粉了。”

店内已经没有位置，我便端着粉到店外雨棚下的餐桌旁坐下。这条小巷还是挺热闹的，对面的咖啡馆装修得很文艺，巨大的落地玻璃窗外矮竹篱围成的花圃里，店家别出心裁地埋了几个射灯。射灯打在玻璃幕墙上，让整个咖啡馆显得气派而不失浪漫。咖啡馆里灯光昏暗，影影绰绰很是暧昧。可是射灯却出卖了临窗位子上的人，我抬头向那边无意地瞄了一眼，一对情侣正在互相喂食。可这对情侣怎么那么眼熟呢？我不由得多看一眼——那不是小卓和明皑吗？这两个身影我再熟悉不过了。小卓今天出门时穿的就是这件红色风衣，她不是回家了吗？看他们的样子，亲密肯定不是一天两天了……我心底如同打翻了五味瓶，匆匆吃完不知什么味道的螺蛳粉，赶紧离开。

人虽然离开了，可我的心却落在了小巷里，所有路过的人都可以踩踏，包括小卓和明皑。人心是在什么时候变的？也许就是在行走的路上且行且变的吧。小卓，我以为我们是无话不说的闺密，她竟然对我隐瞒了这么大的秘密！

今夜注定无家可归了。走在初冬的冷雨里，我感觉到彻骨的冷。南方的四季不像北方那么分明，这时候的北方应该是“树树秋声，山山寒色”的景致了，而南方依旧芳草未歇。南方的四季得用风的冷暖来辨别，翻风了，就说明开始冷了；当这冷浸到骨头里，咬到脚趾头，就说明冬天到了。冬天真的到了。

我不知怎么就走进了电影院，想也不想便买了张通宵的票。我前面的一对情侣旁若无人地拥吻。这大厅里看电影的也没几个，我把自己深深地埋进座位里，谁也不会去注意这里还有一个人存在。几部电影轮着播放，我也不记得片名了，只记得前面放的是无厘头的搞笑片，后面放的是爱情片，剧情很是无聊。忽明忽暗的光影在我脸上跳来跳去，我感觉屏幕越来越模糊，主人公的对白离我也越来越远，最后什么都看不清，什么都听不到，我陷入深深的梦境中。我被工作人员叫醒，迷迷糊糊地走出电影院。外面人来人往，天已经开始放亮了。我的思绪还停留在昨晚，只觉得自己做了一个长长的梦，脚有点麻，头有点痛。

8

我按照名片上的地址找到了临江社区新河路114号，其实就是龙江边的一栋四层民房。一楼是个小卖部，一个胖女人正在嗑瓜子看电视，旁边楼梯口的铁门紧闭。我打通阿超的电话，铁门很快从里往外打开。阿超走出来一看到我就惊呼："我的老同学，才几个星期不见，你怎么变得这么憔悴？我知道了，你们作家总是熬夜对不对？你应该补补了，再不补就变成老奶啦。"我白了他一眼："哪来那么多废话。怎么，不欢迎啊？不欢迎我可就走啦。""别呀，开个玩笑嘛。热烈欢迎老同学，楼上请！"他很绅士地弯下腰身，伸出右手画了一道弧线，做了个请的姿势。楼梯很窄，两个人要是在半道遇上，就只得侧身而过。我在拐角处让出个位子，让他先上。我说："你们公司跟我想象的不一样啊，怎么也得有大开间什么的吧？"阿超一脚踏在台阶上，回过头来说："这楼梯是小了点，里面可是大有乾坤。大开间那都是装门面的，我们这儿可是正经赚钱，不在乎那些花架子。来吧，我带你参观一下。"

二楼大厅摆放着桌椅、讲台、投影仪、音响，显然就是一间大课堂。投影仪上方的墙上一排大红字：维万国际生物科技公司龙江分公司。大客厅左边墙上贴着公司简介、保健品宣传海报、产品介绍；右边分别是总经理室、副总经理室、办公室，办公室旁边还有一小间厨房连着个卫生间。厨房里一个五十多岁的大叔在做饭。总经理室和副总经理室都有一张办公桌、一张老板椅、一个书柜和一台电脑。办公室两张桌子对放，两台电脑都开着。那个叫可云的女孩正在上网，见我们来了，起身打招呼。

三楼是男职工的宿舍。我看到大点的房间有四个上下铺，小的房间也放有两个上下铺，床与床之间挤得只能容下一个人通过，所有的窗户都用钢筋给焊死了。客厅里有几个二十出头的小伙子正聚在一起聊着什么，见到阿超他们急忙起身打招呼。阿超点点头，对其中一个小伙子说："良子，你这个月的业绩还差两个，得抓紧了！"良子低头垂肩："报告超总，我们正在商量怎么弄。"阿超走过去，拍拍良子的肩膀说："你原来那几个邻居得抓紧搞定，让他们也加进来，好过起早贪黑去捡垃圾卖猪肉，你说是不是？"良子不敢看阿超，一直盯着脚尖说："我找过他们，他们都没有钱……""就是没钱才得想办法快点赚钱，以前的课都白听了？"

我看这个良子感觉有点面熟，只是想不起在哪儿见过。不知为什么，我一见到这些在外打拼的小伙子，便想起我那个在省城打工的弟弟。弟弟同他们一般大，在省城读了个建筑学校，毕业后到一家房地产公司打工。我想此刻的弟弟也许正饿着肚子在地铁口发售房传单，心里隐隐作痛。我每次走在街上，只要遇到发传单的，都会停下脚步接一下传单。

阿超把我带到四楼一间带有卫生间的小房间，有床，有衣柜，有空调，还有网线。阿超说这是他原来住的地方，我要是不嫌弃就住下来。眼下我是没什么可挑剔的了，回到小卓住处搬走我的行李，我给她留了张字条：我找到地方住了，谢谢你这段时间对我的照顾，祝你开心幸福！我把房门钥匙取下压住字条，放在那瓶莲花竹旁，然后在手机上把她拉黑了。

晚上，我正赶一篇稿子，可云送来两大盒保健品，说是超总送的。我说谢谢了，我不需要。我有拒之门外的意思，担心她向我推销产品。可云把保健品放在我的书桌上，很不客气地拉过一张椅子坐了下来，说："姐，听超总说你是作家。我可崇拜作家了，像你这样的美女作家，气质超级好，我超级喜欢。"我笑了笑说："这是我的职业，不写东西我就没饭吃。"可云叫了声姐，又说："我上初中时就梦想当作家，我的作文还曾经在班里被当作范文呢。现在能够和作家住在一起，真是超级幸运。哪天你教我写作吧。"我说："写作不是教出来的，这与个人的阅读积累和悟性有关，如果你有兴趣写作，就先读一些书吧。"她见我不怎么热情，便识趣地起身告辞了。

我发现这里的员工都是军事化管理的，床上被子叠成豆腐块，床下鞋子摆放整齐，连口盅里的牙刷牙膏都按统一的方向摆好。这里的每个人都那么有礼貌，见谁都彬彬有礼。下楼梯时，有个人遇到我马上停下来向我鞠躬打招呼："老师好！"他把我当成这里的老师了。我也懒得解释。只要相安无事，我还挺乐意享受这份待遇的。

到饭点了，楼下飘上来饭菜的香味，从气味里可以分辨出有腊肉炒蒜薹，有糖醋排骨，还有炖鸡……我忍不住下去厨房看能不能在他们这里搭伙。到厨房一看，只有一锅米饭、一盆肥肉炒白菜。原来那些腊肉排骨炖鸡的香气是从隔壁飘过来的。

白天基本除了可云办公室有人，其他地方都不见人影。一到晚上七点，二楼的会议室便聚集几十号人。先是唱一阵励志歌，听多了我都可以哼哼两句。会议室里大多是年轻人，每个人都一脸虔诚地听讲台上的人讲课，很认真地记着笔记。我跟他们不是一路人，我对他们更多的是同情，觉得他们不容易，并没有想过去了解他们的事业，毕竟我和他们之间不过是见面点头的交集。阿超总是行踪不定，好几天都没见他露面。可云时不时到我宿舍来讨教一些关于文学的问题，还主动帮我洗衣服、打快餐，却从来没有向我推销产品，这让我很放心。

一周后的一个傍晚，阿超突然打电话来说要请我吃饭。我问他还有谁，他说到了就知道。我很不喜欢到酒店吃饭，特别是和不认识的人吃饭。阿超说没有那么复杂，都是一些朋友，吃了饭大家就认识了。“吃完饭还想请你去听听裘总的课。”他说。阿超一直鼓动我去听他们公司的课，现在他又是提供给我住处又是请我吃饭的，我还真不好意思拒绝。

等我们走进包厢的时候，里面已经围坐了七八个人，可云正在给他们添茶水。见到我们进来，可云迎上来引导我坐到主位旁边，顺手拿过我的背包，帮我挂到墙角的衣帽架上。阿超自然而然地入座主位。一一介绍之后，我才知道这些人都是被阿超邀请过来听课的。除了我，其他人都纷纷向阿超打听公司产品的销售情况和公司的前景，阿超都很有耐心地给他们解答。我估计这些人都被阿超给鼓动了。这样也好，我可以放开吃了，反正没有人会注意到我的吃相。吃完饭阿超带着我们一伙人到了酒店的会议室。

会议室里已经人头攒动，估摸有三百来号人。男的女的老的少的，个个脸上都写着“亢奋”两个字。他们互相打招呼，热情地握手、拥抱，不知道的还以为是久别重逢的朋友亲人。还有一些看起来是新人的模样，身边的人不断与他们耳语，听者不停地点头，两眼直冒光。

阿超在最前排中间给我留了位子。良子也在，见我过来很礼貌地点了下头。刚坐下来，后面就一阵骚动，紧接着掌声雷动。阿超用手肘碰碰我说：“来了，来了，裘总来了。”我扭头往通道那边看，只见几个人头在通道里向主席台上快速移过来，一个戴着墨镜、身披风衣的男人跳上主席台。所有的人都站起来了，双手举过头顶不停地拍。跟在风衣男身后的两个戴墨镜穿黑西装的男人立在台边，双手叉在腰侧，不为所有人的欢呼所动。不知是谁突然唱起《感恩的心》，只一句领唱，歌声就如同野火蔓延，全场都唱了起来。

从那晚看到阿超的名片开始，我就怎么看怎么觉得这是个传销公司。今天看这个阵势，一直挂在嘴边的话再也憋不住了。我对阿超说：“你们这是搞传销啊！”阿超还在兴奋中：“你说什么？”我提高声音说：“你们这是搞传销！”阿超放下举起的手臂，盯着我说：“你讲什么？传销？我们可不干传销的事，我们是直销公司。直销你懂吗？我跟你说，我们这是给机会让大家发财。你先耐心听听，保准你有收获！”

没等我回应，台上裘总双手往下一压，全场立马安静了下来。裘总声音洪亮、精神亢奋：“各位老板，各位新朋友，你们想成功吗？”

“想！”台下齐刷刷回答，声音回荡在整个会议室。

“你们懂成功吗?”

“懂!”

“你们会成功吗?”

“会!”

“今天在这里，我就是要告诉你们，没有不成功的事，只有不成功的人！智者创造机会，勇者把握机会，你们能把握机会吗?”

“能!”

“再大点声!”

“能!”

台上问，台下和，这个裘总利用互动把大家的情绪调到最高点。估计传销演讲都是这么一个套路。裘总接下来的演讲总能抓住人们想发财又怀疑的心理，直戳人性的弱点，一点一点地道出听众心里的顾虑，又一点一点地击破它，百转千回，跌宕起伏。台下人的情绪随着裘总的情绪变化而变化，眼神迷离，好像被施了魔法一样，仿佛眼前就是无限商机，仿佛他们正跟着裘总一步一步走向康庄大道，仿佛他们的口袋随时就可以装满钱——就差那么一步：投资——只要勇敢地迈出这一步，在场的每一个人都是成功者。

裘总最后的煽情连我都要相信了:“我们的事业是合法的，我们的事业适合每一个勇敢的人，我们的事业肯定能赚大钱!”

台下又齐齐举手回应:“赚大钱！赚大钱！赚大钱!”

这是一群想钱想疯了的疯子!

左边是阿超高亢的声音，右边是良子在嘶喊。他身上斜挎着的PU皮包让我突然想起，这个良子就是我在东风社区租房时三楼那个总是一套西装一件白衬衫的租户。他还是这身装扮。

9

听完课，阿超把我送回住地。我刚要打开电脑，就听到有人轻轻地敲门——笃，笃笃。我打开门，是良子，他身上还挎着那只包，手里提着一盒保健品，正探头探脑地向外面的走廊张望。我问道:“良子你找我有事吗？”良子回过身来满脸堆笑:“唯老师，我可以跟您聊聊吗？”我说太晚了有什么事明天再说吧。良子说只聊几句就好，就不容分说地从我身边挤进门去，径直走到书桌前把手里的保健品放在桌上。良子说:“唯老师，那天您刚来，我就认出您了。您也在东风社区租过房子。我们租的是同一栋楼，您住四楼，我住在您楼下，记得吗?”良子一个劲儿地提示我，语气带着小小的兴奋。为了配合他的心情，我也显露出小小的兴奋:“想起来了，我们是上下楼的邻居。”“对，对，我们是邻居，”良子眼里闪着光，“没想到我们现在又成上下楼邻居了。我和唯老师真是有缘分。”良子见我没有让座的意思，就直奔主题:“唯老师，今晚的课您也听了，我们的事业正做得风生水起，想不发财都难。刚好我还有一个会员的指标，您加入我们吧，保证不会让您失望。”

眼前这位和弟弟年纪相仿的年轻人，尽管脸上很努力地长了一圈胡子，但还是遮盖不了他的稚气。天气转冷，人们都开始穿上羽绒服了，他却只穿一件衬衣加一件单薄的西装外套，劣质的面料一看便知道是大减价甩卖的衣服。外套袖口上的商标很扎眼，我很想把它剪掉。良子双手很不自然地绞着，夜间的寒冷使得他的肩膀耸到了耳根。他脸色灰暗，但眼里充满渴望。我看得心酸，把另外一张椅子上的杂物卷作一团扔到床上，让他坐下。我没有答应也没有拒绝他的请求，只是和他聊些家常。和多数年轻人一样，良子高职毕业后就到城市里找工作，短短半年时间他换了四份工作，每份工都是只干完一个月的试用期，就被老板以各种理由辞掉，被下一批来试用的人顶上。在他连房子都租不起、每天啃个冷馒头的时候，一个老乡介绍他加入现在的公司——如果还能称作公司的话。讲到那段辛酸的日子，良子声音哽咽了。他说还好有老乡介绍他来这里，他从老家亲戚那里凑出钱来加入推销保健品的行列，现在虽然过得苦，但这里有吃有住，还有一起奋斗的伙伴，挺好的。我问他为什么不回老家去，现在农村扶持产业的政策多好，广阔天地大有可为。良子沉默了几秒，说："我想先挣了大钱再回去。现在我只是公司的推广员，苦是苦一点，等我做到代理就不一样了。"说到这里，小伙子突然来了精神，眼里满满的憧憬："我老乡有不少亲戚、朋友也在这个公司，有个老乡昨天看中一套房子，都付首付了。过段时间我也叫我爸妈来看看。"

我知道良子已经陷入传销的深泽，一时半会儿不能改变他的想法。我说我可以考虑，只是现在很晚了，我还得赶稿子。良子从包里掏出一张表格放在我的书桌上："那我就先不打扰您了，您想好了就填了这张表给我吧。我走了，您早点休息。"

我捏起良子留下的那张会员表，仿佛捏着他所有的希望，一旦这个希望破灭了，他该有多失望！可我该怎样拯救他？我该不该去工商局举报他们？可是我没来之前他们已经这样了，就像良子说的，他们在这里起码还有住有吃，还有赚钱的希望。面对电脑，我一个字也打不出来，良子瑟缩的模样顽固地浮现在我脑海里，挥之不去。我干脆把手头的活儿先放下来，刷刷微信朋友圈，看看最近发生了什么事。这是我的习惯，一旦思绪不对，就会刷一下朋友圈，放松一下自己。

可我找不到手机了。

明明是揣在大衣口袋里的，怎么就找不着了呢？我重新把身上所有的衣兜翻了个遍，又把十几平米的房间细细搜过，还是没找到。我第一反应是良子拿走了我的手机。我像倒带一样把他从进门到出门的行为过了一遍。因为冷，他的两只手一直绞着放在两条大腿之间，除了进门前拎着保健品和把保健品、会员表放到我桌上时两只手暂时分开，直到出门他都保持那个姿势取暖，应该不会是他。我把记忆的带子往前倒。我记得从酒店出来时我还掏出手机看了一下时间，然后就坐阿超的车回了这里。不会是落在阿超车上了吧？以我丢三落四的毛病也有这个可能。我拍开隔壁的房门，可云穿着睡衣披着一件羽绒服睡眼惺忪地站在我面前，我跟她借手机打给阿超。

连拨了三次才通。手机接通的那一瞬，阿超气急败坏吼道："这么晚了打什么电话，什么事？！"

"是我，唯一。"

"哦，哦，唯一啊，有什么事吗？"那边态度大转弯。

"我的手机是不是落在你车里了？手机壳是卡通的。"

"啊，手机啊。我车里是有这么一部手机，原来是你的啊。那也太老款了，改天送你一部新的。"

“谢谢了，我用习惯了，麻烦你明天拿给我吧。”

“对不起啊老同学，我现在已经到省城了，凌晨一点的飞机，要去总部封闭培训一个星期，回来再联系你吧。你就安心听几天课，到时候你会感兴趣的。Sorry，sorry，我准备登机了，等我回来再聊，bye-bye！”

从头至尾，电话那头的背景都是安静的，不像是在机场。我心一紧，感觉不对劲，赶紧回到房间从背包里翻出我的钱包，里面的身份证已经不在了。最有机会接触我的包的是可云。我再次去把可云叫起来，没想到她倒挺痛快地承认了。她说是在饭店吃饭的时候，阿超让她偷拿的，要给我办理入会手续。听她这么一说，大冷天我竟惊出了一身汗。我很快镇定下来，我对可云说，没事，没事，过两天阿超回来我再和他拿。回到房间，我想通过QQ与办公室的小宇联系，发现原本还处在隐身登录状态的QQ变成了离线状态，我检查了一下才恍然大悟：网络是断开的！我又装作若无其事地出了房间，下到一楼，一楼铁门的锁已经换掉了！

10

我快步穿行在清冷的街道上，仿佛梦游一般，连呼吸都觉得不真实。这几天来，我想尽办法逃离那个传销窝点，所有的可能都设想过，就是没想到最后帮我离开的居然是良子。

就在昨晚的一节洗脑课结束后，良子趁人不注意，悄悄塞给我一团纸巾。我捏着这团纸巾回到宿舍打开一看，里面包着一把钥匙。我不知道良子是什么用意，也不明白他为什么会帮我，但我可以断定那是一楼铁门的钥匙。夜深人静的时候，我来到了大街上。

我还是担心被可云他们发现，只能像一只流浪猫一样，走在路灯的阴影里，内心既有重获自由的喜悦，又有无处可去的彷徨。我认识的人，包括我的同事，互相都不知道对方的住处，平日里的聚会不是在大排档，就是在饭店里，随后一个个都隐藏在城市的丛林里。家是每个人最后的隐私。我一边走一边想该到哪里去，脑子里一片混沌。一辆小车从身后驶过，车灯照亮公交站边的一块牌子又一晃而过。这一晃晃醒了我，那正是救助站的牌子。

喝完工作人员递来的热水，我的心情才慢慢平复下来。此刻的我除了一身衣服，连张证件都没有，出来的时候做贼似的，连笔记本电脑都不敢带。我想不起任何人的电话，也无法告知救助站工作人员我的身份，只说我是外地被骗来搞传销的，刚逃出来，身无分文，在这个城市没有亲友投靠，只能寻求救助。工作人员半信半疑，我用救助站的电话当着工作人员的面拨打110报了警，这下他们完全相信了我的话。因为时间太晚了，他们让我先入住，等天亮了再办理相关手续。

救助人员带我去仓库领被褥，安排我住进一间三人间的女宿舍里，还关切地问我吃饭了没有，没有的话他们可以提供饮食。我说不用了，我现在很困，就想睡个觉。

我的床位挨着门口。听到动静，里面两张床上的人从被子下露出乱糟糟的脑袋，警惕地盯着我。一个头发花白的老妇说了句："来了？"好像她知道我会来这里，好像我和她们是同类。

我眼下的情形分明就和她们一样啊。“来了，影响你们睡觉了，不好意思呵。”我边铺床边回应她。见我没什么恶意，老妇打了个哈欠，继续说：“前晚来了个神经病，自言自语一个晚上，搞得我们都睡不着。”我问道：“那个神经病哪儿去了？”“昨天下午家属给接走了。”

尽管房间里充斥着一股脚臭和尿臊的混合气味，但浑身疲惫的我竟然睡了个好觉，甚至做了个美梦。这个美梦和我租房之前设想的城市生活一模一样：我住在环境优雅的小区里，房子是通风透光的一室一厅，有干净的厨房和卫生间，以及一个面朝河流的阳台，房间装修简约、家具简洁、大床舒适，身着睡袍的明皑立在阳台用电动剃须刀剃着胡须……

要不是被同室那两人的对话给吵醒，我估计自己还能继续睡下去。躺在温暖的被窝里，一直晕晕沉沉的，要是能一直这么睡下去就好了。只可惜我的两位室友根本就把我当成空气，其中一个声音特别尖锐，总是一惊一乍地回应对方的话，说的不知是哪里的方言，我一句都听不懂。她们一边聊天一边起床穿衣。有人捅了捅我的被子：“喂，起来了，吃早餐啦，晚了就没有咯。”室内的气味仿佛也被她们惊扰到了，浓度增加了不少。一旦离开这张床，就意味着要离开救助站，离开了救助站我去住哪里？想到这里，我再也睡不下去了，干脆起床到外面去看看，呼吸一下新鲜空气。

救助站由四栋三层的楼房围成一个四合院，在高楼林立的城市里显得矮小简陋，但现在的我却觉得这里是这座城市最安全最温暖的地方。清晨的太阳在东面的高楼一侧露出半边脸，阳光把四合院分成了一明一暗的两半。这里收容的人并没有我想象的多，大多是老人，也有未成年人。几十个无家可归的人端着个碗，边晒太阳边吃早餐。他们大都穿着救助站发的冬衣，除了与我同室的那两个女人凑在一块儿聊天，其他人各晒各的太阳互不打扰。有一个左脚残疾的男人盘坐在墙根下，一头脏乱的长发把脸都遮住了，根本看不出年龄。他吃完早餐把碗随手放在地上，旁若无人地伸出一只手往身上搓，先看了看搓出来的东西，再往鼻子下凑了凑，接着小心地放在碗边。再搓，再看，再闻，重复这几个动作，很快碗边多了一小堆泥丸。无意中看到这一幕，我已经没有吃早餐的欲望了。

有几个人坐在花圃边上，其中有一个衣着还算整齐的中年人望着天空发呆，我感觉这人眼熟，却一时想不起是谁。他好像发现我在看他，目光和我一接触就立马转向另一边。过了一会儿，他似乎下定决心，起身向我走来。难不成在这里也能遇到熟人？待他走近，我一看，竟然是前年采访过的老家的一个房地产老总——劳总。虽然劳总看起来比以前瘦了许多，头发乱蓬蓬的，脸上一圈胡子，但他额头上一个鸡蛋大的包块让我确定他就是劳总。

劳总很小就跟村里的人到城里的建筑工地打工，虽然只有小学文化，但头脑灵活，能说会道。关键人还长得帅气，被小工头的女儿相中了，入赘到女方家，之后跟岳父走南闯北拉工揽活。挣了钱劳总回老家投资，成立了建筑公司，包揽县城大小工程，经过几年的拼搏，公司资产在龙江市已是数一数二的了。

“劳总，你怎么在这里？你是来给救助站捐助的吗？”我问道。

劳总有点尴尬，看了看四周，低声跟我说："一言难尽，一言难尽——你在这里采访吗？"我随口说我来体验生活。"哦，这样啊！当作家真好，什么都可以体验，"他有点自嘲地说，"不像我，被迫体验。"他又瞄了一下四周，压低嗓门对我说："我现在是一个失去记忆的人，什么都不记得了。你可不要对别人说我在这里。"看我一脸疑惑，他笑了，说失忆那是骗人的。他把事情的原委说了出来。

劳总下了血本在市里拍下最贵的一块地后，本想大干一场，谁知从外省来了一家公司，拿到了市里最便宜的地块。那块地离他的地不远，房价却比他的要低得多，于是他的楼盘一下子卖不动了，银行的利息一天就要去他一套房子。想当初是银行求着他贷款，如今见他资金紧张，不但不给续贷，还要他连本带利还上一笔贷款。现在年关将至，供料方找他结账，公司员工、工地农民工等他发工资。他已安排人去处理他自己的几处房产，想办法把能盘活的资金盘回来。他说即便砸锅卖铁也要给农民工发工资，但这些资金到账需要一段时间，这段时间他不想见人，所以自己把自己送进了救助站。

他"流浪"到救助站门口，无论工作人员怎么问，他都想不起自己是谁、家住哪里。我说他们能相信吗？劳总狡黠一笑："我出来混也不是一天两天了。"

劳总接着悠悠地说道："你们看我可能觉得我很风光，其实你们没看到平时我是怎么求这求那的，有时候为了争取一个项目，趴在地上舔人家脚趾的事都能干得出来。住在这里至少可以睡个安稳觉，暂时不用去面对那么多的事情，不用成天应酬，也不用看别人脸色，多好！这里饭菜管饱，平时吃多了大鱼大肉，也该减减肥了，就当在这里度假了。”没想到平时看着挺威风的一个人，也有不为人知的难处。

我一时不知如何安慰，说了一句不怎么适宜的话：“留得青山在，不怕没柴烧。”

“是啊，留得青山在！我现在感觉干事业就他妈的跟去西天取经一样，坚持到底就为了几本真经，结果却是离‘西天’越来越近。”

我说：“取经路上还遇到那么多的妖怪。”

“呵呵，可不是嘛，我可是被妖怪害惨了。”

“就没人帮你渡一下难关吗?”

“别看我平时朋友挺多的，关键的时候都跑光了。还好有一两个好兄弟挪了点资金给我，2分利息，不多，他们也不容易。挺过这一阵，一切都会好起来的。”

“你还挺乐观的嘛。”

“不乐观行吗？我要是一天到晚怨这怨那，我早就死一百回了。三十年河东，三十年河西，河东完了，还有河西嘛……”

一个瘦高的中年妇女向我们走来，劳总急忙说道：“她是救助站的工作人员，你就当不认识我，好吗?”声音带着乞求。我说：“你放心，我不会说出去的。”劳总裹了裹身上的大衣，两手拢在衣袖里，缩着脖子走开了。看着他落寞的背影，我心里挺不是滋味的。

工作人员过来说有警察找我。

11

在派出所里，我又看到了大同。大同看到我很诧异："怎么是你？真是你？是你报的案？看到报案人名字我还以为是同名同姓呢！你进传销窝点去体验生活了？"

听他这么一问，我气不打一处来。我努力克制自己："房子拆迁了，你为什么不告诉我？"

大同挠了挠后脑勺，解释道："那段时间我被派去执行任务了。回来的时候我姑才告诉我房子拆迁的事，可我打你手机关机了……我还以为你找到房子搬出去住了。所以……你后来是什么情况？"

听他这么一解释，我有气也不好发作了。我把事情的原委大概说了一下，最后说："要不是有救助站，估计我得睡街头了。"

录完笔录，大同坚持送我回单位。一路上，他不停向我道歉，让我放心，表示会尽快把我的身份证和留在传销窝点的东西追回来，再帮我找个地方安置。他像唐僧一样在我耳边嗬嗬嗬嗬个没完，我听得头都大了。直到我在单位门口下了车，我才感觉双方都松了一口气。

办公室的小宇看到我，仿佛看到外星人一样，他跳起来："唯一同志，你终于出现了！这两天打你电话一直打不通，你去哪里了？我们找你找得都快报警了！"我瞪他一眼："我平时都没见你这么积极找过我。什么事这么着急？"他从文件夹里拿出一份文件，递给我说："组织通知你去县里面挂职呢，两年，明天报到!”我这才想起前段时间推荐挂职的事，没想到通知来得这么及时！原以为经历了这么多事情，我内心已经修炼得波澜不惊了，但这一刻，捏着这份通知，我竟然激动得叫了起来：“太好了！太好了!”

罩在我心头的阴郁一扫而光，所有的事物都变得美好起来。小宇一脸惊愕的样子真是可爱。

LINSHI CESUO

临时厕所

一篇小说是一碗可以品出千百味的米汤

【作者简介】

韦绍新，男，壮族，广西都安县人，广西作家协会会员，在国家级、省级各类报刊发表过中短篇小说及诗歌若干。

1

县移民安置区。

有个高层视察团要来安置区开一个有关农业生产的万人现场会。传递这个消息的传真在那台崭新的传真机上嗒嗒吐出来后，再慵懒的干部都立刻如勤劳的工蚁一般开始行动起来。首先是开会研究有关接待事项，并按照传真要求细致分工到每一个人，接着全员行动。

年轻的秘书小五分到了一个他不愿接的任务——在现场会会场的旁边建一个临时厕所。这不是传真单上的任务，而是安置区赖场长别出心裁想出来交给他去办的。由于他有情绪，赖场长就把他训了一顿：你说要是领导特别是团长那种级别的领导像你一样尿急了该怎么办？难不成撒裤裆里？他们是什么身份，当然不能在野地里乱撒，被人看见了怎么办？所以在地头搞一个临时厕所绝对不是搞什么形式主义，它是必不可缺的。你可别小看这个厕所，它是领导精神状态的保证。憋尿的滋味可不好受。所以我认为，这次接待工作就这个临时厕所最重要。现在我把这个任务交给了你，这可是个极其重要的光荣使命，你要认真对待啊！

小五连连点头：是，是，领导教训得对，是小子我太嫩了没见识，我一定认认真真把这个临时厕所建好，让领导放心，让领导满意……

赖场长笑骂：你小子今天怎么了，净拍马屁？领导还没来，你给谁拍啊？

小五讪笑：你也是领导嘛！

赖场长笑说，领导个屁，与团长相比咱是蚂蚁看大象，再说咱才不需要什么临时厕所……赖场长突然严肃地对小五说，小子你也说得对，你要不惜一切代价把这个临时厕所建好，但也要注意方式，不要太豪华，太豪华了领导反感，到时候说我们这个全国最穷的县，一个临时厕所也建得这么豪华，不是奢侈浪费是什么？说不准弄巧成拙。但也不能规格太低，弄得臭烘烘的。这个你要动动脑筋，要有临时厕所的样，但又别具一格，让领导舒心满意。这就由你下功夫了。

赖场长这么一说，小五倍感压力，但还是响亮地回答：领导放心，我决不让领导失望。

接待工作进入倒计时。

2

倒计时五天。

早上，是隔壁办公室的电话一直响着催小五起床的。本来他不是爱睡懒觉的人，只不过昨晚女友来了，两人一直聊到半夜，后来还把该做的功课做了，所以早上身子不太听使唤，他就一直赖在床上了。

喂，哪儿的？

我是县委办的。

哦！你好你好，请问领导有什么指示？

关于有个高层视察团要到你们移民安置区开现场会的传真，你们收到了没有？

昨天下午收到了。我们领导已做了细致的分工，保证搞好这次接待活动，把现场会开得顺顺利利的，请领导放心。

这样啊。我们发现给你们的传真少了一条内容，这是我们的疏忽，现在你要认真记好，要及时补上。

请说。

你们要在现场会会场旁边建一个临时厕所。这事非常重要，我们周边的一个县就是忘了这件大事，搞得在野地里开现场会时大家都找不到方便的地方，团长大大地不悦哩！

哦，知道知道，谢谢领导的提醒。

小五不得不佩服赖场长考虑周全。

对方继续说，建这个临时厕所也不是那么简单的事，里面学问多得很。有的县虽然搞是搞了，但由于不引起重视，团长也大大地不悦哩！

对方把“高兴”说成古语“悦”字有点幽默，但小五一点乐的心情也没有，他意识到自己责任重大。

请领导指点如何建好这个临时厕所，我们一定以高度的政治责任感，不惜一切代价，让领导舒心满意。

我们也没有什么好的建议，一切得由你们自己想办法。不过有一点要特别注意，就是厕所的样子要简单古朴，但又要有点风格，不要拿咱们的老式样让团长那样级别的领导用。

这……

小五感到很为难。

有问题吗?

没，没有，小五说，团长是，是个怎么样的人?

我们也没有什么具体的资料，只知道他很喜欢吟诗弄墨，据说他还是全国书协会员，是个很懂体察民情，廉洁、高雅的老领导。

谢谢领导的提示，谢谢！就这样吧，再见，再见！

放下电话，小五呆了半晌，又拨赖场长的手机。赖场长的声音朦朦胧胧，像是从梦中透出来的一样。小五呆了呆——原来你也还没起床！赖场长咕哝了几句，突然骂道：他妈的你小子昨晚那么狠心不帮我挡一挡？昨晚，全场干部会后到一个路边酒家吃了一顿。小五说，见你那么兴高采烈，我怎忍心横刀夺“爱”？夺酒就是夺酒，还他妈的夺什么爱？赖场长的骂声不绝。小五笑说，如果我夺了你的那杯酒，岂不是连小姐的臂膀也一起拉过来？那不是夺爱是什么？赖场长说，你小子如果多嘴我就宰了你。小五笑说，这规矩我懂，不然白跟领导这么久了。赖场长笑骂自嘲了一番才说，你有什么事？小五就把县委办来的电话讲了一遍。赖场长说，就是嘛，我本来就不相信上级领导会漏了这么重要的事情。小五说，怎么办？赖场长又骂，你他妈的还用问怎么办？你跟你女友排洪防涝的时候怎不问我怎么办？我早说过无论花多大的代价都要搞好这次接待任务。小五讪讪笑了一下说，因为任务重大，所以心里没底想跟领导请教一下。赖场长说，今早拿出一个方案给我看。

方案？

对。

临时厕所建设方案

1. 在现场周围选出一块地；

2. 征地；

3. 找建设局设计出厕所图纸；

4. 找工人，购买材料；

5. 建设；

6. 装修。

中午小五就把这份方案交到了赖场长的手里。赖场长看了看方案，又瞧了瞧小五，瞧得小五不好意思起来。怎么了？小五问。赖场长说，你小子搞了一个早上就搞出这样的方案来啊？小五说，我可绞尽了脑汁啊！赖场长骂起来：绞尽你个鸟汁，这份方案也用去你一个早上？以你的办事效率，过了今天就只剩下四天了，看你怎么把这个临时厕所的任务完成好！你看看，这个方案连时间都没安排好，你打算到几时才完成任务？小五说，这个时间很难定出来，有的可能花时间长一点，有的可能短一些，总之不会超过四天的。赖场长说，嘴巴说的没用，实施过程总会出现一些你意料不到的事，所以你必须加班加点，以最快速度把它建好了再说。小五说，是，我这就去办。

赖场长指着方案说，第一条选地，现场会地盘已定好，会场东南西北四个方向均可选出一块地来，但哪一块最适合建厕所，这就得下功夫去勘察，别马虎。是。小五说。

赖场长指着第二条：征地的工作说难不难，但也不简单。小五说，我看没有多大问题。赖场长点点头：这地可和现场会的用地一起征。你去和别的同志商量如何个征法，我们征用只花一天，大概不会有什么问题吧！小五说是。

赖场长说，第三条你要有个构想才好设计。厕所的构造既要简单又要有格调，还要有点，有点……小五接话说，有点艺术美感。对，就是艺术美感。赖场长说。小五笑了。

你别笑，找工人和购买材料的事要马上就去办好，地盘和图纸一出来马上就动手干。赖场长说。小五说是。

赖场长顿了顿，又说，小五，这方案的前面五点你能不能在明天之前完成？小五愣了愣：你的意思是明天之前就把厕所建好？对！赖场长说。小五说，那，那是不是有点太紧了？赖场长说，如果明天之前完成不了这个厕所的整体框架，那么这个任务我可以说你一定不能在四天之内完成。小五说，可，可，明天就完成，好像不大可能吧？赖场长说，没有什么不可能的，无论如何你都要在明天之前把这个临时厕所建出个模样来。小五张了张嘴，最终什么也不说了。

赖场长说，你以为这个临时厕所是这么容易建的吗？叫你明天之前完成它的整体结构还迟了哩。你不知道，最重要的工作就是如何装修它，这关系到领导满不满意、舒不舒心的问题，其中门道多着呢！小五一副恍然大悟的样子。赖场长说，你同时要跟县建设局、林业局、水厂等部门和县里的花店、书法家、画家联系，叫他们拿出手艺来，装修厕所的时候少不了他们的参与。钱不是问题，只要你申请我都批。我这么说你明白了没有？小五连连点头：我明白了，我明白了。赖场长说，待会儿我给你配个手机，方便你联系工作。这次任务完成得好，手机就归你；如果搞砸了，你那个BP机也得收回。

小五挺胸，像个勇士宣誓：保证完成任务，不负领导所望！

下午，小五来到现场会地盘上。那地上长满了翠绿碧嫩的玉米禾。到处乱哄哄的。农民的骂声、干部的解释声，混得就像鸡鸭一笼装。那架势让小五心里发毛。

闹归闹，反对归反对，工作还是要做的。最终，村民妥协了。他们妥协并不是因为他们害怕了或是积极性提高了，而是他们终于争到了该得的补偿。这也是干部们无奈的一种做法，毕竟工作重要，钱财是小事。

小五选了一小块平地，准备建厕所用。可当他喊了几声：这是谁的地？这地也要征用！却没有人答。最后一打听，才知道这地是周志白的。小五立马就蒙了，心想：我怎么就这么倒霉？全县有几个著名人物最难惹，周志白就是其中之一。像这类“人物”，随时都可能闹出风波来，闹大了还要拖你下水，所以平时碰上他们，干部们都是退避三舍，小心翼翼地不去招惹。这是有前车之鉴的，有些干部就是因为没有掌握好与此类“人物”打交道的方式，闹出问题来，一级一级往上闹，越闹越大，越闹越出问题，最后他们往往都成了不算冤枉的“替罪羊”。

小五赶紧向赖场长汇报。他感觉电话那头的赖场长也有一阵子出不了声。

他问，咋办？

赖场长说，你小五难道不会选别块地？

小五说，我已看过了，只有北面周志白那块地最合适。西面是道路，东面是一个大型地头水柜，南面是领导讲话的高台。只有北面是一块平地，我们总不能越过周志白的地去征别的地呀，那样至少要远五六十米，尿急的时候还没赶到厕所恐怕已尿裤子了。

赖场长说，没那么严重吧，尿急也不急那么段路。

小五说，的确有点夸张，但确实远了点。

这……赖场长说不出话了。

所以，小五说，那块地非征不可，没有那块地，这个临时厕所干脆就不建了。

不建不行，赖场长马上一口回绝这个建议，地无论如何都要征过来，临时厕所是非建不可的。

小五说，征周志白的地我一个人力有不及啊！

赖场长说，这次接待工作我们全场没有一个不废寝忘食忙得屁颠屁颠的，谁也分不开身，特别是我这个牵头的，现在可累得谁摸都硬不起了，惨啊！我不管你用什么办法，无论如何都要把那块地征过来！

小五犹豫了一阵，说，那，那恐怕得花多倍的价钱赔偿了。

赖场长说，钱不是问题，只要周志白同意把他的地征给我们用几天就行。注意，不要把问题闹大。

是……小五答得有点底气不足。

小五不得不硬着头皮走进周志白家。周志白的家是两间新建的砖瓦房，墙面没有粉刷过，水泥砖上的泥土斑驳肮脏。

小五刚道明来意，周志白就猛地一下怒拍长条木板凳：这怎么行？我那地里还有正在生长的玉米呢！小五说，这点你放心，我们会补偿的。

我不要什么补偿，我受你们的骗还不够多吗？

今天你就可领到补偿。

现在领也不干！

我们加倍。

加倍也不……周志白停住了，一顿，问，加多少倍？

两倍，行吗？

周志白说，这钱哪来的？小五说政府给的。周志白大喝：政府的钱哪来的？小五说，你问这个干吗，政府的钱哪来的也要告诉你啊？周志白怒道：政府的钱还不是农民给的？你们就专会浪费人民的钱财！小五说，这钱是拿来给你们的，怎能说是浪费呢？周志白说，那些粮食还未长成就给拔掉了，这不是浪费是什么？小五说，不是已给补偿了吗？周志白说，这还不是浪费？如果你们不浪费我那些还未长成的粮食，就不用补偿，那么就不用浪费国家财产了，不是吗？国家都说了要“为人民服务”，你们却大肆挥霍人民的财产……

小五语塞，答不出话来。

那你说你同不同意租出那块地？小五左耳进右耳出地听周志白训了半天，见他歇口气，忙提出问题。

周志白斜眼望他：你们真的愿意补偿？

当然。

加倍？

是加倍。

周志白露出一丝难得的笑容，说，那好，你们把这两年拖欠我的甘蔗款还给我，那块地我就白给你们征用，不要钱。小五说，甘蔗的事你自己与糖厂交涉，不关我们政府的事啊。周志白冷哼，说，怎会不关政府的事，当初我们已种上玉米，就是你们来强迫我们拔掉，然后种上甘蔗。老子当初不过跟你们理论一番，说了一句过激话，就被扣上对抗政令的罪名，挨了不知哪个混蛋两个巴掌，还被一脚踹在腰上，现在我那腰下雨天都痛得不得了。老子一生不偷不抢不犯法，只是不愿种甘蔗，就受此大辱和伤害，你说这关政府的事吗？当初签下收购甘蔗的合同也是政府来跟我们签的，说什么一吨二百六十元，甘蔗入厂后一个月兑现蔗款。后来呢？全都是骗人的！

小五语塞。全县开展扩大甘蔗种植面积的活动，他也参加了，深知在此事上是县政府对不起农民。虽然出发点是为了增加农民收入，但如今糖厂因盲目扩建、原料不足而负债累累，最终倒闭破产，三百零一名工人生活无着落，农民和工人成了最大的受害者。据统计，现在全县还拖欠农民甘蔗款几千万元，拖欠工人工资几百万元，县里时不时有数十名乃至上百名群众集体上访。

周志白突然问，这回谁来？这么大的排场，连我的地也要征用？小五心不在焉地答，听说是高层来的。周志白露出一丝诡谲的笑容，一拍凳子，说，好，咱也不为难你这个毛头小子，那块地你要用就用吧，别人都给征了，那说明这次政府是对的。

征地的事终于搞定了，但小五心里却感到不踏实。他隐隐觉得有什么地方不妥，却又想不起来。

从周志白家走出来时已是暮色苍茫。小五打通了建设局值班室的电话。如今是非常时期，发生的事情比较多，如群体上访、洪涝灾害、生产安全事故等，县里各个单位都处于一级战备状态，都安排有人下乡和二十四小时值班，不然有事情时找不到人，单位一把手都得提着乌纱帽去向县领导汇报。

一个懒洋洋的、有点熟悉却让他想不起在哪儿听过的年轻女子声音传来：喂，找谁？

找你们领导。

你哪里的？

小五犹豫了一阵才说，我是县委办的。对方声音立刻清脆起来：喔喔，您好您好，请问有什么指示？声音的熟悉感又多了几分，小五有点困惑。喂！对方又一声喂。小五说，我找你们的领导。对方说，我们领导开会的开会，下乡的下乡，今晚一个也不在啊！小五说，那，那你们设计室的同志在吗？对方说，也不在，他们前天就去地区搞个大项目的设计，怎么了，急着找他们啊？小五愣了愣，说，这事比火烧屁股还急。

我可以帮你联系我们局领导。

那就好。

你的电话？

小五报了手机号。对方羡慕地说，这是手机啊！小五哼了声，心里不由得有点得意。

很快建设局局长班华就打电话过来了。当得知小五要求在县移民安置区内建个临时厕所时，班华不由笑了，连声说，小意思，小意思，一个临时厕所，我们局谁都可以设计出来，甚至可包工包料，你明早要一个临时厕所，我们都可以连夜给你建好的。小五说，你可别大意，这可不是一般的厕所。等班华局长得知这个临时厕所是为什么人什么事而建的后，收起了轻视之心，郑重其事起来：那好，我今晚就派个设计员过去设计出图纸，明早就可动工，估计到下午四五点的时候就可完成工程。请问到工地跟谁联系？小五说，到移民场就有人接待。

没多久，小五就等来了建设局的设计员。没想来的是个年轻漂亮的姑娘，更让他想不到的是，她竟是三年前弃他而去投入另一个前程更“光明”的男友怀中的前女友小茹。两人见面不免尴尬了一阵。小茹的眼睛一红，说，五，我对不起你，我当初真不该离开你。你知道吗？这两年我一直都在打听你的消息，却一直没有你的音信。小五说，你找我干吗？小茹说，我要跟你说对不起，请你原谅我。小五说，他呢？一听这话，小茹的眼泪就掉了下来：他，他最后抛弃了我，跟一个副县长的丑女儿结了婚。小五唏嘘了一阵，也不知该说什么安慰她。想当初，她弃他而去时给他的伤害是多么的巨大，差点让他失去了生活和工作的信心，他好不容易才挺了过来，那时谁来安慰他了？两人陷入尴尬的沉默之中。

良久，小五才说，我们到现场去看看吧。今晚你得尽快画出图纸，不然明早就无法动工了。然后拿了个手电筒，带头走向野外。两人来到现场转了一圈就回来了。小茹说，我们到哪儿研制图纸？小五说，到办公室去吧！小茹说，不，就到你房间去吧！小五犹豫了一下，说，好吧！

一直到深夜十二点钟，图纸才最终定下来。看着这张自己否定十来次然后不断修改才定下来的图纸，小五如释重负般松了一口气——总算完成了预定任务中的一项！

两人都有点累。小五说，我送你回去吧！小茹定定望着他：

你，你不留我？小五说，我，我已有女朋友。小茹的脸色有点苍白：我，我并不想破坏，破坏你们的关系，只是，只是，她不在，你难道不，不要我陪你？小五说，我们的关系已经结束，我不想让她感到不愉快。

那，那我走了。小茹脸色黯然。

我送你。小五说。

不用了。

你一个人不安全。

这儿到县城不过四公里，一路上又都有人家，我自己开摩托车回去就行了。

小五不说话了，他没有车，跟小茹到县城去还得招三轮车送他回来，有没有车还说不定，明早又要早起干活，所以他还是让小茹自己回去了。别时，他看到小茹眼里的失望，心里不由得一阵波动。说他对她已没了感情那是骗人。如果换了别的女子这样对他说，说不定他会请求对方留下来，但小茹不行，他怕这感情一触就无法收拾，他很明白自己的脆弱。

3

倒计时四天。

只半天时间，一个崭新的临时厕所就建成了。小五深感“有钱能使鬼推磨”。他得赖场长大开金口，催工的话也说得深受工人的敬重。

小五见厕所已建成，仔细丈量和计算了一番，就打电话联系林业局，要他们找二十来棵两米高的青叶树送来移民安置区。林业局局长罗汉骂了一句什么话之后说，你知不知道现在是什么季节，能种活青叶树吗？小五说，只要它能绿那一天就够了。罗汉说，这多浪费啊，你可知道一棵青叶树值多少钱、多难种？再说现在真找不到树苗呀！小五说，你还要去找啊？叫你们明早就运来种上的！罗汉说，那不可能，二十几棵青叶树不是一下子就能挖起来的。小五说，我也不想这么做，可领导要来，接待工作是压倒一切的。你也知道，咱县委彭书记最爱挂在嘴边的一句是“接待也是生产力”，如果不认真对待，谁都不好交差啊！这是地委、县委交代下来的事，不然我也不会这么强人所难，你自己掂量掂量吧……罗汉被噎得说不出话。明早见。小五说。他把这个烫手山芋递给了罗汉，由罗汉头痛去。

今早县里开了一个会，县直主要领导都参加。会上彭书记和匡县长强调了这次接待工作的重要性，要求各单位领导干部要尽一切可能配合和协助移民安置区把接待工作搞好，谁也不得推诿，不然后果自负。匡县长亲自挂帅接待工作，赖场长是他的先锋，负责会场的布置及一些事宜。中午赖场长回来后就马上召开了一次紧急会议，再一次强调了这次任务的艰巨，要求大伙儿打起十二分精神，说谁出问题后果自负，说得大伙儿的心都颤巍巍的。

接着小五联系水厂。水厂很干脆，只问了一句钱怎么办，小五说由移民场负责。水厂就说，OK，明天给你接好水。

最后，小五找了花店，却得知没货了。小五大感头痛。电话那头的花店老板说，本来我们还有点货，但建设局前几天全买去装饰他们的新办公楼了，现在又是淡季，我们没有准备那么多的盆花。如果你只是一时急用，不如去跟建设局他们商量借用一下。小五说了声谢谢，又打通了建设局的电话。电话那头还是小茹的声音。小五犹豫了一阵，才说，喂，我，我是五……

4

倒计时三天。

忙来忙去一整天。

林业局罗汉局长亲自送来了二十棵两米高的青叶树，并组织人在小五指定的地点种下了。罗汉局长一副心疼的样子，说那些树可是他们今年春节时刚在局里种下的绿化树，实在迫不得已，又挖出来配合县委、县政府的工作安排，只为搞好这次接待活动。

水厂也来安装冲厕水管。由于限定短时间内完成，费用翻了几倍。

小茹也积极配合，包车运来了盆花，排在通往厕所的小径两旁。

最后，在现场会主席台上望过去，两排青叶树把厕所遮掩得隐隐约约，显得很有格调。通往厕所的道路铺满了草皮，两旁花香醉人，让人感觉走向这个临时厕所简直就是一种享受。

5

倒计时两天。

这一天早上，匡县长来检查接待工作情况。他对现场会场地的布置感到十分不满，把赖场长狠狠训了一番，交代要把现场会的场地重新布置好，规格要高一些，如在主席台上布置一些盆花，种上几棵能遮阴的绿树，摆上几个大理石凳，地面全铺上足球场标准的草皮，等等。不过，匡县长大加赞赏了小五负责的临时厕所，认为这个厕所建得还真不错，从选地、建设风格、外在景致各方面看，都完全符合要求，只是厕所的内部装修还没有做好，希望小五在剩下的两天时间里把这个厕所建设得更完善。匡县长最后还意味深长地说，你们别以为这个厕所不是正事，其实它也是这次接待工作中一项非常重要和有分量的任务，做得好与做不好，区别大着呢！匡县长的话给了小五巨大的鼓励，也让他明白了一个道理：领导满意才是最重要的！

小五开始满世界跑。他要找的东西是买不到的。他在打听谁有名贵盆景。问了县里一个比较有名的园艺师，对方告诉小五，目前在县里，他只见过一盆君子兰最名贵。小五大喜，连忙问，是谁养的君子兰？园艺师似笑非笑地说，你歇了那份心吧，那君子兰你是借不来的。小五说，管他是谁，哪怕是天王老子我都要借来用一用，又不弄坏他的。园艺师笑了，说，你别以为那么简单，那盆君子兰，平时连让人看一眼他都吝啬。去年县委要开一个非常重要非常高规格的会议，县委彭书记亲自找他借这盆君子兰，他都一口回绝了，你说你能借来吗？小五说不出话了，心冰凉。最后，他不甘心地问，他是谁？园艺师说，他就是我们县的第一名人。小五说，张书画？园艺师说，是。小五本已冰凉的心又冻成了冰块，希望哗啦哗啦破碎。张书画这人在县里可说是无人不识，他是全国著名的书画家，据说他的每一幅字画都可卖出上万元。他人品孤傲清高，只爱结交搞艺术的朋友，从不把当官的放在眼里，人家才是天王老子来了也不理。

我的命怎么这么苦？小五心底哭天抢地：我要的两样东西，竟然全在他手里，怎么办？

小五不是不认识张书画，应该说小五对他太熟悉了，因为他就是小茹的大伯。当初与小茹好的时候，小五经常去他们家，也与张书画喝过酒，对张书画那愤世嫉俗的性格，他最熟悉不过了。那，我该怎么办呢？小五叫苦不迭。小五打算在那个临时厕所里挂一幅能让那位高级领导看得上眼的书画，摆一盆能配得上领导身份的盆景，让领导方便时，既能感到自然的清新之感，又能欣赏文化艺术的高雅——这都是根据前站情报设计的。

小五知道，要获得他想要的东西，就必须通过小茹，而通过小茹，他就有可能失去一些东西，比如现在的爱情或别的什么。

狗屎！我肏！小五并未犹豫多久，就打开手机联系小茹。

小茹，今晚我请你吃饭。红都酒家。

小茹乐滋滋深情款款地来了。两人在绮梦包厢里一边吃饭一边聊以前的事，不由得感慨万千。

她好吗？

什么？小五心不在焉，猝不及防。

我是问你的女友。

小五摇头：我们不谈她。小茹说，那就不谈她了。你约我出来有什么事？小五苦笑：请你吃饭非要有事不可啊？小茹说，要是以前的你，我不会这么问；因为是现在的你，我才这么问。小五说，这话很有讲究。小茹叹了口气：这种情况我见多了，从学生到国家干部，几乎每个人都在变，而这些变化是不乏规律的。小五说，你看得真准。小茹突然幽幽地说，五，我还是爱你，你可以重新接受我吗？小五答不上话。良久，他才说，有些东西一旦失去，我们就永远无法挽回了。如果现在我答应你，我就不好开口说下面的话了。小茹眼中闪过一丝喜悦，却又显得很平静，说，这么说我还有希望？小五避过这个话题，说，这一次我真求你。小茹柔声说，你有什么话都可以说，无论什么事我都会帮你的，只要你还记得我就行。小五喃喃道，我怎会忘记你呢？

他把自己的意思说了出来。话刚落，小茹就跳了起来：这怎么可能呢？要字画我可以求大伯送我一幅，那盆君子兰可是他的命根子哩！小五苦恼地说，不难就不找你了。字画你也别以为随便一幅就可以了，我要的是精品。小茹半天说不出话。小五则小心翼翼地望着她。小茹的眉头一直皱在那里半天不松，把小五的心揪得疼疼的。他一咬牙，伸手抱住小茹。小茹惊喜地依了过来。有人来了怎么办？她说。小五说，没人来的。他把她按在沙发上，小茹亢奋地连连承诺：我会想出法子来的，喏……

6

倒计时一天。

小五一整天都在等小茹的消息，可等到天黑了也没小茹的回音，联系她她也没回应，让小五心火直烧。明早视察团就来了，而他负责的这个临时厕所却还没有达到领导要求的那般完美。如果小茹失败，那这个临时厕所就成了没有眼睛的一条龙，就是死龙，什么高规格、高品位，还有领导的嘉奖，都成空谈，而他这几日来的努力算是全泡汤了，重要的是他如何向赖场长和匡县长交代？

手机响了。小五迫不及待地接听。

小茹，事情怎样了？他急急地说。

什么小茹小茹的？一个陌生男子的声音。

小五愣了愣：你是谁？

对方说，我是陆干，你总不会不认识吧？

小五说，原来是陆主任，我怎会不认识大名鼎鼎的陆主任呢？陆干笑了一声：认得我这个倒霉蛋，是你的福气。小五连连说是。陆干是县政府接待办主任，在处理安保乡周志超拦车向中央领导喊冤事件中出了名，可说是全县无人不知。不过那是个无人不知的笑话，如今很多人都拿他当笑料。上面来的每一位领导，都知道县里有这么一号人物，不管他够不够级别，每次都喊他陪酒，在酒桌上增添了不少笑料。陆干开始不高兴别人笑他，但他却因此得以在县里左右逢源，所以就渐渐转换心态甚至以此为豪了。小五说，陆主任有什么指示尽管吩咐我这个小不点儿，我一定尽一切力量为您办好。陆干笑说，别说什么指示不指示的，也别说什么小不点儿的，你的大名我早就有所耳闻。听说你特能喝是吗？小五说，哪里！是哪个造的谣？陆干说，你别蒙人了，我找了几个有名的酒仙，都说不是你的对手哩！小五说，陆主任可别听他们胡说。陆干说，你也别否认了，实话告诉我，我们农家这种土酒你能喝几斤？小五说，这不好说，有时一斤就醉，有时也能喝两斤。陆干说，他们都说你是三四斤的量。小五说，他们那是在损我。陆干说，你严肃一点，这喝酒也是一项政治任务，连县长都下令了，你敢不喝？你说你能喝多少？小五说，那就两斤吧。陆干说，不真实。小五说，我是真的两斤就醉了的。陆干说，那他们为什么说你能喝三四斤？小五说，我确实喝两斤就醉了，但醉了之后还能再压下一两斤，醉上加醉，还是等于醉。

陆干哈哈大笑：好，好，就选你。

究竟是，是什么事？小五有点心虚。

陆干说，我们的任务是匡县长下达的，一定要完成，如果不完成任务，我们得夹卵蛋回家务农去。

什，什么事？小五感到极大的不安。

明早我再告诉你，你在安置区等我。注意，从现在起你什么酒也不要喝。陆干挂了电话。

小五又等了一阵，终于等到小茹的电话。

怎么样了？小五很急。

小茹说，你先过来再说好吗？小茹的声音软软的，像是在撒娇。

小五心中一热，不由得想起她那个娇啼婉转的样子来。好，我马上过去。小五说。

他在房里留了张纸条，告知女友自己出去办事，可能今晚回不来了，然后就打的进城了。路上想起小茹那久违后的热情，小五不禁一阵身心荡漾。

进入小茹的房间，一股幽香扑鼻而来，小茹的身子也粘了上来。两人混作一团，滚落在门后的地上，来不及说什么或做别的什么了……

怎么样？小五问。

当然厉害极了。小茹嗲声说。

我是说那事办得怎样了。小五很严肃，样子却显得很滑稽。

幸不辱使命。

哗——小五兴奋得差点蹦起来，反身又把小茹压在身下。小茹不堪重负地发出了一声痛苦的呻吟。

不行了不行了，野牛似的！小茹连连求饶。

他妈的，你怎能搞掂你大伯那头犟牛？

小茹说，咱也没法子，只好求伯母去。我可求了大半天哩。最后伯母被缠得没法子了，才开口帮我。嘻，你猜我怎么求伯母的？小五说，不知道。小茹说，我说你是我的未婚夫，她才不得不答应我，说就看在未来姑爷的面上，帮我一次。不过她说只能借一天。

听了小茹的话，小五感到不快，如揣了块大石在胸口。不过，能借到本来任何人都不可能借到的东西，已令他感到异常高兴了，这丝不快也就很快被欣喜淹没了。小茹说，其实就算是伯母，她也取不到大伯的这两样心肝宝贝的。她今天把大伯骗到老家去了，说老家那里有亲人刚过世，要他去送殡，这才偷偷拿到这两样东西的。小五说，可你老家那边根本没有人过世，他回来了你伯母怎么个说法？小茹说，那不关你的事了，反正他回来时你已物归原主。家里什么也没变，他还能怎样？大不了伯母说自己也是受了老家人的骗。小五赞叹：你们真狡猾！小茹嘟嘴：我可不是狐狸精。

7

现场会下午开。

早上，小五把画和君子兰搬进了临时厕所，还伴上从街上买回的几幅字画和几盆花草，以掩人耳目，防止有人顺手牵羊。小五认为自己这么做是有点过虑了，那些懂欣赏的大都是真正的君子，根本不用担心，况且朗朗白日，谁敢明目张胆？但小五还是决定等视察团一转屁股就把画和君子兰抽走，不怕一万，就怕万一。

小五刚布置好一切，陆干就来了。小五从陆干的口中得知，原来县长收到情报，周志白想借视察团来移民安置区开现场会的机会出来“闹事”，说要为两年前种甘蔗的事喊冤。这事与一年前安保乡周志超上访事件简直一模一样。小五笑说，不是又要进行酒攻击战略吧？对，还是这个办法，陆干说，这是县长委以的重任，他妈的，要是搞定不了这个家伙，那我的吃饭家伙可真要丢了。小五说，你忘了前车之鉴吗？小五说的前车之鉴是那次陆干带了一件白酒去对付周志超，目的是让他醉酒而错过拦车喊冤的时间，结果周志超竟然提出喝土酒，把不擅长喝土酒的陆干三下五除二搞定，他自己依然能按计划按时出现在领导的车队面前。为此，陆干差点丢职，如果不是县领导先出事被调走，那么现在就没有陆干主任这号人物存在了。陆干嘟嘟囔囔骂了一阵粗话，说，所以我才要拉上你这个小子。我擅长白酒，你擅长土酒，咱们双管齐下，还怕他个鸟！

那家伙的量是多少？

鬼才知道，听说他虽贪杯，但也只是斤把左右的量，对咱们构不成威胁。问题是不知道他擅长喝哪类酒，不好对付。

也许他喜欢的是啤酒。啤酒我的水平不高，两瓶就醉了。

那却正是我求之不得的，一件啤酒我能一个人喝完。不过这个可能性不大，那家伙穷得很，哪来的钱喝这种不上喉的开水酒？

还是带上一点作预备才好。咱们就买一件啤酒过去，还怕他不成？孙猴子再厉害，怎逃得过如来的五指山？

接近中午的时候，小五和陆干“全副武装”来到周志白家。

周志白冷冷地看着小五说，你又来干什么？小五指着陆干说，这人是纪委的领导，来调查两年前你被打的事，要为你讨个公道。周志白又冷冷乜了陆干一眼，说，欢迎光临，你究竟是叫李莲英，还是叫小顺子？小五和陆干面面相觑。周志白猛拍一下桌子，怒骂，你们这帮人满嘴鬼话！你们这种骗子丢尽了干部的脸！你们以为我不认识陆干这家伙？你们以为我不知道你们这次来的目的？你们知不知道我是从安保乡移民过来的？知不知道周志超就是我的堂兄？你们的诡计这么低级又怎能骗得过我？

小五和陆干要多尴尬就有多尴尬，满脸灰白，像只刚发情的公狗一下就给人割了蛋。

周志白胡天胡地地狂骂了一通，气倒消了不少，看着小五与陆干提来的酒肉，不由得咽口水。小五趁机说，周叔，听说你的酒量不错呀！周志白说，我脔，我这个穷鬼哪有什么钱买酒吃？小五说，那今早咱们什么也不管了，就痛快喝一场如何？周志白说，我不上你的当，想灌醉我？没门！

陆干这时开口了，说，老周啊，关于你的事，县里重视着呢，估计最近会还你一个公道的，不然，你想想，如果解决不了这件事，以后县里凡是有什么事，你都出去闹事……

周志白瞪眼说，什么闹事？

陆干连忙改口，不是闹，闹事，而是，是……陆干一时想不起用什么词来表达，当然不能说是为了正义，就说，你想想，如果让你每次都那样做，对县里的工作来讲那不是闹大事吗？所以，最近县里一定会解决你的诉求并兑现你的甘蔗款的。

真是这样？周志白一脸的不相信。

当然是这样，我怎敢骗你呢？我这个接待办主任如果骗了你，你可以直接到县里去找我，可以告我，让我，让我……陆干又找不到话了，最后咬咬牙，说，让我干什么都行！

周志白的气又消了不少。小五又趁机说，你应该相信政府。今早咱什么也不管了，就喝酒！周志白不说话，但神色表明他没有反对，小五赶紧主动提着东西走进厨房。

不多时，桌上摆满了小五他们买来的丰盛饭菜。

你喝什么酒？小五问周志白。周志白又斜眼望了一下陆干：你不会要我跟你比喝白酒吧？陆干连忙说，随便，哪种酒都行，土酒也行，我今天是不醉不归。周志白又望小五。小五双手一摊：我无所谓。周志白说，那咱三种酒都喝，既然你们带来了三样酒，不喝留着浪费。不过要说明白，喝酒要有喝酒的规矩，我喝一杯什么酒，你们也要各喝一杯什么酒，不然拉倒，你们走人。陆干和小五异口同声：没问题！

于是就喝酒。大家很少话，因为周志白属于那种随便你说什么他就是不吭声的类型，陆干和小五两人自个儿说了一阵就无话可说了，也喝起了闷酒。

本以为没事，后来却真的出了事。陆干、小五与周志白一起喝完了一大半他俩带来的酒，醉倒了。周志白醉不醉他俩当时并不知道，不过后来发生的事证明周志白并没有醉。过后他透露他是吃了解酒药，所以一举干掉了陆干和小五那两个笨蛋。

周志白要按他的计划混进听现场会的群众当中，却被早有防备的保卫人员挡住了。他们认识他，知道他是个什么样的人，如果不是害怕事情闹大，闹到正在讲话的团长耳里，他们早就把他扭到哪个角落里关个半天再说了。而现在，他们只能把他挡住，说现场已封锁了，任何人不得进出，以防有特务混进去。他们说的理由并不好，漏洞百出，但不知为什么一向精明的周志白竟然相信了，呆了半晌，摇头晃脑地走了。保卫人员均松了一口气。匡县长早有严令，像周志白这类“黑名单”上的人物，一律不准进入会场。

后来是那个漂亮的临时厕所给了周志白机会。他在厕所里蹲了一个小时，终于等到了团长的莅临。但团长来的时候周志白已经睡着了，体内的酒劲侵蚀得很厉害，令他晕头晕脑的，最后是警卫人员冲进厕所把他拎起来他才醒过来。这就要感谢小五的精心布置了。本来团长可以在周志白睡着的时候，方便完了就走出去的，那就什么事也不会发生。是墙上那幅画把团长吸引住了。他待在厕所里的时间远远超出了正常的方便时间，警卫人员久久不见他出来，才冲进厕所，并抓住了周志白。

周志白挣扎着双脚落地，面对团长，长跪不起，仰天长号：冤枉啊——团长亲切地问他，你有什么冤枉事？周志白舌头有点硬直，但还是把政府这次为了开这个现场会，如何如何强征农民土地，如何如何毁掉农民的粮食庄稼，如何如何恐吓农民如果不租出土地就如何如何……这些话周志白在心里早练得滚瓜烂熟，虽然今天口齿不算十分流利，但三言两语还是把意思说明白了。

过后周志白对他那时的表现却感到十分不满，说如果不是喝多了、喝醉了，那他就能把政府这些年坑农民的问题一一揭露个清楚。那时他就该先说甘蔗的事情，那才是大事，才是正题，可他却莫名其妙地先为这个现场会、这个临时厕所这点鸡毛蒜皮的小事情喊冤，跟他早先的计划完全不一样。同时，他还犯了个错误，一激动起来，就跪着朝团长爬过去，要抱住团长的腿。团长的腿是能抱的吗？恰好匡县长带着本地的警察也冲了进来，见状，高呼团长危险，本地的警察立刻老鹰捉小鸡般拎起了他，以迅雷不及掩耳的速度把他塞进警车，呼啸而去，害得他还有很多话没来得及说。

后来的事是周志白不知道的。

当时匡县长跟团长说他是个精神病患者，随同来的几个县领导也都纷纷“证实”匡县长的话。可团长却不听，他一挥手，他们就全哑了，悻悻然退开。团长回到现场会，面不改色，继续他的讲话。

台下的县领导们却个个如被装入笼子的猴子。现场会一结束，团长只对匡县长说了一句：写个报告。

匡县长当然不敢写假报告，只好如实汇报。他以为团长与周志白一起在厕所里那么久，肯定什么都谈了，而且团长之后也会进行调查的，所以他把多年来政府的“困难”说了个一清二楚。坦白从宽，抗拒从严嘛！公安局局长出身的匡县长深明此政策的重要性。而后来事实证明，团长根本没有进行过什么调查，匡县长的报告成了自我检讨。

8

后来，匡县长以及县里的相关领导都被调到别的县去担任些有职无权的职务了。陆干被安排到全县最边远最落后的一个村里当村干部，只干了一年，就下海去了。赖场长也被调到一个很远的乡去干宣传了。移民安置区的干部几乎全被调走了，没有一个是去好地方的。只有小五还是原地不动，因为他最年轻，领导认为他的问题不大，只是执行上级的命令罢了。只不过原先看起来很有前途的一个小伙子现在却没有人记着他了。女友与他分了手，小茹因为他弄丢了大伯张书画的画和君子兰，也与他断绝了关系。

那天他醒过来时天已黑了，陆干还躺在桌子下呼着熏天的酒气，周志白却不见影子。他叫了声“糟糕”便摇晃着跑出周志白的家，跑向临时厕所。厕所依旧，别的都在，独独画和君子兰不见了。据他当警察的朋友说，那天开会时进入那个临时厕所的只有周志白、团长和他的两个警卫、匡县长和几个县领导，以及他自己和另两名本地警察，至于会后的情况他就不知道了，他当时并没有发现谁从厕所里拿出过什么东西。

小五就是想不明白，是谁偷走了那幅画和君子兰。能在众多的字画和盆景中认出好东西的人很少，除非他也是个行家。但这帮县领导和警察当中明显没有这样的行家啊。团长是个行家，但以他的身份，他是不屑干这种龌龊事的，他是唯一可以排除嫌疑的人。如果说散会后被哪个群众偷走了，那更不符合实际，群众要偷肯定不会单单偷那两样东西的，有那种鉴赏能力的高雅的群众，概率也小得可以忽略。公安帮小五查了半年，一点踪迹都没有发现。

更令很多人想不到的是，这次风波过后，一个既无政治才能和威望，又无强硬后台，本也应负主要责任的领导，却一点事也没有，反而连升两级，当上了县长。后来，小五因一个偶然的机会看见这个县长家的阳台上有一盆花，好像是那盆君子兰，但他又不十分确定。至于那幅画，小五就再也没见过其踪影了。

那个临时厕所还在，成了移民安置区一道独特的风景。周志白并没有把它从自己的土地上拆掉，他得意地说要留着做个纪念。

小五很后悔，时常跟人说，那天如果不是三种酒混着喝，他是不会那么容易就醉的，一失足成千古恨啊……

YI GE REN DE CUNZHUANG

一个人的村庄

写小说是想、写出生活的另一面!

【作者简介】

郭丽莎，笔名琉璃瓦，女，汉族，广西钦州市人，现居都安，中国作家协会会员，河池市作家协会副主席，广西“文学桂军”新锐作家扶持项目签约作家。于《儿童文学》《少年文艺》《中国校园文学》《安徽文学》《广西文学》《南方文学》等刊物发表多篇文学作品，并入选各种选本。出版有童话集《秋天的野菊湾》、长篇儿童小说《光明烛》。作品曾获冰心儿童文学新作奖，改革开放40年来广西优秀儿童文学创作评选三等奖，广西作家协会、《广西文学》编辑部“庆祝中国共产党成立100周年”重点主题文学创作征文活动报告文学三等奖。

去年初秋，我成了桂西北的一名山村教师。这里水源稀少，植被覆盖率低，一座座石山波涛一般连绵起伏。而我所在的小学，就隐藏在山海里，它遥远、孤独，可是异常明亮，如同一颗被上苍遗忘的星，坠落到远离尘嚣的山野里。

因为有扶贫任务，教师需要亲自入户和贫困户沟通，给他们帮助。可新修的村道，到了学校就是终点。其他地方都是细细的山路，它们像绳子一样，一圈圈箍在山腰上。这里的农户住得极其分散，隔几个山岭才有三五家。要入户，只能徒步。成片的无人山岭、陡峭的山路、万丈的悬崖，以及对地形的不熟悉，于我而言，都是一道道难以逾越的屏障。校长只好在附近请来一位村民带我入户。

他叫农天山，六十多岁，中等个子，面容消瘦，黑黄的皮肤上毛孔清晰可见，如同挂在灶台上熏干的橘子皮。他的额头横着几条深浅不一的皱纹，稀疏的眉毛仿佛深秋山岗上的野草，萧条而荒凉。阔鼻子、厚嘴唇，看人时喜欢咧开仅剩一颗门牙的嘴。关节肿大的手耙子一般抓着一根根部已经开裂的竹竿，那是他行走山路时的第三只脚。

当第一缕阳光在天边绽放的时候，我们就出发了。农天山在前面哼着歌，手里的竹竿一会儿敲敲石头，一会儿打打草丛。

他的歌，每一个词都绵软黏稠地连在一起，让人听不清确切的意思。可是歌曲的旋律悲怆苍凉，仿佛来自远古的忧伤。

歇脚时，我问他，你为什么打这打那？他咧开厚厚的嘴唇，笑说，为了增加人气嘛，让大石山区的各路神灵知道有人来，好出来保护我们。我又问，那你唱的是什么？他哈哈大笑，说是祭祀用的请神歌。我说我听不懂歌词，可是我喜欢那旋律。

农天山坐在一片山石遮挡出来的阴影里，周围的阳光愈明亮，阴影就愈黑暗，阴影使他看上去就像一截枯树。他说，很少有人喜欢这样的歌，尤其是年轻人，毕竟太悲太老了。接着，他转过头眯着眼睛问，你一个姑娘家怎么山高水远地来到这里？类似的问题，从我踏上这片土地的第一天起，就时常有人问。我用惯常的笑容和语气说，因为我喜欢大山。一般人会追问，山里有什么好，缺电少水、网络不通，到了夜里周围就是一片黑，你耐得住寂寞？农天山却不一样，他仿佛看透了我内心的秘密，笑着露出仅剩的一颗门牙，不再追问。

他站起来，打开一只漆面斑驳的军用水壶，高举过头顶，仰起头，张开嘴，一股被阳光照亮的酒水从壶口缓缓倒入他的口中，夹着玉米清香的酒风吹拂到我的脸上，让人恍然。

我们起身继续赶路。太阳已经当空，农天山不再哼歌，竹竿也被他横在身后。他用低缓的语气说，歌嘛，芝麻婆婆唱得那才叫好。

芝麻婆婆？

就是你帮扶的贫困户。

户主不是叫葛汇真吗？

那是书面上的名字，我们都叫她芝麻婆婆。

农天山说，路途遥远，为了避免无聊，我就跟你说说这位老婆子吧。我知道，这应该是个很长的故事，就扶了扶肩上的背包，挺直腰板，打起精神。听精彩的故事，最忌讳萎靡着脑袋，辜负了说故事的人，也白白浪费了好故事。

芝麻婆婆一共有四个儿子，可是都和她的丈夫一样已经死去。听说儿子早殁，做母亲的会长寿。芝麻婆婆快八十岁了。

她是水州人，来到山里时，已年过三十。婚事是父母包办的，覃家用一袋玉米就把她娶过来了。一开始，那男人说她不好，不想娶她。因为男人生得眉清目秀、四肢健全，女人的身体却有些不尽如人意。可男人已年近四十，在山里，这个年龄再不娶，就有打光棍的风险。周围人就劝，寒不择衣、贫不择妻，好女人坏女人吹灭了灯都一样，能生个一男半女就行。加上父母的半劝半逼，男人权衡再三，只好满腹委屈地接她过来。

她有一张圆圆的脸，单眼皮、细鼻梁，嘴唇稍显丰厚。她的皮肤是健康的麦色，身体亦圆润得如同一粒饱满的稻谷。遗憾的是，她左边的袖子是空的，走起路来就像风中的柳条，随风飘摇。这事得追溯到她三岁时，她在晒场上玩耍，不慎被碌碡碾了左手。那个年代，农村没什么诊所卫生院，去县城又远，只能请赤脚医生拿些草药来敷。不料肉一天天腐烂、化脓，去到县上的医院时，医生摇头，说只有截肢这个方法了。从此，那一节细细白白的手臂就离她而去，众人都惋惜，用怜悯的眼神看她，摇着头说以后可怎么生活哟！她也从此成了冬天的知了——一声不吭，不管碰到什么，都是垂着眼帘，钳口不言。除了跟父母到田地里干活，其他时候她几乎不出现在众人面前，只是躲在角落，偷偷伸出小半张脸，窥视外头玩耍的伙伴，或趴在墙上不停地抠墙缝。日子久了，大家也就不大注意到她，偶尔想起这个人还会忘了名字，只说“葛家那个断手的”。

她家兄弟姐妹共九人，父母顾不上那么多，其他孩子都成家后才猛然发觉还有个独臂女儿未出嫁，只好急忙托人说媒，说不要对方的彩礼，只要对方家里有口饭吃就行了，身体方面有些残缺也无所谓。隔天媒婆就带来几个男人的信息，有断腿的、眼瞎的、精神方面有问题的。她躲在房间里，听父母和媒婆在外面筛选一个又一个男人。那些他们刻意压低她却听得异常清楚的声音，像绳子一样一圈一圈地捆着她的心脏，把她的心脏捆得又紧又细，让它难以呼吸。媒婆还提到九鼻一个姓覃的男人。所谓九鼻就是要穿过九个鼻场才能到达的地方，那里不仅地处深山，而且穷，是出了名的光棍村。不过这个男人模样周正、四肢健全，对方的父母听说不要彩礼，都乐意这门亲事。父母认为这个男人好，觉得女儿跟个健全男人生活会方便些，深山就深山吧，外头一会儿闹饥荒，一会儿搞批斗，弄得人心惶惶没个定性，倒是山里相对安稳，种啥吃啥。她听到这话，小心脏才松了绑。

一开始，男人还不习惯她的断臂，白天不敢正眼看，半夜不小心摸到她那半截圆滚滚的肉团也会惊叫起来。她只好换方向睡，而且睡得小心翼翼的，生怕打扰到男人。后来，她自己上山找了截木头，把木头掏空，外面用绳子箍起来，一头牢牢扎着牛皮做成的绑带，绑在断臂上。这样袖子就不会晃来晃去吓到男人了，晚上等男人睡下后才取下，日子久了，断臂上的勒痕简直要深到骨头里去，像刀子刻的一样。尽管如此，男人还是始终不拿正眼看她，觉得娶她简直是亏大了。每次同房，他都用被子把她的大半个身子遮住，说看见她那截断臂，会让他丧失做男人的本能。

这个女人，虽然身体不完整，可干起活来比针还细。她把庄稼当成孩子一样照顾。开春时，她早早地来到地里，披一身阳光，像是披着一袭金线织成的衣服。她把铁铲杆子架在右边的肩膀上，右手握着，一点一点，把土地耕得匀匀的、细细的。泥土在阳光下微光闪烁，像一张温暖舒适的大床。她让玉米种子们有序地躺上去，再给它们铺上一层农家肥，就像盖上一层厚厚的棉被。为了防止它们被鸟兽糟蹋，她又仔细地在肥上撒上一层薄薄的泥土，用以掩盖。清明时分，玉米苗长到膝盖那么高，她就隔三岔五地挑水去地里，屈下腰身，一瓢一瓢地浇灌幼苗，把幼苗喂得胖乎乎的，像得了充足奶水的婴儿。初夏到了，玉米高过了她。她伏身在玉米林中，茂密的叶片完全把她遮没了。她一边薅草，一边喃喃地说着话，仔细一听，原来她给每一棵玉米都起了名字，她在和玉米们聊天呢。乱纷纷、绿油油的玉米叶，笼罩出一片静止不动的、叫人心慌意乱的闷热。这闷热一直持续到盛夏，玉米长苞了，红艳艳的玉米穗儿，像太阳一样，照亮了她内心的期盼。

春种秋收，侍奉公婆，这个女人把家里打理得井井有条，一口气生了四个儿子，还常常把男人的活儿也包揽了。可男人依然看不起她。他说看见她一声不吭的样子就来气，说她是“一棍子打不出个响屁的人”。还说别人的嘴巴有两种作用，一种是吃饭，一种是说话；她的嘴巴只会吃饭，不会发声，哑巴都不如。她也不恼，自顾自地干活，日子一天天过。

直到一捧芝麻的出现，男人才和女人正式翻脸。

那年春天，有人从山外带了些芝麻种子回来，说这芝麻不管煮什么，做什么馍啊或者饼啊，撒上一些，都会比平常香。女人去讨了一捧回来，想种在离家不远的地里。男人看见芝麻就一口咬定女人和那个人有什么见不得人的事。女人垂眼不言，转身想把芝麻种子放好，男人却不依不饶，说她不说话就是默认。他把女人推到门外，把芝麻种子打落在地，然后转身进屋。女人呆立半晌后，默默地伏在地上，一粒一粒地把芝麻捡起来。那些比发丝粗不了多少的芝麻啊，就像被父亲丢弃又被母亲重新抱回来的婴儿，得到了温暖。捡到最后，女人眼也花了，腰也酸了。她抬头，看到挂在半空中的月亮，又大又圆，把所有的光亮都照射到人间。她竟感到前所未有的清爽和欢喜，于是走进溶溶的月色中，在地里种起了芝麻。

一向温顺的妻子突然如此大胆地公开反对自己，这让男人难以接受。第二天，男人一气之下，卷起包袱就出了远门。外头人都笑：夫妻吵架都是女人离家，男人出走倒还是第一次见。

不过说来也奇怪，山里许多人都种芝麻，却几乎没有人种得活。唯独这女人种的芝麻，长势旺盛，得了丰收。她分给大家拿回去，掺在玉米粥或菜里，果然有股不同寻常的香味。此后，每年的同一天晚上，她都会在月光下种些芝麻，收获后分给大家一起享用，芝麻婆婆这名字也就叫开了。

开始上坡了，蜿蜒细小的石阶向山上延伸。两边是大块大块的黑色石头，石头上有大大小小的裂缝。这些裂缝或许就是大山的皱纹吧，每一条都吸收了无数日月精华，见证了许许多多不为人知的山间岁月。

农天山为了省些力气，暂时停止说话。别看他年纪大，走起路来却身轻如燕、步伐轻快，一下子就走到了山的上边。我的双脚却越来越沉重，不听使唤。我只好俯下身，双手攀住岩石，用和大地最亲近的姿势缓缓前行。

终于到山顶了。下坡相对轻松些，农天山接着说芝麻婆婆。

都说亲戚不伤百日和，夫妻不生百日气，但男人离家出走足足有半年，才拖着疲惫的身躯回来。半年里他去了哪里、做了什么，男人只字不提，女人也缄口不问。这样清净了一些日子，直到四儿子出事。

那个年代，山里的野生动物还很多，蟒蛇、野猪、秃鹫等，时常在山上出没，其中最多的要数猴子，经常成群结队到农户家或地里偷食物。

那天早上，芝麻婆婆带着未满周岁的四儿子去地里种玉米。和以往一样，她在地上挖一个半米深的窝，把四儿子放在里头，再在窝里放上一把蒲公英。四儿子抓起一枝，攥在手里摇呀摇，蒲公英就满天飞，他兴奋得哇哇大叫，笑声清亮。芝麻婆婆回过头，看见金黄的阳光下，一朵朵白色的蒲公英像一片片雪花，随风飞扬，飘过高高的山顶，和四儿子的声音一起，飞进遥远的天空里。

芝麻婆婆种了一会儿玉米，身后却突然传来尖利的叫声，回头一看，只见一只半人高的猴子在窝旁逗弄孩子。芝麻婆婆吓得惊叫起来，撒腿就跑过去，手里的玉米种子撒了一地。那猴子受到惊吓，迅速拉起四儿子抱在怀里，转身就跑，三下五除二就爬到了半山腰。情急之下，芝麻婆婆挣扎着要爬上山。可只有一只手怎么爬啊！没爬几下她就掉落了下来。她哭喊着捡起脚边的石头往猴子扔，猴子却爬得更快，眨眼就到了山顶。然后，不知是故意还是失手，猴子手一松开，四儿子就像只南瓜一样，咕噜噜地滚下了山。芝麻婆婆撕心裂肺的喊叫声从天空翻滚过来。人们知道出事了，循声赶去，看见芝麻婆婆抱着血肉模糊的老四，像一匹受伤的狼，在旷野里号叫。有人伸手到孩子的鼻子下，自然早已没了气。

男人闻讯赶来，看到芝麻婆婆怀里的孩子，号哭了一阵，就带领几个男人操上家伙去"围剿"猴子。只听人们的喊声从这个山头传向另一个山头，穿越灌木丛的响声一阵接一阵，惊起无数鸟兽。天快要黑时，男人捆着猴子的四肢下山来。他找来一只笼子，把猴子装进去，说要将它和四儿子一起下葬。人们认出这是半个月前，小猴子被村里人抓去卖了的母猴子。不知道是母猴子太想念自己的孩子，因而见到四儿子就想抓去占为己有，还是它对人类的报复。人们讨论了一阵，天黑了就散开回家了。男人和公婆用草席把四儿子卷起来抱回家。几个女人来拉女人，劝她回家。女人却一直伏在地上，不肯起来，双肩抖动，传出"嘤嘤"的哭泣声。妇女们长叹一口气。天黑了，大家带娃的带娃，赶羊的赶羊，想着也许她哭够了就回去了。

当天晚上，月色出奇地好。半夜，女人在月光里站起来，转身回去拿起白天丢在地里的铁锹，来到家对面的地里挖坑，又返身回屋把四儿子最好的衣服翻出来，再从破草席里抱出冰冷的四儿子，给他穿上衣服后，就抱着他来到家对面的地里。

把四儿子埋好后，女人回到家，看到月光下的猴子低声呜咽。或许是因为同为母亲，能理解失子的痛苦，她跪下打开笼子，轻抚猴子的全身，若有似无地说，你也是苦命的啊，然后就给猴子松了绑。猴子瘸着一条腿蹿出笼子，跑进浓浓的夜色里，过了一会儿，又从夜色中跑回来，在女人的膝盖处磨蹭了一下，才飞快地转身跑了。那一刻，女人积蓄的眼泪再次流了下来。

第二天清晨，男人早早起身，看见女人像一截干枯的丝瓜挨在门口。他走出门口，看见空笼子和对面地里隆起的小土包，问女人，猴子也一起埋了？女人摇摇头，说放了。男人气得不行，揪住芝麻婆婆的木手臂，把她摔到路边，木假肢脱落下来掉在一旁。男人挥动手中的拳头，朝她打去，边打边骂：大家辛辛苦苦抓来猴子报仇，你却放了？你表面装老实人，背地里其实是蛇蝎心肠！被惊醒的众人纷纷从家里出来劝架，说人死不能复活，你打她也没用！男人却不解恨，从旁边的地里抽出一根爬满豌豆苗的干枯细竹竿，要向女人身上抽去。芝麻婆婆趴在地上，一动不动，像一只死去的动物。旁人看不下去，抢过竹竿说，一个男人把老婆打成这样成什么话！

男人却越想越气，咬牙切齿地说一刻也不想见到这个疯女人了，再次卷起包袱走人。

男人这一走，就很少回来了，公婆相继去世后，他回来得更少。听说外头正在改革开放，来钱快，大家都说男人肯定是在外面发财了，隐隐约约的，还听说他在外边有了人。

一个女人带三个孩子，很苦。孩子们都是长身体的时候，煮熟的饭菜刚捧到桌上，呼啦一下子就被抢光了。不过女人总有办法让孩子们吃饱。她最拿手的，就是用鲜花做吃食了，比如三月四月青黄不接时，她就摘些桃花回家，洗干净，用开水烫过，放进玉米粉、鸡蛋、芝麻，和在一起，煎成饼，就着玉米粥吃，就成了一道美味。再往后，槐花开了，她也摘回洗净，撒上玉米粉，蒸上几分钟，拿出来淋上从山上找来的野蜂蜜，一道香甜的槐花玉米饭就做成了。

也不知过了多少年，一天，男人突然回来了。他穿着灰色的旧衬衣，背有些驼，满脸乌黑，像长期浸泡在墨水里一样，只有两只眼睛和张嘴说话时露出的牙齿亮得晃眼。他说要带走大儿子。芝麻婆婆还没来得及反对，大儿子就火急火燎地说要去。大儿子当时已经十七岁了，高高瘦瘦的，身体里有一股冲劲。此后，男人每两年回来一次，回一次就带一个儿子走。带走三儿子的时候，芝麻婆婆扯着男人的行李，恳求男人：你好歹留一个人在家吧！男人不耐烦地挥手，说走开走开！一把拽过行李。芝麻婆婆又去拉三儿子的手臂。三儿子气盛，梗着脖子说，哥哥们都出去见世面了，就留我在这山沟？说着甩开母亲的手，奔向他想象中的幸福生活。

三儿子一走，人们就再也不见芝麻婆婆戴木假肢了。头几天，妇女们同情芝麻婆婆，纷纷来宽慰她，骂那几个儿子是白眼狼，说走就走！可妇女们的同情心也是有期限的，日子久了，各忙各的，也不大有人来。倒是有几个媒婆盯着芝麻婆婆，像盯着一块上等好肉，隔三岔五地带来各地不幸男人的消息。哪个男人几个月前死老婆啦，哪个男人从小腿就断至今仍没讨到媳妇啦，等等。他们把芝麻婆婆当成一块布了吧，专门缝补那些不幸男人的残缺生活。

来得最频繁的，要数弄屯的彦三婆。

彦三婆五十多岁，头发梳得光滑油亮，苍蝇都趴不上。她小眼睛，塌鼻子，嘴唇极薄，说起话来像两片被风吹得上下拍打的树叶，噼噼啪啪响个不停。她中等个子，时常穿着粉色上衣绿色裤子穿山过岭，收集单身男女的消息。她去芝麻婆婆家说过几次媒，但都被芝麻婆婆拒绝了。芝麻婆婆说，我这个样子还是不去讨人嫌的好，一个人过有一个人过的自在。彦三婆不死心，去芝麻婆婆的娘家搬来救兵。芝麻婆婆的母亲也心疼女儿，跟着彦三婆来开导芝麻婆婆，说女人没有男人，就像天空没有云彩，山岭没有草木，生病时没人端水，天冷时还得睡冷被窝，最要命的是，老了动不了，连个使唤的人都没有。彦三婆接过话头说，就是，依我看凛屯那个拐脚三就不错，去年他老婆得肺癌死了，留下的两个儿子三个女儿都已经牛高马大能干活了，你这一过去，也不用担心老了生不了孩子，直接捡现成的，等着儿女成家享清福吧！彦三婆说得口沫横飞，好像通往凛屯拐脚三家的是一条康庄大道，在那里等着芝麻婆婆的就是幸福美满的生活。可芝麻婆婆还是拒绝了，气得她母亲戳她的脑门骂：你呀，就是死脑筋！

独自一人，芝麻婆婆更喜欢跟庄稼对话了。人们看见她把四儿子坟墓的周围薅得干干净净，然后撒上种子。人们路过的时候，偶尔会听见她对着那个小小的坟喃喃自语：四儿，你说外头白天黑夜地吵，人不晕吗？哪像我们这儿，清净得风都能说话。外头能听见风说话吗？妈想是不能的，哪怕能，听到的也是发怒的风声。

五月中旬，绿苗陆陆续续开花了，鹅黄色的花，在绿叶的衬托下迎风摇曳，成为石山里一道特殊的风景。到了六月，花瓣凋零，黄花变成雪绒球。风一来，漫天飞舞的蒲公英飘起来，如同纷纷扬扬的雪花。芝麻婆婆从地上站起来，蒲公英像认了主人一样，向她飞去，在她周围飘扬，远远看去，恍如仙气缥缈。

后来有一年，南方的冬天真的飘起了罕见的雪。强大的冷气把男人送回来了，可是，回来的是一个病恹恹的男人。

腊月二十三是恭送灶神的日子。这一天，家家户户都要把家里清扫干净，角落也不放过。芝麻婆婆正在铲灶灰，由于太投入，屋里来人了也没发觉。等她起身回过头，才看到屋里坐着几个落满雪花的人。

原来，大概是上一年五六月吧，男人的身体突然像一座被掏空的山，浑身没力气，去医院检查，说是尘肺病。那一年，男人像中了毒，身体一截截地萎靡下去。在这节骨眼上，外头那个女人却反对男人再去医院，说那是一个无底的窟窿，填不满的。大儿子有些血性，边跟女人讨钱边带父亲在各个医院间奔波。一次，从外头那女人手上要不到钱，大儿子就在屋里翻，钱没翻到，倒是翻出了父亲和三兄弟的巨额保险单，受益人都是那女人。原来那女人早就盼着他们出事，好获得巨额赔偿，一人不够，还千方百计唆使男人带三个儿子来。难怪这几年，那女人的脸色一年比一年难看，原来是男人和儿子们活得好好的，她的如意算盘没得逞。大儿子把四张保险单甩在那女人面前。那女人知道事情暴露了，当晚就偷偷取完存折上所有的钱，走了。大儿子追到她的山西老家，两位九十多岁的老人以已经几年没和女儿联系为由，将大儿子截在门外。相互僵持了几天，最后男人打电话给大儿子，哑着嗓子说，咳咳……我……我们回家吧！

单看男人的外貌，或许谁也猜不出，他才六十多岁。尘肺病三期，将这个曾经趾高气扬、处处为难芝麻婆婆的男人，折磨得蜷成一团，像个大虾一样缩在椅子里，俨然已经七八十岁了。

人们以为，芝麻婆婆会赌气，不理这个抛弃她多年的男人。她却没有。天气好的时候，她会推他到外面晒会儿太阳，晚上会给他按摩全身。长期坐着不动使他的身体多处浮肿，像遭受饥荒一样，用手指在腿上可以按出坑来。他的喉咙似乎藏着一架抽风机，经常“呼呼呼”地响，里面卡着浓痰。但男人没有力气咳出来，只有当痰堵住喉咙眼儿的时候，才会在求生本能的驱使下将它咳出。他总是撕扯着胸口的衣服，说他的胸膛里住着一只老猫，整天用尖利的爪子挠他，把他的肉啊肺啊心啊，都挠烂了。他时常蜷在门槛上，敞开衣服问路过的人：我的胸口是不是像水泥浆一样稀烂了？人们为了安慰他，就说没有，还光溜着呢！有时实在是累了，撕扯不动了，男人只好眼巴巴地看着眼前的大山。山脚下绿油油的芝麻地里，一个身影在晃动。

男人拒绝去医院，他说用剩下的几个钱起房子吧，没办法，山里只有两间木房子，留不住媳妇。尤其是大媳妇，是外头的，不习惯山里生活，住了一星期就回娘家了。儿子们也听话，自己打砖、挖地基，转年秋天，一层平顶房起好了，可是男人因为一口痰没咳出来，活活憋死了。

接下来，几个儿子竟然都查出了尘肺病，那只住在胸膛的老猫仿佛是这一家子的魔咒，就像带走男人一样，一个一个把芝麻婆婆的儿子带走。

每一次葬礼，芝麻婆婆都会请来道公，给死去的亲人超度。她把他们都埋在老四周围。五个坟墓，呈两列排开。

三儿子下葬那天晚上，月色特别好。三儿媳挺着个大肚子，刚吹灭蜡烛要上床，哀哀的歌声突然连同月光一起，满窗户地洒进来。那歌声悲凉、寒冷，却又那么纯净，就像从月光里渗出来的一样，和着絮絮的山风，湿润了整个村庄。三儿媳出门，循着歌声而去，看见老屋前，芝麻婆婆坐在月光里，歌声就是从那里升起来的。这是丧葬歌中的“亡灵归祖歌”，几场葬礼下来，芝麻婆婆竟然会了。在芝麻婆婆如泣如诉的歌声中，三儿媳突然惊住了，继而泪流满面，因为她看见，丈夫突然出现在月光中，像踩着一朵云向她飘过来。他一如生病前一样健康、富有活力。

此后，月色澄明的夜晚，芝麻婆婆就会唱歌，而听到她歌声的人，总能够看见去世的亲人。有一次，隔壁的伍叔起夜，听到芝麻婆婆的歌声像潮水一般涌过来，就推门而出，在院子里居然看见过世的母亲坐在月光下，双手上下拉动，如同生前缝补衣服的样子。这位年过半百的汉子，当即像个孩子一样，呜呜地哭起来。还有一次是傍晚，天还没黑透，月亮早已当空，像一枚透明的硬币印在天上。芝麻婆婆的歌声突然就在大地上升起，像一缕雾，似有若无地在群山之间飘浮。刘婶正赶着羊群回家，歌声飘至，羊群纷纷跪下，几番吆喝也无济于事。刘婶拿起鞭，正打算向羊群挥舞的时候，她诧异地发现，有几只母羊的眼里流出了泪水。而此时，刘婶看见去世的儿子正在山上行走，一边走一边回头微笑，他的笑容如同夜空中闪过的一道光芒，照亮了整片天空。

这事传开了。好长一段时间，芝麻婆婆的家里断断续续地来人，有好奇的，有想见见去世的亲人的。月圆之夜，他们在屋外期待芝麻婆婆的歌声像月色一样扑来。的确有好些人见到了逝者，不过也有些人未能如愿。像种老屯的覃桂花，近来总能在梦里看见去世多年的母亲衣衫褴褛、饥寒交迫地在她屋前徘徊。这让覃桂花寝食难安，想必是母亲在另一个世界里过得并不好。覃桂花的父亲很早就过世了，她是由母亲独自带大的，所以对母亲的感情特别深。她来到芝麻婆婆家，想借助芝麻婆婆的歌声见见母亲，如果可以，她还想和母亲说说话，问问她在那边有什么难处。可覃桂花一连听了三个晚上，还是未能见到母亲。芝麻婆婆便劝她去看看母亲的坟墓是不是坏了什么地方。覃桂花选了个吉日，带上水果饼干，踏着露珠而去。清除杂草时，果然在坟墓的左边发现了个拳头大的洞口，正逢雨季，里面积满了水。覃桂花吓跌在地，随即捶胸顿足，跪在地上恸哭，一遍遍喊：娘，您老人家受苦了！女儿这就去找人来修！坟墓修好后，覃桂花再也没有梦见过母亲。

一开始，儿媳和邻居在芝麻婆婆的歌声中，还会和她一起难过，可是过了痛苦期，他们就烦了，嫌这歌阴气太重，带那些不干净的东西回来。大家就三令五申地不给她唱，也不给外头人来找芝麻婆婆唱。好在芝麻婆婆住的老屋离村里有点距离，新房起好至今，她都没有在那儿睡过一晚。芝麻婆婆说老房子好住，而且每天晚上，丈夫和几个儿子都会回来，在那间老屋和她相见。这话许多人都不信，几个儿媳也当那是疯话。可月圆的夜晚，里面的确会传出喁喁的谈话声，凑近一听，果真有男人的声音。偷听的人吓得浑身发毛，哆哆嗦嗦地跑开。这事传开了，路过这老屋的人，都会不自觉地加快步伐，觉得老屋的门窗阴森森、黑乎乎的，总有股阴冷的风飘出，吹得人脊背发凉。

可是，大家知道，那破房子里，只有芝麻婆婆一个人。

芝麻婆婆只好压低嗓子唱，让声音只萦绕她一个人。有一次，她给玉米薅草时，不再和玉米们聊天，而是唱起了歌。这悲苦的歌缠绕着每棵玉米，使它们垂下了叶子。据说，那一年，那一片土地结出的玉米棒子，都失去了往时的香甜，变得苦涩无比。

又要上坡了，这一条山路呈螺旋状往上。我们再次休息，以便积蓄力气爬坡。

尘肺病不是可以向原单位申请赔偿吗？我问。

农天山呷了一口酒，陶醉地发出一声舒适的喷叹声：也去讨过，但拖着个病，没多少精力折腾，还没来得及跟人扯呢，死神就招呼他们去了。听说倒是赔了些钱，但哪够洗肺？现在只剩几个寡妇和孩子，几亩地，养七八口人，也难。大儿媳受不了，跑了。现在好不容易评上了贫困户，得了低保和搬迁指标，眼瞅着好日子要来了，可麻烦也跟着来了。他们一大家子都在同一本户口本上，芝麻婆婆是户主，她不愿意搬，就意味着全家都不能搬。为了这，两个媳妇没少闹情绪，村委也派人来动员几次了，整个村委六个屯，其他人动员动员，也就动摇了，只有这老婆子像打了桩似的，半天撬不动。

又走了半个小时，终于看到山脚下的房子了。小小的山窝子，住着六七户人家。我们沿着一条小路下去，两边有一小块一小块的土地，土地外垒着石墙，以免泥土流失。这些富有工匠精神的石墙，有人的腰身那么高，不用水泥黏合，只根据形状的需要由一块块石头重叠构成，那些石头，有的只拳头那么大，有的有大腿那么粗。一堵堵石墙横在山腰上，如同一面面旗帜在飘扬，别有一种壮阔之美。这里没有高大的树，只有矮矮的灌木和长长的藤条。这个时候，玉米已经收走了，地里爬满了红薯藤，间或出现一两只硕大的南瓜，像是闪耀在绿叶间的金色太阳，照亮了整个秋天。

因为“地无三里平”的特点，这里的房子都是依山而建的干栏式房屋，用杉木当成柱子，因坡就势地架起来，与另一边的山坡一道把楼房支撑平衡，远远望去，房子好像镶嵌在半山腰一样。这些房子一共有两层，下层养牲畜和堆放杂物，上层住人。它们大多年久失修，摇摇欲坠。

一层平顶小楼猝不及防地出现在我们面前。这样的小楼，在以木房为主的山窝里显得有些突兀。小楼有些年月了，外墙已经发黄，爬满了青苔；窗口也锈迹斑斑，有两个窗格已经没了玻璃，用几张小学生练过字的方格纸糊着。屋前的空地上，两个孩子搂着一只山羊，相争要骑上去，看见我们来，撇下山羊，撒腿跑进屋里。屋里传来女人的斥责声：见鬼啦，跑什么跑!

农天山趁机接话：有玉妈!

一个女人快步走出来，她大约四十岁，眼睛和脸颊都深深地凹陷下去，穿着黄色短袖上衣和灰色裤子。见到我们，她暗淡的脸庞一下子就堆起笑容：呀，是天山叔呀，快进屋坐!

从炽热的阳光下进到屋里，我感觉一片黑暗，一下子难以适应，坐了一会儿才渐渐看清周围。屋子的左边横着一张漆面斑驳的木沙发，沙发前摆了两个箩筐，里面的玉米粒金灿灿的，一片明亮的光辉。两个小孩挤在墙角，又害羞又好奇地看着我们，看见我看他们，就哧哧地笑，把脸转向墙边。

农天山坐在矮凳上，伸了伸脚，问，有金在学校吧？

对，周末才回。

这是帮扶你们家的张老师，城里的，不认识路，校长叫我带着了解了解你们家的情况，主要是动员老婆子。

我笑着对她点头，她也对我报以微笑。可当农天山说到“老婆子”时，有玉妈的脸瞬间沉了下来，没好气地说，这个疯婆子，自己不想搬，还连累我们……

她人呢？农天山打断她的话。

在老屋！有玉妈看向那两个小孩，有玉，去，叫你奶奶来！

得到了命令，较大的一个小男孩立刻像只兔子一样蹦出去。

在等芝麻婆婆的时间里，我拿出手册，跟有玉妈了解基本情况。她们现在主要还是种植玉米，饲养些家禽。她和弟媳，也就是有满妈商量好了，她在家照顾孩子，弟媳到外面打工，补贴家用。

大约十几分钟，有玉急匆匆地跑回来，在他妈妈面前停下，喘着气说，奶，奶奶不来。

干吗不来？有玉妈沉着脸。

有玉不说话，紧张得支支吾吾。

你怎么说的？有玉妈又问。

她问，问我去干吗，我说有位，位老师来……

你个死脑筋！有玉妈伸出长长的手臂，跨过箩筐往有玉的屁股上拍了一掌：你这样说了她还会来吗？六岁了，还这么傻，少交代一句都不行……

有玉捂着屁股跳起来，一边呜呜地哭一边说，总是打我，为什么不打弟弟！

还嘴硬！有玉妈又扬起手。

别打孩子了，我和老师去看看吧！农天山起身走出屋。

我从包里拿出两包蛋黄派递给有玉，说，别哭了，去和弟弟一起吃！有玉看了一下他妈妈，抓过蛋黄派就跑。

我跟着农天山，来到一间矮矮的两层小木房前。门关得紧紧的，农天山边拍门边喊：芝麻婆婆，芝麻婆婆！里面安静得似乎从来没有人住过。门口有一条手指粗的门缝，我们眯着眼从那儿往里看，黑乎乎的，只看到几只灰扑扑的坛子和一张八仙桌。农天山转身，眯着眼睛看远处。我顺着他目光的方向看过去，那里有几座矮矮的土坟。

我们只好回到有玉妈那儿继续等待，看看有没有机会见到芝麻婆婆。有玉妈给我们打来两碗稠浓的玉米粥。

吃吧，这可是好东西！农天山说完，就开始吸溜吸溜地吃起来。我喝了一口，爽滑细腻，既果腹又解渴。

有玉妈重新坐下剥玉米。一粒粒金黄的玉米在她的手上如同一粒粒金子，纷纷脱离玉米芯，从她的指缝间落下，扑进箩筐里。她一边剥，一边絮絮地抱怨，说她已经不止一次跟婆婆说了，到了外边，有电有煤气，不用烧柴点蜡，房子亮堂，而且靠近镇上，孩子读书方便，可她就是不同意，这山旮旯，不知道她有什么好惦记的！

可能是外头没有地，没有猪圈羊圈，她离不开这些东西。农天山说。

呸，她就是担心出了外头，我和有满妈像有金妈一样跑掉，不给她养老！有玉妈愤怒地说。

听有玉妈和农天山絮絮叨叨地聊天，不知不觉已经两点多了，还没见芝麻婆婆出来。农天山决定先回去，不然天色一晚，就不好赶路了。

或许是故事已经讲完了，或许是他已经疲乏了，回去的路上，农天山几乎不言语。间或有鸟的叫声传来，更显得山间清幽。辽阔的天空、干净的空气、稀疏的人烟，虽然没有故事听，可是一路走回，我发现内心是如此平静。

当最后一缕晚霞在天边凋零的时候，我回到了学校，农天山也回家了。饭堂阿姨还帮我留着饭菜。简单吃过以后，我就回宿舍，把疲惫不堪的身体交给硬木床，关上因电力不足而昏黄的灯，在学生朗朗的晚读声中踏实睡去。

半夜醒来，外面已是一片安静，皎洁的月光从窗外照进来，像一袭雪白的绸缎铺在床前。这是我见过的最纯净的月光，毫无杂质、清澈明洁，让尘世的一切都变得和谐安宁。一股难以形容的感动突然涌了上来，我想起了未能谋面的芝麻婆婆，这样美好的月光，她有没有唱歌？她的歌声真的可以让逝者的魂魄归来？这些遐想，无疑让芝麻婆婆平添了几分神秘，让我愈发好奇。我突然觉得，芝麻婆婆的故事就像这一片月光，照进了我内心最阴暗的角落，让我在迷茫的思绪中感受到直面人生的光芒。

人就是奇怪，越是见不到，就越是想去见，仿佛有一团魔力在吸引着你。

中秋节放假那天，我往背包里塞了吃食，找到覃有金，跟着一群小孩踏上窄窄的山路。孩子们叽叽喳喳，如同一群欢快的小鸟，他们的天性在这干净的天地间得到了完全的释放。他们争先恐后地告诉我，哪一种草会开出什么颜色的花，什么时令山上会云雾缭绕。有孩子问我，城里应该就像天堂一样吧，是不是什么都有？我说，这里才是天堂。城里的白云不是白云，蓝天不是蓝天，它们模糊一片，像一张弄脏了的白色桌布。可是你们看这里，白云是白云，蓝天是蓝天，分明得很，如果有天堂，那也是和这里一样。

一路上，大家说说笑笑，倒也不觉得路途遥远。只有覃有金，一直默默地走在人群的后面，一句话也没说。他本是读初中的年龄，可现在才读五年级，稚嫩的脸庞有一种与他的年龄不相称的忧郁。

有玉妈从地里看见我们，就放下手里的活儿跑过来，大老远的就叫道：张老师，您来啦！

她接过我肩上的包，又倒一碗开水往我手里塞。

我喝了一口水，问她是否介意我在这儿过中秋。

她笑容满面地说，我巴不得你天天住这儿呢！

有玉妈叫覃有金带我去见芝麻婆婆。她压低声音对有金说，带老师从贵叔家的后门绕过去，不要让你奶奶看见。有金点点头，就出门了，我紧随其后。我们穿过一户人家的后门，再从一个小斜坡向老屋走去。

门敞开着，破败的老屋里弥漫着一股阴寒的气息，潮湿、阴冷，夹着泥土的味道。阳光从屋顶的瓦片缝隙钻进来，形成一束束金柱垂直而下，细小轻盈的尘埃在光柱里飞舞，如同一条条明亮的银河，有熠熠闪烁的星象。光柱旁，一个佝偻的身影转过来。

她已经很老了，没有我想象中的神秘和仙风道骨，只是一个普通的小老太太。她干干瘦瘦的身体藏在灰色的斜襟上衣和宽大的老式黑色裤子里。左边空荡荡的袖子扎成一团，固定在半截断臂上。她的腰很弯，像一座快要坍塌的拱桥，以至于整个头都埋在膝盖前，脸朝下，只能看见满头凌乱的白发。她抬起头时，我发现她的眼睛、鼻子和嘴唇都已经模糊，五官隐藏在深深浅浅的皱纹里，两道浑浊的目光从皱纹的缝隙里艰难地射出。

奶奶，张老师找你。有金低低地说。

我以为芝麻婆婆会拒我于门外，或者对我不理不睬。没想到她却舒展皱纹，给我一个温暖的笑容。

坐，你坐！

她的声音略带沙哑，似乎不是从喉咙里发出的，而是从地窖深处发出来的。她单手捧着一簸箕干豆角，艰难地移动她的身子。有金连忙过去接过簸箕，放在门口处。祖孙二人坐在门槛上，开始一条一条地剥干豆角。

我看看他们，又看看门外灿烂的阳光，一种恬静、祥和的气息突然包围了我，之前准备好的那些劝慰的话，此刻竟像满地落叶，被门外的秋风吹得一干二净。我突然发现，山外那些教育、医疗、各色小店，在他们面前都变得黯然失色。所以，我准备好的一肚子话，始终没有越过我的嘴唇，展示它们存在的意义。倒是我的身体，主动靠拢过去，和他们一起剥干豆角。

不知不觉，太阳已躲到山后去了，换了个又大又圆的月亮上来。八点一过，邻居们就陆陆续续拿出贡品。有玉妈用一个盘子装了个大月饼，我起身从包里拿出一些水果、零食。有玉妈不好意思地笑说，张老师，太破费了……我说不过一些小零食而已。我们一起来到院中，对着月亮的方向摆上小方桌，燃好香炉，放上准备好的贡品。月光溶溶，不知是月亮享受着这些供品，还是供品享受着如此月色。

这是我第一次在异乡过中秋，糅合了乡愁的月光，竟如此皎洁与明朗。

我问有玉妈，芝麻婆婆今晚会唱歌吗？有玉妈反问我：什么歌？我说，丧葬歌中的“亡灵归祖歌”。听天山叔说，她的歌声能让人看见死去的亲人。有玉妈一摆手，说，嗨，她要是有这本事，我们早就发财了！天山叔瞎编逗你玩的。说完，有玉妈转身进屋，招呼老人孩子出来。

我惊愕地呆立在月色中，真的是农天山瞎编的？又或者有玉妈忌讳谈这件事？

我带着满腹的疑问和他们一同祭拜月亮。分月饼时，有玉妈主张分七大块，因为这里就六个人，加上在外头的有满妈就是七个人。芝麻婆婆却执意分十二块。两人为此闹得不愉快，不过有玉妈最终还是按照芝麻婆婆的分法分了月饼。

吃罢月饼已是九点多，有玉妈叫我去跟她凑合睡一晚，我却提出想跟芝麻婆婆去老屋住。有玉妈吃惊地看着我，劝我别去，说那房子比老太婆还老，老鼠蚊子一大堆。芝麻婆婆听到这话却不乐意了，咕哝地说，就你们那房子好，我这儿可住了三代人呢，走，老师，跟我来。我对有玉妈报以微笑，然后就随着芝麻婆婆，借着月光，向老屋走去。

进了老屋，芝麻婆婆熟练地从桌子抽屉里摸出火柴点亮蜡烛。她说她这屋子，一直没拉电，因为她不习惯那些亮晃晃的光，觉得还是蜡烛的昏暗实在，让人踏实。她把手上的月饼放进碗橱。然后带我走进里间，让我和她同睡一张床，因为没有多余的床了。

那是一张摇摇晃晃的床，一坐上去就咯咯地响，似乎随时有坍塌的可能。我只好小心翼翼的，不敢放大动作。芝麻婆婆入睡很快，不一会儿，就响起了均匀的呼吸声。很快，睡意也席卷了我，毕竟今天走了几个小时的路。

半夜，迷迷糊糊的，我被絮絮的讲话声惊醒，仔细一听，居然有几种声音，其中还有男的。我的心为之一惊，立刻清醒过来，想起农天山说过，芝麻婆婆的老屋里时常传出男人的声音。难道芝麻婆婆的丈夫和几个儿子的魂魄真的归来了？我的心脏在胸腔里突突突地跳着。我起身蹑手蹑脚来到门口，看见芝麻婆婆独自坐在八仙桌左边的位置，桌上每个位置前都摆放着月饼。芝麻婆婆絮絮叨叨地说了一句什么，又用男声回一句，接着又换一种男声说几句，如果没有亲眼看到，仅听声音，真的会以为这屋里有好几人。我终于明白农天山口中所说的魂魄归来是怎么一回事了。

过了一会儿，芝麻婆婆把五碟月饼放进一个小篮子里，踱着蹒跚的步伐，走到一个往下的楼梯口，把篮子放在旁边，双脚跨进楼梯里，下了半个身子就伸手拿过篮子，然后重复这样的动作继续往下走。我心生疑惑：大半夜的，芝麻婆婆拿月饼去哪儿呢？

我跨出里间，来到楼梯口往下看，黑乎乎的，什么也看不见。

借着手机屏幕的微光，我跨下楼梯，楼梯很陡，踩上去咯吱作响。下面是吊脚楼的一层，这里没有饲养家禽，只堆放了一些柴火和杂物。芝麻婆婆呢？我环视四周，角落一个洞口引起了我的注意。我走过去，用光一照，发现下面是一条可容纳一人的通道。芝麻婆婆进了通道？这条通道通向哪里？我感觉心脏乱撞，几乎要破胸腔而出！

再三考虑——与其说是禁不住好奇，不如说是想进一步了解芝麻婆婆——我走进了通道。

这条地道约半个人高，墙壁湿漉漉的，地面倒很光滑，想必是经常有人走动。每走几步就有巨大的石头阻挡，通道只好向别的方向延伸，弯弯曲曲。走了一段路，到底是在往什么方向走，我也分不清了。大约走了十几分钟，隐隐的，前方有灯光，我知道芝麻婆婆就在前面，于是关上手机，摸黑前行。慢慢地，近了，地道尽头的景象让我为之一震：芝麻婆婆面前躺着五具骷髅，最小的那一具骨头已经散架，甚至残缺，另外四具相对完整。它们排成一排，空洞漆黑的眼睛，以及暴露出来的牙齿，似乎在微笑，只是那微笑带着阴森恐怖的气息。每具骷髅前，分别摆着一小碟月饼，芝麻婆婆在骷髅前变换不同的声调说话。她一个人扮演着她的丈夫和儿子。

我跌坐在地上，脊背如同浇灌了一注冰水，浑身颤抖。我终于知道芝麻婆婆为何一直不愿离开这里了……

寒冷的冬天过去了，春天在一片鸟鸣中缓缓醒来。搬迁的那天，大家忙里忙外的，一片喜气洋洋。有满妈也回来帮忙，一家人里里外外收拾打点，所有家当都打包好了，大家欢天喜地地扛着东西上路。只有芝麻婆婆一个人，枯坐在老屋门前。

经过一个冬天的沟通，最后镇上同意保留芝麻婆婆摇摇欲坠的老屋，但无论如何是不允许回来住了，毕竟房子太老了。芝麻婆婆这才同意搬迁。

奶，走啦！队伍里，孙子的一声吆喝让芝麻婆婆回过神来。

哦……芝麻婆婆回了一声。她缓缓站起来，絮絮地说，走了，大家都走了……

在前行的队伍中，我转身看芝麻婆婆。她独自一人，颤颤巍巍地走上崎岖的山路，走走又停停，不时回头看那孤零零的老屋。那一瞬间，我突然觉得整个山村，甚至整个天地间，都是模糊的背景，只有芝麻婆婆一个人是清晰的存在，她被无限放大，成为一种让人为之震撼的守候的象征。

后来因为动态调整，我不再挂葛汇真——也就是芝麻婆婆——这一户，也未能再见到她。时常听人说，她隔些日子就会回山里一下，只一下，又出来。每当我看见皎洁的月光，总会幻想听到芝麻婆婆的歌声，那歌声，能够和月光一起，照进我的内心。我还想象着，芝麻婆婆独自一人在村庄里，嘤嘤地唱着她的歌，不对，她是肆无忌惮地唱着她的歌，天地空旷，歌声嘹亮。

那是她一个人的村庄。

GENGZI ZHENGYUE JI

庚子正月记

愿与小说人物的命运跌宕起伏！

【作者简介】

黄伟，笔名向往，男，壮族，广西都安县人，广西作家协会会员，现供职于都安瑶族自治县人大常委会。

庚子年正月初二的中午，虽然有些凉意，但太阳已经从山背后升起来了。娟娟去苏河边洗衣服。洗了两个钟头，累了，就靠着码头边的大石头眯上了眼睛。建虹左等右等，等不回娟娟，不耐烦了，也往河边跑。一看，她竟睡着了。一摸额头，烫着呢。他急忙把她摇醒。娟娟说头疼。建虹说我抱你回去。他把她抱起来，跌跌撞撞回了家，又把她平放在床上，费心地褪下湿了的衣裤。张扬着性感的娟娟，和平时并没有什么两样。但他感觉她的身体在发烫。新婚的晚上，她的身体也是这样发烫，可建虹总有一种感觉：这种烫和那种烫不同。他急忙启动私家车，把娟娟送到了县医院。

医院里满是进进出出的人，穿着白大褂、戴着口罩的医生更是比往日紧张忙碌。一量体温，38度，娟娟进了发热病房。建虹抬脚就要跟着进去，白大褂说，不行，管控了。建虹只好回了明朗。

这个晚上，天气突然就变了。风打着挑衅的哨音挤进门缝，一阵比一阵紧。忽然一道闪电，像一条狂怒的蛇，扭曲着，燃烧着，摔碎在山梁上。借着惨白的光，建虹看到阳台上的石榴连盆带树已经被刮到台阶下。建虹心里一阵疼痛，他觉得自己的家，就像那摔碎了的花盆，像散落在雨水中的石榴，也许不能够再完整起来了，也许永远不能再挂上枝头了。

娟娟住进了医院，建虹成了独猴。他担心老婆，又守不住寂寞。初三早上，几个发小找上门来，说娟娟病了，隔离了，有人看着呢，过两天就回来了。几年不见了，不如我们去苏河边钓鱼。建虹要面子，最怕人家说他爱老婆，说他放不下娟娟，只好说去就去。

明朗村前是苏河，河中间是一座岛，岛上是一座小山。这些天天气回暖了，成群结队的银灰色的水鸟扑扇着翅膀，绕着小山一圈一圈地飞。这些水鸟的鸣叫声稀奇古怪，翅羽上涂着金色的霞光，平展如镜的河水像长了庄稼的绿色土地，被这些水鸟又长又尖的嘴巴撕开。它们从水的裂缝中叼起一条条银色的鱼。家乡风景独好。建虹由衷赞叹，接着远远地把竿甩了出去。鱼儿很快就上钩。鱼儿真傻，建虹想，跟人类一样，吃了果子狸，又吃穿山甲，也不怕为此丢了小命。

钓完鱼，尽了兴，几个人又说说笑笑地到村东头罗老大家，少不了叙叙旧，喝上好几盅。建虹身上有事，本想拒绝，可是哪里走得了。折腾了好一阵，醉了。这才想起娟娟。大过年的把妻子丢在医院里，算怎么一回事？打了电话，可总是忙音。内疚和醉意交织在一起，驱动他在宽阔的阳台上徘徊。

突然，一直往路口张望的建虹好像看到了什么东西。是有什么东西走过来了。他搭起手罩在眉间挡光细看，自言自语。不像是个人。像条狗。走过来的影子还很远，还有些模糊，看不清楚，但已经听得到脚步声。他沉默地等待。是她回来了？他将信将疑。结果来的真是个人。是个男人。离房子近了，人站住了，在路灯下，仿佛还扯了扯看不见的嘴巴。后来建虹才知道，他是把N95口罩戴上了。嘭嘭嘭，敲门声响起。建虹急忙下楼，打开门一看，是明朗村的党支书桂宝。桂宝抢着说，你别近我！两米，两米！这是警告！他还说，你站在那里，听我说。娟娟已经确诊了，新冠！她说了，你刚从武汉回来，是你传染给她的。按照县里的规定，你必须隔离。抓两件衣服，锁上门，马上就跟我走！

建虹一下子就瘫倒在地上。击垮他的，可能是酒，也可能是娟娟确诊的消息。

镇上当晚就开始了行动。车开了进来。轰隆隆的吼声，由远而近。顺着发出声音的方向望去，只见朦朦胧胧一辆载重汽车停在明朗的村头。黑乎乎的车轮子排在车身下，看上去约莫三十多个，好像要把明朗不大的马路给压垮了。镇长说，没办法，找不到车，但广播通知要立即执行，货车也是车。音乐响起，很快调成本地壮话播报：作勒哎爬灭叟注意腊，新冠斗瓜！噢明魂！一大堆。都是骂人的话，威胁如果不待在家里，那就是找死，说明朗村没有火神山，也没有雷神山，更没有钟南山，只有抬上山。

进出明朗的三条道路封住了。主道像一条金腰带，从岭上那边弯弯曲曲飘过来，顺着苏河跑几步，就在村口被水泥砖墙挡住了，墙上面还堆满了安定山区特有的荆条鸟不站。鸟都落不下脚，谁还敢来？

建虹在县委党校隔离。这是当地干部的最高学府。这种地方都拿出来对付新冠了，说明本地党委、政府对防控是真的用心用情用力，不惜血本，也可能是形势就是如此紧张。建虹住进了606号房。推开窗户，看到的是朦胧的苏河和两岸璀璨的灯火。他习惯性地摸了摸口袋，竟摸出半包烟来。谢天谢地。弄一根吧，规定和警告已经关在门外了呢。不想手一哆嗦，烟掉到地上，散了一地。建虹躺下抽烟，烟头明明灭灭，如山岗上的鬼火。

娟娟不会还在医院吧？还是说她也在这里？

这一闪念，促使他站起身来。他以为漫长而寒冷的夜晚，只有他宽阔的胸膛可以给她温暖。他打开门，走了出去。往左往右都是长长的过道，两侧是编了号的房间。突然一个声音从黑暗中传来：谁开的门？赶快退回去！不准出来！声音不高，但果断有力。建虹蔫了，像一只缩头的乌龟，退回了房间。第二天，疾控中心的专家对建虹进行流行病学调查。他们穿着防护服，戴着护目镜，成了装在白色套子里面的人。他从武汉回来，这是明确的。但腊月二十八之前没有人找过他，这也是明确的。到了腊月二十九，武汉封城了。当天有两批人找他核实了返乡的信息，分别是明朗村和岭上镇的干部。当天下午四点，明朗村的干部打来电话，让他再报返乡人员信息，问除了他还有谁从武汉回来。这位干部还提醒他尽量宅在家里，非要出去就得戴口罩。这就是流行病学调查，就是把你这段时间的行踪和盘托出，交代和谁吃和谁玩和谁赌和谁睡，把你一天二十四小时的生活示于人前。读书人当然知道问题严重，坦白从宽，抗拒从严。可是流行病学记录笔迹未干，明朗村里就已经鸡飞狗跳。

屯里的兄弟姐妹接二连三中招倒下。而建虹自己，则成了远近闻名的“毒王”。他左传染右传染，传给十六个人！他的叔公，村里的秀才，大年三十还跟他谈论李白和凡一平，病倒两天，正月初三就去世了。听说他很顽强，不停地呼救，哭着喊着“我想活着”。伴随着剧烈的挣扎，直到呼出最后一口气。这种死本质上和淹死是一个道理——大量的水，进到肺里之后，氧气进不去——肺，被病毒导致的果冻状的分泌物占满，换气功能丧失，最后，病毒和人的躯体同归于尽。所以肺这个阵地，你不占领，病毒就要占领。药物就像突击队，要攻上主峰，巩固下来，不留情面地把病毒驱逐出境，才能迎来最后的胜利。

建虹罪大恶极！

建虹的罪恶像火，烧坏了安定县，烧急了柳西市。可——这是谁的问题？要不要追责？你不知道，我不知道，蓝墨更不知道。

作为调查者，蓝墨拥有一切天然的敏感的特征。心细如发又草木皆兵。他来到明朗，想找到对安定县疫情扩散事件定性的依据。他脚步从容，提醒自己从事的是捍卫正义的事业，时时刻刻不忘记鼓足勇气，为自己壮胆。但是作为安定县培养出来的干部，他和安定还有着千丝万缕的联系，他深知安定的同志为了防疫已经出了力、用了心，换了别的任何人来，也不会比安定现在的班子干得更好。但他义无反顾。他觉得他只能是猎人，而安定，注定是无处可逃的猎物。调查得从确诊病例做起，他敲响了县医院娟娟病房的门。

娟娟还在病中，没有恢复，她只能手扶着半边门和蓝墨说话。原来安定还有这样的女人——娇小的脸和精致的五官，像混血儿一样粉雕玉琢，皮肤细腻白皙得像葱白一样，脸庞仿佛透明的水晶色的提子，晶莹剔透得让人不忍多看，生怕目光的执着和尖锐把她的脸蛋灼烧出两个洞来。蓝墨呆住了，有些失态，但很快就控制住了。他在娟娟这里一无所获。安定人的实事求是让他吃惊。工作总得有个切入口，于是省里的督查通报被作为依据翻了出来。督查通报说，都阳镇、岭上镇，宣传工作不到位，辖区群众大早上就三三两两蹲在村头晒太阳，还围着村里的鱼塘钓鱼，还扎堆买彩票。通报说联系岭上镇的县领导不严不实。但是细心的安定人很快就发现，这个督查摆了乌龙，把都阳镇的巴藤当成了岭上镇的巴藤，偷梁换柱，侵犯了都阳镇的主权。也是这份通报，给岭上镇增加了一个行政村巴龙村。在安定县，你就是把眼睛挤破了，也找不到巴龙村这个地方。巴龙，你究竟在哪里？

联系岭上镇的县领导，首先是省里某厅的一个处长，兼安定县的县委常委。这个省厅可不是一般的部门，号称“小政府”，掌握钱掌握项目，事实上可以左右一个地方的发展。动他好不好？动他是不是意味着这是柳西市对这个厅扶贫工作的否定？反过来人家是不是会拿走或分掉柳西市十几个县区的经济蛋糕？不动，防控形势严峻，岭上镇又确有把柄在人家手上，总得拿个把人出来祭旗吧？还是处理自己人方便些吧。于是，一个老同志进入了视野。宣布立案时，蓝墨提高了站位的语言，如同钢鞭一般一下一下抽打在老人的心上。

完蛋了吗？老人自己问自己，但紧接着又自己颤抖着道：大约还不至于吧。他四周张望，希望能有谁来安慰自己，哪怕是一只鹦鹉站在枝头上胡说八道，说着谁也不信的鸟语。但什么也没有。

也许他们会认识到我的价值。也许会绝处逢生。他脑乱了。各种想法在他的脑海像爆米花一样炸开。他不知道最后绽放的，是花海里面的哪一朵。

此时，蓝墨也在为调查碰了一鼻子灰而烦恼。问谁，谁都说老人工作干得不错。新冠疫情的防控即使出了问题，也不应该赖到他头上。搞到最后，竟然引出安定人对老人的一片叫屈声。蓝墨火大了，几口痰吐到水泥地上，吐出血来。寄希望于安定人民是不可行了，剩下的办法只有直面老人。

这些天天气不好，邻居也是少言少语。老人到花园里去散步，没有谁敢跟他打招呼。他通过微笑做着沟通的努力，大都以失败告终。星期五的中午，他终于接到了蓝墨的电话。蓝墨命令他到一楼去，他去了，甚至因为早就开始等待而显得有些急不可耐。蓝墨坐在那里，稳如泰山，声如洪钟，隔着黑色的会议桌和老人交锋。两人的谈话，如凡一平的剧本，顺理成章而精彩纷呈。老人说，这不是我的责任，我坚决不认同你的调查结论。蓝墨说，你不认同不等于结论不成立。相反，你这样的态度，我可以让你罪加一等。老人又说，同志，我作为一名在册的党员，是不是有实事求是反映情况和意见的权利？组织调查是不是等于盖棺定论？最后他说他能背诵毛主席的“四个服从”，他也会服从，但要在柳西市委下决议了以后。蓝墨要和他握手，他拒绝了。双方不欢而散。

《寒窑赋》总结得好，小说的结局也挺好。老同志行到水穷处，坐看云起时，柳西市韩福书记调阅了案卷，亲自打电话给老人了解情况，以对党对柳西对历史对干部负责的态度，使案件的处理拨云见日。

县党校的隔离房间里，建虹延续着无发烧、无头痛、无咳嗽、无胸闷的神话。被他感染的人，有轻症、重症、危重症，有的甚至去了“远方”。

政府为了建立起二十一个管控点，费尽了心血。十二家酒店、九所学校，都是花了大力气征过来的。武装部组织了二百多名民兵连夜进驻各管控点，实施军事化管理。

最让人揪心的是垃圾的处理。危险，我不干。危险，我也不干。最终总得有人干。戴着白帽子、护目镜、N95口罩，穿着防护服，你根本无法分清是男是女、是老是少。每天，所有的管控点，每一个楼层都要消毒两次。浓浓的消毒水弄湿了地板，干了地板就变得灰蒙蒙的。平时地板闪亮发光，现在是发灰发暗。室外天色阴沉，而室内则飘着一股刺鼻的异味。每一层楼的走廊里，每次消毒时，环卫志愿者都要把椅子倒扣在长桌上，等到第二天凌晨，地板干了，又把它们一一翻下来，让它们四脚着地。每个房间住着一名密切接触者。密切接触者并非新冠发明出来的名词，但因新冠重回大众视野：意思是这些人不是患者，但也许和患者或疑似患者握过手，或者拥抱过、喝过，甚至睡过。垃圾提到楼下，要分别放到黄色和红色的筐里。一边是医疗废弃物，一边是生活垃圾。它们将被塞进不同的车子送到不同的地方。

建虹作为始作俑者，久久未被列入“中枪”的圈子。原来安定县根据柳西市的意见，不把建虹作为确诊患者往上报。现在不行了。网上说传染那么多人还不报，娟娟是你姐姐吗？建虹是你姐夫吗？或者还有什么涉及官僚主义的线索？连书记县长都受到质疑。然而不报是有根据的，那就是中央出的新冠诊断的标准。

三人成虎。真理屈服于舆论，带毒也是病人。这绝不能说冤枉。

某天凌晨，建虹和他“培育”出来的第二代、第三代患者，一起被请进县医院。县医院传染科是一幢二层的楼房，每一层中间都是长长的走廊。新冠爆发以后，其他病人都转往中医院，这里只剩下新冠确诊病例和疑似病例。建虹像蚕茧一样被送过来时，已经是半夜十二点了。昏暗的灯光照在走廊的墙壁上，多少显得有些阴冷。走廊里偶尔有戴着口罩和帽子的护士匆匆走过，如同午夜里飞舞的精灵。建虹打了一个寒战，尿都要迸出来了。突然，走廊的尽头传来轮子稀里哗啦的滚动声和鞋子急促奔跑着地的声音。只见医生和护士急匆匆地推着一辆手术床跑过：快让一让！快让一让！刚入院的建虹急忙侧靠在墙上，看着车子火急火燎地进了手术室。这种阵势，吓坏了建虹，让他大吃一惊。

在安定待了一个星期，省里说，安定条件不行，要去省城。建虹又上了开往省城的客车，住进了省城里的传染病医院。这是后话。

娟娟生病最早，也康复得最早，毕竟早睡可以早起。她的核酸检验结果转阴，又连续多日呈现阴性，娟娟已在隔离点待了十四天。楼长说，你可以回家了。娟娟将信将疑，问真的吗？她掐了掐自己的胳膊，痛，确定这是真的。她就打电话。新冠集中爆发如一声惊雷，使明朗村所有的人惊魂未定。侄仔接了电话，不情愿地开车到城北管控站接她。她打开副驾驶座的门，一脚踏上去，对侄仔赔着笑脸。侄仔说，停，婶不要坐这里，我怕。还是坐后面吧。侄仔全副武装，像这几天的医生，更像和风车较真的堂吉诃德。一个月前自己在明朗，那是啥，那是酒香不怕巷子深，半夜三更还有人在窗口下吹口哨，多少野仔想找自己搭讪自己都懒得理。现在好了，掉价了，害怕了。都怪新冠！

建虹在省城，娃仔在安定。回到明朗的家，又湿又冷。她得先把火烧起来，红彤彤的火苗，像生命的火焰。娟娟觉得暖和些了。没有这场弥漫全中国的疫情，该多好。她思忖着不给建虹去武汉了。就在这里，就在明朗，她和建虹起幢小楼，放一群澳寒羊，养几头安格斯牛。到了晚上，孩子们的欢笑声充满整个院子，还有建虹那双大大的、仿佛会说话的眼睛。

我们就是想要过这种小老百姓自由奔放的生活。想着想着她睡着了。

瑶族史诗《密洛陀》说，人的灵魂是能够出窍的。娟娟迷迷糊糊中好像看到了自己的影子，飘啊，飘啊。蓦然间，她看见建虹笑呵呵地穿过芭蕉林，迈着太空舞一样的脚步向她走来。她向他伸出手，却够不着。再伸出手，眼看就要抓住了，建虹说，不。他又说，我去吃牢饭了，你要活得好好的。突然就有了柳西市公安局的通告，要以危害公共安全罪对建虹采取强制措施。又突然有了明朗村致全体村民的一封信，指责建虹外出钓鱼、参与聚餐、走亲访友。再突然有了一条大红横幅，挂在苏河的岛上：带病回乡不孝儿郎，传染爹娘丧尽天良。

偌大的床，没有建虹，显得如此空旷，娟娟手不停地抖动，头不停地摇晃，却赶不走那些令人发慌的画面。它们像幻灯片一样，朝她走近，离开。再走近，再离开。特别是建虹。那张苍白的脸，直让她头皮发麻。她终于用尽最后的力气喊了出来：滚开！

声音迸发而出，人也从床铺上弹了起来。回应她的是隔壁猫凄厉的一声叫。摸了摸头，一头秀发都湿透了。

娟娟害怕，起床开了灯，在春天的深夜披上了羽绒服，坐到天亮。

这天早上的太阳，像牛车的轱辘那么大，像熔化的铁水那样红。淹没在壮语骂人广播里已经有一个月的明朗村突然播出欢快的乐曲，接着《新闻联播》说，新冠的拐点到了。八点钟，电话响起。建虹说，他好了。好了，可是两个星期的隔离期免不了，这是在重复娟娟的故事，这是必须遵守的。尽管建虹的心早已飞到明朗，飞到娟娟身边。

隔离区的楼下已经开始恢复人气了。交通警察的指挥声，清洁工人的扫地声，还有早点摊主的吆喝声，声声入耳。原来公认的噪声，现在听起来是那么悦耳动听！

建虹有些兴奋。

每天晚上十点，临睡前，他都把硬得像猪鬃的头发扯下一根来，粘在床边的墙上。他已经粘了十三根。明天他就可以重获自由了。淡淡的消毒水味洋溢在空气里。往时人声鼎沸的医院大厅，挤满了或站或坐或躺的病人。这段时间医院门可罗雀，空旷得让人有些心慌。建虹走出管控病房，在楼梯口回头望了望411号病房。那一扇门始终没有关过，那一盏灯始终没有灭过。病了我去那里，好了我害怕进去。这就是医院。

安定县的警车静静地停靠在大门旁，一名民警和一名协警站在那里很久了。建虹走出大门，猛一抬头看见了警车，接着看到了警察。他想他知道是怎么回事了。他下意识想转身走回门里，可是脚却怎么也挪不开。

他想说你们要怎么样，却说成了：你们刚来啊。

没等对方回答，他又说：那我娃仔怎么办？还有我老婆，怎么办？

警察说：上车。

上了警车，一路无言。车子往安定狂奔。建虹的心七上八下。自己传染了十六个人，自己消耗了整个柳西市的医疗资源，自己让市长、县长和党政军民学上下奔走狼狈不堪。他想开了。我是罪有应得的啊。还有那么多的病人。戴罪之身，何以为偿？

终于，安定县医院迎来了这个血浆捐献者。戴着N95口罩的医生一边给建虹测量血压，一边让他填写了一份血浆捐献表。护士先给建虹的手臂消毒，再把针头扎进了建虹的血管。接着，一股鲜红的血流进血袋。整个过程，建虹都一动不动，很镇定，也不紧张。

建虹心里有了一丝安慰。他希望自己这300毫升的血浆能够在这个春天，为其他新冠病人浇出希望的花朵来。

又上警车，建虹脑子里出现安定拘留所黑色的牌匾。他在想自己“进去后”该怎么办。这个倒霉的春天。进去就进去吧，捡了一条命，进去也算值了。他最后这样想。他睡着了。

一个急刹，建虹被甩醒。警察说：

到了。

建虹看见娟娟，还有他们的家。

BAI WUYA

白乌鸦

小说是作家对世界“小声地说”。

【作者简介】

陈昌恒，男，壮族，广西都安县人，广西作家协会会员，都安瑶族自治县文化馆文艺创作员。曾在《广西文学》《广西日报》《三月三》《广西民族报》《当代广西》《新小读者》《少年心世界》《南方文学》《海外文摘》《老年知音》《广西法治日报》《广西政协报》《广西工人报》《河池日报》《防城港日报》《桂林日报》《河池文学》等数十家报刊发表文学作品。作品曾获不同级别的奖项。

1

公鸡弱弱的一声啼，吵醒了牛金。

他拍一下脑门，闯祸了，自己睡在麻月沫堂屋的客床上！

昨晚喝多了，牛金依稀记得自己和麻月沫有过“我嫁你”“我娶你”的对话，之后他就不省人事了。他慌了，坐在床沿抽了九支烟才挨到天亮。麻月沫起床后，他问，昨晚好像你说要嫁给我？麻月沫说是真的，不是好像，你敢娶我就嫁！凭着麻月沫记得是真的而不是“好像”，就说明她酒量比牛金高。牛金说我有顾虑。麻月沫问顾虑什么？牛金说我比你大十二岁。麻月沫说我以为是什么坎。你当干部，皮肤嫩。你看那个科学家，娶了一个比他小五十四岁的女孩，恩恩爱爱；城里男比女大二三十岁的多得像快递，得用车子拉！

昨天凌晨四点，雄鹰山上的鸟儿刚刚鸣噪，牛金就收到牛伟的微信：哥，麻屯麻月沫的西门塔尔牛“那个”了，你和阿棕去配种一回。后面是麻月沫的电话号码。

哈哈，我和阿棕……牛金心里笑出了声。

阿棕是牛金那头公牛的昵称。牛金知道，他和阿棕这趟差事，是牛伟使的软招。牛金想，你牛伟有心让我和你一起干，可我没心再凑热闹了，不是你待我不好。他也服麻月沫的母牛逮准时机，给牛伟创造了条件。好在我又不是看到女人脑子就缺氧的那种人。

牛金和阿棕今天有两起任务：三队有一家比牛伟提前预约，排在上午；中午日头毒，麻月沫这起排在下午。事有先后，舞弊不得。

牛金回村是想当回农民，为乡亲做事。带阿棕给村民的母牛配种是件好事，他心里不免小激动。后来他又给自己降压：那么开心？幸福的是阿棕，累的是你！

第一桩事按计划办完。十二点回到家，牛金喂阿棕一抱青草，服侍它午休。牛金很小就上山放牛，谙知牛事，尤其了解怎么照顾一头公牛。营养要恰到好处，少则不良，多则“三高”；青草饲料，荤素适量；中少晚饱，和人恰恰相反——白天运动量大，不宜过饱，傍晚到天亮反刍消化，营养能量要跟上。

牛金点亮手机一看，刚好四点，一个钟头的路程，办事和休息一个钟头，六点返回，来得及。

上路吧。他拍了拍阿棕的腰臀。

阿棕是走山旮旯路的命，走在水泥公路上就如同老妇人穿高跟鞋，像是怕地球塌陷，四蹄不敢放开，身子一弓一缩。走山路吧，山路早断人迹，被荒草缝合了。

明知前路就是威虎山，杨子荣浑身是胆勇向前！牛金身子发热，哼着不知哪来的词，跟在阿棕后面，像赶着一只大虱子。

玉米刚长出三瓣叶子的时候，牛金以一万零八百元从岜独街牛市买来了这头棕色的公牛，取名阿棕，想法是等它料理牛二奶的一亩地后，让它当“志愿者”，帮乡亲们犁地，给村民的母牛配种。政府发给断崖村一百二十八户贫困户每户一头西门塔尔母牛，农户嫌人工授精品相弱，不及本地牛彪悍，故断崖村已有几户人家养公牛了。牛金也想养一头公牛，让自己先“牛”起来，等争取到一份土地的那一天，再加上这头牛，才算正宗的农伯。也有人为牛金担忧：你的阿棕免费配种，肯定供不应求，它吃得消吗？牛金说这风险我考虑过，即使阿棕吃得消，我也超负荷，所以每天两趟，按约定排先后，雷打不动。

买牛的那天，牛金把阿棕牵进牛栏，刚关好栏门来到屋里，牛伟就提一壶红薯酒，一瘸一拐进门来，说想参观哥的牛。他把酒放到饭桌上，敬牛金一支烟，又为他点火：哥，那晚我没来吃饭，现在来补。牛金说人来就行，我有酒，前天我刚酿了一锅糯玉米酒。牛伟一愣，你哪来的糯玉米？牛金说前个月贩子拉了一车糯玉米到村里卖，我买了五十斤。

牛金摁亮牛栏的节能灯，带牛伟走进牛栏。阿棕正在吃草，牛伟钩住它的缰绳，把它带到灯下，掰开嘴往里看。他捏捏它的项下，张开手从头部沿脊骨往屁股量，共十拃，收拃时顺手摸一下阿棕的卵包，接着他提起它的尾巴抖了两抖，所有的动作一气呵成。最后他倒退一步，在它身侧蹲下，上下打量，表情严肃。他骨子里的那份喜是瞒不过牛金的，论“牛经”他比牛金差多了。

一头好牛！牛伟最后归纳说。

回屋，牛伟像个主人，掰起了饭桌上的豆角，他今晚要在这里吃饭的信号更强烈了。

哥，这段时间忙于落实茶油种植任务，今晚我们哥俩喝个醉。哥呀你养头牛是想当牛郎，还是自找累赘？你想找事做，就帮我料理点事务，我那些事，用不了你文化的一丁点。想串村看风景，就拿我的公猪老白去养，带它去配种，看一回风光还有五十块钱进腰包。

牛金说回村了，开销不大，我不缺钱。我养阿棕是要帮贫困户的母牛配种的。至于帮你办事，那就更不用说了。

牛伟呵呵笑道，哥你低调有爱心责任感强。

日头回到月亮山顶，牛金才望见麻屯——现在应该叫“蜜陀山庄”。有一位妇女坐在坳口的一块龟状大石头上刷抖音，身边停着一辆印着“蜜陀山庄·清洁”字样的绿色电动三轮车，车上懒洋洋地躺着一捆青草。这种车山村随处可见，是垃圾清运车，乡村公益性岗位的劳动工具。公益岗是政府在精准脱贫攻坚中给贫困户设置的一种临时惠民岗位，工作内容是割路边草、打扫乡村卫生、清运处理村屯垃圾、护林、维护治安、协助乡村拆除危旧房、给查访的上级带路等，每人一个月几百元工资。现在几乎是全民领工资，学生有营养餐和义务教育补助，老年人有养老金，贫困户有低保和公益性岗位报酬。

妇女凌乱的头发上挂着草屑，黑发里躲着几丝白发。她捋了捋头发，把散乱的发丝绾成一束，下颌抬起，胸脯挺拔，让夕晖一下子鲜活起来。接着，她又泥塑般陷在手机里，没意识到一个人和一头牛已站于近侧。

牛金轻咳一声。

她抬头看了牛金一眼，又陷到手机里。

牛金想问她麻月沫的家在哪个位置，见她玩手机太入迷了不好打扰，于是他翻了一下微信，拨打牛伟提供的号码。妇女的手机唱起了《青藏高原》。

牛金对妇女说，我是牛金。

妇女笑着说，哦，来了，牛伟昨晚对我说了。

他说你的西门塔尔“那个”了，所以我和阿棕来了。

我和阿棕？牛金发现自己说话像牛伟一样跑偏，急忙又补了一句：就是它，来得晚了点，这家伙乞丐的命，走不惯水泥路。

现在屯屯通公路了，像我们山旮旯青年仔娶回平原妹，会走顺的，它吃“公益岗”的饭，得下队。麻月沫说。

阿棕在一片草地上埋头啃草，鞭打不动。麻月沫说让它吃一下草，牛见嫩草，不抬头的。

牛金想这老妹说话怎么像迷魂药，提醒自己：淡定，杨子荣！

在牛吃草的时候，牛金坐到大龟石上，偷偷瞥了一下麻月沫。牛金突然意识到自己总睃人家，急忙把目光拽到山下。山脚下不远处的麻屯，数台勾机伸缩脖子，大卡车颠簸奔忙，尘飞石滚。山间、山脚，民族特色的凉亭、瓦屋、茅寮依山而建，石头垒砌的屋子，盖着用树皮或塑料制成的仿玉米秆或竹子形状的材料搭的屋顶，还有用水泥浇筑的木纹柱子围成的爬满葡萄藤的路栅。月亮山下，一个人工大水塘已蓄满水，一条回廊蜿蜒于水塘之上。水塘边，有一口水塘一半大小的石灰坑，石灰坑靠公路的一边是一面高十米左右的石崖。水塘和石灰坑像一蓝一白、一大一小两只狡黠的眼睛……

蜜陀山庄是利用麻屯的山水优势开发的一个集旅游、娱乐、休闲、民俗文化展示、养殖等于一身的乡村旅游山庄，是政府“靠山吃山”、开发有利资源、提高农民收入、带领农民脱贫致富的大手笔。项目设计了“美女照镜”“长亭相送”“盼郎归”“石头开花”“情人对歌”“龟寿亭”等多个景点并附美丽传说，景点文案由丹阳籍大作家刁江老鱼撰写。就地养跑山鸡、步山鸭、吉利狗、林下猪，建有茅寮饭庄、石墙旅馆、野地烧烤、鸳鸯洞穴……

麻月沫今年四十三岁，读过初中，三十一岁时丈夫去世。她是贫困户，贫困的原因是房屋不达标。她去年拆了木瓦房，建起砖混结构的稳固房子，等她的母牛生仔了，她家收入达“八有一超”标准就能脱贫。她的丈夫就是因房而死的。那天，她的丈夫对她说，房子的木地板腐烂了，要把月亮山前那棵香樟树砍下来，锯板子，修整地板。她和丈夫扛着大锯子来到月亮山下，先是把树砍下来，而后埋桩立架，把木头抱上架子。他滑倒在地，木头从他身上碾过去，压断椎骨，卧床半年就去世了。

阿棕上得很顺。

牛金背对着这对幸福宝贝抽烟，他不看它们的架势，光听阿棕叩击地上的蹄声和呻吟，就能猜到它们“办事”的进度。小时候在山上放牛，他没少和牛四、牛伟为这种事打赌，百分之百赢。

麻月沫喊他进屋坐，他讷讷不言，也不动。麻月沫递给他半口盅凉水。牛们正黏，麻月沫急忙撇开火烧云般的脸。牛金也像灭火一样，把水咕咚咕咚灌到肚里，抽出一支烟哆哆嗦嗦点了，把无名的烦躁化为狠狠地吸，呛得干咳不止……

事毕，麻月沫给牛金一百块钱，说是阿棕的工资，给它买点补品。

牛金说免费服务，我养得起它。

牛金让阿棕陪着母牛吃一会儿草后，就拍它的屁股要打道回府。

麻月沫挽留说吃完饭再走。

牛金说我不饿。

麻月沫说现在生活好了，去哪里找“饿”字？到饭点了，总要吃饭吧。公牛不要工资，你到现在也只喝了一杯水，便宜我了。

牛金说都是乡亲，别见外。

那你是嫌农民的饭菜不卫生吧？

牛金语塞，心想，自己现在不也是农民吗？不过牛金还是犹豫，说天要黑了，孤男寡女共一屋，会坏你的名声。

麻月沫说谁跟你坏？手不握青蛙，不怕雷公砸！

牛金跨进麻月沫家的门槛。

麻月沫招待牛金很简单，一碗芋檬煮火麻汤，一碗黄豆炒鸡蛋，一碗猪头骨汤。麻月沫见牛金喝完一杯酒后没动筷，说是不是菜太油腻了？你们平时不是爱吃火麻菜降“三高”吗？牛金说你别信那一套，有腊肉吗？麻月沫问你想吃？牛金说快点煮，越肥越好！

腊肉上桌，挠醒了牛金的酒虫。今晚饭桌边突然坐着别人和她吃饭，麻月沫很开心，也开喝了。麻月沫以前不喝酒，丈夫去世后，她酿酒卖。开始酿酒时，她喊村里的男人来帮品尝，日子久了不免招来一些闲话，也确实有一些人尝酒又想“尝人”。后来她不服气，就自己品尝，再后来就有了酒瘾，也慢慢提了酒量。她说都骂光棍汉以酒当老婆，谁知道我们寡妇一醉也睡得不知腰酸身痒。

第三杯见底，麻月沫扬起桃花一样的脸问，听说大哥蹲监狱是因为我们麻屯的苏梦？牛金说不是的，是我资助她，被人家说成我与她“那个”，结果又出了一点事……我不该说这么多，我喝多了，我要回去了……牛金踉踉跄跄走出门。

麻月沫也踉踉跄跄跟出来，拉住牛金：你喝多了，黑天回去不安全……

牛金说我要回去，有阿棕一起，不怕……说着却倒进麻月沫怀里。

两人纠缠着趔趔趄趄走向堂屋的客床，轰然倒在床上。牛金喃喃说着胡话：今晚要演电影了……我要回去，我要回去！……

麻月沫也说起了胡话：大不了我嫁给你……

牛金的声音干干的：大不了我娶你……

牛栏里，两头已经不陌生的牛头对着头，默默反刍。

……

第二天早上，阳光洒满村庄，牛伟才看见牛金赶着一弓一缩的阿棕走进山口。

2

牛金戴着一顶鸭舌帽回到断崖村二队的那天，天空很不友好地给他摆了个臭脸。

他一路微闭双目。面包车来到村头的龙眼树下，他撑起眼皮，示意司机停车。走下车，山风轻柔地将一股泥土的芳香吹进他的鼻孔。龙眼树上，果子孤单寂寞。他冲着路边狰狞的石头哧哧撒了一泡尿。在自己的地盘“点射”就是惬意，好比喝了玉米土酒。

牛金把鸭舌帽往头上一扣，顺着屯级水泥路进村。拉杆箱的轮子咕噜噜响，空落落的村子更显空旷。

来到自家侧门，牛金看到一摊扭曲的黄泥从石门坎上一直蹿到门楣顶端。他拿起门边的一截竹子拍掉黄泥，只见一条伤痕累累的沟槽里蠕满白蚁，像一股扭动的白绳。才四年多没回来，你就这么衰。牛金对屋子说。他把手伸过门窟窿，抽开门闩。青冈木的门闩，表层已被白蚁啃罄，只有坚硬的红心固守着门。

牛金进屋。

一只老鼠从他脚下窜过，冲到芭蕉丛下，跳到丢弃了很久的、四脚伶仃、摇摇欲坠的碗柜上，盯着来人，高高抬起两只前脚，揶揄似的摩挲着，抖动了一下唇瓣，像对来人交代了什么后，刺溜钻进墙窟窿。牛金轻蔑地说没智慧的家伙！进得屋来，他把拉杆箱放在神台前的八仙桌边，用鸡毛掸清除屋里的蜘蛛网和家具上的灰尘，拔掉屋旁的杂草。

牛金二十二岁走出这个屋子去当干部，到今天回来已经过了三十三年。父母去世后，这屋子就没了人影，牛金回来的次数也像羊拉屎一样慢慢少了。当局长后，这间沧桑破败的红砖瓦房每年只喧闹一次，是清明节。那时，朋友同事想来这里给牛金的祖宗烧香，都被牛金拒绝。牛金知道自己有点毛躁，但他更知道，他们想拜的不是自己祖宗那堆骷髅，而是他这个活人。牛金的父母在世时，一个乡干部屡次说牛局，还不早点危改，把旧屋推倒重建？牛金盯着那乡干部问，我是县国土资源局局长，危房改造指标怎么个要法？乡干部说牛局，办法总比困难多，只要你一声“嗯”，明天就可以动工！

多谢！只是毛主席他老人家韶山冲的故居都没有改建楼房，我牛金算老几？他答。

牛金把垃圾码起点燃，回屋打开拉杆箱，整出衣物、证件和一摞高高的荣誉证书。他把几瓶瑶谷液酒、一袋八斤重的熟牛腩和两只阿歪烧鸭摆在神台前的八仙桌上，点燃香，插入神龛下的香炉。他把裤脚卷到膝盖，匍匐在地，斟酒作揖，撅起屁股，对着神台屏风上的两张遗像哽咽：爸，妈，阿金回来了……

无言。

忙了一阵子，一股困意向牛金袭来，他来到门前的石阶上，蜷缩在睡椅里，默默望着因焚烧垃圾而升空的浓烟。

他突然想给牛伟打个电话，摸了一下衣兜才想起，昨晚已经把手机丢进了黑夜。

昨晚，牛金从宜城监狱提前一年释放回到县城，有回家的温暖，也有无处归栖的凄凉：回到了工作几十年的县城，离婚时把房子给了妻子。妻子是农民，没有工资，如果不给她房子，又没赶上畜牧水产局的渔业专家丧偶，她就会沦为贫困户。“苏梦事件”后，那年清明，牛金回断崖村扫墓，八叔端详一下牛金，指他的脸，说阿金，你面有菜色，怕不久要吃三号米、豆腐渣哟。牛金知道，吃三号米、豆腐渣就是吃牢饭。当时他差点发作，看在老人家八十七岁的份上，没给他一掴子。断崖村自古以来就秉承这样的信条：宁跟贫穷汉，不嫁坐牢男。八叔这么一说，妻子蒙苗又想到牛金与卫校大学生的桃色新闻，她哪里承受得起?

牛金离婚后，有一天麻目给他发了一条微信：牛叔，您在罗马城选一套房子吧，楼层朝向，钟情哪就选哪。牛金回：谢了，我不想落马！麻目又说，那就在创业园要一套廉租房吧。如今您单身自由了，交女朋友连个窝都没有，一个正科级干部像叫花子一样无居所，影响丹阳的形象，哪里像我们断崖的男子汉。牛金说哪里也不去，我就住城郊阳安村堂弟家里。堂弟十年前在阳安买了地皮，起了一层房子，没有装修，他一家人这些年都去深圳打工，房子闲置着。

不到一年，八叔的预言应验了，牛金暂时不需要什么房子了，他住进了牢房。

在百才车站下车，牛金上了趟厕所，在车站前的大榕树下打的，来到阳安堂弟牛南的家。堂弟没有换锁，说明他盼望堂哥早日归来。锁头也像一位守约的人，等着他回来。他往锁孔滴了几滴润滑油，开锁进屋。搞完床铺卫生，他泡了一桶快餐面，吃完洗了个透澡就上床睡觉。

当上县国土资源局局长的那一天，是牛金末日的开始。妻子知道牛金资助一位女大学生，怀疑他老牛吃了“嫩草”，就与他离婚，跟县畜牧水产局一位丧偶的渔业专家重组家庭了。牛金的独生女大学毕业后到哈尔滨工作，在那个神秘诗意的美丽城市结了婚，与母亲视频三次，就跟母亲统一了战线，说爸你太丢人了吧。牛金跟女儿解释，把手机说爆了也没用。她说现在大学生开房眼都不眨，你没个邪念？你挑战妈妈的智商还行，你这是不相信女儿的判断。女儿掐断了电话，后来连电话也不接了。

牛金发誓，当局长后，是有姑娘和女人有意投怀，不过她们“眉来”，他没“眼去”。我没有情妇，也没睡过别的女人，苏梦是我扶助的医科大学的贫困大学生！我跟她就是萝卜和葱——一清二白！……牛金逢人便喊冤。

是的，牛金进去，跟女大学生没关系。

牛金兼任农民进城创业园管委会主任后的某个周末，麻目叩开了他的门。

麻目是牛金的老乡，断崖村麻屯人，是断崖村继牛金后的第二个大学生。他老爸麻凡十六岁就拿烘干的羊屎到上海当治癌药卖，建起了楼房。后来，又靠贩卖火麻和瑶山黑豆发了财。五年前在县城绿岑山放养七百弄鸡时，去旁边的响水关电鱼被电死，尸体被拉回麻屯，埋在虻坡。

牛金的老家二队与麻屯只隔几座山，是丹阳县的最西端，与大华县的镇东村毗邻。麻目从宁南大学土木工程系毕业后，到深圳打过工，做过模具工程师，后来回乡创业，成立了麻鲁建筑设计有限公司。麻即麻目，鲁即鲁班，这名号够霸气。公司承建了很多工程，丹阳县的瑶岭河漂流景区、布努陀公园、四岛湾国际旅游区、陀螺古镇、刁江风雨桥等，它都有参与，每个工程投资几千万元甚至上亿元。麻目还有爱心，做慈善，经常捐款，和爱心坊的同志到乡村、社区、学校开展助残、助弱、助学等扶贫活动，是丹阳县年轻的政协委员，还获得过团省委授予的“青年扶贫奉献奖”。

牛金说不错呀，麻屯那么贫穷落后的角落，能出你这么有志气的精英，真是大山里飞出金凤凰。麻目说我们是听牛叔的励志故事长大的，可比不上牛叔的半根汗毛。牛金说麻屯的苏梦也是个有理想的好青年。牛金与苏梦的传言，麻目早有所闻，此时明知故问道：您与苏梦很熟？牛金说不是很了解她的情况，她是我资助的对象。牛金感到脸有点烫。牛局爱心爆棚！麻目竖起大拇指，却在心里想，如果不是苏梦拒绝我的追求，她是轮不到你去资助的。

麻目大学毕业时，苏梦刚刚高考。麻目读大学那几年，一直都没忘记山村这位漂亮的小妹。他原以为自己与苏梦郎才女貌、天造地设，珠联璧合是迟早的事。可是他多次向苏梦表达爱意，苏梦都没被电到，基本把路堵死了。所以他想资助苏梦读书，可苏梦婉言谢绝了。

最后麻目说明要承包创业园楼房建设工程的来意，丢下麻鲁建筑设计有限公司的材料和一盒茶叶就走了。茶叶盒里装有两沓一百元面额的人民币。牛金在那个夜晚一支接一支地抽完了一包香烟，最终还是被那两万元打败了。第二天下午，牛金到建行把一万元转到苏梦的账号，并发了条微信消息：干女儿，长身体，不要减伙食。努力学习，回报社会。那天是副主任杨相的老婆帮他转的账。杨夫人问，牛局，苏梦是谁？牛金如实回答。所以，这次转账的密级就降低了。有天早上，开完班子会，杨相留下来跟牛金聊天，说牛局心怀大爱，值得我们学习啊！牛金疑惑。杨相说你省吃俭用，资助贫困大学生。牛金说那是小事。杨相又说我们这些小指头一样大的官，薪饷不高，济贫救危当然好，自己的生活也要有保障，要有点创收才能渡过难关。什么创收？牛金问。杨相说那种收入说它白它又不太白，说它黑它又不那么黑，灰色吧，对，灰色收入！

自从麻目送钱那一次以后，牛金就被围猎了，他开始脸不变色地收别人的钱，甚至主动暗示别人给自己送钱。那些“灰色收入”或白天或黑夜偷偷流进他的腰包，慢慢地，他的脸开始有了菜色。他知道，他的部下也纷纷效仿他。不久，县国土资源局局长与女大学生的绯闻像瘟疫一样先是在县直单位蔓延，然后泄入大街小巷。紧接着县纪委收到举报信，牛金被“双规”，他供述他一共收受财物五十六万元。他“中枪”了。他认罪态度好，主动供述受贿行为，但因为没有检举揭发他人违法犯罪行为的表现，被判了五年，没收全部非法所得。

笃笃。有人敲窗。

牛金蹑手蹑脚来到窗前。窗下缩着一团黑影。黑影也看到了他，站起来又笃笃敲了两下，悄悄送进通过“技术”处理过了的话音：牛局，我是老杨。再变调我也知道是你！牛金心里哂笑。牛金落马后，老杨甩了“副”字。牛金把门打开一条缝，老杨挤了进来，他腋下夹着一个有棱有角的塑料袋，分明装有两条烟。老杨坐定，把东西放到茶几上，塑料袋一头的字露了出来，是两条名烟。

老杨心疼地盯着牛金，说牛局这几年你受苦了，你白了瘦了苗条了帅了。哥呀，有句话哽在我心里，白天戳我，夜里电我——你不会怀疑是我举报你的吧？现在我可以告诉你，是鲁副！你进去半年后，他在一次酒后咬我耳朵吐露的。他让我知道，我杨副能变成杨正，有他的一半功劳。唉，要说这人生几何，还真是“譬如朝露，去日苦多”！你也知道，鲁副结婚十年了，爱人像春槌一样没发芽，年年往省城医科大跑。去年医生说可以做试管了，春节刚过，夫妻俩就信心满满上省城，结果到伊岭岩挨追尾……你回来的事，是老陆在蓝水湾打太极拳时看见你打的经过那里才知道的。这两条烟，有一条是老陆的……说到“老陆”，老杨把声音压得很低，还多余地环顾一下四周。

老杨要离去时，丢了一句：这年头“灰色”没了。

牛金说老杨拿走你的东西吧！你这不是想让老哥我二进宫吗？你放心，哥我这只小蚂蚱不会再回锅了。再说，要拉你垫背，还用等到现在吗？我进去了，对不起党的培养，但我对同志问心无愧。这么久了，我什么都记不清了，明天在街上碰面，我不认识你是什么人，老陆他们也是。

老杨走后，牛金打开后窗户，把老杨送来的烟丢进鱼塘。

漂浮在水上的两条烟像荡悠着的两只小船。

一只黑鸭一样的影子跃进了水里，把两条烟救走了……

3

牛金戴着口罩，到超市买了一顶鸭舌帽，又到超市边小巷里的“妈毛”榨粉店吃了一碗加料的三两榨粉，然后，他回到超市一楼通信营业厅买了部手机，又办了张卡。回家时，他在路边报亭买了份早报。回到家，他翻看报上的招工启事。他打算休整几天，光明正大地出去找份工作，比如门卫、仓库管理员或中小学生作文辅导老师之类。

一缕阳光透过窗棂，亲切地铺在桌子上。

牛金在布满蜘蛛网的抽屉里找来电话本，查看通讯录。买新手机了，这帮家伙得重录一遍。以前手机的通讯录，是一次他去省城开会时约苏梦出来吃饭，苏梦教他录的。

牛金锁定了几个局长的电话号码，逐一拨打过去，都在通话中。现在人们大都对陌生号码敏感了。牛金不服，又一个一个地搜寻电话号码，最后像擒到冤家一样，指尖在“班立平”三个字上刹住，咬牙说道：“你跑不了！”班立平是以前牛金在碧桂华庭小区的邻居，两人关系很铁，是喝酒下象棋钓鱼的不二搭档，平时两人谁有一只猪耳朵都要聚伙小酌。牛金曾对班立平说，老班，现在我还是局长，有点小权，你看我能帮你点什么？等我退休了，那就是蛇走了鞭打田埂——晚啰。班立平说我需要的你都做到了。牛金问我帮你做了什么？班立平说陪我喝酒钓鱼下象棋，胆子再大点，那就陪我到田头找蛇。牛金说蛇是保护动物，不能抓。两人开怀大笑，又干一杯。

牛金拨通了班立平的电话。

喂，哪位？听话音，对方应该是刚呷了一口酒，正在嚼菜。牛金说你这个“三三九”(餐餐酒)，今天中午一定也是黄豆焖鱼仔就糯玉米酒吧？

对方说你吃饱没事做吗——不对啊，你这声音怎么像我的一位朋友？你是——

牛金说你这个老班呀——

电话那头沉默了一下，突然喊了起来：你是牛……牛金！牛，牛大哥。

对啊，我是牛金。

哦哦……你打错了。

你不是老班——立平吗？

我不是……

对方挂断了。

牛金还冲着手机“喂”了两声。再拨过去，已是忙音。

月亮站在梢头，像母亲慈祥地端详着委屈的孩子。

窗外，刁江对岸，灯光如昼，吊车摇臂。一条红底黄字的巨大条幅从高高的脚手架上倾泻而下，“苦干巧干，白干黑干，扶贫车间，致富典范”的字样格外醒目。牛金拿不准标语上的“白干黑干”是不是白天干黑夜干的意思，但断定那个戴着红色安全帽、奔忙于工地上的身影一定是麻目。

牛金关心的不是月亮底下热火朝天的场面，而是这间小屋。他想，我现在住的这间屋子，其实比牢房寒酸得多。但是牢房虽好，住的是罪身；这屋子虽次，住的是普通人。我坐了几年牢，洗清了罪责，就像一把豁口的刀，回炉锻打，重新淬火。

牛金刚睡个迷糊，电话铃声《铁窗泪》唱起。太快了吧，哪个卵仔已拿到我的电话号码？他想。电话接通后传来温柔威严的话音：兄弟，你知道我是谁吧？牛金说知道，你是文体局的陈局。对方说现在四局合一，叫文广体旅局了。牛金问你怎么知道我的电话号码？陈局说少问两句，你知道的够多了吧！你出来了老妹心里高兴，你进去我们天天想你，盼你早点出来。你要是能管好你的嘴巴，我们仍然是好兄妹……

牛金说陈局请放心，你这是给地球安防盗网——浪费钢铁呀。

那头传来甜得腻人的笑声，说老牛你说话依然很文艺哩。

接着又有两女六男排队似的打进电话，除开说着和陈局一样的词，有些人还在电话那头伤心地吸着鼻涕，说我相信你牛大哥，以后你的吃饭穿衣治病，包在我身上。

一定有人跟踪我了！

挂掉电话，牛金一掌拍在大腿上大发雷霆：我牛金回来了啊！在明处暗处的你们都给我听着，要我命的就来吧！……牛金洞开大门，对着呼呼的晚风，把自己张成“大”字，大概站了十多分钟才关门。返身太激动，屁股坐空，倒了个脚朝天。他随手操起椅子砸到墙角，椅子应声报废。妈的，我又没有哪个需要联系，买这个冤家吓唬我！话没说完，才意识到手机已飞出窗口，消失在黑夜里。

吼归吼，牛金还是发怵。他打开一瓶瑶谷液，一口一口地呷，胆子还是壮不起来。

夜风从刁江上吹来，兜着妖气。

早上起来，他在窗下捡到了一张伪装了笔迹的字条：

牛金，你小心点！你小子回来就回来了，最好装聋作哑，如果多嘴，就割断你的舌头，丢你到刁江喂鱼！！

字条当然没有署名和日期，但牛金敢肯定这不是老杨和老陆的“作品”，也不是已经来过电话的人写的。他掐指数了十多个人，好像个个都对得上号，又好像人人都没沾边，再看看那两个夸张的感叹号，越看越觉得像两枚炸弹……

牛金突然意识到，阳安这间小屋可能很快就要变成自己的葬身之所。如果我在这里被剪，我死事小，玷污了堂弟的屋子事大。家乡的风俗，外姓男女在家里苟合，以及在屋里发生血光之灾，是最大的忌讳，事发的屋子就沾上了晦气，连一个鸡笼都不值。堂弟苦了大半辈子才在这里买得一块地皮，刚起一层房子，可别毁在我的身上。我不怕死，怕的是死得糊涂，死后还被人家损，说牛金出狱后自杀了，一定是有更大的罪孽怕暴露，所以才一死了之。

该去哪里？能去哪里？

4

那天，牛金下车刚在车站厕所里撒完尿，牛伟就接到麻目的电话，说牛金释放了，近段时间他一定落叶归根。他的回归就像羊群里来了一匹狼，管控不好，大家都会变成他的盘中餐！

牛伟急忙召开全村队长会议，逢人还特别强调，哪天牛金回来，谁不理会他，谁就见“辣椒”！今年全村危房改造指标、水柜指标、低保指标少得可怜，谁能摊上就得看表现了。村民知道牛伟的脾气，牛伟嘴里怎么说不重要，重要的是他怎么想怎么做，而且你还经常得将他的话反过来揣摩。牛伟是欢迎牛金在村里住下来，还是要把他撵走，还很难说。弄清楚这葫芦里装的是什么药之前，别自作聪明！所以，那天乡亲们在地里看见牛金屋旁升腾的火烟，知道牛金回来了，但牵牛的挑担的所有路过牛金家门的人，无人敢朝牛金多看一眼，牛金“哥嫂婶叔伯”的招呼，得到的只是“嗯啊”的回答。

牛金估摸着父老乡亲们服侍完禽畜了，就打着手电筒，带上烟和糖果，挨家挨户登门，发烟请人，逢人便重复一句话：我回来和大家一起住了，没有什么好饭菜，今晚请大家到我家吃餐便饭。他把糖果一家一家地散，小孩们怯生生地望着这位“阿爷”，在得到大人“拿吧”的允许后，才敢接过糖果。早前大人就叮嘱小孩，过几天有个“阿爷”回来，你们不要盯头看尾。

牛金来到牛伟屋前，大门紧闭。八叔告诉牛金，牛伟下队催缴新农合款了。牛金在牛二奶的屋前遇到下队回来的牛伟，堂兄弟俩又握手又拥抱。牛金说今晚我们喝两杯吧。牛伟说好！我来请客。牛金说我都准备好了，你下次吧。牛伟说不要光请我，得全屯一起庆祝庆祝！牛金说我都请完了，你是最后一个。牛伟打电话给牛四，说四哥，等下你组织父老乡亲去金哥家吃饭，一个都不能少。接着，他又对着全屯喊：牛金大哥回来了，今晚大伙儿都到他家去吃饭啵。牛金很感激牛伟：够兄弟！

回到家，牛金把蒙满灰尘的餐具洗干净后，信心满满地弄了饭菜，摆了三大桌，但左等右等，牛腩和烧鸭热了三回，连个鬼影都等不到。

山村黑灯瞎火，像一口黑洞。

乡亲们不是答应得好好的吗，他们不来，牛伟也该来吧。牛金怏怏自饮了半瓶瑶谷液就上床睡觉。当领导后，已经好多年没在老屋睡过觉了，黑黢黢的屋里不时有窸窸窣窣的声响，是白天那个"没智慧的家伙"又踅回了吧，有个伴就不寂寞，管你智慧不智慧。

牛金还没起床，就有人推门入屋。他回家后迎来的第一位客人是表哥。他以为表哥是来看自己的，哪知道表哥一张嘴就提借钱。表哥说我的木瓦房变成危房了，危改资金三万元，表哥压低嗓子，可他只给了二万五千元。我还没钱买钢筋水泥灌铸板面，表弟你借我两万元吧。牛金问"他"是谁。牛伟呗！表哥把手捂成喇叭，话轻轻送进牛金的耳朵，钱不是全打到你账号了吗？他怎么克扣？牛金威严地问。他暗里要你先给他五千块才给你指标，表哥的话仍然不敢提高半度，表弟，你前些年在外面当官，不知村里的浑水。

这年头，给村干部泼脏水的人牛金见多了，他不相信牛伟是那号人，觉得一定是表哥要借钱的借口。牛金说表哥我哪里有钱呀。表弟你是怕我白拿吗？你没钱鬼相信！你给妹仔一大把一大把的！表哥说。牛金哭笑不得，灌了表哥几杯酒，装了两瓶瑶谷液和一包略微发馊的烧鸭，把他打发走了。

牛金到山脚下散步。

山村四周茂密的山林里，传来阵阵虫鸣鸟唱。此起彼落的鸡啼声，更增添了山村的宁静。

牛金来到牛二奶的责任地边。

牛二奶的责任地有一半长着齐人高的野草，有一半种着玉米，玉米的针叶刚冒出泥土。牛二爷去世了，牛二奶的责任地由她的女儿和乡亲帮料理。牛二奶九十八岁了，依旧耳聪目明，只是她一个月前中风，如今成了半个植物人，由女儿和村里人轮流照料。牛金小时候，牛二奶经常把他背在背上干农活。牛金读书时，牛二奶没少给他煨红薯、爆米花和零花钱。所以牛金当干部后，每次回来都给牛二奶买吃的，还不时塞给她一张“红毛头”。起初人们说牛金知恩图报、饮水思源，后来却说牛金当领导了，灰色收入多，给老人家再多的钱，也不是掏他的腰包。

牛金来到牛二奶家，搬一张凳子坐到床前。

牛二奶摸着牛金的头，含混不清地说孙子瘦多了，头发白多了呀。这几年你躲到哪里去了？没见你回来。

牛金说奶，你孙子学习去了。

孙子啊，有点不对头。这几年你去学习？每年清明你都不回来给你爸妈烧香磕头。你爸妈一把屎一把尿把你养大，还没有过上一天好日子就走了。抬起头来让奶看看，你是不是说谎了？你呀，你以为我不懂，你是吃“干饭”去了！老婆离开了，女儿也不理你了。作孽呀，是狗在我们牛家的坟头拉屎了吧！……唉！回来就好，神仙也有个一差二错的时候。现在洗心革面了，回去打听打听哪里有寡妇，讨一个过日子！牛二奶把话说完时，累得直喘气。

牛金说奶，我回来住了，不当干部了。

当农民也好，吃肉养猪，吃饭种地！

奶啊，当农民？我没有地呀。

傻，要什么地！我缸里的米够你和你奶吃两年。腊肉竹篓里有，猪油坛里有，吃完了乡亲们有米有菜！牛二奶后面的话虽然含糊不清，但一字一句牛金都能听得懂。

5

牛金把一包香烟揣进口袋向牛伟家走去。

牛伟每天来去匆匆。有时候他开车从牛金屋旁经过，朝牛金按友好的汽笛，或是停车给他丢根烟。牛金喊他到屋里坐坐，牛伟总是说哥我忙啊，这回你把自己种在二队了，又不是明天就走，时间有的是。

牛金来到牛伟屋前，看见他穿着衣背印有“蜜陀山庄·天上风光”字样的衬衫，提半桶猪饲料，一瘸一拐走下楼来喂老白。

牛金听人家说，农户自己带牛伟的老白去配种，每次都收五十元，别人家养的公猪配种一次三十元，农户就是不敢用，因为哪个不用牛伟的老白就完蛋，就别想当贫困户，而不是贫困户的，也别想找他扯个证明盖个章！牛金想，这是哪来的话？现在物价涨了，公猪配种一次五十元，不贵呀。唉，当村干部不容易呀，报酬低，工作难度大，还要被议论。自己回村干不了什么大事，也要让村民们提高提高觉悟。

牛伟把牛金招呼到屋里，拍拍他的肩膀说哥，对不起，最近太忙了。虽然你比我小，但我一直叫你哥。以前你罩着断崖，罩着我。现在你回家了，断崖和我仍然需要你罩。你不必有什么顾虑，就当是提前退休吧！那晚我正准备到你家去吃饭就收到县里紧急通知，要我到县里汇报蜜陀山庄建设工程的进展。想打电话向你请假，又不知道你的号码。你的情我记着，改天我们兄弟再喝个头热脸红、东倒西歪！

牛伟在撒谎，那天晚上，他蹲在牛金屋子对面的竹林里，看看有哪个人去牛金家吃饭。

牛金说我也估计你是抽不开身。我没有手机啊。牛伟说明天买一部给你，现在人没有手机，就等于半个瞎子。牛金说不用了，我又没有什么联系人，那东西用不上。牛伟说哥你很快会习惯的。乡亲们很忙，你白天可以在村里溜达溜达，熟悉一下鸡鸭猫狗，晚上串串门聊聊天。等下我拿一台电视机到你屋里去，给你做个伴。牛金说不用电视机，我一看电视就瞌睡。实际上牛金最爱看《今日说法》。牛伟说哥那你有什么要求？只要弟能办到的，一定不眨眼地办！对了，那天乡亲们都到你家去吃饭了吧？

牛金说一个都没来，他们忙我理解。

乡亲们也太见外了，都是一家人嘛！也好，你刚回来，火灶都还没落灰，哪个忍心吃你的。牛伟说。

牛金说老弟，我来找你有两件事。

牛伟说哥别兜圈子了，说吧！

牛金说一是轮流照顾二奶，也安排我一个。二是给我分一份土地。

照顾二奶的事，牛伟说，这就不用麻烦你了！这些年二奶用的钱哪一分不是你的？土地嘛……哥你想当陶潜？玩笑开大了吧？

牛金说你怎么几十年了还叫陶替？那是陶潜——陶渊明。

牛伟说我知道是陶潜，但是他害了我，我就是要叫他陶替。说完哈哈大笑。

牛金说我不是开玩笑，我真的想当农民种玉米种菜，吃绿色食品，做绿色人类。我这下半辈子铁定跟土地在一起，跟你们在一起了。

哥，我是怕断崖村这小水塘养不起你这条大江龙啊。

我真的想种地。牛金重复道。

行，有骨气，像农民。可是哥你要什么地，现在山村农民都很少有人种地了。牛伟说。

从牛伟家出来，牛金走过龙眼树下，穿过竹林，向雄鹰山的“鹰囊”地带走去。

一路上，牛金时而听到草苇中传来的人语，时而听到鞭炮声。这雄鹰山上，每天都有人安葬祖宗，有人祭祖，有人修坟地。鹰囊地带是牛四的责任山，也是牛金、牛伟、牛四、蒙月妹等人童年放牛割草的地方。这一片山土多石头少，泥土肥沃，碧草青青。分责任山的时候，因为这里草多柴少，哪个都不愿意领这片山，最后只好抓阄。牛四抓到了，他当时差点挥起菜刀把手砍了。哪个想到几十年后麻屯搞了蜜陀山庄，这块山地变成了黄金宝地。鹰囊朝向蜜陀山庄，前面风景秀丽，气象万千。蜜陀山庄就像一只盛满美味佳肴的金盘子，摆在鹰的面前。人们相信，这样的阴宅宝地，把祖宗安葬于此，能保佑子孙大富大贵。不知从哪天开始，地理先生带着有钱人到这里寻龙点穴。起初只点“龙脉”，每块坟地两千元。随着知名度的提高和顾客的蚁附，山上的每个地方都变成了龙脉，且坟地不论块算而按平米计，每平米高达一千元，是县城电力花园房价的五分之一，而且还有面积限制，每块坟地不能超过八平米，比办公用房的要求还要严。虽说也有人忌讳此处谐音“阴囊”，但不到两年，鹰囊上仍然长疔般遍地坟墓。

有人问八叔，你老也是地理先生，当年为什么不看中这片山？八叔也气得胡须倒竖要剁手。

牛四因鹰囊牛了起来。但他致富不忘乡亲，说当年抓到鹰囊，哪个料到粪土变黄金，是自己的运气好。这些年他生病，乡亲们没少帮过他，现在他不能独享这份福，把收入的一半交给牛伟分给乡亲们。

人们怕往山上修公路伤了龙脉，所以公路只开到山脚，修坟需要的石碑、砖头、沙石运到山脚下后，得让牛运上山。上山的路因地制宜，宜行人则为人行道，宜走牛车即作牛车路。牛四养了阿灰、阿黄两头高大威猛的牛，打了一副牛鞍和一辆牛车，专事运修坟材料上山。他拍牛屁股喊一声“驾”，就收入一张大红票。

起初牛四是想养两匹马运物资上山的。有天刁江老鱼对他说马运货物太没创意了，你们这个村庄牛姓是大姓，要独辟蹊径，用牛运物资，才彰显文化，一牛到底！

牛四比牛金大四岁，比牛伟大三岁，是断崖村二队的队长。他四十岁到砖厂出了八年窑，吸够了灰尘和煤气，加上烟抽得狠，现在人瘦背驼，一步一咳嗽，说话泪涕流，不到六十，整个人已比七十岁的人还枯槁。他有钱后曾拿五万元到县人民医院，啪地丢在医生面前，说哪个能治好我的咳嗽，再给这个数。医生说你的病属于医保报销的慢性病，现在又有新农合，你住院留医都花不了多少钱的，不过你得少抽点烟。

牛金回来到现在，牛四没有跟他真正说过一回话。那晚牛伟打电话喊牛四带乡亲到牛金家吃饭，他知道牛伟要的是什么花招。所以，每次路上相遇或路过牛金屋旁，牛金给他敬烟帮他点火，他的目光总是躲闪着牛金。

阿黄，你命真好，现在你和阿灰每天的生活费加起来都有一百元了，是当年我和老婆两个人在砖厂十天的生活费。在一棵柚子树下，牛四对着套在架子车里的阿黄说。

牛金来到山上，看到了柚子树下的牛四。

这棵柚子树是八叔种的，柚子树下是人们上下山歇脚乘凉的地方。牛金还记得孩童时代，有一回上山割草，裤裆“开了门”，他却没发觉。他挑着青草回来在柚子树下歇息，遇上了八叔。他站在坎上，八叔蹲在坎下，八叔说来阿金我们猜码。“来就来啊，八马到啊……”猜着猜着，八叔猝不及防伸手扯一下他摇铃般的小鸟，现在回想还笑卷肚肠。

牛金敬了牛四一支香烟，说四哥我想要一份土地。牛四吐了一口烟雾，看了看烟盒上的牌子，咳嗽两声说我砖厂老板抽的就是这个牌！……人活土养，人死土埋，你现今断了国家饭，要一份土地，理由充分。即使你不种米种菜，死了也要埋尸。牛四的话是用喉咙说的。

牛金知道，四哥满嘴死啊埋啊的，是对他坐牢有情绪，四哥没变，嘴臭心香。牛金到乡里当干部那天下雨，是牛四戴着斗笠，帮他挑行李走过羊肠小路，送他到二十多里外的乡政府。当时牛金要买两包单价八分的香烟答谢，被牛四阻止，他说我没文化，当不了干部，断崖二队只有你一人吃大米、面条和肉，不要吃完光拉屎，要争光，不能给乡亲脸上泼粪。

牛金叹了口气，说四哥，兄弟没有善始善终，对不起乡亲。牛四说你不要在这里放屁了！怎么不善始善终了？天天吃肉喝酒抽好烟，把身子养燃烧了就对年轻姑娘下手……你要什么地？你明天死了我免费给你一块坟地！

牛四的火熄灭后，说弟对不起。指着不远处鹰囊中心地带的一座新坟，说那块地是我免费给牛伟的，是八叔亲自架罗盘点定的，留着安葬牛伟父亲。为防地理先生天天带人来踩踏讲价要买，牛伟就堆了一座假坟。牛四咳嗽不止，接着抱着牛金哭了起来：弟啊，我们还来不及为你骄傲，你就废了！呜呜……

牛金说哥你别哭，我都不哭了呀。这不都过去了吗？我真心回来当农民了，土地是农民的命脉，就像士兵的枪。没有一份土地，我心里不踏实。牛四说那随便划一块地给你不就行了吗？牛金说那怎么行？我不能再有半点错了，一切都得依法依规，名正言顺。

6

冬天到了。

村民的晒坪上铺满金灿灿的冬玉米。

这天，牛伟到县城参加步山鸭饲养培训班。月上梢头，开始是牛伟的妻子蒙月妹扛着五十斤糯玉米来到牛金家，接着四嫂、五婶、堂姑妈……都用塑料桶或脸盆装着玉米拿到牛金家。她们七嘴八舌对牛金说，你还要什么地？要吃粮食，玉米我们给你拿。屯里头到处都是青菜，你爱吃哪一家的就到哪一家的菜园去摘。牛金和大家你一言我一语地聊，几条狗横七竖八在主人脚边躺着，很是温馨。

来人一个个离去后，屋里又出奇地静，牛金感到周身氤氲着一股暖意。满满的一塑料缸玉米就在眼前。他捧起一把玉米闻了闻，眼角湿润了。

这一夜，牛金失眠了，他想拥有一份土地的愿望更加强烈了。

在县城，牛伟被麻目接到了杨相家，陈局、老陆等均在场。杨相问牛伟，这段时间你没有对牛金露出不满吧？要让他觉得你对他好，然后再慢慢逼他离开断崖。不过，离开断崖，他能去哪里呢？他盘在县城不走，就会对我们不利——他在断崖，对我们也是个威胁，不管给我们哪个人招来麻烦，都是牵一发而动全身，扯一藤而拔大串。我估计牛金也不会咬上来，但我们要居安思危，确保万无一失！老陆把一只烟蒂掐到烟灰缸里，说他如果想当疯狗，大不了拼个鱼死虾浮！杨相说呀呀呀，是不是刚喝红牛？你筋骨屎尿一起过秤，不到九十斤，两排肋骨像变压器，拼个卵。老陆叹道，唉，说一句壮胆罢了，哪敢斗呀，我们像背了鳍的乌龟，蜕也蜕不掉了。杨相说进了染缸，想白都没门。我们是马上要到站的航班，别想着离安全着陆不远了，要看到降落风险很大。

最后，他们达成一致，找个第三地安顿这枚炸弹……

牛伟刚从县城回到家就立马去找牛金，说哥你要担当大任了。牛金问什么大任？牛伟说现在每个乡都有很多农民工在深圳打工，要有个机构为这些农民工提供一站式服务，比如招工、维权、联络等。县里在深圳宝安区成立了丹阳县驻深圳农民工办事处，每个乡有一个人在那里坐镇，岜独乡非你莫属。而且你既是岜独乡负责人，又是全县的组长。

牛金听明白了一半。如果是早两天，他会考虑，现在，或者说，昨晚乡亲给他送来玉米后，他牛金生做断崖人、死做断崖鬼是板上钉钉的事了。所以他说，我哪里也不想去。

牛金知道，要依规有一份土地，得先把户口迁回二队。

牛四的孙子牛毛放学路过牛金屋旁，牛金从他的生字本上撕下三张纸，写好户口迁移申请书草稿，再拿着草稿到村完小用老师的电脑打字、打印。接着，他马不停蹄地前往派出所办理户口迁移手续。

跨进乡派出所办证大厅，警官韦国岭一眼就认出了牛金，抛给他一支香烟，叫了声“牛局”，说办什么事到前面来。牛金说不急，按先后排队，不搞特殊。十多分钟后，牛金把牛四签了“同意”、牛伟签了“情况属实”的申请书通过窗口递给韦国岭。

不出五分钟，韦国岭就递给牛金一张盖了章的表，说牛局，你拿这张表到阳安镇派出所，要回同意迁出证明书，然后再回到我这里。

岜独乡离县城不足四十公里，一个钟头的车程。来到县城，牛金又到“妈毛”榨粉店吃了一碗加料榨粉，看时间还早，就到休闲广场公共文化服务中心前面的香樟树下，那里静。他坐在石礅上打了个盹。

牛金来到县政务服务中心，乘电梯来到三楼阳安派出所户籍办事窗口前，抽了号。他刚坐下脱掉鸭舌帽扇风，就看见坐在对面的老陆，四目先是一亮，然后很快熄灭，接着两张皱脸的肌肉都蠕动了一下，便各自扭到一边，望着天花板沉思。

老陆感到意外，这枚“炸弹”来此何干？自首？举报？他的注意力放在牛金身上，一时竟忘掉自己来这里是要办什么事。牛金在窗口办事的十多分钟里，老陆感到漫长而煎熬，他佯装把脸扭到一边，用余光钳住牛金，不断用纸巾抹汗。

牛金办完事走进电梯，老陆跟进。

牛金走进卫生间，老陆尾随而至。

两人并排撒尿。

来干什么?！老陆盯着墙壁问。

牛金沉默。

到路口——角落新发现广告公司——前面的桂花树下——等我。拿两百块钱——买点肉和水果回去。老陆的话像刚学写诗的人一样，满是回车键。

牛金应该听懂了，但还是没有应声。

只有撒尿声。

刚说两句话，老陆的尿已经滴答谢幕。他怒视墙壁，继续说常笑蠢！你听着！你高明，你沉默。沉默可以攻克堡垒，可以瓦解意志。不管怎样，老规矩不变，每人一千，我负责凑，每月十五日二十时按时转账……不要两败俱伤！

牛金看了老陆一眼，吱地拉起拉链。

在返回岜独乡的路上，牛金想，为什么出了狱比在里面还让他们担心？老陆四十岁当县交通局局长，人比我小两岁，才几年没见，背驼了，头发全靠染黑，撒尿吞吞吐吐，不比我利索。压力大，风险高，何苦呢！对了，刚才他说的“常笑蠢……每月十五日二十时按时转账”是什么鬼话？常笑蠢——是经常笑我蠢吗？还是老陆已经小面积脑梗，现在很多事情就是不按常规出牌？牛金没心思多想——反正这些人现在跟他不是同笼的兔子了。

用不到一天，一本猪肝色的新户口本就到手了。牛金赶回断崖村。

晚上，牛金把户口本交给牛伟。牛伟说你看，户口不是解决了吗？牛哥你既然要秉公办事，就马上给村委会写一份申请书。

回到家，牛金戴上老花镜，在稿纸上写道——

尊敬的断崖村民委员会：

本人牛金，1966年生，男，曾任一级主任科员，祖籍断崖村二队，当过领导干部。因为政治学习不够，防腐意识淡薄，违法受贿，服了四年刑。现在刑满释放，我已经把户口转回原籍，我请求分给我一份土地。妥否？

特此申请，敬请审批。

牛金想了想，觉得“防腐”和“妥否”牛伟看不懂，把它们涂了，才工工整整地署上“申请人牛金”和年月日。

没想到来事了。牛金顺手就在申请末尾空白处龙飞凤舞地签了“同意申请。牛金”，正要写时间，才意识到这不是呈给自己批示的文件，自个儿苦笑了一下。

天还没有大亮，屋前的竹林里就栖满鸟儿，开会讨论似的吵个不停。

牛金起床后写三句半。牛伟进屋，说哥写文章啊？牛金说不是文章。牛伟一怵：莫非在写举报信？忙凑上来。牛金说写个演唱材料。牛伟说哥书法厉害！牛金说你在给哥“戴帽”！牛伟说哥呀，你回来几个月了，要一份土地的事情我都还没有搞定。你的申请写好了吗？我帮你拿去找乡里。牛金说你忙，我自己来。牛伟说再忙我也要帮你办事。

牛伟今天要去乡里开会，顺便做个样子给牛金看。要是让牛金自己去乡里，还不知道他要捅出什么篓子。今天带他的申请书去，也是跟乡里交个底，乡政府好“看风使舵”。

牛金的申请书交到乡里已经过去一个多月了，连个气泡都没有。牛金急了，拿着户口本去找乡政府，乡政府说申请书牛伟书记已经交到，他们已呈报县国土局。县国土局的反馈是，这样的事全县没有先例，没有政策依据，也没有参照案例。乡党政办小秘书说你是牛伟书记的哥吧，你是不是担心出狱后没有饭吃？你想要种地，可现在村村屯屯的土地都长满了草，你怎么种？还是断了这个念头吧。牛金说不是，我是他弟。你从小喝奶粉、吃烧烤长大的吧，这地怎么就种不了？

山村。蓝天深邃，皓月如玉。

牛金从乡政府回来，窝着一肚子气来到牛四家。他晃着户口本把情况告诉牛四，牛四说，昨天牛二奶用手比画了，说让队里不用划了，她把她那一亩平土地给你种。牛金说我不想种人家的土地，我要的是一份属于自己的土地。四哥，现在我想要一份土地，比我当年要大学录取通知书还难。

牛四还是止不住他的咳嗽，说弟啊，牛伟最怕的是断崖村有个心明眼亮的人。你当过干部，知法识字，回到村里如同狼窝里来了雪豹，他巴不得你早点离开断崖……

牛金说四哥不能这么说，别人不信任牛伟兄弟，马转桩不转，我们要立场坚定啊。再说，当年你没有能力和蒙月妹恋爱，你也知道，她和牛伟结婚是因为我选择退出，成全他们。

牛四咳嗽一阵紧似一阵。

7

一大早，几辆小车拽着滚滚的尘土，屎壳郎一样爬上岜独坳，向断崖村迤逦而来。印着“丹阳公务”的小车上坐着县国土、农业、环保、文广体旅等部门负责精准脱贫攻坚的人，跟在公务车后的奥迪是麻目的座驾。

这一行人来断崖村召开蜜陀山庄建设工程现场推进会。这个工程是由麻目提议的，现代理念让他发现，他小时候放羊割草、拉屎拉尿、长出的庄稼喂不饱他的山旮旯，其实就是神奇的旅游资源。他在麻屯的山山地地里走了四天，趺过山洞、划过利石，地毯式地考察土坑、石角落、洞穴，摸爬滚闻听，拍图片、录视频、发抖音，用了半个月写成文案，由刁江老鱼提升后，呈给文广体旅局的陈局，陈局再往上呈有关领导。领导看后拍案叫绝，立马组织有关部门和专家实地考察、现场评估。专家组的成员有几位是宁南大学的博导，他们把麻目的家乡赞得唾沫飞溅，还对麻目竖起拇指，说他的理念和智慧是宁南大学的“哥德巴赫猜想”。

他们做梦也想不到，他们吃的所谓麻屯绿色食品“步山鸭”，是昨天刚从宁南高峰坳鸭场运来的。一位教授赞了一阵艾菜泡的鸭汤的味道后，说我认为，这里的草木纯天然、绿色，很多草药长在悬崖底部阴凉处的青苔上，长年滴水润养，能消炎去暑。当年麻目的父亲拿烘干的羊“黑豆”到上海卖，说是能抗癌，是有科学依据的。可惜他没有直说是羊屎，就像一些广告，玩文字游戏，给人造成误解。麻目说我爸告诉人家是羊屎了，只不过他用壮话说，人家听不懂。其实羊吃百草，羊屎是百样药，这真不是我爸第一个说的。

大家颔首赞同。

不久，上面就做出了建设蜜陀山庄的决策。因为麻目是发起人和创意者，麻屯又是他的家乡，这个投资额高达一亿八千万元的工程的建设重任就落到了他那麻鲁建筑设计有限公司的肩上。可是，已经动工一年了，因为碰了一些钉子，工程进度缓慢。对此，领导很不高兴，已下最后通牒，要求在一个月内扫清一切障碍，半年内完工，为县庆三十周年献礼。

为了这个工程，一年来，杨相和陈局基本每个月来麻屯两趟，用他们的话说，“步山鸭”被他们吃了一个排。他们在领导面前立过军令状，压力山大。

杨相望着窗外明朗的阳光，大发感慨：同志们哟，常言道，“得民心者得天下”，施恩行善，天有眼见。你们看，刚才天阴着脸，现在一片明媚……他自我陶醉了一番，才发现车里除了司机，并没有“同志”。他所说的同志陈局，今天跟一位领导同车。杨相抽出纸巾，很绅士地抹了抹嘴巴，自嘲：算是自我感悟自我分享吧！

可是，刚布置好会场，老天爷就噼里啪啦地下起雨来。推进会虽然不能在阳光下召开，但开会的人都在屋里，屋外的老天爷你有雨你就下吧。

这雨倒害苦了牛金。他从通往岜独街的山路走回家，想忆小时候的苦，或者说穿越回三十三年前赴任那天的场景——虽然当时是往外走。走没多久，雨就吵架一样噼里啪啦地下了，幸好出门时他带了一把伞。

昨天晚上，杨相电话告知牛伟：明天要召开推进会，如果牛金在家，就喊他参加会议，他会提出很多意见，会给“钉子户”做工作，有利于工作的推进。牛伟挂了电话，乡长黄德飞的电话就打了进来，他说明天上午乡里在上街村部的公共文化服务中心举行“扫黑除恶文艺演出”，通知你们村一名文艺创编人员前来观看。说完就挂了电话。

牛伟把两位领导的话品了一下，很快开窍。他来到牛金家，牛金正在修改三句半。牛伟说金哥，你能不能帮我一个忙？牛金停下了手里的笔，抬起头来，有点茫然。牛伟说现在开始振兴乡村文化……我能帮你做什么呢？牛金打断他。牛伟说你能帮的太多了，写写画画、跳跳唱唱咧。明天乡里举行文艺演出，你去观摩一下，回来组织一个文艺队，像麻月沫这些人都是文艺的苗子……误工补助两百元，明早我用车子送你去。牛金说不要用车送，也不用什么补助，这个我喜欢！他很开心。

牛金走到半路，看见车队进山，知道是上面的领导来断崖办事，他觉得回来了解一下蜜陀山庄的建设情况比看文艺演出重要，因此急忙抄近道，回到麻屯的村部。

他走进会议室时，杨相和县里几个部门的头头都惊呆了。杨相很快镇静下来，搬椅子给牛金坐下，递给他一支烟并帮他点火，给那些还不认识他的人介绍。牛金说本来我今早是去乡里观看文艺演出的，突然得到几位领导来看蜜陀山庄的消息。我户口已经迁来断崖，是断崖的村民，也想为家乡的振兴发一分热……

欢迎欢迎，欢迎牛金同志指导工作。牛金还没有说完，杨相就带头鼓起掌来，其他人马上附和，一时间，掌声稀稀拉拉地响了起来。

牛伟制止正要在协议上签字盖手印的“钉子户”，说大家以后再签字吧……

8

牛二奶是在凌晨五点鸡啼第三遍时离去的。她已经昏迷四天了，家里坐满了人，通宵达旦轮流守在她的床头，为她翻身喂水。开始人们来看她，问奶啊，我是某某咧，记得吗？她还能微微睁开眼看一下，接着只能抬一下眼皮、动一下嘴唇，表示认得，慢慢地就毫无动静了。喂给她水，水“咕隆”跳过喉咙，那是人无咽水的意识了，水“跳坎”了，要走了。人们轮流用棉签蘸水润她的嘴唇和舌头，再抹她眼角的泪和嘴角的唾液。

二奶断气后，她的女儿和牛伟的妻子蒙月妹把她抱到地上的席子上，罩上了蚊帐，沐浴更衣。八叔站在石阶上憋了一口气，然后大喊：鸣炮——紧接着，牛伟燃放了三只冲天炮，响声震山动谷。

冲天炮余音尚绕，妇女们无论老少已哭成一片，节奏分明，起落有序，锥心刺骨，边哭边数着二奶的好，从她出生数到九十八岁，哭得男人们也啜涕抹泪。这场面牛金当局长后就很少经历，那些年，屯里死了人，他一般都在死者被安葬后才匆匆回来，吃一餐饭，敬一敬烟，握一握手，散几张安慰的人民币，又匆匆返回县城。

八叔指挥人们将牛二奶入殓。他用竹篾编成篱席，垫在棺材底部；拿来三片老泥瓦片，作为二奶的枕头；用茅草编了一个小草人，用花纸剪了衣裤给小草人穿上，放在她的腋窝下。这就是“小孩”，有了小孩，死去的人到天堂后就不回来找孩子，孩子们就安康。牛四将三十六枚硬币，在棺底从颈椎起到脚跟止，按照人的骨架结构排列，这叫排“骨状”，排好后又在“骨状”上铺了三层大红纸。八叔叠好一张手巾塞到二奶手里，点了“引灯”，敲着手铃，念着入棺经文，把二奶的亡灵引进棺材。接着四个人将二奶的尸体抬起，安放到棺材中。八叔用筷条插到一包用纱纸包着的饭上，把饭包放到二奶的头边。喊了一声“盖棺”，四个人就反着手抬起棺盖，背对棺材，把棺材严严实实地盖上了。

牛伟做主请来了道公、师公、吹鼓手，给牛二奶举行了两天两夜的丧礼。出殡那天，女人盖头巾，男人戴斗笠背柴刀，还用锅垢在脸上抹了几抹黑斑，八叔走在前面引棺开路，长长的送葬队伍把二奶送到雄鹰山脚下。男人背柴刀，是为死去的前辈斩荆棘割草开路，用锅垢把脸抹花，是做猪做狗也要报答前辈的养育之恩。

二队有个风俗，活到九十岁以上又没干过坏事的人，还有吃国家饭又善始善终的人，都要在雄鹰山脚下大葬。大葬就是一次性棺葬，不用捡金骨装在金坛里二次安葬了。二奶是二队葬在雄鹰山脚下的第三十二人。牛姓一族从甘肃迁徙到断崖二队，已有一百三十多年，六代以来，有三十二人活到九十岁以上，这三十二人都没干过坏事，都能享受这个崇高的待遇。大葬在此年岁最大的是第一世祖牛白爷，他活了一百零七岁。

二奶过世后的几天，牛金天天坐到她屋前的石阶上抽烟。牛四每回路过都说金弟别太伤心，人总有走的一天。牛金不语，默默望着雄鹰山。每一次牛伟路过也和牛金说话，说得比牛四更直接：哥你心里的疙瘩我知道。牛金看了一眼牛伟。牛伟继续说哥你一定是想你以后那一天。牛金又看牛伟一眼。牛伟说哥你是二队也是断崖破天荒的第一个当干部的人，到你的那一天，我们破例给你来个轰轰烈烈的大葬。牛金心道，好个“我们破例给你”！好像阎王爷已给你发微信，说你一定走在我的后面。嘴里却说：那我先感谢你了。

不远处，牛四站在菜园边，掩嘴像狗吠一样咳嗽不止。

牛金还有一些伤心，而且不比二奶过世带来的伤心小。那就是二奶过世后，前妻蒙苗和渔业专家以及女儿也来参加葬礼。

蒙苗和女儿跟牛金谈了很多，眼里有悔意。渔业专家不愧是知识分子，心胸开阔，温文尔雅，戴着一副金丝框眼镜，西装革履，皮鞋锃亮，开口闭口都是数据和术语，牛金听不太懂，也没兴趣。让牛金感动的是，他说牛哥，你和蒙苗好几年没见了，今晚你俩多聊聊。他盯着牛金，真诚的目光也夹杂着勇气和痛苦。蒙苗不置可否，牛金也心里一动，但他很快摇了摇头说不用了，有什么话我们都在这里聊，今夜我要守灵。

9

腊八刚过，山村就洋溢着浓浓的年味。乡亲们在地里忙碌着，烧秸秆和杂草的、把农家肥先闷到地里的、翻犁土地的。秸秆点燃后，盖上泥土，那透过土层的浓烟，送来一阵阵秸秆灰和泥土的香味，那就是磷肥的味道。玉米施放磷肥，玉米秆坚挺抗风，长出的玉米钙含量高，与现在小孩吃的奶粉相差无几。

看着备耕备种的乡亲，牛金又想到牛二奶让他耕种的那一亩地。他本来有把二奶的地全给种了的念头，但因为没有合法的手续，他不敢贸然行事。城里人可能觉得，山里人死心塌地追求一份土地很好笑，玉米青菜大豆可以拿钱买呀。其实，他们无法理解，耕种者从地里收回自己的劳动果实，将它们放到锅里煮熟又吃到嘴里的满足，就像常人无法理解一位渔业专家一个上午呆呆站在一口鱼缸前的那种心情。

可是，牛金要一份土地和要几亩山林的愿望，可能是下辈子才能实现的事了。

美丽的朝霞铺在鹰囊上。

牛金扛一把十字镐来到地里。脚下的野草被春风催长，嫩得你追我赶。这些娇柔的生命，在游人的眼里是景是诗情画意，长在农民的地里就是鬼是魑魅魍魉。草根挨挨挤挤，像一颗颗顽固的钢钉铆在地里。他用十字镐一蔸一蔸把草挖起来，干到日当午才挖完。他回家把一碗面条匆匆吃完，来到牛四家，一进门就说四哥，借你的牛把地开行种玉米。牛四说来真的了？牛金说回家差不多一年了，想当个农民怎么比当年当干部还难？牛四说当农民不难，我们从娘肚里出来，身份就是农民了，当然是饱是饿得看你的双手。

牛金说别扯远了，我是来借牛的。牛四说阿灰阿黄两兄弟在鹰囊上轮流拉了三天火砖，肩峰都溃烂了……牛金说四哥我怎么觉得你迟迟疑疑的，到底怎么啦？牛四咳嗽了一阵后，问牛金要了一支烟，在墙角拿起牛绳递给牛金说你是逼石头过河……你不要让牛伟看见，以前我听你的，现在我听他的。我本来不想说给你听，可你是装糊涂还是真白痴？牛四连连咳嗽，又说，你脑瘫是不是？你那块地是石沙地，犁地时沙啦啦地响，牛伟耳聋吗？即使牛伟听不见，明天早上他看见一亩地都翻了新泥，后天我的鹰囊地就被开发了！

牛伟怎么是那种人？人家说你也说呀？以前我们仨一同屙尿打饼，你不是这么小心眼的呀，我看你就是不想借牛给我！牛金把牛绳啪地丢到地上。

牛金来到八叔屋旁，遇到牛伟从蜜陀山庄工地回来。得知牛金要借牛犁地，牛伟说哥呀，干吗不早对我说，我马上帮你搞定！牛金说牵牛来我自己开行。牛伟说我来，你也好久不见牛犁地了，你在路边抽烟检阅就行了。

牛伟抓着犁把，踩着犁铧翻出的沟壕，不停地左右撬动犁把。他的脚步一拐一瘸，使他的肩膀一高一低有节奏地左右摇摆。有时候，他瘸的那一只脚踩到土沟里，让他的身子往一边倾斜得更厉害；有时好的那一只脚踩到土沟里，他的身子又有一次短暂的平衡。他开行的走姿确实滑稽，但不到一个钟头一亩地就开行完了。

牛金的玉米白种了。

秋日里的一天，牛伟刚从蜜陀山庄工地回到家，牛金就风风火火进门来。他给牛伟递一支烟，急得把自己的那一支衔反了，火点到了烟头上。他嗫嚅半晌也吐不出半个字。牛伟挪椅子给他坐下，说哥别急，发生什么事了啊？牛金断断续续地说哪个断……断头把……把我的玉米全偷了！牛伟说，有这事吗？他立马拨110，对方“喂”了一声后对话。

韦警官吗？二队牛金一亩地的玉米被偷了！

哪个牛金？

以前的县国土资源局局长。

知道了，刚转入户口的那个。

是。

他种玉米？你神经还是他有病？

我们都健康。

韦国岭你乱说什么卵？牛金爆了粗口。

牛伟用眼神制止牛金，继续说不是谎报案情，是真的。

玉米大概值多少钱？

八百元。

不够立案，对方好像自语，接着说，有目击者吗？不对，有谁可以证明他的玉米是被偷了？

我地里全部是玉米空秆就是证据。牛金又插话。

牛局你先别急，韦警官说，我想知道的是——或者，哪个能够证明玉米不是你自己收的？

你来我家搜呀！牛金从牛伟手中夺过手机。

牛局，你家里没有，也不能完全排除不是你自己收的玉米。我这么说的目的是，注重证据！不说断崖，就是全岜独乡，自从改革开放以来，就没有人偷过玉米，人家晒在晒场上的玉米粒，晚上不收起来，也没哪个看一眼。

那你没到现场调查怎么知道子丑寅卯？

我没有说玉米不被偷，只是觉得有点奇怪。或者说这件事根本没在断崖发生过。

我怎么越听越糊涂？

牛局，你当过领导，不是不知道什么是主旋律和小杂音。现在要和谐稳定你知道吗？特别是断崖，有响当当的蜜陀山庄在那里，不久就是旅游区，旅游区呀我的哥！盗窃这种负面信息一起来，就会堵住客源，影响招商引资，影响农民收入。你这个事我先记下，你写个书面报告给我存档，咱们就不张扬了。剩下的事牛伟书记知道怎么办……

牛金哑然。

牛伟说你一亩地，就算六百斤玉米干粒吧，折八百元。我给乡民政打个电话，过两天你去办理……

不知道什么时候牛四路过牛伟屋边，他像狗吠一样咳嗽着走远，牛金才看见他弓驼的背影。

10

春节刚过，乡文化广播电视站站长小赖就改任断崖村驻村指导员，以前他只是一般挂职干部。牛伟告诉牛金，这是分管宣传的钟学愁副乡长决定的，钟乡长知道现在断崖闲着一位老秀才，怕你寂寞，让小赖白天工作，晚上陪你谈文学谈理想搞创作。还计划过段时间在我们屯建个农家书屋，给你当图书管理员。你这个有文化的人，再让书一熏，说不定就能成丹阳的陈忠实。

牛金觉得牛伟说到自己的心坎上了。牛金总觉得自己要是不当干部，肯定是作家一枚。在断崖小学当代课教师时，他曾在县刊《澄江》上发了一篇加标点符号一共一百二十七字的小品文，拿过二元稿费，还到县文化局参加过创作座谈会，被作为重点作者培养。后来当了干部，县文联谭主席每一次见牛金都说，多一位领导，就少一位作家。

有一天，小赖对牛金说牛伯，中秋节要到了，昨天我到县文广体旅局开会，县委宣传部马部长到会讲话。领导指示，以后我们麻屯是旅游区，要让游客既看到风景，又看到文化，我们的品牌文化名片就是断崖山歌。我们要成立山歌队，马部长特意点你出任山歌队队长。同时，我们要组织断崖的中老年文艺爱好者，特别是麻屯的人，成立一支文艺队。马部长还说，以前你在位时，你单位送的年终工作总结是最好的，因为都经你润色。

牛金说小赖，成立文艺队我赞成，但我当队长恐怕难以胜任。小赖说牛伯啊，你谦虚了，你当队长是大材小用，你一定能胜任的。你是不是嫌没有工资呢？牛金忙说不是不是，革命不讲价钱。小赖说等到蜜陀山庄开业了，我们的文艺队也会以公司的形式来运作，像东北的二人转，到时候大家都有身价……

这么看来，牛金在断崖的幸福日子已经触手可及。而在县城，杨相他们却愁断了肠。

杨相想，牛金在断崖村一天，即使平静得像一缸酒，也让人如芒在背。撵他走更不那么容易。从要调他去深圳、开蜜陀山庄推进会调虎离山、不给土地山林，到玉米被偷等，无一不表明招招都是败棋。现在虽然有小赖“人盯人”，但牛金老奸巨猾，不是小赖所能对付的。来硬的也不行。坐一年牢胜走十年江湖，坐过牢的人什么事都能干得出来。况且他还有谋略懂法律。别看他现在答应当什么山歌队队长，写什么三句半，他那是在装疯卖傻，实际上是只地地道道的老狐狸！

想到最后，杨相坚信，天下没有哪个能不被钱弄残的，尤其是像牛金这样有“病史”的人。难道监内的教育比监外的学习还厉害吗？要化敌为友，让牛金站到我们的队列来。

这个意图很快通过麻目转达牛伟。牛伟想，果然姜还是老的辣。

牛金好久不检查身体了，这天，他坐牛伟的车到县人民医院做一次全检。路上牛伟说哥，你以后也该有一部车。牛金笑道，等着八个人抬的那部吧。

除了有一项检查要第二天下午四点才能拿到结果，其他项目的报告显示，牛金身体的各项指标正常。医生说像你这样年纪还有这样棒的身体的，凤毛麟角。

牛伟顺势对牛金开玩笑，说哥这几年你在里面伙食不错，把身体养得有质有量。牛金笑道，你羡慕你也进去养几年呗。

身体好，牛金自然十分高兴。他对牛伟说我们回家吧，明天那张化验单让苏梦过来拿，拍图片发给我就行了。牛伟说你有几年不在县城逛了，你孙猴子不出花果山，知道县城变化多大吗？几年来，县城“北展南拓，西进东扩”，建了农民进城创业园、吉尼斯小镇、江滨公园，还有美食步行街……走一走吧。

走了几个地方，来到美食步行街，华灯初上，景色迷离。吃完步行鸭肉和天地一号，他们走过风雨桥，来到汗蒸馆门前。牛伟说哥你身体虽好，但也要注意保养，我们不到那地方“养”，我们在这里蒸一回吧！

牛伟的诙谐让牛金有了兴趣，说蒸就蒸吧。他们蒸了一个钟头，一起来到风雨桥上。牛伟说不错吧？眼里内容很多，牛金读出他的意思，说那个项目我没蒸。牛伟说你能看出我的眼神，说明你有心魔。哥呀，你该找一个伴了。

牛金不语。

牛伟说汗蒸服务很火，以后蜜陀山庄也上马汗蒸。

那晚陈局在酒店开了一间双人房，陈局说总统套间都可以给牛金享受。可是，今夜要让他和牛伟住一起，好联络感情。牛伟也觉得很有必要：这位本家兄弟落难回村，旁人只看到危害和恐怖，没看到积极和可爱。为什么不把他当作上天降予我牛伟的贵人呢。自己这些年来事太多了，虽然村民翻不起浪，但因着蜜陀山庄这个项目，自己被染成了乌鸦，不知哪天就成了要被打掉的“苍蝇”。跟麻目、杨相这帮人共在一丘，他们个个都笑眯眯的，但人人都像铁夹，不知哪天自己的那条好腿也要被夹断。牛金如果能辅佐我，那就像加了一道保险、矗了一道屏障。牛金知道他们的老底，这是他们的软肋，也是自己的王牌；牛金又读过大学，当过官，有城府，他们探不明攻不破的。

牛伟也知道，“统战”牛金不是易事。人们都以为牛金得过“病”，容易复发。作为发小，他很了解这位兄弟，他的犯错是一时糊涂，他的血液和骨髓没有坏。他坐了几年牢，有了很强的免疫力。不过牛伟没有悲观，他想从兄弟的情感出发，牛金一定会帮自己，因为目前没有迹象表明牛金知道山庄的猫腻和自己的德行。他帮我，实际是在帮断崖的父老乡亲，实际上是他“将功赎罪”的最好机会。

当然牛伟也知道，牛金参加管理蜜陀山庄事务后，就会发现内幕的藤藤蔓蔓。但到那时他已经享受到了“福利”，尝到了甜头，盐水已经抹了水牛嘴巴。掉进墨池的白天鹅，不怕你不想当乌鸦。

牛伟撕开茶几上一包鱼皮花生的封口，往牛金的手掌倒了几颗，又递给他一罐奶茶：哥，我跟你商量一件事？牛金问什么事？牛伟说我们村搞了蜜陀山庄后，事务很多，村里党务材料汇报表格忙不过来，我想让你帮我管理一些事务。牛金不假思索回答：不行，我不是村干部，不宜插手村务。牛伟说村务不用你管，只是想拜托你管一些蜜陀山庄的事，挂个干事，管理工程进度、接待记者等。哥你光养一头公牛志气也太小了吧。蜜陀山庄投产后，村民受益很大，你就当帮我这个兄弟吧。

牛金说我先考虑。

第二天牛伟又陪牛金去医院要化验单。拿给医师讲解，医师再抬头看了一下牛金，开了一句玩笑：这位同志心肝好！还专门表扬了牛金的肾。

回到家，牛伟得知麻月沫的母牛“那个”了，就精心做了安排。牛金怎么不知道这位兄弟的心思呢？

所以才有开头的故事。

那天牛金和阿棕从麻月沫家回来，他觉得自己比阿棕还累，睡到日落西山才醒来吃了一碗素面。昨晚在麻月沫家多吃了几块腊肉，现在打嗝还带股烟味。他来到牛伟家，说兄弟，前天晚上你在酒店提的事，我答应你。

牛伟知道成功“招安”牛金的原因，是牛金被麻月沫攻破了。他高兴地上前拥抱牛金，他的瘸腿吊起来，两兄弟此刻却是“三足鼎立”，稳稳地钉在地上。

11

在县庆三十周年大型文艺演出彩排的那天晚上，苏梦的男朋友很晚才回到家里。将衣服脱掉丢到沙发上他就告诉苏梦，阳安堂叔家里出了命案。牛金把苏梦认作干女儿，苏梦于是管牛伟的堂弟叫堂叔，她男朋友也跟着这样叫了。

哪个堂叔呀？苏梦一时脑子转不过弯。

就是你干爸牛金的堂弟，男朋友说，有一个小伙子在那间屋子里被杀，已经死一个星期了，是一位捡垃圾的大爷在屋外闻到恶臭味，透过窗户看见的。窗玻璃被撬了，他和嫌疑人谁先进屋，是偶遇还是嫌疑人有备而来，目前还搞不清楚。这个荒屋久不住人，又没有什么财物，不知动机何在。死者罗某，二十一岁，一米六五，着装和形象很潮，理着大盖头，头发有棕白黄紫红五种颜色，穿着双色裤腿的嬉皮士裤和双色面的休闲鞋，脖子上挂着一串劣质香樟挂珠，脚踝上文着一个“L”字母。初步查明其是阳安人，父母早逝，和爷爷住在一块儿。从他身上搜到两部手机，一部的号码是191****7888，这部手机机主的微信名叫“常笑蠢”；另一部手机的号码是151****7739。

一个星期前牛金来县城，他要到阳安堂弟家拿几件衣服，打算打的去。苏梦听说了这事，说她没到过堂叔家，想顺便去看一看，那里是城乡接合部，风景美环境幽，如果有可能就叫男朋友在那边开发区买一块地皮建房，所以她开车送干爸过去。苏梦大学毕业后在康宁医院工作，康宁医院在老街的翠屏山下，以前是丹阳县的卫校。康宁医院专门收治患精神分裂和抑郁症等精神疾病的人。康宁医院与看守所仅一墙之隔。两年前苏梦毕业来到康宁医院工作，被在隔壁站岗的男朋友望见，苏梦的气质征服了他，他发誓一定要把苏梦追到手，后来他如愿了。去年他调到了刑侦队。

牛金听苏梦说堂弟家里出了命案，想了想死者的手机号码——那部手机是他在那个夜晚丢的！小青年被杀那天，正好是他到堂弟家里拿衣服那天。他好像被马蜂蜇了一下，神情恍惚，心里不停地喃喃自语：小青年是替我去死的啊……

小伙子叫罗鹏，初中毕业后就整天玩手机，充值打赏买期货，把家里二十多万元征地款挥霍完了。人们看见他天天在牛金堂弟屋边的大榕树下，跷起二郎腿，嘴角叼着烟，边嚼零食边昏天黑地"咚咚嚓嚓"地玩手机游戏。那天晚上，牛金丢到水塘里的两条好烟被他看见了，他跃到水中把烟打捞上来。第二天晚上，他又捡到了牛金丢出来的手机。

他以为自己遇到了财神。他拿到手机正摆弄着，就有电话打进来，声音像校长一样威严。他正想关机，突然听到对方说"给你钱"。他就把手机放在脚边，边玩游戏边听那边讲话。只听见对方讲什么义气、保密、不要乱来之类的话，他怎么也听不懂，最后对方说：以后我们不给你打电话了，如果偶尔打一回，你听就是了，可以不作声，你申请个微信号吧，我们按月每人凑一千元打给你。十个人，每月一万，每个月十五日晚上八点按时打给你，不少了吧？你别耍小聪明，别想着留微信转账记录当证据咬我们，那样你想好死都难。最后对方骂了一句

“妈的，你就继续沉默吧!”就挂了电话。

罗鹏虽然没能在短时间内理出那个人的意思，但无论如何对方的话也比数学老师的话容易听懂多了，并且他抓到了关键词：你申请个微信号，我们打钱给你!

罗鹏熟练地点着屏幕，很快成功起了一个叫“常笑蠢”的微信名。这个微信名不知他是笑自己愚蠢，还是笑别人。第二天晚上，他又到那里守株待兔，可惜那个动辄丢烟丢手机的财神不知到哪里去了，他很扫兴。后来，他转弯抹角问了别人，知道那个丢东西的是一个服了刑刚释放的局长，很有钱，有美元英镑和黄金。那是人家的，他心里说。好的是，那之后，那个来电名称叫“丹阳羊”的人的确每个月都给他转一万块钱，他一下子从一个赊烟抽、赊粉吃的人变成一个月收入上万的人，而且不伤一根筋劳一节骨。财力强了，他撩了一个妹仔，想象幸福未来。哪知，幸福生活只出现了几个月。这两个月，那边钱闸关了，财源堵了，女朋友也离他而去了。

很让他有意见的是，一直到现在，那个财神都没再现身。

几个月来，他多次窜到这间屋子翻箱倒柜，可目光所及除了老鼠屎、蟑螂屎，什么也没有找到。他佩服这个贪官的聪明。昨天晚上，他又惊喜地看到屋里的灯亮了——财神又来光顾这间屋子了！他肯定是来拿钱或者是拿钱来这里藏，如果不是有一个女孩跟着那财神，他就下手了。

财神坐着那个姑娘的车离开后，罗鹏钻进了屋子，找到的仍然只有老鼠屎、蟑螂屎。找完几个地方，一无所获。他啐了一口，竟忘记这是在别人的家里，自顾自地蜷在沙发里过游戏瘾。

一个蒙面的黑影拿着一根钢管潜进屋里，悄悄地逼近他……

一个想杀人的人，为什么反而被杀了？

现在很多的事情总不跟逻辑走，牛金流汗不止。他打电话问苏梦：干女儿，像我要进你那个医院，需要具备什么条件？苏梦说门槛不高，如果你精神有问题，条件就够了。

牛金说有优惠不？能走后门吗？

苏梦说干爸你真幽默！

12

牛金想，应该是自己多虑了。有些事情本来就没有答案。现在自己是蜜陀山庄的干事，虽然掌握一些人的老底，但他们也知道只要不把我逼急了，我就会让那些秘密永远烂在肚子里。谅他们不敢把我怎样，那些人不会蠢到连我就是导火索，动我就是引火烧身也不知道。

牛金这干事没当得多久，却听到看到许多事。

这天，他在断崖村垃圾处理场碰到麻月沫。麻月沫问大哥，你当蜜陀山庄干事了？牛金说是呀，牛伟忙不过来，我也应该为村民们办点事了。麻月沫说乡亲们都说你参加管事了就好，就看你能不能像啄木鸟，啄一啄断崖村这棵病树。

牛金说麻老妹你说得再直白点，哥听不懂比喻。

麻月沫说大哥你听我说。你是断崖村出去的大干部，小时候读书你就是我们的榜样了。你和牛伟、麻目、苏梦是断崖村四个吃国家饭的人，是我们的骄傲。我年轻时暗恋过你，现在你虽然犯……麻月沫急忙把后面的话吞下。

牛金说老妹你说近点，别扯太远。

麻月沫说牛伟刚开始当村支书时，还全心全意为人民服务，不知道什么时候就吃了锅垢黑了心肠，冒领群众低保、克扣危房改造资金。他尽找超生户发放危房改造和人畜饮水水柜指标，先套农户同意，让每户交五千元超生抚养费给他，再落实指标。拨发经费都是先全数进农户的账户，农户再领钱给他，把证据抹得一干二净。农户得多得少，比不得好，也不吱声。再说蜜陀山庄这个项目，黑得伸手不见五指。牛伟两年前到县里开会，知道要搞蜜陀山庄，就料到麻屯的土地山林很快会升值。他以养跑山鸡和种火龙果为名，低价租下农户丢荒的土地和山林。等到搞蜜陀山庄了，他说他租用合同期限还没到，征收补偿金的百分之五要归他。赔偿金表面上是按规定打到村民的账户，暗里他一户一户地收回百分之五。他说哪个有意见要找上面就找吧，解决就好，没解决，回头你们一分钱都别想拿。谁觉得委屈，谁就搬到老乡家园去，不要回麻屯了，到时山庄盈利分红可别后悔。

麻月沫还对牛金说，我丈夫死后不久，有一次，牛伟来到我家，酒足饭饱后赖着不走，借着两杯“马尿”，厚着脸皮扬言要“吃我”。他以为我们寡妇久旱盼甘霖。我不给，说你硬来就告你强奸，他知道我读过书，就只“嘿嘿”两句。看他那一瘸一拐的瘦样，还不够我一拳呢。他说我丈夫是砍了雷公树遭到灾难的，以后遇到困难他包解决。以前是乡文化站小赖挂我，丈夫死后，牛伟说我困难程度大，脱贫难，他亲自挂。他说你不听我的，还想吃低保不？最后，麻月沫说，我说了这么多，你别说出去。村民说他们是想跟牛伟要回他们的钱，但是如果为了这些钱让他坐牢了，那他们宁愿不要钱。

为什么？牛金不解。

还是老话，你和牛伟是我们断崖村的骄傲。我们这里贫穷，过去吃不饱、读书少，能出个官不容易。牛伟再坐牢，我们就抬不起头了……

牛金把表哥和麻月沫的话联系起来，再结合回来到现在的所见所闻，还有他“干事”后发现有一帮人和牛伟联合，冒报土地山林征收面积，还有麻目给一些人的“感谢费”……这些都在他意料之中，但想不到比他想象的严重得多。

牛金来到八叔家。八叔是未来能安葬在雄鹰山的人，也是牛金父辈唯一一个还健在的人，是“村父”的角色，什么大事和大的抉择都经他裁决。他九十三岁了，眼明脑清，能吃能喝能抽。他打过铁、补过锅、铸过犁铧、制过砂枪，扣动扳机，松鼠斑鸠就应声落地；他算命、做道公、看风水，编织手艺、木匠活、石匠活样样精通。他有五男二女，满堂的子孙不是出远门打工就是在外读书，没一个留在身边。儿孙每次回来，都七嘴八舌劝说你老人家别在这儿跟土地耗了，去城里吃香喝辣我们养活你。而八叔不但把屋旁的地都种个寸土不留，还舍不得丢掉雄鹰山那边的三亩地，追太阳赶月亮，固执地赶着马穿行在小路上，驮肥料、玉米、红薯、猪菜、青草……

牛金说八叔，我去喊牛四，我们碰个头。

一阵咳嗽，牛四和牛金一前一后走进八叔的家门。

牛金拍拍牛四的肩膀，说拜托了，你能不能少咳嗽两声。牛四说好——“好”字的下半音又变成了咳嗽。他说你也怕？你信了？牛金说我信了，不怕，但我们要有策略。八叔说听你们放了两个屁，我就知道你们在说牛伟。牛金说是呀，我们得想办法救他。牛四说他还有救吗？牛四说到“他”时，咳嗽就要跟着出来，他按了下去，说你救得了他吗？是不是昨晚没有睡好，还在梦中？别怪我嘴臭，屎壳郎救臭虫，哪个信你？牛四强忍着咳嗽，一口气把话说完。八叔说阿四你多咳嗽两声，少说两句。从现在起不许说阿金的过去了。他改造好了，回来到现在都在做好事呀。

牛金说八叔，四哥爱说他就说吧，我什么都不计较。我现在要做的是维护乡亲的利益，或者说我要反腐！难道犯过错误的人，改正了，就不允许揭发坏人坏事吗？牛金问八叔，八叔你看呢？八叔问，你揭发他的目的是什么？

牛金说救他。八叔说怎么救？让他坐牢？让他坐牢就能救他？他瘫在床的父亲你去照顾？他多病的妻子和读书的孩子你去养？

牛四跟牛金要了一支烟，牛金也插一支到八叔的嘴里，帮他们点火。三个人三张嘴三支烟，浓雾腾腾。牛四咳嗽了一阵说找事！牛金说八叔四哥，他家庭有病人需要他是一回事，他犯法应该接受惩罚是另一回事。你们不知道，他现在处境很危险，现在只有送他进监狱，或者说进了监狱再出来才能保他的命。

月华如水，雄鹰山上不时传来鸟兽的叫声。

牛金默默走在村路上。

牛金、牛伟、牛四、蒙月妹是小时候同放牛羊同挖山毛薯同上学读书的好伙伴。在那个虽饥饿却纯真的年代，每个人都想好好读书，做个好人，能吃饱穿暖就行了。

牛金还有恩于牛伟，说白了就是牛金成全了牛伟和蒙月妹的姻缘。

小时候，牛金、牛伟、牛四三颗懵懂的心一同爱着蒙月妹，牛四知道牛金和牛伟长得帅又聪明，自己没有竞争实力，平时只偷偷望着蒙月妹发呆。牛金和牛伟在明里暗里较劲，哪个都想得到蒙月妹的心。

蒙月妹心里装的是牛金。在乡中学读高中时，已辍学在家的蒙月妹挖山货去卖，她上街总是来到校门，给牛金送红薯呀米棒呀烙饼呀，还偷偷塞钱给牛金。后来，牛伟没少跟牛金开玩笑：你牛金是我的克星，在学校，你总比我先进那么一小步。从小到大我都跟在你后面。代课教师被你挤掉了，你考试分数只比我多二分。参加招干考试，你又比我多一点五分，当上乡土管所助理。如果当时我没把那道填空题的“陶潜”写成“陶替”，我就能多拿两分，总分就比你多零点五分，今天的牛局就是我而不是你。老子残一条腿是你招的，没有你我就是干部，干部哪用砍柴？不砍柴，腿是不会残的……每次说完，他和牛金就哈哈大笑起来。

夜色朦胧，萤火迷离。牛金来到龙眼树下。

小时候，有月亮的晚上，牛金、牛伟、牛四和蒙月妹就坐到龙眼树下的石碾上。每年龙眼成熟时节，先是蒙月妹踩着牛金的肩膀爬到龙眼树上，紧跟着牛伟、牛四、牛金也爬上去。

他们骑在树上，开心地吃着龙眼。长大后，夜晚，牛伟、牛四不来了，只有牛金和蒙月妹来到这里，望月亮数星星看流萤，像热恋的燕子一样呢喃。

有一天，母亲拿二十元给牛金去买布来裁制衣裤。牛金上街前来到蒙月妹屋前的葡萄架下，对她说等晚霞回到雄鹰山的胸膛上，你就去龙眼树下等我。那天，牛金买了四米咖啡色的涤卡布，来到龙眼树下，蒙月妹已经坐在石碾上了。牛金把两米的涤卡布放到蒙月妹怀里，说我妈说给你裁一件衣服，这是我给你的定情物。蒙月妹轻轻靠到牛金胸前，接着两人紧紧拥抱在一起。

牛金考上乡土管所干部的那天晚上，牛伟的父亲来到牛金家，在火灶边把旱烟管抽得吱吱响，叹气重重。牛金懂得大伯父憋着什么。这件事大伯父私下里多次求过牛金，牛金总是说大伯父，这个我不能答应你。

那晚，大伯父求牛金的父亲劝牛金退出，成全牛伟对蒙月妹的感情。他说牛伟残了一条腿，代课教师又当不到头，以后到哪里要妹仔？我牛大要断子绝孙了……牛金当干部，不怕找不到好妹仔……

牛金的父亲为难了：钱物都可以，可我的儿媳……这可是要割我的心肝啊，怎么能答应呢？但我怎么回绝大哥？当年，牛金他妈是爱大哥的，我患病身体不好，他就成全了我和牛金他妈。做人不能忘本啊——欠债呀，这债现在得牛金来还……

伯父走后，牛金低头走出家门，大狗阿黄跟在后面。那一夜，他睡在龙眼树下。

那天，牛金到乡里上班，牛四帮他挑着行李来到龙眼树下，蒙月妹从路边闪了出来，雨水打湿她的头发，她的脸上泪雨交加。她拉着牛金的手说哥，你为什么不要我呀？牛金说月妹我当干部了，我要娶个干部。牛伟很爱你……蒙月妹松开牛金的手，瞪着大大的眼睛看着牛金，把嘴唇咬出一道牙痕。

牛金刚拐过一道山梁，就扑在路边的草丛里哭了起来。牛四说笨蛋，人家让金子银子，没见过让感情的。

牛金说四哥，我求你，不要把这事说出去。

13

牛伟已经连着两天待在蜜陀山庄工程建设指挥部没有回家了。他心很乱，他觉得让牛金跟他干就是引狼入室。其实，他何曾没有想过有这种可能？只不过他太自信了，自信牛金会看在兄弟情分上装聋作哑，甚至同流合污。而现在牛金坚持要他投案自首。这段时间，牛金天天动员他，死活高低的话都往他烦躁的心里倒。他知道牛金是对的，可是自己现在已经身不由己，别无选择。

他六神无主的时候，就到山庄的茅寮里，面朝县城打电话。这么多年了，就是天大的事，只要他在那里打个电话，事情就会被那边坚强有力的声音化整为零，接着就是打气和鼓励，让他心暖气足。

现在不同了。

这几天，他轮流拨打那几个电话，开始人家接了，却不耐烦地说碰到什么事情自己开动脑筋。后来电话一拨通就被对方挂了，即使偶尔接了也说你打错了，我们从不相识！

只有杨相接了一回。

他对杨相说我要自首。

你想金蝉脱壳？没门。对方说。

那我怎么办？

你不要乱打电话，顶住！你不是一个人在战斗，我们有兵马将，固若金汤。再说，你那个兄弟也不会置你于死地吧？对方最后骂道：妈的，这小子真的炼成了金刚不破之身！

牛伟全身瘫软，来到蜜陀山庄指挥部，告诉麻目。麻目说你说什么我听不懂。你犯什么错误就接受法律制裁……我们说的话我可是录了音的。

牛伟突然觉得自己像一只钻进烟囱的老鼠，进退无门。

牛伟来到牛金家，牛金发现他的脸已有菜色。

牛金说你来了。

牛伟点头。

牛金给他一支烟，帮他点火，说我都知道了。刚开始我都不相信。你现在想通了吗？我们两兄弟都坏了！

坏不坏看你。哥呀，你别一根筋了。揭开是茅坑，捂住是酒坛。你不说，什么事都没有。

只能说暂时没事而已，迟早会出事的。并且我一定要说。

哥，他们都答应了，你要什么他们都满足你。

我现在什么都不要，只要干净平安的下半生。如果可能，我还要为断崖的人民做事！兄弟你也累了，我们先喝两杯吧。

牛金弄了个牛百叶拌芋檬炒黄豆，这是目前丹阳县最时兴的“牛系列”菜。丹阳县创新搞了“贷牛还牛”扶贫模式，搞得风生水起，丹阳牛肉通过冷链物流，上了全国各地的餐桌。现在交通方便了，全县每个村都有牛肉电商，随要随买，可以说是“牛”气冲天！

干完第一杯酒，牛伟又看到了希望，锲而不舍，说哥你要土地山林的事包在我身上，年前搞定。牛金说那个先不议。我是想要土地山林，但渠道不光明我是不要的。牛伟说你不急我急呀，这关系到村干部办事效率的问题。牛金不言语。他们又碰了两杯，牛伟关不住话了，说哥呀，弟想在没醉时跟你说些事，等下喝醉了，话可能乱码。哥我确实恨过你羡过你妒过你，甚至想过要你的命。可那是过去的事情了。如果没有当初的“陶替”，那今天的你就是我，我就是你。不，不，乱了，我不会腐败的。应该说当局长的就是我，当村支书的就是你。

牛金说我真希望那样，但一切都晚了……当村支书也不错啊，这些年你不是年年都被县里评为优秀吗？

哥啊，你知道这“优秀”怎么来的吗？是我跑断腿累断筋骂断卵换来的！我们大刀阔斧干事，会撕破一些脸皮，损害一些群众的利益，群众没少给我泼污水，进你耳朵的话都是流言蜚语，我不怕，是金子总会发光的！

我希望你是真金不怕火炼。但是，如果是废铁，你就别想侥幸……

牛金把这几天走访得到的情况全部说给牛伟听，牛伟说全是扯淡。牛金说是真是假你心知肚明，如果你冥顽不化，那后果……

牛伟的脸慢慢变青了，说那我怎么办？

自首。

然后？

坐牢！

坐牢？像你一样？

是，坐牢。你坐几年牢，出来后还是好人，你再这样下去，就会从头黑到脚。坐牢的滋味我尝过，但我庆幸我进去得早，还有救。就像一个病人，早发现早治疗，别等到下病危通知书……

牛伟一杯接一杯地喝，他边喝边对牛金说哥，你得饶人处且饶人，你要扳的不光是我，还有那些人……你不当蜜陀山庄干事就算了，只要你不说，那就还是吃饱喝足，唱你的山歌，演你的戏，写你的三句半，爱你的麻月沫……还是你嫌麻月沫年纪大了？如果这样我在汗蒸馆里调几个由你选。那晚我们进的那个馆，有几个是我们断崖的美女。领导还说了，只要你井水不犯河水，你想住断崖，给你三份土地五十亩林地，林地是麻屯和二队的，由你选，可以把鹰囊的一半划给你，还在蜜陀山庄起一栋楼房给你。你想好了还可以当蜜陀山庄副董事长，每个月给你五千元工资。你如果想回县城，香格里拉、明秀城、石龙安都，你说一声，住在哪里，装修、家具都一步到位。如果你想要虚名，可以给你当丹阳县根雕协会主席……

牛金没等牛伟说完，用手势制止了他的话，说有诱惑，但我都不需要，我要的是维护群众利益，挽救你这位兄弟。

你为什么不说你盼我早点坐牢，好跟麻月沫过神仙日子？

牛金说你扯远了，就是救不了你，我也要维护群众利益。

牛伟说好，不勉强，你高大上！

当晚他们喝了一壶五斤糯玉米酒，喝得人事不省时，牛伟吐出了一堆乱话：牛……牛……哥，我我贪污的低……低保……危房……改……改造资金……救救救济……款款款也有几十万……我家的救济棉被、衣衣衣服……蚊……帐帐帐，够够够装备一个连连连……

牛金说你喝多了。

牛伟说我清醒得很。

牛金说你终于承认了！

牛伟大喊承认又怎么样，扳倒我？就凭你一个释放犯？你和麻月沫早点生个当大官的孩子，让他来告吧！现在丹阳能告我的人，他爹还没有找到老婆呢！说着扑向牛金。

八叔和牛四听见，以为他们打架了，急忙跑过来。牛伟不停地大骂着扑向牛金。他趔趔趄趄，牛金一次次地扶住他。牛伟双眼发红，摇摇晃晃，显得疲惫又无助，最后坐在地上掩面哭了起来。牛金不由得鼻子一酸……

不知什么时候，屋里站满了大大小小的人。说站满其实也就三十多人，除了牛伟的父亲病重不来，这三十多人就是留守二队的所有人了。二队现在户口在册的有一百四十九人，大部分的人出去打工了，在外面买房，孩子在外面读书，老人也跟随出去照顾孩子或者养老了。

人们进屋不久，就知道了牛金和牛伟吵架的原因。牛金和牛伟是二队两个吃国家饭的人，是父老乡亲到哪里都挂在嘴上的骄傲，有什么疑难事情就找他们，有了他们，别人高看二队的人一眼，更不敢欺负。牛金犯错，已让他们心痛不已，牛伟可千万不能出什么事了。

开始是蒙月妹跪在牛金的面前，接着是八叔、牛四……最后，所有的不知事的小孩也跪在大人旁边，他们求牛金不要把牛伟的事捅出去。

大家都起来，我答应你们……

牛金泪流满面。

14

在蜜陀山庄办事处，牛伟关机睡觉。他已经一天没有吃东西了。到了饭点，麻目拿饭菜来敲门喊他吃饭，他一声不应。

他泡了一盒方便面，刚吃两口，门外响起了摩托车声。儿子来了。牛伟一惊，说牛肥你来干吗？牛肥说爷爷走了，打你电话都关机。牛伟说你们干吗不早点来找我？牛肥说阿爷是突然去世的。

牛伟的泪水掉到方便面里。

父亲卧病在床五年了，他每天早出晚归，很少能给父亲倒水递饭翻身，都由病妻一人照顾。有时候他有一天半日的空闲时间，想照顾一下父亲，父亲总说你忙累了，你要休息，好好为乡亲干事。

牛伟已经没有力气开车回家，他坐在儿子车后座往家里赶。

他心里翻江倒海：自己当了这么多年村支书，开始竞选时，确实心怀为民大志，可不知从哪天起，初心慢慢泯灭，特别是近几年来，一颗贪婪的心迅速膨胀……现在有钱了，不敢用还装穷，儿子读书，妻子和老爷子治病，还假装借钱，借借还还。除了那身名牌休闲装和那只真皮皮鞋，自己从来没有穿过一件超过一百元的衣裤，鞋子都是清一色的迷彩胶鞋，抽的烟也是最便宜的。每当想到那些钱自己就哆嗦，晚上睡觉都不敢说梦话，怕说漏嘴。自己对不起父亲妻儿啊！你看这牛肥，三十几岁才得的孩子，人瘦得像明星，还不敢花钱给他买补品。想他胖点壮点只能寄希望在他的名字上……

牛伟抽泣有声。牛肥说爸你别哭，你整天忙着，别伤身体，没了你，我和妈靠谁？牛伟哭得愈加伤心。

回到家，牛伟和牛金为老人沐浴，穿上寿衣。牛伟问牛金：我爸去前有什么叮嘱？他说你和月妹身体不好，你又没日没夜地忙村民的事，要我和乡亲们多多帮你。牛金说。

牛伟请来道公、师公和吹鼓手，开了两天两夜的道场，还给父亲烧了一匹纸马。第三天早上出殡，下着淅淅沥沥的雨。传说出殡时下雨是死者伤心，流着眼泪；又有一说却是天雨润物，吉祥快乐。牛伟背着柴刀戴着斗笠，一瘸一拐走在抬棺人的前面，他的后面跟着送葬的孝男孝女。

夜，四野黢黑。

门前的池塘里，青蛙突然停止鼓噪，黑夜变得死寂。牛金往窗外望去，一条黑影慢慢沿着池塘边蹿入屋对面的竹林，借着萤火虫的光，走上通往鹰囊地带的小路。牛金悄悄跟着黑影上山。黑影来到拐弯处，转身张望，确定在村里看不到这里了，就拧开微型手电筒，加快了脚步。微型手电筒打开后，牛金才看见黑影扛了一把月牙锄，脚步一瘸一拐。

黑影是牛伟。

牛金和牛伟保持二十米左右的距离。虽然牛伟有微型手电筒，但他腿脚不便，两人的距离没被拉远。牛金想，牛伟上山干什么呢？难道是要跳崖自尽？可这鹰囊地带很难找到超过三米高的坎，牛伟如果有这念头，也不会选这里。他和牛伟保持这个距离，如果牛伟有异常举动，他是完全可以化解和制止的。应是已经进入深山地带，牛伟相信没有尾巴，所以一直没有回头，牛金稳稳地没被发现。

他们来到鹰囊腹地，牛伟在他父亲的假坟堆前坐下，牛金躲在一块大石头背面。牛伟连续抽了三支烟，呢呢喃喃地说了些什么，然后把手电筒放在地上照明，借着手电筒的光，他蹲下身，用刮子刨土。刨了十多分钟，他抱起一片盖石，然后抱起一个用红绸包得严严实实的坛子。他把红绸揭开丢到一边，扛起坛子下山。牛金从石头后面出来，藏身在角落，牛伟来到身边时，他顺势把坛子拉到自己肩上，说我帮你扛吧。牛伟惊得大叫一声，滚倒在路边，手电筒脱手飞到了草丛里。他蹲在暗处，哆哆嗦嗦地说你是二奶吧，我错了，我明天就做好人。

牛金说哥，现在我一定要把你这个“哥”叫回来，我是金弟。

牛伟扑通跪在牛金面前，说弟你救我，这坛子里是八十万，明天你带我去自首……

15

春寒料峭，山村的夜晚寒气袭人，寒风穿过竹林，发出轻微的吟唱。

牛伟匆匆穿过竹林，来到父亲坟前，跪在地上，双手插入新泥，声声泣血：阿爸，儿子对不起你，你敲骨磨髓白养我一场！儿子犯了天大的事。我拿的那些钱都是乡亲的钱……我千不该万不该……我拿了谁的多少钱，都真真切切记在本子里，我已经全部退还给他们。金弟也说这事就这样过去了，那帮人我也不管不怕他们了……我没资格当村支书了，我对不起断崖的父老乡亲……我应该受到应有的惩罚。我坐几年牢，出来后还是个好人，这样隐瞒下去，我的心永远绞痛。明天我就去自首，等我变成好人回来的那一天，再来这里看你……

牛伟说完，点了一支烟放在父亲的坟前，又匆匆穿过竹林回到家里。屋里静悄悄的。当村支书后，在这个时候才回到家是常事，每一次回来，身心都疲惫不堪。今晚不知为何，心情如释重负般的轻松。

和以前遇到喜事时一样，他把那套名牌休闲装穿在身上，把那只右脚穿旧了的真皮皮鞋和左残腿套的那只特制皮鞋擦亮。因为他左残腿没有脚，买鞋的时候只买右脚穿的那一只。那天他在县城买皮鞋时，对售货员说我只要一只就可以了。她说哪有这样买卖的？左脚这只我们也给你。他说我不用。她说不用也没办法，除非你能找到需要的人单独把左脚这只买走。

穿完衣裤，他又小心翼翼地剃胡子、修鬓角。做完这些，牛伟又想，是不是把明天的去向告诉妻子？如果告诉她，她承受得了吗？妻子年轻时爱牛金，但嫁给我后就一心爱我。这些年来，我忙村务，家里的一切都是她一人操劳，从此落下病根，以药当饭，但从没有向我抱怨过。她总说累是累点，能平平安安就好。对，不能告诉她！那就撒个谎吧，说我去培训。但还不知道会判多少年，培训有那么久吗？当年牛金撒了这个谎，连牛二奶都不信。

可也只能说是去培训，等她明白过来了，慢慢会接受的。他来到妻子床前，妻子安静地睡着。

他的身子突然有一股久违的冲动，他要俯下身子去拥抱妻子。最后，他还是只在妻子的额头上轻轻一吻。

然后……

然后扇了一下自己的脸，说坏蛋……

这时，他收到一条微信。他一瘸一拐走出家门，把车开进寒夜。

早上，农民工发现牛伟死在蜜陀山庄的石灰坑里。开始人们以为是一只麝羊，看到一条露出灰膏外面的秃腿，才想到了牛伟。

朝霞把鹰囊染成金黄的时候，三辆警车闪着警灯来到了麻屯。韦国岭带县公安局刑侦技术人员、法医到现场展开勘验和调查。

一群乌鸦排队落在石灰坑沿，其中一些在坑边的椿树上起落。它们不厌其烦地重复着单调的哭腔。它们的叫声，如果不加琢磨地听，只会让人觉得毫无美感，甚至让人恐惧和烦躁。

但稍作思考，就能感受到不同的效果：原来它们的叫声是有区别的，吐音收气是有节奏的。也就是说，它们的声音是表达了强烈的情感的，议论批评抗议庆祝，当然也有诅咒。而人们听不懂，以为它们的声音只是诅咒和报丧。

牛伟身上的休闲装紧贴着身子，使他的身形显得更加瘦小。前段时间他告诉牛金，这一套衣裤和那只皮鞋是他唯一穿过的名牌，是第一次被评为县“优秀村党支部书记”时，他为了去县人民会堂参加宣讲会专门买的。十多年了，这名牌衣鞋每年也就穿那么一两次，或是去开会或是去领奖。也就是说只有骄傲光荣的时候才穿上。牛金知道，这种衣服今天在县城地摊一套一百五十元，要一火车皮都有。

牛伟倒伏在石灰膏里的瘦小的躯体，像一只想努力站起来的白乌鸦。

牛伟被警察从石灰膏里拔了出来，又被抬到石灰坑边的地面上。他的那只被甩飞的特制的鞋也找到了，象征性地放在秃腿边。经初步勘验，牛伟的致命伤在后脑勺，有8厘米 ×6厘米的凹陷，头骨碎烂，残腿骨折。

牛伟的尸体由法医解剖。法医在牛伟的肠胃里没有发现有毒的食物。他右侧额颞顶部硬膜下血肿，左侧颞顶枕区混合型血肿，广泛性蛛网膜下腔出血。现场没有打斗痕迹，而在死者的指甲上均未检验出他人的基因检材。综合结论：排除他杀，死因是在石灰坑边摔倒，滚过犬牙交错的乱石，陷入石灰膏里死亡。

小赖拿着牛伟的十三本工作笔记来找牛金，说这些日记是麻目在村部从牛伟办公桌抽屉里整理出来的。这是我们丹阳脱贫攻坚涌现出的典型人物，他冒夜巡查工地，献出了宝贵的生命。小赖说我要立马赶一篇报告文学，或者说是非虚构散文。连题目我都想好了——《他用单腿和生命引领乡亲向幸福奔跑》。这篇文章冲着奖项去，我明年申报中级职称，正等着荣誉证书。初稿出来，还请牛叔用您的宝刀斧正，到时候您是第一作者，我是第二作者……

牛金问什么叫非虚构？

小赖说就是真实的，不是虚构的，现在的小说都“非虚构”了。

牛金说无聊，“真实”两个字本来说得好好的，为什么非要故弄玄虚，用了深奥的“非虚构”。

最后牛金说小赖，你先什么都别写。牛伟他现在想的就是早点入土为安。

那以此为原型，写一部小品可以吧？小赖问道。

牛金说由你。

牛伟死后不久，在麻月沫的母牛生产了一头可爱的小母牛的那一天，牛金找到麻月沫，偷偷地说我以为和牛千金一同到来的还有一个小宝宝。

麻月沫说你想得美，那晚我们都喝多了，什么也没干！